DIE VERSCHWÖRUNG DES GOLDSCHMIEDS

GLASS AND STEELE 13

C.J. ARCHER

Übersetzt von
SIMONE HELLER

WWW.CJARCHER.COM/

KAPITEL 1

LONDON, FRÜHLING 1891

Ich hatte mir Sorgen wegen Tante Letitias Freundin und ihrer Nichte gemacht, die zum Dinner kommen sollten, seit ich vor ein paar Tagen die Einladung verschickt hatte. Immerhin war Lady Sloane die Witwe eines Earls, die Tochter eines Marquis und eine Freundin von Matts ziemlich versnobter Tante. Sollten sie sich in irgendeiner Hinsicht ähneln, würde Lady Sloane den ganzen Abend mit gerümpfter Nase verbringen, die Lippen aufeinandergepresst, während die Plaudereien wie Kugeln durch den Raum sausten.

Aber ich hätte mir keine Sorgen machen müssen. Willie, Duke und Cyclops zogen einander nicht auf, wie sie es üblicherweise taten; sie legten alle ihr bestes Benehmen an den Tag. In Cyclops' Fall nahm ich an, das lag an der Anwesenheit seiner Verlobten Catherine Mason. Willie war zu fasziniert von Lady Sloanes Nichte, um irgendwie auf Duke zu achten, was erklärte, weshalb er sich mit einer beobachtenden Rolle zufriedengab. Es half sehr, dass Lady Sloane unsere bunt zusammengestellte Gruppe hinnahm, ohne mit der Wimper zu zucken. Sie war überhaupt nicht versnobt. Stattdessen war sie ziemlich eingenommen von Gabe Seaford, unserem Ärztefreund, der sich uns mit seiner Verlobten angeschlossen hatte, Miss O'Dwyer. Bis der vierte Gang aufgetragen wurde, hatte sie einem Rundgang durch das Kinderkrankenhaus Belgrave zugestimmt, wo er arbeitete. Dem zufriedenen Ausdruck in Gabes Gesicht entnahm ich, dass er vorhatte, sie zu bitten, etwas zur Finanzierung der Neuausstattung des Krankenhauses beizutragen. Matt hatte vorhin bereits zugestimmt, eine erkleckliche Summe zu spenden.

Da die Unterhaltungen mühelos liefen, musste ich keine unangenehmen Schweigeminuten füllen, worum ich enorm dankbar war. Ich war nicht sonderlich gut im müßigen Plaudern. Ohne irgendeine besondere Verantwortlichkeit als Gastgeberin konnte ich meine Gäste frei beobachten, was sich als faszinierende Studie erwies. Lady Sloanes Nichte, Lady Helen, war rasch von Lord Farnsworth und Willie bezaubert worden. Man hatte sie neben Lord Farnsworth gesetzt, weil sie beide unverheiratete Adlige im heiratsfähigen Alter waren, und der ganze Zweck dieses Dinners nur darin bestand, sie einander vorzustellen.

Tante Letitia hatte darauf beharrt, dass Willie sich auf Lady Helens andere Seite setzte, obwohl das bedeutete, dass zwei Frauen nebeneinandersaßen, etwas, von dem ich dachte, Tante Letitia würde es schrecklich finden. Aber jetzt, da ich die beiden zusammen sah, hielt ich es für eine meisterliche Fügung, was die Platzarrangements betraf. Lady Helen und Willie mochten ja aus unterschiedlichen Welten stammen, aber sie waren aus dem gleichen Material gestrickt.

„Sie haben solch ein Glück, dass Sie reisen konnten, Miss Johnson", begeisterte sich Lady Helen. „Meine weiteste Reise ging nach Paris. Meine Tante hatte versprochen, mich letzten Sommer zum Bergsteigen in die Alpen mitzunehmen, aber unsere Pläne wurden vereitelt."

„Ihr könntet stattdessen dieses Jahr hin", sagte Willie.

„Jedes Mal, wenn ich es erwähne, wechselt sie das Thema." Lady Helen stieß die Gabel mit Wucht in eine gratinierte Kartoffel, während sie einen funkelnden Blick über den Tisch zu ihrer Tante warf, die ihr gegenüber saß.

Lady Helen war eine hochgewachsene Frau von etwa zwanzig Jahren, mit breiten Schultern, die durch den weiten Ausschnitt ihrer Korsage und die Wolken aus zartrosa Tüll betont wurden, die oben an den Ärmeln angebracht waren. Die Sommersprossen rund um ihre Adlernase verhinderten, dass sie als klassische Schönheit durchging, aber an ihr war etwas Anziehendes, das ich nicht ganz deuten konnte. Offenbar sahen das sowohl Lord Farnsworth als auch Willie genauso, denn sie beide schienen fasziniert.

„Sie sind eine ziemliche Abenteurerin", erklärte Lord Farnsworth.

„Leider nicht, mein Lord", sagte Lady Helen. „Aber das wäre ich gerne. Exotische Länder besuchen, neue Leute treffen und Dinge sehen, die nur wenige Damen je zu Gesicht bekommen, das ist mein Traum."

„Wünschen Sie sich, sich dann mit einem Mann niederzulassen?"

„Eines Tages, ja, aber noch nicht."

„Hervorragend, hervorragend." Er nahm sein Weinglas, warf ihr ein freundliches Lächeln zu und nippte. Ich nahm an, ihm gefiel, wie es klang, dass sie sich eines Tages niederlassen wollte. Er war auch noch nicht bereit, das hatte er mir kürzlich erzählt.

Lady Helens Blick wanderte zu ihrer Tante, die den Austausch ihrer Nichte mit Lord Farnsworth genau beobachtet hatte. Genauso wie Tante Letitia. Die beiden Freundinnen schienen es darauf abgesehen zu haben, das Paar zusammenzubringen.

Auf dem Papier passten sie auch zusammen. Beide waren reich und hatten Titel. Aber ich nahm an, da endeten die Ähnlichkeiten. Lord Farnsworth war voller Rüschen, und man musste tief graben, um an seine Substanz zu kommen. Manchmal war ich mir nicht sicher, ob es darunter überhaupt eine Substanz gab. Lady Helen dagegen schien sie aus jeder Pore zu quellen. Sie war auf jeden Fall interessant.

„Mögen Sie Pferde?", fragte sie Lord Farnsworth.

„O ja, zu Hause reite ich die ganze Zeit."

„Was ist mit den Rennen?"

„Natürlich war ich in Ascot, aber ich reite lieber selbst, als andere von den Kulissen aus zu beobachten. Es ist so belebend. Befreiend auch. Ich darf ohne eine Anstandsdame über das

Grundstück reiten. Wo wir gerade vom Reiten reden, sind Sie schon mal Fahrrad gefahren?"

Lord Farnsworth gab ein schnaubendes Lachen von sich, versuchte es aber mit einem Husten zu verdecken, als er bemerkte, dass sie es ernst meinte.

„Ich schätze, das wäre ein Spaß", sagte Willie.

„Ist es. In einem Dorf in der Nähe gibt es einen Mann, der eins besitzt. Ich habe ihn überzeugt, mich zweimal damit fahren zu lassen. Beim ersten Mal bin ich runtergefallen, aber zu meiner Verteidigung war ich ziemlich unvorbereitet. Ich habe die falsche Kleidung getragen."

Willie warf ihr ein wissendes Nicken zu. „Die Röcke sind in den Weg geraten?"

„Ganz genau. Ich habe mir beim zweiten Mal die Reithosen meines Bruders ausgeliehen. Ich bin nicht einmal herabgefallen, nicht mal, als ich das Vehikel auf Trenton's Hill gelotst habe – was ich absichtlich getan habe, das müssen Sie verstehen. Der ebene Boden ist zu langweilig, musste ich feststellen."

Willie hob das Glas zum Salut. „Auf die Hügel und Stolpersteine."

Lady Helen deutete auf Willies Kleidung. Da sie in Hose, steifes Hemd, Weste, Fliege und ein Jackett gekleidet war, hatte Willies Aufzug zu gehobenen Augenbrauen geführt, als unsere Gäste eingetroffen waren, aber ich war dankbar, dass sie sich entschieden hatte, Abendkleidung zu tragen, nicht ihre übliche Lederhose. „Männerkleider sind so viel behaglicher als unsere, finden Sie nicht, Miss Johnson?"

„Ja, und sehr viel praktischer. Als ich letztes Mal ein Kleid getragen habe, wurde ich entführt."

Lord Farnsworth schnaubte. „Es bestand keine Verbindung zwischen der Tatsache, dass du entführt worden bist, und der, dass du ein Kleid getragen hast."

„Aber ja doch. Hätte ich eine Hose getragen, hätten sie mich für einen Mann gehalten und sich nicht die Mühe gemacht. Die meisten Leute machen den Fehler und glauben, Frauen wehren sich nicht."

Duke deutete mit dem Messer auf sie, was bewies, dass er

zuhörte. „*Du* hast dich nicht heftig genug gewehrt, ansonsten hätten sie keinen Erfolg damit gehabt, dich zu entführen."

„Man hat mich überrascht", erklärte sie Lady Helen. „Aber ich habe bei der ersten Gelegenheit, die ich erhalten habe, auf sie geschossen, und bin geflohen."

Lady Helens Augen wurden groß. „Wie aufregend. Sie besitzen eine Schusswaffe?"

Willie richtete sich auf und straffte die Schultern. „Ja, Ma'am. Das tue ich. Mein Colt ist ein hübsches Gerät. Wollen Sie ihn sehen?"

„Ja, bitte. Aber nicht gleich heute Abend." Sie warf einen warnenden Blick zu ihrer Tante.

„Morgen", erklärte Lord Farnsworth. „Besuchen Sie uns hier. Lassen Sie Ihr Dienstmädchen die Anstandsdame spielen. Der können wir leicht entwischen, oder, Willie?"

„Ja, können wir." Willie zwinkerte Lady Helen zu.

Lady Helen lächelte. „Ich glaube, ich werde mit Ihnen beiden eine wunderbare Freundschaft schließen."

Lord Farnsworth erwiderte ihr Lächeln irgendwie schüchtern. „Das hoffe ich doch."

Als sich die Damen nach dem Dinner in den Salon zurückzogen, schloss sich Willie uns an, anstatt zurückzubleiben und mit den Gentlemen zu rauchen und zu trinken, wie sie es üblicherweise tat. Sie und Lady Helen führten ein Gespräch über den amerikanischen Westen, während Miss O'Dwyer, Tante Letitia und Lady Sloane auf dem Sofa plauderten. Dadurch bekam ich die Gelegenheit, leise mit Catherine zu sprechen.

„Wie schreiten denn die Hochzeitspläne voran?", fragte ich.

„Wirklich sehr gut. Meine Mutter nimmt es mit großer Begeisterung auf sich, mir ein Kleid anzufertigen." Sie lächelte in ihr Glas Sherry. „Das ist eine schöne Entwicklung nach ihrer früheren Zurückhaltung."

Seit Cyclops Catherines herumtreiberischen Bruder davor gerettet hatte, Ärger mit ein paar Jugendlichen auf Abwegen zu bekommen, hatten Mr. und Mrs. Mason ihn allmählich lieb gewonnen. Jetzt sahen sie ihn als jemanden, der fähig war, ihre einzige Tochter zu schützen, anstatt jemanden, der ihr das Leben schwer machen würde. Dass er von ihnen akzeptiert wurde, bedeutete Cyclops alles, aber ich wusste, dass Catherine mit ihm weggelaufen wäre, hätten es sich ihre Eltern niemals anders überlegt. Sie hatte auch eine abenteuerliche Art, obwohl sie nicht ganz so wild war wie die von Willie oder Lady Helen.

„Habe ich dir erzählt, dass wir in die Wohnung über dem Laden ziehen werden?", fragte sie.

Der Laden und die Räumlichkeiten darüber waren einst mein Zuhause gewesen, bevor mein Vater gestorben war. Ich hätte sie beinahe verloren, als mein ehemaliger Verlobter sie geerbt hatte, nicht ich, aber seine rechtswidrigen Handlungen hatten dafür gesorgt, dass der Besitz an mich zurückging. Die Mieteinnahmen gingen nun an meinen Großvater, solange er noch lebte.

„Macht es deinem Bruder was aus, dass ihr bei ihm wohnt?", fragte ich.

„Es war seine Idee. Es wird nur vorübergehend sein, bis wir etwas Dauerhaftes für uns finden."

„Ihr dürft auch gerne hier wohnen. Das war eine Weile Cyclops' Zuhause, und jetzt ist es nur natürlich, dass es auch deins sein sollte."

Sie lächelte mich warm an. „Das ist sehr nett von dir, aber es ist hier ziemlich beengt, und ich glaube, ich bin lieber die Herrin meines eigenen Hauses. Zieht Nate denn nicht in die Polizeiwache, bis wir heiraten?"

„Das wollte er, aber wir haben es ihm heute ausgeredet. Hat er dir das nicht erzählt?"

„Noch nicht, aber ich habe kaum mit ihm gesprochen, seit ich angekommen bin. Es überrascht mich allerdings nicht, dass er sich dagegen entschieden hat. Weshalb sollte er zu unverheirateten Polizisten ziehen wollen, wenn er hier gemütlich leben und exzellent speisen kann?" Sie stieß mich in den Ellbogen. „Er wird Mrs. Potters Küche vermissen, wenn wir verheiratet sind."

„Sie wird dir einige seine liebsten Rezepte überlassen."

Sie legte die Hand über meine. „Danke, dass du ihm ausgeredet hast, in die Unterkünfte für Polizisten zu ziehen, India. Ich habe mir Sorgen gemacht, dass das bedeuten würde, er würde mehr Nachtschichten bekommen, und so, wie die Stadt derzeit ist ..." Sie seufzte laut.

In letzter Zeit war die Lage heikel gewesen, und ich hatte mir auch Sorgen um Cyclops gemacht. Als Konstabler der Wache stand er ganz vorne, wann immer die Polizei zu einem Kampf zwischen den Talentfreien und den Magiern gerufen wurde. Die meisten Störungen kamen durch Mitglieder der verschiedenen Handwerkergilden zustande, aufgestachelt von Mr. Abercrombie, dem ehemaligen Meister der Uhrmachergilde, aber manchmal konnte man es auch den Magiern vorwerfen. Eine kleine Anzahl von ihnen verspottete ihre talentfreien Mitbewerber mit der Anschuldigung, schlechteres Handwerk auszuüben, um sie so dazu zu verlocken, es ihnen zurückzuzahlen.

Ich ging kaum mehr aus, und wenn ich es tat, bestand Matt darauf, mit mir zu kommen. Das Einkaufen hatte seinen Reiz verloren, und Spaziergänge im Park waren eine Übung darin geworden, ganz für mich zu bleiben. Obwohl nur wenige Talentfreie oder Magier mein Gesicht kannten, hatten viele meinen Namen herausgefunden. Sobald sie ihn hörten, wurde ich entweder verfolgt oder bedrängt. Magier wollten, dass ich ihre Magie verlängerte, und die Talentfreien wollen, dass ich die anderen Magier überredete, sich wieder zu verstecken. Beide Seiten sahen mich als eine Art Anführerin, wo ich das doch gar nicht war.

Als die Männer sich uns wieder anschlossen, wurde es ein wenig lauter, aber das machte mir nichts. Tatsächlich hieß ich ihre Gesellschaft willkommen. Gegen Ende des Abends wurde meine Laune allerdings etwas getrübt, als Gabe Seaford sich mir zu einer stillen Unterhaltung anschloss, außerhalb der Hörweite der anderen. Er wirkte beunruhigt, und wenn Gabe beunruhigt war, war ich das auch.

Man konnte sagen, dass er der wichtigste Mensch in unserem Leben war. Ohne ihn wäre Matt nicht am Leben. Er hatte Matt gerettet, indem er den Heilungszauber in seine Taschenuhr gesprochen hatte, während ich den Verlängerungszauber gesprochen hatte, um sicherzustellen, dass die medizinische Magie länger anhielt. Wir wussten nicht, wie lange die Heilmagie diesmal halten würde, doch wir wussten, wenn sie wieder nachließ, würde Matt Gabes Magie brauchen, oder er würde sterben. Ich war entschlossen, innerhalb einer Tagesreise von Gabe zu bleiben, bis wir ein behagliches Alter erreicht hatten.

„Ich glaube, ich sollte dir erzählen, dass ich Mr. Steele in den letzten paar Wochen mehrere Male besucht habe", sagte er, während er sich neben mich auf das Sofa setzte.

„Du meinst, in deiner Eigenschaft als Arzt?", fragte ich.

Er nickte.

Ich schnalzte mit der Zunge. „Chronos sollte zu einem Allgemeinarzt gehen, wenn er sich nicht gut fühlt, nicht zu dir. Du bist viel zu beschäftigt im Krankenhaus, um mit Hausbesuchen bedrängt zu werden."

„Mir macht es nichts aus. Wir reden über Magie, und ich habe nicht oft die Gelegenheit, das zu tun. Ich habe durch ihn eine Menge darüber gelernt."

Gabe hatte nicht gewusst, dass er ein Arztmagier war, bis er uns letztes Jahr begegnet war. Da er den Vater nicht gekannt hatte, von dem er diese seltene Gabe geerbt hatte, musste er Instinkte benutzen, wenn es darum ging, den lebensrettenden Zauber aufzusagen.

„Ich bin sicher, darum genießt er deine Gesellschaft auch", sagte ich. „Chronos lebt und atmet die Magie, und er nutzt jede Gelegenheit, um darüber zu sprechen."

Gabes warmer Blick wurde dumpf, und er schaute hinab auf seine Hände, die auf seinem Schoß lagen.

„Etwas stimmt nicht, oder? Aber natürlich, sonst würdest du ihn nicht besuchen." Mein Herz kam ins Stolpern, als ich in Gabes Gesicht nach Antworten suchte.

„Er ist krank."

„Wie krank?"

„Das lässt sich unmöglich sagen. Seine Magenschmerzen lassen nicht nach …"

„Magenschmerzen? Ich dachte, es wären Verdauungsbeschwerden."

Er schüttelte den Kopf. „Ich fürchte, ich weiß nicht, was es ist. Ein weiterer Arzt, zu dem er ging, weiß es auch nicht."

Ich schluckte schwer. „Wird es … wird es ihn umbringen?"

„Ich glaube nicht. Noch nicht auf jeden Fall. Ich denke, das größere Problem ist, dass er in letzter Zeit sein Alter spürt. Er wirkt melancholisch. Würdest du da zustimmen?"

„Nein. Ich meine, ja, schätze ich." Ich schüttelte den Kopf, um ihn klar zu bekommen. „Die Wahrheit ist, mir ist nicht viel Veränderung an ihm aufgefallen, aber jetzt frage ich mich, ob er seine wahren Gefühle verbirgt, damit er verhindert, dass ich mir Sorgen mache."

„Es ist möglich."

„Wie melancholisch ist er?"

„Schwer zu sagen. Er wirkt einfach nicht wie sein übliches lebhaftes Selbst auf mich, aber ich kenne ihn nicht so gut wie du."

Manchmal war ich mir nicht sicher, ob ich Chronos sonderlich gut kannte. Er war erst vor etwa einem Jahr in mein Leben gekommen, und unsere Beziehung hatte von Anfang an auf wackligen Füßen gestanden. Nachdem er meine Großmutter und meinen Vater verlassen hatte, war er nach Übersee verschwunden und jahrelang für tot gehalten worden. Sein Wiedererscheinen war ein Schock für mich gewesen, und seine fehlende Reue wegen seiner Taten hatte mich verärgert. Ich war mir nicht sicher, ob ich meinen Frieden mit ihm bereits gemacht hatte.

Vielleicht war es an der Zeit.

Ich lächelte Gabe an. „Danke, dass du mir das sagst. Du bist ein guter Freund." Ich warf einen Blick auf Miss O'Dwyer, die jetzt mit Matt, Cyclops, Catherine und Duke plauderte. „Habt ihr schon ein Datum festgelegt?"

Sein Blick wurde weich, als er die hübsche Frau beobachtete, die über etwas lachte, was Cyclops gesagt hatte. „Im späten Sommer. Ich kann es nicht erwarten, ihr den Ring zu schenken, den ich machen lasse. Ich hole ihn in zwei Tagen ab. Ich hoffe, er gefällt ihr."

„Ich bin mir sicher, das wird er, denn du hast ihn ihr geschenkt. Sie wirkt wunderbar und hat eine so fröhliche Natur. Ich glaube, ihr beiden passt sehr gut zusammen." Mein Lächeln verblasste, als mir etwas in den Sinn kam. „Hat Miss O'Dwyer noch Familie in Irland?"

„Sie leben in County Cork, aber sie ist vor zwei Jahren hergezogen. Sie ist eine hervorragende Krankenschwester."

Ich hörte kaum, was er noch sagte, nachdem er erwähnt hatte, dass ihre Familie noch in Irland war. Ich sollte mich nicht in seine privaten Angelegenheiten einmischen, aber ich musste es wissen. Was mit Gabe geschah, betraf Matt und mich auf sehr wichtige Art. „Sie möchte womöglich eines Tages zurückkehren, vielleicht, um eine Familie zu gründen."

Gabe wusste, wonach ich wirklich angelte, auf meine unbeholfene Art. „Wir werden nicht aus England wegziehen, India. Tatsächlich habe ich nicht vor, London zu verlassen. Nicht, solange das Krankenhaus mich braucht. Sie braucht es auch, und sie liebt die Arbeit dort genauso sehr wie ich." Er nahm meine Hand. „Du musst dir keine Sorgen machen." Sein Griff verfestigte sich, und er wollte mir nicht in die Augen schauen.

„Was ist denn?", drängte ich.

„Wir haben darüber schon einmal gesprochen, aber ich will sicherstellen, dass wir immer noch einer Meinung sind. Was ich für Matt getan habe, kann nicht für irgendjemanden sonst passieren. Ich habe den Spruch an diesem Tag in seine Uhr gesprochen, um ihn zu retten, weil die medizinische Magie bereits darin war."

„Weil jemand anderes Gott gespielt hat, meinst du."

Er nickte. „Die Entscheidung war bereits von meinem Vater getroffen worden, Matt am Leben zu erhalten, indem er die Magie einsetzte. Diese Entscheidung habe ich einfach weiterhin in Ehren gehalten, und ich werde das weiter tun, wenn es erforderlich wird. Aber ich werde es nicht für jemand anderen machen, ganz gleich, wie wichtig derjenige ist, für dich oder mich." Er presste die Lippen zu einem wenig erheiterten Lächeln zusammen. „Ich fürchte, wenn ich anfange, höre ich damit vielleicht nie auf."

„Ich verstehe das, und ich werde das nicht von dir erbitten. Danke dir, Gabe. Dankbarkeit scheint nicht auszureichen, um dir das zurückzuzahlen, was du getan hast, aber … danke dir."

* * *

ICH SAß AN MEINEM ANKLEIDETISCH, die Haarbürste in der Hand, als es leicht an meiner Schlafzimmertür klopfte. Matt öffnete sie, und herein kam Tante Letitia, gekleidet in einen jadegrünen Morgenmantel, der mit goldenen Drachen bestickt war. Sie hatte ein Töpfchen Schokolade in einer Hand, und eine Tasse in der anderen.

Sie stellte sie vor mir ab. „Eine Kleinigkeit, um dir schlafen zu helfen, India."

„Das ist sehr lieb von dir." Ich beäugte sie genau, wartete darauf, dass sie mir den echten Grund für ihren Besuch mitteilte.

Sie schenkte die Schokolade in die Tasse und reichte sie mir mit einem Lächeln. „Trink."

Ich warf einen Blick zu Matt. Er zuckte nur mit den Schultern. Ich nippte. Es war ziemlich bitter, nicht wie die samtig zarte Schokolade, die Mrs. Potter ansonsten machte. „Hast du die selbst gemacht?"

„Das habe ich. Mach schon. Trink."

Ich nippte wieder, um ihr den Gefallen zu tun, aber für mich war sie viel zu bitter. Nicht, dass ich ihr das sagen würde. Sie war ziemlich unbegabt in der Küche, also war es etwas Besonderes, dass sie das machte. „Vielen Dank. Das war sehr fürsorglich von dir."

„Gern geschehen. Gute Nacht und süße Träume. Matthew, stell sicher, dass sie sie bis zum letzten Tropfen austrinkt." Sie tätschelte ihm begeistert die Wange, dann ging sie nach draußen.

Ich stand auf und zog mit Matts Hilfe meinen Morgenmantel aus. „Wie seltsam. Sie hat mir noch nie Schokolade gebracht."

„Willst du sie nicht austrinken?"

„Ich mag den Geschmack nicht."

Er nahm die Tasse, schnüffelte am Inhalt und nippte. „Mir macht er nichts aus." Er nippte noch einmal und leerte die Tasse.

Während er sich auszog, sagte er: „Tante Letitia hat wohl ihre Wertschätzung für das Dinner zeigen wollen. Ihre Freundin schien es zu genießen, obwohl sie den Großteil des Abends einen großen Bogen um Willie gemacht hat."

„Vielleicht hat sie es deshalb genossen."

Er grinste. „Ihrer Nichte schien Willies Gesellschaft ganz gut zu gefallen."

Wir stiegen ins Bett, und ich löschte die Lampe auf meinem Nachtisch, aber Matt ließ seine an. Seine Miene wirkte inzwischen, als würde sie weit in die Ferne blicken.

„Was ist denn?", fragte ich.

„Was haben Gabe und du besprochen?"

„Seine anstehende Hochzeit."

„Ihr habt ernst gewirkt, und das ist keine ernste Angelegenheit."

Ich strich mit der Hand über die Jacquardbettdecke, konzentrierte mich völlig darauf, um nicht seinem durchdringenden Blick ausgesetzt zu sein.

Matt legte eine Hand über meine. „India?" Als ich ihn noch immer nicht anschaute, berührte er mich am Kinn und drehte mich sanft, damit ich zu ihm sah. „Was ist los?"

Ich hob den Blick. Angesichts der Sorge in seinen Augen machte mein Herz einen Satz. „Es war nichts", sagte ich rasch, um ihn zu beruhigen. „Wir haben über Irland gesprochen, das ist alles."

„Ah, und ob sie vorhaben, dorthin zu ziehen, nehme ich an."

Ich schmiegte mich an ihn, legte den Kopf an seine Brust. Der stetige Rhythmus seines Herzschlages, so regelmäßig wie ein Uhrwerk, ließ mein eigenes Herz immer vor Glück fliegen. „Er sagt, er wird in London bleiben. Es war ziemlich erleichternd, das zu hören."

Er strich mir die Haare aus dem Gesicht. „Sonst noch etwas?"

„Chronos ist kranker, als er zugibt, aber Gabe glaubt nicht, dass er im Sterben liegt. Noch nicht auf jeden Fall."

„Wir werden ihn im Auge behalten. Also gab es noch etwas, über das ihr beiden geredet habt?"

Ich neigte den Kopf, um ihn anzusehen. Er beobachtete mich mit einer ernsten Miene. Er wusste, dass da noch mehr war. Ich wollte es ihm allerdings nicht sagen. Eines Tages mochte Matt Gabes Magie noch einmal brauchen, um seine Gesundheit zu verstärken, und wenn er daran erinnert wurde, wie hartnäckig Gabe sie nicht benutzen wollte, würde er sich weigern, darum zu bitten.

Ich hatte keine solchen Bedenken. Gabe sagte, er würde seine Magie nicht nutzen, um die Leben *anderer* zu retten. Falls Matt ihn wieder brauchte, würde *ich* nicht zögern, darum zu bitten.

Ich schloss die Augen, bevor sein durchdringender Blick die Wahrheit aus mir herausholte. „Mehr gab es nicht."

Er nahm mich in die Arme und küsste mich auf den Kopf. Ich

spürte viel mehr, als ich es hörte, sein tiefes Ausatmen, ein klares Zeichen, dass er mir nicht glaubte, mich aber nicht wegen einer Antwort bedrängen würde. Es war nahezu unmöglich, vor Matt ein Geheimnis zu bewahren, und ich hasste es auch, aber wenn es um sein Leben ging, würde ich tausendmal lügen und es niemals bereuen.

KAPITEL 2

Laut der Haushälterin Mrs. Bristow war Willie zur Morgendämmerung heimgekehrt. Als Willie am frühen Nachmittag endlich aus dem Bett kam, trieb ich sie im Wohnzimmer in die Ecke und fragte sie, wohin sie gegangen war, nachdem unsere Gäste aufgebrochen waren und der Rest des Haushalts sich zum Schlafen zurückgezogen hatte.

Sie hob die Zeitung, um mich nicht anschauen zu müssen. „Ich habe einen Freund besucht."

„Wen?"

„Geht dich nichts an."

„Brockwell?"

„Ich sagte, das geht dich nicht an, India."

Ich wandte mich an Tante Letitia, die mit ihrer Stickarbeit auf dem Sofa saß. Obwohl sie eine Brille trug, kniff sie die Augen zusammen, während sie die Nadel durch den Stoff stach. Sie bemerkte mich nicht und schien unserer Unterhaltung ohnehin nicht zuzuhören.

Ich richtete die Blumen in der Vase auf dem Tisch neben Willie neu an und stellte die gerahmten Fotografien auf dem Konsolentisch unter dem Fenster um, während ich die ganze Zeit vor mich hin summte.

Als ich mich umdrehte, spähte Willie über den oberen Rand

der Zeitung mit einem Lächeln zu mir. „Du willst es wirklich wissen, oder?"

„Nicht konkret. Ich habe mich einfach nur unterhalten."

„Ha!"

„Ich sehe doch, dass du Spaß hattest, und nur darauf kommt es an."

Ihr Lächeln wurde geheimnisvoll. „Ich hatte wirklich Spaß."

„Wo wir gerade bei Brockwell sind ..."

„Waren wir doch nicht."

Es freute mich, zu sehen, dass die Erwähnung seines Namens ihr Lächeln nicht trübte. Tatsächlich schien es breiter zu werden. „Wo wir von Brockwell reden, seid ihr beiden wieder Freunde?"

Als ich zum letzten Mal mit ihr über den Kriminalinspektor gesprochen hatte, hatte sie mich in Kenntnis gesetzt, dass er sie gebeten hatte, sie zu heiraten, und sie hätte sich geweigert. Ihre Ablehnung hatte zu wachsenden Spannungen zwischen ihnen geführt, womit es ihnen beiden elend ging. Sie hatte ihn vermisst. Ich wusste das absolut sicher. Aber ob sie ihn genug vermisste, um nachzugeben und ihn zu heiraten, war eine ganz andere Angelegenheit. Und ich hatte keine Ahnung, ob er sie genug vermisste, um ihre Beziehung wieder dazu zurückkehren zu lassen, wie sie vorher gewesen war.

Willie wirkte wie eine Katze, die eine Maus erwischt hatte. „Jasper und ich sind wieder mehr als nur Freunde."

Ich keuchte. „Das ist wunderbar! Warum hast du es mir nicht gesagt? Er hätte gestern Abend zum Dinner kommen können."

„Nein, hätte er nicht", ließ sich Tante Letitia vernehmen.

Willie und ich wandten uns beide zu ihr. „Warum nicht?", fragte ich.

„Weil wir dann dreizehn gewesen wären, und kein Dinner kann eine so unglückliche Anzahl an Gästen haben. Merk dir das, India. Das wird wichtig, wenn du aufs Land ziehst und öfter ein Dinner ausrichtest."

Ich tat das mit einem Handwedeln ab. „Es wird noch Jahre dauern, bevor Matt Rycroft Hall erbt."

„Mein Bruder wird immer älter, und sein rötliches Gesicht legt doch nahe, dass er wohl kaum der gesündeste Mensch ist.

Du solltest diesen wunderbaren jungen Arzt fragen, wie lange er glaubt, dass Richard noch auf dieser Welt bleibt."

„Das ist doch ein wenig morbide, findest du nicht?"

Sie stieß ein leises, herabwürdigendes Geräusch durch die Nase aus. „Das ist nur morbide, wenn es einem wichtig ist."

Willie hob die Zeitung höher, um ihr Gesicht zu verbergen, während sie sich dichter zu mir beugte und flüsterte: „Ist dir aufgefallen, dass sie in letzter Zeit oft über den Tod redet?"

„Tut sie das?", flüsterte ich zurück.

„Nicht ihren, aber den anderer Leute. Ich schätze, sie hat eine Verbindung zum Leben nach dem Tod wegen ihres Alters, und die Geister kommunizieren mit ihr."

Ich verdrehte die Augen. „Du bist echt verrückt, Willie."

„Ich? Ich bin doch nicht diejenige, die mit Geistern redet." Sie ließ die Zeitung schnalzen, um sie gerade auszurichten, und las weiter. „Kann man hier eigentlich ein bisschen Ruhe und Frieden bekommen?"

Bristow erschien an der Tür und verkündete die Ankunft von Lord Farnsworth. Seine Lordschaft schlenderte herein und wirkte ganz selbstzufrieden. Er verbeugte sich vor Tante Letitia und mir, und er schüttelte Willie sogar die Hand.

Sie beäugte ihn verhalten. „Was ist los?"

„Ich bin diesen Vormittag in hervorragender Stimmung. Das Dinner gestern Abend war exzellent und die Gesellschaft unterhaltsam. Ich hatte großen Spaß und kam, um mich bei meiner Gastgeberin zu bedanken." Er verbeugte sich ein weiteres Mal. „Vielen Dank, India. Du bist ein Wunder."

Nun lag es an mir, ihn verhalten zu beäugen. Er war äußerst übertrieben, sogar für ihn.

Tante Letitia legte ihre Stickarbeit ab und nahm die Brille herunter. „Es freut mich so sehr, dass du Spaß hattest, Davide. Hat deine Begeisterung etwas mit Lady Helen zu tun? Ihr beiden schient euch gestern Abend hervorragend verstanden zu haben."

„Sie ist sehr unterhaltsam. Ich mag sie. Tatsächlich mag ich sie so sehr, dass ich sie heute Nachmittag zu einem Spaziergang mit mir eingeladen habe. Ich war gerade auf dem Weg zum Hydepark, aber ich dachte, ich würde erst hier vorbei sehen."

Er schaute auf die Uhr auf dem Kaminsims und schob sich hoch. „Ich lasse sie besser nicht warten."

Tante Letitia klatschte leicht in die Hände. „Es freut mich, dass sie einverstanden war, sich mit dir zu treffen. Es ist ein hervorragendes Zeichen, dass ihre Gefühle von dir eingenommen sind."

Er hob einen Finger. „Immer langsam, Lettie. Es ist nur ein Spaziergang." Er schaute sich sein Abbild im Spiegel an. „Auf jeden Fall wird keiner von uns in die Kirche gezwungen, bevor wir bereit sind."

„Darum magst du sie, was?", fragte Willie, die leise lachte.

Er zwinkerte ihr zu. „Sieh an, du wirkst heute auch sehr fröhlich. Hattest du gestern Nacht ebenfalls Spaß?"

Willies Lächeln wurde breiter.

„Sie hat sich mit Brockwell getroffen, nachdem wir alle ins Bett gegangen sind", erklärte ich ihm.

Willie runzelte die Stirn. „Das habe ich nie gesagt."

Lord Farnsworth nahm seinen Hut und war unterwegs zur Tür. „Einen schönen Tag euch allen. Belästige die Angestellten nicht, India, ich finde selbst hinaus." Er ging an Matt im Eingang vorbei und lüftete zum Gruß den Hut: „Kann nicht bleiben, muss los."

Matt sah ihm nach, dann kam er ins Wohnzimmer. „Was macht er denn hier?"

„Ich bin mir nicht ganz sicher", sagte ich.

Tante Letitia nahm wieder ihre Stickarbeit auf, ein selbstzufriedenes Lächeln auf dem Gesicht. „Er wird Lady Helen heiraten."

Willie schnaubte. „Nein, tut er nicht. Keiner von ihnen will die Ehe. Noch nicht auf jeden Fall."

Tante Letitia schnalzte mit der Zunge und setzte ihre Brille auf. „Nehmt doch nicht alles so ernst, was sie sagen. Sobald ihnen klar wird, wie gut sie zusammenpassen, wird es mit Volldampf vorausgehen. Beiden ist das Risiko bewusst, den anderen zu verlieren, wenn sie nicht bald ein Einverständnis erreichen." Sie stieß die Nadel durch den Stoff. „Ich gebe der Sache Zeit bis zum Ende des Frühlings für die Ankündigung, vielleicht sogar kürzer, wenn sie sich täglich treffen."

Willie hob die Zeitung, um ihr Gesicht zu verbergen. Sie beugte sich dichter zu mir und wies mich mit einer Kopfbewegung an, dass ich mich auch heranbeugen sollte.

Sie senkte die Stimme. „Soll ich es ihr sagen?"

„Ihr was sagen?", flüsterte ich.

„Dass ich gestern Nacht bei Helen war."

Ich schaffte es, die Lippen aufeinanderzupressen, bevor mein Keuchen entwich.

„Ich bin zu ihrem Fenster hinaufgestiegen, und sie hat mich reingelassen. Das hatten wir vorher abgemacht, beim Dinner."

„Also weiß Lady Sloane nichts", sagte ich und klärte das Offensichtliche.

„Helen sagt, ihre Familie würde das nicht gutheißen." Sie wies mit dem Kinn in Tante Letitias Richtung. „Lettie macht es nicht so viel aus, darum denke ich mir, ich sollte es ihr sagen, damit sie sich keine Hoffnungen auf eine rasche Ehe macht."

„Ihr macht es nichts aus, was du tust, Willie, aber das liegt daran, dass du keine junge englische Lady bist. Ich denke, sie wäre entsetzt, wenn sie herausfindet, dass Lady Helen lieber Frauen als Männer mag."

„Und nicht so unschuldig ist, wie sie tut." Willie wölbte verschlagen die Lippen. „Ich bin nicht ihre erste."

Ich räusperte mich und schaute hinab auf meine Röcke, den Boden – überallhin, nur nicht zu Willie. „Sag es nicht Tante Letitia. Sie wird es ganz dir vorwerfen, dass du Lady Helen verdorben hast, ganz gleich, was du sagst. Aber ich glaube, Davide solltest du es sagen. Er scheint zu denken, dass er eine Chance hat." Ich runzelte die Stirn. „Weshalb trifft sich Lady Helen heute mit ihm, wenn sie kein Interesse hat?"

„Wer hat denn gesagt, dass sie kein Interesse hat?"

„Ah. Sie mag also sowohl Männer als auch Frauen."

„Sie will einfach ein bisschen Spaß haben, solange sie jung ist. Sie will keinen Mann, der ihr sagt, sie soll sich konventionell benehmen. Ich schätze, das wird sie Davide schon bald klarmachen."

Matts Gesicht erschien über der Zeitung, er spähte zu uns herab. Fragend hob er die Augenbrauen.

Willie faltete die Zeitung zusammen und schlug sie ihm an die Brust. „Ich werde mal Duke suchen."

„Er hilft dem Eismann unten mit der Lieferung", sagte Matt.

Willie brach auf, und Matt nahm den Platz ein, den sie verlassen hatte. Er zog einen Brief aus seiner Tasche und reichte ihn mir. „Das kam gerade an. Es ist von Coyle."

Die Nachricht war sowohl an mich als auch an Matt adressiert und setzte uns in Kenntnis, dass der Innenminister und Mr. Le Grand, der leitende Spion, um vier Uhr Lord Coyle besuchen würden. Falls wir uns an der Unterhaltung beteiligen wollten, konnten wir auch teilnehmen.

Als die offizielle Beraterrolle Lord Coyle übergeben worden war, war ich enttäuscht gewesen, dass sie ihm mehr vertrauten als mir, besonders, wo ich ihn doch für den am wenigsten vertrauenswürdigen Mann in England hielt. Er war allerdings sehr mächtig, und diese Macht hatte sie wohl angezogen.

„Sollen wir hin?", fragte ich.

Matt rieb sich mit der Hand über den Mund und das Kinn. „Ich will nichts mit Coyle zu tun haben."

„Aber …"

„Aber können wir es uns leisten, nicht hinzugehen? Was, wenn etwas Wichtiges besprochen wird? Etwas, das dich betrifft?"

Ich stimmte zu. „Die Frage ist, weshalb will Coyle uns dort haben? Er hat doch schon das Gehör von Mr. Matthews und Mr. Le Grand. Er hilft, politische Leitlinien über Magier und den Einsatz von Magie zu gestalten. Er hat die Macht, die er sich immer gewünscht hat. Mich braucht er nicht."

Matt lächelte mich grimmig an. „Vielleicht ist ihm klar geworden, dass er dich doch braucht. Wie kann man denn bitte-schön eine Richtlinie über Magie gestalten und Englands mächtigste Magierin nicht um Rat fragen?"

Vielleicht hatte er recht. Herausfinden ließ sich das nur, wenn wir zu dem Treffen gingen. Ich schaute auf die Uhr und erhob mich. „Er hat uns nicht viel Zeit gelassen, um darüber nach-zudenken."

„Ich nehme an, das war Absicht."

* * *

Dem Ausdruck auf Hopes Gesicht, als wir durch die offene Tür zum Salon der Coyles gingen, war zu entnehmen, dass sie unseren Besuch nicht erwartet hatte. Matts Cousine sprang auf und beeilte sich, uns auf dem Treppenabsatz abzufangen. Ihre Brust hob und senkte sich, weil sie tief atmete, aber überhaupt nicht von dieser kleinen Anstrengung. Sie war nervös.

„Was macht ihr hier?", fragte sie.

„Coyle hat uns hergebeten", sagte Matt. „Dein Butler bringt uns zu seinem Bureau."

Der Butler räusperte sich, eine höfliche Anweisung, uns zu beeilen.

Matt wollte sich aber nicht drängen lassen. „Weißt du, weshalb er sich mit uns treffen wollte?"

„Nein, aber Mr. Matthews und Mr. Le Grand sind auch hier." Hope schaute mit gerunzelter Stirn zwischen uns hin und her. „Ich sehe, dass das keinen von euch überrascht. Ich bin immer die Letzte, die es erfährt, selbst wenn die Ereignisse in meinem eigenen Haus stattfinden."

„Hope, ist alles in Ordnung?", fragte Matt plötzlich.

Ihr Kinn ging nach vorne, und sie neigte den Kopf. „Natürlich." Etwas anderes zuzugeben, wäre ein Eingeständnis gewesen, dass sie durch ihre Ehe schwächer geworden war, nicht stärker. Und Hope verachtete Schwäche.

Sie war schon immer stolz gewesen, aber ihr Stolz hatte eine Schramme erhalten, als ihre Ehe mit Lord Coyle in sich zusammenzufallen begann, fast schon vom Tag ihrer Hochzeit an. In der Welt mochte sie durch ihn aufgestiegen sein, aber sie strahlte kein Selbstvertrauen mehr aus. Sie war so elegant und schön wie eh und je, allerdings mit einem Hauch Verletzlichkeit in ihrer Haltung, die sie noch anziehender machte.

Sie brachte auch Matts Beschützerinstinkt hervor. „Mein Angebot steht noch", sagte er. „Du weißt, wo wir sind, falls du uns brauchst."

„Ich brauche euch nicht. Ich brauche niemanden." Es schien, als hätte die Ehe sie nicht reifen lassen. Sie war trotzig wie eh und je.

Ich nahm Matt am Arm. „Du *brauchst* vielleicht niemanden, Hope, aber es kann ein Trost in schwierigen Zeiten sein, wenn man Freunde hat."

„Tu doch nicht so, als wärst du meine Freundin, India."

„Indias Angebot war ernst gemeint", fuhr Matt sie an.

Er sprach so selten streng mit ihr, dass sie zurückfuhr.

Matt legte die Hand über meine, und wir gingen hinter dem Butler die Stufen hinauf. Ich widerstand dem Drang, über die Schulter zurück zu Hope zu schauen.

Sowohl Mr. Matthews als auch Mr. Le Grand erhoben sich bei unserer Ankunft aus ihren Sesseln. Lord Coyle nicht. Er saß hinter dem Schreibtisch und knurrte einen Gruß um die Pfeife in seinem Mund herum. Er hob einen Finger von der Armlehne seines Sessels, um uns anzudeuten, dass wir uns setzen sollten.

„Guten Morgen, Mrs. Glass, Mr. Glass", sagte Mr. Matthews, während er sich wieder hinsetzte. „Ich hoffe, Ihnen beiden geht es gut?"

„Sehr gut, vielen Dank", sagte ich.

Mr. Le Grand begrüßte uns ebenfalls, mit etwas weniger Begeisterung als der Innenminister, aber höflicher als Lord Coyle. In Wahrheit war ich allerdings angenehm überrascht, weil ich mir nicht sicher gewesen war, wie uns diese Männer behandeln würden. Unser letztes Treffen hatte damit geendet, dass ich enttäuscht gewesen war, dass sie Lord Coyle zu ihrem Berater gewählt hatten, aber die Tür zu einer Zusammenarbeit stand noch immer offen. Sie brauchten mich mehr, als ich sie brauchte.

Mr. Le Grand setzte sich nicht wieder hin, sondern stellte sich neben die Buchregale. Indem er sich von uns absetzte, signalisierte er, dass er hier war, um zu beobachten. Mit verhülltem Blick und lockerer Haltung hätte man ihn leicht für einen gelangweilten Beamten halten können, aber das wusste ich besser. Es war nur vorgespielt. Dieser Mann war verschlagen.

„Werden Sie uns jetzt erzählen, weshalb Sie uns alle hier haben zusammenkommen lassen, anstatt sich in meinem Bureau zu treffen, Coyle?", fragte Mr. Matthews. Er war das Musterexemplar eines eleganten Politikers, aber ich würde ihn nicht unterschätzen. Er war intelligent, und er versteckte es nicht, wie Mr. Le Grand es tat. Er wollte, dass wir es wussten.

Lord Coyle lehnte sich zurück, sodass der Sessel protestierend knarzte. „Mir ist es hier lieber."

„Natürlich, aber in der Zukunft ist es sinnvoller, dass Sie ins Innenministerium kommen."

„Für mich nicht. Was den Grund dieses Treffens betrifft, die Unruhen zwischen Magiern und Talentfreien wachsen an."

Mr. Matthews wartete auf mehr, aber es kam nichts. „Und?"

„Und Sie unternehmen nichts dagegen."

„Wir haben um Ruhe gebeten, und die Polizei tut alles, was in ihrer Macht steht. Es gab Festnahmen ..."

„Die Schlüsselpersonen, die Ärger machen, wurden nicht festgenommen."

Ein Muskel pulsierte in Mr. Matthews' Wange, während er die Zähne aufeinanderbiss. „Sie werden von anderen geschützt, aber wir werden ihre Identität bald herausfinden."

„Nicht bald genug." Lord Coyle nahm seine Pfeife und deutete damit auf den Innenminister. „Und die viel wichtigere Frage ist, was machen Sie zum langfristigen Schutz der Magier in der Stadt und im ganzen Land."

Mr. Matthews' Blick huschte zu Mr. Le Grand und dann zurück zu Lord Coyle. „Dort kommt Ihr Rat gelegen, mein Lord." Er wirkte verwirrt, als hätten sie das schon einmal besprochen. Ich hatte das Gefühl, dass Lord Coyle den Punkt zu meinen Gunsten noch einmal zur Sprache brachte. „Wir werden das bei der Gestaltung unserer Leitlinien berücksichtigen."

„Bah! Was für eine Zeitverschwendung das sein wird." Lord Coyle steckte sich die Pfeife wieder in den Mund. Er saugte daran und zog, nur um sie wieder herauszunehmen, da er von einem Husten geschüttelt wurde. Er wurde ganz rot im Gesicht, und eine dicke Ader pulsierte im Hals über dem Kragen. Zum Glück ließ das Husten nach, und er konnte weiter sprechen. „Wir müssen sofort etwas unternehmen. Ich habe nicht zugestimmt, ein Berater zu sein, nur damit mein Rat ignoriert wird."

„Er wird nicht ignoriert." Mr. Matthews mochte ja ein vollendeter Politiker sein, aber er konnte seinen Ärger nicht ganz verbergen. „Solche Dinge brauchen Zeit. Es ist ein Prozess ..."

„Verdammt sei der Prozess!" Lord Coyles Worte hallten durch das Bureau, bevor sich eine angespannte Stille niederließ.

Mr. Matthews wirkte unsicher, wie er fortfahren sollte. Er mochte ja der Leiter des Innenministeriums sein, aber er richtete sich an einen Earl mit genauso viel, wenn nicht mehr Macht, als er besaß. Er war auch in unsicheren Gewässern unterwegs. Sein Wissen über Magie war vermutlich das Geringste von allen hier im Raum.

Ich erwartete, dass Mr. Le Grand das Schweigen brach, doch er schien eher daran interessiert, zu sehen, wie sich die Ereignisse abspielten.

Matt war es, der als Erster sprach. „Also entwickelt sich Ihr Bündnis nicht sonderlich gut. Ich bin nicht überrascht, aber was hat das mit India zu tun?" Er mochte zwar wenig interessiert klingen, aber in seiner Stimme lag eine Anspannung, die nur jene erkennen konnten, die mit ihm vertraut waren.

Lord Coyle beugte sich vor und legte seine Pfeife auf den Schreibtisch. „Folgendes ist mein Vorschlag. Die Aufstände müssen niedergeschlagen werden, bevor es zur kompletten Anarchie kommt."

Mr. Matthews schnaubte. „So weit wird es nicht kommen."

„Nicht?"

Mr. Matthews sog scharf Luft ein. „Bald wird die Polizei sie unter Kontrolle haben. Lassen Sie der Sache Zeit."

„Zeit." Lord Coyles Blick verlagerte sich auf mich, und er lachte leise. Das endete in einem rasselnden Husten, das kurz seinen ganzen Körper vereinnahmte. Als es nachließ, wischte er sich den Mund und den Schnurrbart mit einem Taschentuch ab. „Die Zeit wird nicht heilen, sie wird die Brüche nur vergrößern. Die Aufstände müssen jetzt aufgehalten und neue Gesetze erlassen werden, sobald es möglich ist, bevor die Stadt zerrissen wird."

„Ach. Jetzt sehe ich, worauf Sie hinaus wollen." Mr. Matthews wandte sich an Matt und mich. „Lord Coyle hat einige neue Gesetze vorgeschlagen, was den Einsatz von Magie betrifft. Konkret will er, dass die Handwerkergilden keine Kontrolle über das Geschäft eines Magiers mehr haben. Ein Magier sollte seine Magie einsetzen dürfen, wie es ihm passt."

Das klang nicht unvernünftig. Weshalb also die Anspannung zwischen diesen Männern?

„Er schlägt auch vor, dass die Regierung eine Kampagne aufsetzt, um sicherzustellen, dass die Öffentlichkeit sich darüber bewusst ist, dass Magie nicht ewig anhält."

„Das wird die Nachfrage nach ihren Waren etwas mindern", stimmte ich zu. „Und das wiederum wird die Anspannung zwischen den Talentfreien und den Magiern deeskalieren."

„Der Wert Ihrer magischen Sammlung würde gemindert", sagte Matt zu Lord Coyle. „Wenn jeder magische Gegenstände kaufen kann, werden sie nicht mehr länger seltene Sammlerstücke sein."

Lord Coyle hob die Schultern zu einem Zucken. „Es steht etwas Größeres auf dem Spiel. Das Wohl der Nation. Und was für einen Sinn hat es, wenn ein alter Mann Gegenstände sammelt, der keine Erben hat, denen er sie hinterlassen kann?"

„Sie haben eine Frau."

Ein weiteres Schulterzucken tat Hope mit genauso viel Fürsorge ab, als hätte er einen Bediensteten aus dem Raum entlassen.

Matt wandte sich an Mr. Matthews. „Das ist nicht alles, oder?"

Mr. Matthews zögerte. Vielleicht hatte er nicht erwartet, weiter bedrängt zu werden. „Coyle will auch ein Gesetz, das erlassen wird, um zu sicherzustellen, dass Mrs. Glass die Magie einiger weniger auserwählter Magier verbessert."

„Was?", brach es aus Matt hervor.

Ich legte Matt eine Hand auf den Arm, um ihn davon abzuhalten, hinaus zu stürmen. „Mit *verbessern* meinen Sie, ihre Magie verlängern."

„Und neue Zauber erschaffen, indem man unterschiedliche Magiearten zusammenfügt", ergänzte Lord Coyle. „Genauso, wie Sie es mit dem Bewegungszauber getan haben, der den Teppich fliegen ließ. Die Möglichkeiten sind endlos, und …"

„India hat ihren Standpunkt dazu klargemacht", stieß Matt hervor.

„Ich habe kein Interesse", sagte ich und erhob mich.

„Nicht?" Lord Coyles Ruhe ließ es mir kalt bis auf die Knochen werden. Ich bekam das Gefühl, dass er Spaß hatte. „Weshalb führen Sie dann eine Liste mit Magiern?"

„Tun wir nicht", sagte Matt.

Lord Coyle schaute ihn nicht an. Er hielt den Blick fest auf mich gerichtet, als würde er sich durch meinen Schädel bohren, um meine Geheimnisse zu enthüllen. „Natürlich tun Sie das. Weshalb sollten Sie nicht? Es ist sinnvoll, die Namen für Sie und zukünftige Generationen zu sammeln. Bei der Magie geht es immerhin um Abstammung." Er nahm wieder seine Pfeife. „Ich weiß, dass Sie Zauber erschaffen möchten, Mrs. Glas."

„Möchte ich nicht", fuhr ich ihn an. „Ich bastle gern mit Uhren herum und nutze meine Magie, um kaputte zu reparieren, aber das Zauberschöpfen ist nicht meine Berufung, mein Lord. Glauben Sie nicht alles, was Fabian Charbonneau Ihnen erzählt hat. Er ist ein hervorragender Lügner."

Fabian hatte uns wochenlang ins Gesicht gelogen, so getan, als wäre er mein Freund, während er versucht hatte, den Mann zu töten, den ich liebte, um dabei mein Leben zu zerstören. Kein Freund hätte das getan.

Aber er hatte zum Teil recht, wenn er sagte, dass das Ausüben von Magie ein Zwang war. Es war allerdings ein Drang, den ich befriedigen konnte, indem ich einfache Magie ausübte. Ich musste keine neuen Zauber schöpfen.

„Schon in Ordnung", sagte Mr. Matthews mit einem stählernen Hauch in der Stimme. „Ich habe Coyle gesagt, dass ich an seiner Idee nicht interessiert bin. Ich weiß nicht, weshalb er glaubte, Sie herzuholen, würde irgendetwas verändern. Dachten Sie, Sie können sie überzeugen, dass sie es sich anders überlegt, Coyle?"

Coyle biss nicht an. Stattdessen wirkte er von Mr. Matthews' beißendem Tonfall nicht verstört. „Was meinen Sie, Le Grand", fragte er.

Mr. Le Grand kam aus den Schatten und näherte sich. Sein Blick war nicht mehr verhüllt, er konzentrierte sich auf mich. „Ich gebe zu, Coyles Gedanke ist an der Oberfläche faszinierend. Das Potenzial für Größe und Erfindungen ist enorm. Fliegende Teppiche sind nur ein Gedanke, aber es gibt viele andere, von denen die Nation profitieren könnte. Banknoten, die nicht zerreißen. Straßen, die man nur selten erneuern muss. Schiffe, die nicht sinken können. Es geht sogar das Gerücht, dass man Ihre

Magie mit der eines Arztes kombinieren kann, um die Verwundeten am Leben zu erhalten."

Ich schluckte, schaffte es aber, meine Züge nicht entgleisen zu lassen. Neben mir wurde Matt ganz reglos. „So etwas wie medizinische Magie gibt es nicht", sagte ich. Falls diese Männer wussten, wozu Gabe Seaford und ich fähig waren, falls sie wussten, dass Matt von der Magie in seiner Uhr am Leben gehalten wurde, würden sie mich vielleicht nie wieder aus diesem Raum lassen. Flüge auf einem fliegenden Teppich waren eines, aber Soldaten zu heilen, die in der Schlacht verwundet waren, war jenseits aller Vorstellung wertvoll.

Lord Coyle kniff ganz leicht die Augen zusammen.

Mr. Le Grands Lächeln legte nahe, dass er wusste, dass ich log. „Es gibt nur eine äußerst große Schwäche bei Coyles Idee."

„Und die wäre?"

„Sie. Sie sind nur eine Frau. Sie können nicht überall sein und alles tun. Sie würden erschöpfen. Nicht nur das, es ist klar, dass Sie keine freiwillige Teilnehmerin an diesem Plan wären."

Das Gegenargument war, dass man mich zwingen konnte, teilzunehmen. Wenn die Regierung wollte, dass ich das tat, was Lord Coyle nahelegte, mussten sie nur meine Familie und Freunde bedrohen. Wenn sie das nicht wussten, wusste Lord Coyle es gewiss.

Lord Coyle nahm die Pfeife zwischen seinen Lippen hervor. „Sie sind eine wertvolle Ressource, Mrs. Glass. So sollte man Sie auch behandeln, genauso wie die aufgewecktesten Wissenschaftler, die zum Wohle der Nation arbeiten."

„Die tun das freiwillig", erklärte ich.

Er steckte sich die Pfeife in den Mund, und seine Lippen wölbten sich zu einem makabren Lächeln darum herum.

Matt erhob sich. „Wir haben genug gehört."

„Ich bin auf Ihrer Seite", sagte Lord Coyle. „Ich stehe auf der Seite der Magier."

„Sie stehen auf Ihrer eigenen Seite", schoss ich zurück. „Der Seite der Macht. Ich will nichts mit Ihnen zu tun haben, oder mit Ihren Plänen." Ich nahm Matts Hand, und wir waren unterwegs zur Tür.

„Warten Sie", rief Mr. Matthews. „Einen Augenblick, bitte.

Können wir zu der drängendsten Angelegenheit zurückkehren? Was schlagen Sie vor, das wir tun, um die Aufstände zu beenden, Mrs. Glass?"

Wie schnell sich die Dinge änderten. Sie hielten Lord Coyles Rat wohl wirklich für schlecht, wenn sie sich jetzt an mich wandten, und auch noch in seiner Anwesenheit. Es wäre leicht gewesen, zu prahlen, aber ich hielt meine Züge beherrscht und schaute nicht zu Seiner Lordschaft.

„Es muss eine goldene Mitte gefunden werden, die beiden Parteien gegenüber gerecht ist. Am besten wäre das, wenn man sie zurate zieht. Ich schlage vor, die beiden Seiten zur Diskussion zusammenzubringen."

Lord Coyle schnaubte. „Sie werden sich niemals einigen."

„Die Magier werden nicht verwinden, genauso wenig können sie sich wieder in die Schatten zurückziehen. Die Aufstände und die Verfolgung lassen sich nur aufhalten, wenn man sich annähert. Es wird nicht leicht, und es wird auf beiden Seiten Leute geben, die nicht zufrieden sein werden, aber ich glaube, die Vernunft wird für die Mehrheit überwiegen."

Mr. Matthews stimmte zu. „Haben Sie Vorschläge, wie diese goldene Mitte aussehen sollte?"

Ich öffnete den Mund, um zu antworten, aber Matt ging dazwischen. „Falls Sie die Vorschläge meiner Frau hören wollen, besuchen Sie sie bitte, wenn es Ihnen passt." Das wurde um Coyles willen gesagt. Matt wollte nicht, dass ich irgendetwas vor Seiner Lordschaft preisgab, weil er Angst hatte, dass das irgendwie gegen mich eingesetzt werden würde.

Lord Coyle packte seinen Gehstock und schob sich mit einem gequälten Zucken auf die Beine. Diese kleine Anstrengung sorgte dafür, dass er flach atmete. Plötzlich wirkte er wie ein alter, ungesunder Mann. Aber er erholte sich rasch, und jegliches Mitgefühl, das ich für ihn verspürt hatte, verschwand, als er eine hämische Miene aufsetzte.

Ich marschierte zur Tür, wollte so weit von ihm weg wie möglich.

„Sie werden es bedauern, mich auszuschließen." Es war nicht klar, ob er sich an Matt und mich richtete, oder Mr. Matthews und Mr. Le Grand.

Trotzdem erschauerte ich. Lord Coyles Drohungen wurden immer wahr.

Matt öffnete die Tür und enthüllte, dass dort Hope stand. Ihre großen Augen schauten zu ihm auf, ohne zu blinzeln.

„Ist das meine Frau, die wieder an der Tür lauscht?" Lord Coyle stieß das Ende seines Gehstocks in den Boden.

Hope fuhr zusammen. Ihr Gesicht wurde blass.

„Armselig", spie ihr Mann aus. „Armselig und nutzlos."

„Sprechen Sie nicht auf diese Art von meiner Cousine", knurrte Matt. „Sie hat etwas Respekt verdient."

„Machen Sie sich doch nicht die Mühe, so zu tun, als wäre Ihnen das wichtig, Glass. Sie wissen so gut wie ich, dass meine Frau ein manipulatives, selbstsüchtiges Wesen ist. Sobald sie bekam, was sie wollte, hat sich ihre wahre Natur gezeigt." Er humpelte durch den Raum, lehnte sich schwer auf seinen Gehstock. Auf seinem Gesicht stand Schweiß, als er bei uns ankam. „Sehen Sie sie sich jetzt an, wie sie dort steht und zittert, als würde ich ihr Angst machen, als wäre sie ein Opfer. Sie haben sich doch früher nicht von ihr hereinlegen lassen, Glass, also lassen Sie sich von ihrem Schauspiel jetzt nicht hinters Licht führen. Sie sind doch klüger als das."

Hopes Lippen bebten. „Mein Gatte, bitte, hör damit auf. Ich habe doch nichts getan ..."

Lord Coyle schlug mit dem Gehstock an das Tischbein neben der Tür. Hope und ich fuhren beide zusammen. Sie zog den Kopf ein und trat zurück. Jetzt gab es keine Spur mehr von ihrem Stolz, keinen Hinweis auf die starke Frau, die sie gewesen war, als sie versucht hatte, Matt zu einer Ehe zu manipulieren. Sie war immer noch schön, aber es war die Schönheit eines Schmetterlings, der in einem Glas gefangen war. Selbst ich wollte sie aus diesem Elend befreien.

„Komm mit uns nach Hause", drängte Matt sie leise.

Sie wischte sich die Hände an ihren Röcken ab und schüttelte den Kopf. „Das ist mein Heim, und mein Mann hat recht. Ich habe mein Bett gemacht, jetzt muss ich mich hineinlegen. Er ist der Mann, den ich verdient habe. Das wissen wir alle."

Matt machte einen Schritt auf sie zu, aber sie hob die Hände, um ihn abzuwehren. „Nicht, bitte." Tränen standen in ihren Augen, und sie versuchte, sie wegzublinzeln.

Lord Coyles hämisches Grinsen kehrte zurück. „Du solltest auf der Bühne stehen, meine Liebe."

Hope wandte sich um und eilte weg, verschwand durch einen Gang.

Ich nahm wieder Matts Hand. Sie war stark, sein Griff fest, während wir die Stufen hinabgingen. Er sagte nichts, bis der Butler uns hinausließ, und dann lag es an mir, Woodall anzuweisen, uns nach Hause zu fahren. Matt wartete, bis wir außer Sicht von Coyles Stadthaus waren, bevor er die Faust in die Tür rammte. Zum Glück war sie gepolstert.

Ich berührte ihn am Knie. „Du kannst sie nicht retten. Außer, sie will gerettet werden."

Er nahm meine Hand und drückte sie sich an die Lippen. Er küsste meine Knöchel durch den Handschuh und neigte den Kopf. Er holte tief Luft und stieß sie langsam wieder aus. Es schien ihm zu helfen, ein wenig seiner Fassung zurückzugewinnen. „Ich weiß. Darum verabscheue ich das. Es gibt nichts, was ich tun kann."

KAPITEL 3

Willie verabscheute die Oper. Als sie uns daher fragte, ob sie mit uns kommen konnte, war ich skeptisch, was ihre Motive anging. Ihre Ausrede war, dass sie ihren kulturellen Horizont erweiterte, aber das klang unaufrichtig. Willies Vorstellung von Kultur war, sich einen Boxkampf im Keller eines Pubs in Mayfair anzusehen, anstatt in einem Pub im East End.

Der echte Grund wurde etwas klarer, als Lord Farnsworth ein paar Minuten, bevor der Vorhang eröffnet werden sollte, in unsere Loge schlenderte. Er verbeugte sich vor Tante Letitia und mir und schüttelte Matt die Hand. Als er Willie sah, blieb er abrupt stehen, da sie in ihre feinste Gentleman-Garnitur gekleidet war.

Er betastete das Revers ihrer Weste. „Das wird sie nicht beeindrucken, wie du weißt."

Tante Letitia senkte das Programm, in dem sie gelesen hatte, auf ihren Schoß. „Wen beeindrucken?"

„Samtkragen und bestickte Manschetten sind nicht mehr in Mode."

Willie zupfte an ihren Manschetten und dehnte den Hals im steifen Hemdkragen. Sie war nicht daran gewöhnt, formelle Opernkleidung zu tragen, hatte sich auf dem Großteil der Fahrt nach Covent Garden beschwert, bis Tante Letitia gedroht hatte,

Woodall die Kutsche umdrehen und nach Hause fahren zu lassen, damit Willie sich etwas Feminineres anziehen konnte. Willie hatte aufgehört, herumzujammern, aber den Rest des Weges über weiterhin auf ihrem Sitz gezappelt.

„Ihr ist Mode ohnehin egal", grollte Willie.

Tante Letitia schlug sie mit ihrem geschlossenen Fächer auf die Handknöchel. „Ich verlange, zu wissen, von wem ihr redet."

„Lady Helen", erklärte ihr Matt. „Sie versuchen beide, ihre Hand für sich zu gewinnen."

Tante Letitia Lippen bildeten ein O.

„Ihre Hand ist nicht gerade das, was ich will", murmelte Willie.

Tante Letitia schlug mit dem Fächer fester auf Willies Knöchel.

Willie verschränkte die Arme und steckte die Hände unter die Achseln, außerhalb der Reichweite von Tante Letitia. „Ich und Davide mögen beide Helen. Er ist eifersüchtig, weil sie mich gewählt hat."

„Sie hat nicht dich gewählt." Lord Farnsworth hob seine Hosenbeine an und setzte sich. „Sie hat noch gar niemanden gewählt."

„Wie nennst du das denn, was zwischen ihr und mir gestern Nacht passiert ist?"

„Eine Ablenkung. Ablenkungen sind nichts Ernstes, Willie. Sie sind ein Aperitif vor dem Hauptgericht." Er holte ein zierliches silbernes Opernglas aus seiner Tasche. „Wo ist sie überhaupt?"

Ich nickte in die Richtung von Lady Sloanes privater Loge, wo ihre Nichte mit sicherer Eleganz saß, obwohl ihr bewusst sein musste, dass die Operngläser sich auf sie richteten. In ihrem zarten rosa-weißen Kleid mit einem Spitzensaum am Ellbogen und in der Art, wie ihre Haare in weichen Locken um ihr Gesicht fielen, wirkte sie feminin und unschuldig. Es gab keinen Hinweis auf ihr abenteuerliches Gemüt.

Als reiche Adlige und Neuankömmling in London war sie ein Kuriosum und würde es auch bleiben, bis weitere Mädchen zum Saisonbeginn allmählich in der Stadt eintrudelten. Ihre Teilnahme hier und an anderen Ereignissen strahlte ihre

Verfügbarkeit aus. Wenn sie daran scheiterte, ihre Familie zu überzeugen, ihr Zeit zu lassen, eine Liebesheirat einzugehen, würde sie feststellen müssen, dass sie im Handumdrehen verlobt war.

Ich beugte mich dichter an Lord Farnsworth. „Falls du vorhast, deinen Hut in den Ring zu werfen, würde ich mich sputen."

Er senkte das Opernglas und tat meine Sorge mit einer großen Geste ab. „Ich habe Zeit. Sie ist nicht bereit. Sie will erst noch etwas Spaß haben."

Tante Letitia schnalzte mit der Zunge, gab aber keine Bemerkung von sich.

„Vielleicht will sie niemals heiraten", sagte Willie mit einem funkelnden Blick, der sich an Lord Farnsworth und mich richtete. „Manche Frauen wollen das nicht."

„Nicht alle Frauen haben die Freiheit, zu tun, was sie wollen", sagte ich. „Ganz besonders nicht Adlige."

Die Lichter wurden gedämpft, und die Menge wurde still. Ich richtete mich auf einen Abend voller Musik ein. Auf halbem Weg durch den zweiten Akt zeigte ein leises Schnarchen, dass Willie eingeschlafen war. Als die Lichter bei der Pause wieder angingen, trat Lord Farnsworth ihr an den Fußknöchel.

Sie schniefte und wischte sich den Mund mit dem Handrücken ab. „Ist es rum?"

„Die erste Hälfte", sagte Matt, der genauso gelangweilt wirkte wie seine Cousine. „Ich vertrete mir mal die Beine."

Nur Augenblicke, nachdem er die Loge verlassen hatte, bekamen wir Besuch. Mr. und Mrs. Delancey vom Klub der Sammler traten ein, auf ihren Gesichtern ein breites Lächeln. Gekleidet in dramatisches Scharlachrot und schwarzen Satin und Spitze, wirkte sie wie eine verletzte Fledermaus, die sich auf uns stürzte. Tante Letitia rümpfte die Nase, als Mrs. Delancey sich auf Matts freigewordenen Sessel setzte, ohne eingeladen worden zu sein.

„Was für ein wunderbarer Zufall", erklärte Mrs. Delancey. „Sie kommen nicht oft in die Oper, India."

„Sie hasst sie", sagte Willie.

„Ich hasse sie nicht", entgegnete ich. „Mir sind nur die leichteren Operetten von Gilbert und Sullivan lieber. Ich genieße Aida allerdings sehr."

„Man geht doch nicht wegen der Musik in die Oper, meine Liebe." Mrs. Delancey schaute hinaus auf das Meer der Zuschauer, sowohl unter uns als auch in den Logen. „Man kommt, um zu beobachten. Haben Sie Lady Louisa Hollingbroke gesehen? Sie wirkt ziemlich einsam, mit lediglich ihrer alten Tante als Begleitung. Das geschieht ihr recht, nachdem sie die Verlobung mit diesem skurrilen Journalistenfreund von Ihnen beendet hat."

Louisa war nicht diejenige gewesen, die die Beziehung beendet hatte; das war Oscar gewesen. Aber sie waren übereingekommen, in die Welt zu setzen, dass sie mit ihm Schluss gemacht hatte, um ihr die Erniedrigung zu ersparen. „Er ist nicht skurril, nur naiv, weil er glaubt, von seinem Buch würden Magier profitieren."

Ich beobachtete Louisa, die in ihrer großen Privatloge neben ihrer ältlichen Tante saß. Die beiden sprachen nicht. Vielmehr wirkte die Tante, als würde sie schlafen. Es kam auch niemand zu Besuch, was mich überraschte. Louisa war reich und hatte einen Titel, was sie zu einem ziemlich guten Fang machte. Gentlemen sollten sie doch umwerben wollen, und Damen nach ihrer Freundschaft verlangen. Aber ich hatte nie mitbekommen, dass sie mit jemandem außerhalb des Klubs der Sammler verkehrte. Vielleicht betrachtete man sie als zu alt für die Ehe, da sie schon etliche Jahre in der Londoner Gesellschaft unterwegs war.

„Verdammt", murmelte Lord Farnsworth plötzlich, während er durch sein Opernglas schaute.

Ich folgte seinem Blick zu Lady Helen, die nun mit einem kleinwüchsigen Gentleman sprach. Aus der Ferne konnte ich es nicht ganz erkennen, aber es schien, als wäre ihre Tante irgendwie peinlich berührt von der Anwesenheit des Neuankömmlings, denn sie wedelte heftig mit ihrem Fächer.

Und da wurde mir klar, dass es überhaupt kein Gentleman war. Es war Willie. Der Stuhl, auf dem sie hinter Tante Letitia gesessen hatte, war leer. Mir war nicht aufgefallen, dass sie gegangen war.

Lord Farnsworth sprang auf und schob sich an Mr. Delancey

vorbei. Er war weg, bevor ich ihm raten konnte, keine Szene zu machen.

Mrs. Delancey keuchte. „Sie schaut her."

„Lady Helen?"

„Louisa."

Louisa nickte mir kurz zu, und ich nickte zurück. Dann drehte sie sich plötzlich um, als ein Gentleman in ihre Loge kam. Er verbeugte sich vor ihr und ihrer Tante. Als er sich aufrichtete, schlug mir das Herz bis zum Hals.

Mrs. Delancey keuchte erneut. „Diese abscheuliche Kreatur. Dieser verdorbene, schreckliche, entsetzliche Mann. Wie *kann* er es wagen, sein Gesicht zu zeigen!"

Es war das erste Mal, dass ich Fabian sah, seit er versucht hatte, Matt vor unserem Haus zu töten. Laut Kriminalinspektor Brockwell, dessen Männer ihn beobachteten, hatte Fabian sich bedeckt gehalten und kaum je sein Haus verlassen.

Mr. Delancey stellte sich neben seine Frau und kniff die Augen in die Richtung von Louisa und Fabian zusammen. „Er hat wohl gehofft, man würde ihn nicht bemerken, wenn er während der Pause eintrifft. Das würde ich ein monumentales Scheitern nennen."

Mrs. Delancey griff nach Lord Farnsworths Opernglas und schaute hindurch. „Louisa hat ja Nerven, dass sie ihn einlädt. Tatsächlich hat sie Nerven, überhaupt mit ihm befreundet zu bleiben."

Das mochte ja so sein, aber es war unvermeidbar, dass sie sich auf Fabians Seite stellen würde. Da ihre Verlobung mit Oscar gelöst war, suchte sie nach einem weiteren Magier, den sie heiraten konnte. Sie hatte schon immer den Blick auf Fabian gerichtet, wegen seiner Macht, aber er hatte ihre Avancen immer wieder abgelehnt. Nun, da sie der einzige Freund war, den er in London noch hatte, lehnte er sie nächstes Mal vielleicht nicht ab. Vielleicht hatten sie bereits eine Übereinkunft getroffen, und deswegen war er in der Opernloge der Familie anwesend.

Fabians Blick ging plötzlich zu uns. Ich schaute rasch nach unten und musterte das Programm auf meinem Schoß.

Matt kehrte zurück, als gerade die Lichter gedämpft wurden. Die Delanceys hatten sich verabschiedet, aber Mrs. Delancey hielt inne, bevor sie aufbrach. „Ist dieses Opernglas magisch, India?"

Ich strich mit der Hand über das schöne Silbergerät, das sie auf Lord Farnsworths Stuhl zurückgelegt hatte. Ich spürte die Wärme schwacher Magie. Aber das würde ich ihr nicht sagen. Wenn ich das tat, würde sie mich bedrängen, bis ich herausfand, wer es angefertigt hatte. „Weshalb?"

„Es ist sehr hübsch. Kennen Sie irgendwelche Magier, die Operngläser herstellen?"

„Nein."

„Einen Silberschmied-Magier dann?"

„Nein, es tut mir leid."

Sie seufzte. „Wie schade. Was ist mit einem …"

„Einen schönen Abend noch, Mrs. Delancey", sagte Matt steif, während er ihr die Tür aufhielt. „Genießen Sie den Rest der Oper."

Mit verhaltenem Blick zu Matt nahm Mr. Delancey die Hand seiner Frau und zog sie aus unserer Loge.

„Eine vulgäre Frau", murmelte Tante Letitia, während sie sich auf ihrem Platz entspannte. „Ich bin froh, dass du sie nicht eingeladen hast, sich uns zur zweiten Hälfte anzuschließen, India. Glaubst du, Davide und Willie kehren zurück?"

Matt setzte sich und nahm mich bei der Hand. Im trüben Licht konnte ich gerade noch sein beruhigendes Lächeln erkennen. „Ich bin mir nicht sicher", sagte er.

„Wo glaubt ihr denn, sind sie einfach so hingeeilt? Das war äußerst merkwürdig."

Ich seufzte, dankbar, dass ihre Sicht nicht so gut war, dass sie Willie und Lord Farnsworth bei Lady Helen sah.

Willie und Lord Farnsworth trafen uns kurz nach dem Ende der Vorführung. Sie gingen zusammen aus, um sich nächtliche Unterhaltung zu suchen. Es schien, als hätten sie vorerst ihre Rivalität beiseitegelegt. Ich war froh, zu sehen, dass sie nicht Lady Helen zwischen sich hatten treten lassen.

Ich wartete, bis wir zu Hause waren, bevor ich Matt erzählte, dass Fabian bei Louisa gewesen war. Er war nicht überrascht.

„Sie brauchen einander jetzt mehr denn je." Er hob die Haare von meiner Schulter und schaute mich im Spiegelbild des Ankleidetisches an. Er stand hinter mir, nur in seiner Hose, die Hände auf meinen Schultern, und küsste mich auf den Kopf. „Habe ich dir gesagt, wie hübsch du heute Abend aussiehst?"

„Zweimal." Ich lehnte den Kopf nach hinten, und er küsste mich auf den Mund. „Du siehst auch ziemlich umwerfend aus." Ich nahm meine Bürste und strich damit durch meine Haare. „Du machst dir keine Sorgen, dass Fabian und Louisa sich zusammentun?"

Er schüttelte den Kopf. „Sie können uns nichts anhaben. Die Polizei hat Fabian im Blick. Wenn er einen falschen Schritt macht, wird er wieder festgenommen. Und Louisa ist harmlos."

„Sie ist klug."

„Aber nicht gefährlich."

Ich war mir da nicht so sicher. Ich war nicht der Meinung, dass wir sie unterschätzen sollten.

Matt berührte meine Hand, um mich vom Kämmen abzuhalten. Er beugte sein Gesicht herab, damit es vor meinem war, und betrachtete mich im Spiegel ganz ernst. „Louisa ist nur ein selbstsüchtiger Mensch mit einem Ziel – einen Magier zu heiraten und magische Kinder zu empfangen. Ihre Freundschaft mit Charbonneau könnte dazu führen, dass sie heiraten, aber falls das so ist, spielt es keine Rolle. Nicht für uns. Es macht keinen von ihnen mächtiger, als sie bereits sind. Es verändert nichts."

Er sagte das mit so einer Sicherheit, dass ich feststellte, dass ich zustimmte. Ich stieß Luft aus und sank in seine Arme.

Unsere Umarmung wurde von einem Klopfen an der Tür unterbrochen. Es war Tante Letitia, die abermals ein Töpfchen heiße Schokolade brachte. Sie reichte es Matt mit einem Lächeln, und er dankte ihr.

„Wie lieb, dass du mir vor dem Bettgehen eine Tasse bringst, Tante."

„Die ist nicht für dich!" Sie nahm ihm das Töpfchen und die Tasse weg und stellte sie auf den Ankleidetisch. „Die ist für India." Sie tätschelte mir die Schulter und ging.

Matt schüttelte den Kopf und lachte leise, während ich die Schokolade in die Tasse goss. Ich nippte und verzog das Gesicht, weil sie so bitter war. Ich reichte die Tasse Matt. „Ich verrate ihr nicht, dass sie dir lieber ist."

„Ich weiß gar nicht, weshalb sie dir heiße Schokolade macht, und nicht mir. Ich bin ihr Lieblingsneffe."

„Du bist ihr einziger Neffe. Jetzt trink aus und komm ins Bett." Er stürzte die Schokolade in einem riesigen Schluck hinab.

* * *

WIR WACHTEN AUF, als es noch dunkel war und jemand an unsere Eingangstür hämmerte. Störungen während der Nacht brachten niemals gute Nachrichten.

Matt sprang aus dem Bett, bevor ich auch nur die Gelegenheit bekam, mich herum zu rollen. „Warte hier." Er warf sich Hemd und Hose über und lief aus dem Schlafzimmer. Seine Schritte waren so leicht, er machte kaum ein Geräusch, als er die Stufen hinablief.

Zwei weitere Paar Füße klangen wie Elefanten, als sie hinabliefen.

Ich zog einen Hausmantel über mein Nachtgewand und folgte ihnen. Ich kannte das Haus gut genug, um kein Licht zu brauchen, aber dennoch hielt ich die Hand auf dem Treppengeländer, um sicherzustellen, dass ich nicht stürzte. Ein Licht flackerte unten in der Eingangshalle, aber als ich näherkam, wurde mir klar, dass es von einer Laterne kam, die ein junger Konstabler hielt, der gleich in der Tür stand. Er war kaum alt genug, um als Mann zu gelten, und der übergroße Mantel ließ ihn sogar noch jugendlicher erscheinen.

Ich kam gerade rechtzeitig an, um zu hören, wie Cyclops sagte: „Ich ziehe mich an." Er lief an mir vorbei, zurück die Stufen hinauf. „Morgen, India."

„Was ist los?", fragte ich Matt und Duke, die bei dem Konstabler standen. „Was geht hier vor?"

Matt schloss die Tür, damit die kalte Luft draußen blieb. „Cyclops wird gebraucht. Es gab einen Aufruhr in seinem Einsatzbereich, und alle fähigen Männer müssen sich zum Dienst melden."

„Alle *großen* Männer", verbesserte der Konstabler, der seinen

Hut abnahm und zum Gruß nickte. „Viele gibt es nicht, die größer sind als Konstabler Nate Bailey." Er schaute mit großäugiger Bewunderung die Treppe hinauf.

„Was für einen Aufruhr denn?", fragte ich.

„Eine Menge versammelt sich auf der Hauptstraße von Shoreditch, um den Morgenverkehr zu behindern."

„Ein Protestmarsch der Talentfreien?"

„Es sind Talentfreie", sagte Matt, „aber es scheint kein Marsch zu sein. Sie stellen Barrikaden auf."

Barrikaden bedeuteten für gewöhnlich, dass sie sich einige Zeit dort festsetzen wollten, vielleicht sogar gewalttätig werden, falls man ihren Forderungen nicht nachkam. Die Barrikaden würden Schutz vor der Polizei bieten, die versuchte, sie zum Gehen zu bewegen.

Plötzlich ging die Tür auf, und Willie stolperte herein, immer noch in ihrem formellen Gentleman-Aufzug, aber die Krawatte hatte sie sich in die Manteltasche gestopft, und ihr Hemdkragen war halb gelöst. Sie hatte ihren Hut verloren. Sie sah den Konstabler mit zusammengekniffenen Augen an und bekam dann einen Schluckauf.

Er packte sie am Arm und verdrehte ihn ihr hinter dem Rücken. „Ich habe ihn, Sir! Er wird nicht mit diesem Einbruch davonkommen."

Entweder war Willie zu betrunken, oder sie war neugierig, wie die Ereignisse sich weiter entwickeln würden, denn sie wehrte sich nicht. „Du hast Glück, dass mir die Kugeln ausgegangen sind."

Der Konstabler drehte den Arm noch weiter nach hinten.

„Au! Lass mich los, oder ich schwöre, ich spüre dich auf und erschieße dich, wenn ich nachgeladen habe."

„Lassen Sie sie lieber los, bevor sie meine Tante weckt", sagte Matt. „Sie ist recht harmlos."

Duke schnaubte. „Meinst du?"

Der Konstabler ließ los. „Sie?"

Willie fuhr zu ihm herum, die Hände in die Hüften gestemmt. „Ja, ich bin eine Frau, und du bist ein Narr, wenn du das nicht merkst."

Der Konstabler hielt die Laterne dichter an ihr Gesicht und

musterte sie von Kopf bis Fuß. Mit einem Kopfschütteln entschuldigte er sich.

Ich war mir nicht sicher, ob es eine gute Idee war, meine nächste Frage zu stellen, doch meine Neugier gewann über die Vorsicht. „Willie, weshalb sind dir die Kugeln ausgegangen?"

„Es war eine Wette. Helen dachte, ich könne nicht aus drei Metern Entfernung eine Dose abschießen. Also gingen wir in eine Gasse, haben ein paar Dosen aufgestellt, die wir gefunden haben, und auf sie geschossen." Sie zerrte an ihrem Jackenaufschlag. „Ich habe zwei erwischt. Hätte ich weniger getrunken, hätte ich alle sechs getroffen."

„Lady Helen war bei dir?"

Sie nickte. „Sie hat sich Männerkleidung angezogen, und wir sind alle ausgegangen. Sie, ich und Davide. Wir hatten echt Spaß. Wir haben an einem Pub Halt gemacht und uns einen Kampf angesehen. Dann sind wir in eine Spielhölle gegangen. Ich glaube, ich habe dort etwas Geld verloren." Sie zuckte mit den Schultern. „Irgendwo habe ich es verloren."

„Wie viel?", fragte Duke.

„Ich weiß nicht."

„Du hast Helen Männerkleider geliehen?", fragte ich. „Von wem denn?"

„Ich musste ihr gar keine leihen. Sie hatte ihre eigenen, versteckt unter dem Bett."

Ich kniff mir in den Nasenrücken und stöhnte. „Wenn sie außerhalb des Hauses mitten in der Nacht mit euch beiden erwischt wird, wird ihr Ruf ruiniert sein. Ihr Leben wäre ruiniert."

„Sei nicht so dramatisch, India. Ich denke, das wäre der Beginn ihres Lebens, nicht das Ende. Es ist nicht richtig, dass ein Freigeist wie sie die ganze Zeit drinnen eingepfercht wird, nur mit ihrer alten Tante zur Gesellschaft. Sie muss raus und alles genießen, was London zu bieten hat."

Ich seufzte.

Sie legte mir einen Arm um die Schultern. „Duke und Matt verstehen es, oder?"

„Zieh mich da nicht rein", sagte Matt.

„Duke?"

Er rümpfte die Nase und verschränkte die Arme. „Lass mich da auch raus."

Cyclops lief die Stufen herab, knöpfte seine Uniform zu, sein Helm war unter den Arm geklemmt. „Gehen wir."

„Sei vorsichtig", sagte ich.

Er nickte und ging mit dem Konstabler auf den Fersen hinaus. Das schwache Glühen der Dämmerung beleuchtete den östlichen Himmel.

Matt sperrte die Tür ab, aber nahm mich an der Hand. „Ich bezweifle, dass ich jetzt wieder einschlafen kann, aber ich werde es versuchen."

Wir gingen die Stufen zusammen vor Duke und Willie hinauf.

„Nächstes Mal nehmt ihr mich mit", flüsterte Duke.

„Zur Oper?", fragte Willie, die sich nicht mehr bemühte, die Stimme leise zu halten.

„Wo immer ihr nach der Oper hingeht."

„Ich dachte, du wärst zu alt und vernünftig zum Ausgehen."

„Ich war schon immer vernünftig, aber ich werde nie zu alt für Spaß sein. Außerdem muss doch jemand dafür sorgen, dass du dich nicht zum Trottel machst."

Sie lachte leise. „Falls du glaubst, du kannst mich aufhalten, bist du ein noch größerer Narr, als ich dachte. Aber ich mag dich trotzdem, Duke."

Ich schaute über die Schulter, um zu sehen, wie sie ihn umarmte, und Duke lachte und schüttelte den Kopf.

* * *

KEINER VON UNS konnte sich im Lauf des Vormittags auf irgendeine Aufgabe einlassen. Sogar Tante Letitia bemerkte unseren Aufruhr und nahm an, dass irgendetwas los war. Sie verlangte, zu wissen, was es war, und Matt erzählt es ihr. Da verlangte sie, dass er zur Hauptstraße von Shoreditch fuhr, um die jüngste Information zu Cyclops' Wohlergehen zu erlangen.

„Falls ihm etwas passiert, hören wir das bald", erklärte ich ihr sanft. „Am besten halten wir uns fern und lassen die Polizei tun, was nötig ist, um die Menge aufzulösen."

Meine Worte waren genauso für Matt, Duke und Willie bestimmt wie für sie. Obwohl sich Tante Letitia ein wenig zu beruhigen schien, gingen die anderen weiterhin im Wohnzimmer auf und ab, trommelten mit den Fingern, starrten aus dem Fenster. Tatsächlich war es Tante Letitia, die ihnen Vorbehalte machte, weil sie ihr auf die Nerven gingen.

„Es wird niemandem helfen, sich zu sorgen", sagte sie mit einer Stimme wie die einer strengen Schulmeisterin. „Ich werde nicht gestatten, dass ihr uns mit eurer düsteren Laune ansteckt. Entweder werdet ihr fröhlicher, oder ihr geht."

Willie trommelte weiterhin mit den Fingern auf dem Oberschenkel, aber Duke und Matt bemühten sich und stimmten zu, eine Runde Karten zu spielen, um sich beschäftigt zu halten.

Tante Letitia nahm das Buch, in dem sie gelesen hatte, und reichte es mir. „Wirst du mir vorlesen, India? Dann nach dem Mittagessen sollten wir spazieren gehen. Bewegung in Maßen ist wichtig."

Ich öffnete das Buch auf der Seite, die sie eingemerkt hatte, schaffte aber nur einen Absatz, bis Bristow eintrat und die Ankunft von Mr. Matthews und Mr. Le Grand ankündigte. Ich erhob mich, um ihm in den Salon zu folgen, doch Tante Letitia nahm mich an der Hand.

„Ich denke nicht, dass du mit ihnen reden solltest. Lass es Matthew allein machen."

„Ich muss hören, was sie zu sagen haben. Keine Sorge. Ich werde nichts zustimmen, außer es ist zu meinem Vorteil."

Ihr Griff wurde fester. „Aber du solltest dich nicht mit ihren Plänen befassen, India. Das ist nicht gut für deine Nerven, sich über so gewichtige Dinge Sorgen zu machen."

Ich tätschelte ihr den Handrücken, dann entzog ich mich ihrem Griff. Ich hörte, wie sie mit der Zunge schnalzte, als ich das Wohnzimmer verließ.

Duke und Willie waren uns in den Salon gefolgt, und Matt stellte sie dem Innenminister und seinem leitenden Spion als unsere Mitarbeiter vor. Mr. Matthews bat sie allerdings, zu gehen.

„Angelegenheiten der nationalen Sicherheit kann man nicht mit Zivilisten eines anderen Landes besprechen", sagte er in seinem harmonischen Politikertonfall. „Ich bin sicher, das verstehen Sie."

„Ich bin ein Zivilist aus einem anderen Land, und Sie haben keine Bedenken, mit mir zu sprechen", entgegnete Matt.

„Außerdem werden wir ihnen alles erzählen, nachdem Sie gegangen sind, also wird es Zeit sparen, sie hier zu haben." Er bedeutete beiden Männern, sich hinzusetzen.

Mr. Matthews zögerte, doch Mr. Le Grand nickte leicht, und der Innenminister setzte sich. Der Spion setzte sich ebenfalls, anstatt mit den Schatten zu verschmelzen, wie er es für gewöhnlich tat.

„Sie haben von den Schwierigkeiten in Shoreditch gehört", setzte Mr. Matthews an. „Ihr Freund ist dort bei der Polizei, wie ich glaube."

Willie machte einen Schritt auf ihn zu. „Geht es ihm gut?"

„Soweit es mir bewusst ist, doch die Lage hat sich noch nicht entspannt."

„Erwarten Sie, dass ich deswegen etwas unternehme?", fragte ich. „Sind Sie deshalb hier? Denn ich sehe nicht, wie ich einen wütenden Mob voller talentfreier Handwerker beruhigen könnte."

Mr. Matthews schüttelte den Kopf. „Das ist nicht der Grund für unseren Besuch." Er rückte auf dem Stuhl herum, als versuche er, bequem zu sitzen, und warf einen Blick zu Mr. Le Grand.

Die Zustimmung des leitenden Spions kam in der Form eines langen Blinzelns. Er bestimmte ganz klar dieses Treffen, obwohl Mr. Matthews höher im Rang stand.

„Wir glauben nicht, dass es ein Zufall ist, dass der Protest so bald stattfindet, nachdem wir gestern Lord Coyles Rat in den Wind geschlagen haben", sagte Mr. Matthews.

Mir stockte der Atem. „Sie sagen, Lord Coyle hat das als eine Art Rache auf die Beine gestellt?"

„Es ist eine Möglichkeit, doch beweisen können wir es nicht."

„Es gab häufig Proteste", sagte Matt. „Weshalb glauben Sie, dass dieser von ihm angeleiert wurde?"

„Er ist anders", sagte Mr. Le Grand. „Es ist eher eine Blockade als ein Marsch oder ein Aufstand mit einem Ziel. Bei den anderen hatten wir Stunden vorher schon Hinweise. Diesmal nicht. Der hat uns überrascht, was nahelegt, dass ihn jemand anderes angestachelt hat."

„Wir nehmen an, dass es Coyle ist", fuhr der Innenminister fort. „Nach dem gestrigen Treffen war er wütend. Vielleicht wütend genug, um im Gegenzug für Schwierigkeiten zu sorgen."

Matt stieß ein wenig erheitertes Lachen aus. „Das müssen Sie sich nur selbst zum Vorwurf machen. Sie haben ihn gebeten, ein Berater zu sein, und dann seinen Rat in den Wind geschlagen, als er Ihnen nicht gefallen hat. Hätten Sie Ihre Aufgabe erledigt, hätten Sie gewusst, dass er gefährlich ist." Er schaute nicht zu dem leitenden Spion, aber wir wussten alle, dass diese Spitze gegen ihn gerichtet war.

Mr. Le Grand blieb allerdings unbewegt, blinzelte nicht mal, als er Matt kühl unter seinen halb gesenkten Lidern hervor beobachtete.

Mr. Matthews räusperte sich. „Die Gerüchte, die gegen Coyle sprachen, waren nicht belegt. Außerdem haben die Vorteile, ihn zu beschäftigen, die Nachteile aufgewogen."

Ich warf die Hände in die Luft. „Er hat Sir Charles Whittaker ermordet, Ihren eigenen Mitarbeiter!"

Mr. Matthews hob abwehrend die Hände. „Dafür gibt es keine Beweise. Und wenn er wirklich so gefährlich ist, wie die Gerüchte nahelegen, wie sollte man ihn dann besser im Auge behalten, als in unseren eigenen Rängen?"

Matt beugte sich vor, stützte die Ellbogen auf die Knie und legte die Hände locker vor sich aneinander. Es war eine Pose, die häufig Duke, Cyclops oder Willie einnahmen, während Matt in seinen Manierismen und seiner Haltung eher aufrecht und englisch zu sein neigte. Vielleicht vergaß er das vor lauter Neugier. Oder Sorge. „Also weshalb sind Sie da? Was wollen Sie von uns?"

Mr. Matthews wandte sich an mich. „Wir würden gerne offiziell darum bitten, dass Sie uns beraten, Mrs. Glass. Bei Coyle haben Sie uns eingeladen, Sie zu besuchen, um uns Ihre Vorstellungen anzuhören." Er breitete die Hände vor sich aus, bevor er sie wieder auf die Armlehne des Stuhls legte. „Also sind wir hier."

„Meine Vorstellungen sind recht einfach", sagte ich zu ihm. „Lord Coyle hatte recht, als er nahegelegt hat, dass die Magier die Welt wissen lassen müssen, dass Magie nicht ewig anhält. Das kann man in Leitartikeln und Anzeigen in der Zeitung machen. Aber magische Waren werden immer noch hoch begehrt sein, deshalb denke ich, es sollte eine Limitierung für ihre Herstellung geben. Vielleicht eine Begrenzung, wie viele hergestellt werden, oder höhere Preise, die den Waren zugewiesen werden, die von Magiern hergestellt werden."

Mr. Matthews Augen leuchteten. „Eine Steuer! Ja. Dem Kabinett wird dieser Vorschlag gefallen."

Duke verdrehte die Augen. „Aber natürlich."

Matt lehnte sich zurück und warf mir ein leicht triumphierendes Lächeln zu. Die Steuer war seine Idee gewesen. Wir wussten beide, dass die Regierung das mögen würde. Es blieb zu sehen, ob es die Talentfreien und auch die Magier zufriedenstellen würde.

Mr. Matthews erhob sich und knöpfte seine Jacke zu. „Ich werde heute mit meinen Kollegen sprechen."

Matt erhob sich ebenfalls. „Sie sollten ein Treffen zwischen den Talentfreien und den Magiern so bald wie möglich auf die Beine stellen."

„Nicht, bis ich die Zustimmung des Kabinetts habe."

„Und wie lange wird das dauern?"

„Ich sollte bis nächste Woche eine Antwort haben."

Matt schüttelte den Kopf. „Das ist zu lang. Je eher die beiden Seiten sich zusammensetzen können, desto eher werden die Aufstände enden."

„Ich brauche erst die Zustimmung. Es gibt ein offizielles Vorgehen, Mr. Glass. Das wissen Sie."

Matt spannte das Kinn an.

Willie war auch nicht bereit, die Sache einfach geschehen zu lassen. „Sie müssen doch heute etwas wegen der Aufstände unternehmen!"

Mr. Matthews wandte sich von ihr ab. „Die Polizei kümmert sich darum."

Sie packte ihn am Arm, drängte ihn, sich ihr zu stellen. „Wie viele werden verletzt oder getötet, wenn Sie versuchen, den Aufstand aufzulösen?"

„Wir können keine Vorschläge zu diesen Leuten bringen, ohne sie erst unter uns zu besprechen. Das wäre unverantwortlich."

„Vergessen Sie doch Gespräche. Es ist Zeit für Taten."

Er schüttelte sie ab und marschierte zur Tür.

„Ich habe eine Idee", sagte sie.

Mr. Matthews wartete an der Tür. „Le Grand?"

Doch Mr. Le Grand ignorierte ihn. „Fahren Sie fort", sagte er zu Willie. „Was ist Ihre Idee?"

Mr. Matthews kniff vor Ärger die Lippen zusammen.

Willie wandte ihm den Rücken zu, wie er es bei ihr gemacht hatte. „Sie glauben, hinter der Blockade von heute steht Coyle, richtig? Aber Sie haben keinen Beweis. Ich denke, wir sollten versuchen, diesen Beweis zu erhalten, indem wir die Gruppe der Talentfreien infiltrieren, die dahinter steht, und herausfinden, woher sie ihre Informationen erhalten."

„Lächerlich", murmelte Mr. Matthews. „Schlagen Sie vor, dass Sie das übernehmen sollten? Sie haben keinerlei Qualifikation."

Willie plusterte sich auf. „Wir haben zu Hause für den Sheriff gearbeitet, und manchmal bedeutete das, dass wir so taten, als stünden wir auf der Seite der Gesetzlosen. Darin waren wir auch verdammt gut."

Das Gesicht des leitenden Spions was ausdruckslos und so schlecht zu deuten wie eh und je, aber er lehnte ihren Vorschlag nicht sofort ab, worin ich ein gutes Zeichen sah. „Ich habe von Ihren Unternehmungen in Amerika gehört. Aber es gibt ein Problem. Glass ist bei Coyle, Abercrombie und den anderen Aufrührern hinter diesen Aufständen bekannt. Das sind Sie alle."

„Ich bin schon einmal in ihre Ränge eingedrungen, und mich hat niemand erkannt. Ich kann meinen Hut wechseln, meine Kleidung, sogar mein Geschlecht."

Mr. Le Grand zögerte.

Willie stieß ihm in die Brust. „Sie können es offiziell machen und hier und jetzt zustimmen, oder aus diesem Haus gehen und so tun, als hätte ich nichts gesagt. So oder so werde ich es machen, und Sie können mich nicht aufhalten."

Mr. Le Grand hob vor Matt eine Augenbraue. Matt grinste. Das war die ganze Antwort, die der leitende Spion brauchte. „Sie lassen mir keine Wahl, Miss Johnson. Sehen Sie, was Sie aus dem Inneren ihrer Ränge herausbekommen. Aber wenn man Sie erwischt, sind Sie auf sich gestellt. Ich werde keine Männer senden, die Ihnen aushelfen."

Sie schnaubte. „Ich brauche nicht die Hilfe eines Mannes."

Ich sah ihnen nach, ein Gefühl der Erleichterung ging über mich hinweg. Endlich bewegte sich etwas, meine Ideen wurden ernsthaft in Betracht gezogen. Gespräche zwischen den Magiern und Talentfreien würden bald einige Probleme beseitigen und den Aufständen ein Ende setzen.

Aber nicht bald genug. Nicht für Cyclops und jetzt auch für Willie.

Und es blieb zu sehen, wie Lord Coyle reagieren würde, falls Willie bewies, dass er hinter der Blockade von heute stand.

KAPITEL 4

Nachdem Willie in der Kleidung eines Arbeiters aufgebrochen war, verbesserte sich unser Tag nicht. Tante Letitia bestand darauf, dass wir einen Spaziergang unternahmen, um frische Luft und sanfte Betätigung zu erhalten, aber wir kehrten nach nur fünfundzwanzig Minuten nach Hause zurück. Zwei Bekannte, die sie seit einiger Zeit nicht gesprochen hatte, hatten sich uns im Hydepark genähert und wollten mich beauftragen, ihre Uhren zu reparieren. Tante Letitia hatte sie schlichtweg getadelt, weil sie so unhöflich waren, und sie waren im Streit auseinandergegangen. Wir beschlossen, dass es klug wäre zu gehen, bevor eine dritte darum bat.

Es war ein Glück, dass wir zu diesem Zeitpunkt zum Haus zurückkehrten. Kriminalinspektor Brockwell war eingetroffen, während wir aus gewesen waren. Wir stellten fest, dass er mit Duke im Salon Tee trank. Beide Männer sprangen auf, als wir eintraten, und wirkten dankbar, dass man sie rettete. Ich stellte mir vor, dass die Unterhaltung wohl unangenehm gewesen war. Keiner der Männer war sehr gesprächig, und sie waren vorher noch nie zusammen sich selbst überlassen worden. Das Einzige, was sie gemeinsam hatten, war Willie.

Sie stand auch an erster Stelle in Brockwells Gedanken. „Duke hat mir erzählt, ihr habt sie auf eine gefährliche Mission gehen lassen, um das Lager der Aufständischen zu infiltrieren."

„Wir haben sie nicht gehen *lassen*", sagte Matt. „Sie hat ihren eigenen Kopf, und es lässt sich nicht ändern, wenn sie zu einer Entscheidung gekommen ist."

„Das sollten Sie besser wissen als sonst jemand", erklärte ich.

Brockwell kratzte sich an den Koteletten, seine gerunzelte Stirn wich einem verlegenen schiefen Lächeln.

Ich bedeutete ihm, dass er sich wieder hinsetzen sollte. „Ich freue mich, zu sehen, dass Sie und Willie sich wieder vertragen."

„Ich schätze, das tun wir."

„Das schätzen Sie?"

„Einen Tag spricht sie nicht mit mir, und am nächsten legt sie die Beine auf meinen Esstisch und unterhält sich mit mir, als wäre gar nichts gewesen. Ich habe einfach nur mitgemacht."

Duke nickte wissend. „So ist es besser."

„Weniger ermüdend", stimmte Tante Letitia zu.

„Weniger kompliziert", fügte Matt an.

Bristow kam mit zusätzlichen Tassen, Tellern und einer frischen Kanne Tee. Ich schenkte ein, während Matt die Kuchenstücke herumreichte. Brockwell setzte sich hin, ohne sie anzufassen. Er wirkte immer noch besorgt.

Ich füllte seine Teetasse auf und reichte sie ihm. „Willie wird schon in Ordnung sein. Sie ist sehr fähig, wenn es um Missionen wie diese geht."

„Das weiß ich, aber …"

„Aber Sie machen sich trotzdem Sorgen."

Er hob eine Schulter zu einem Zucken. „Ich wünschte, es gäbe etwas, was ich tun könnte."

„Wir wünschen uns alle, es gäbe etwas, das wir tun könnten", sagte Matt.

Tante Letitia tippte mit dem Teelöffel an die Seite ihrer Tasse, nachdem sie im Tee gerührt hatte. „Haben Sie schon Spaziergänge versucht, Inspektor? Oder Laudanum?"

Wir starrten sie alle an, und sie nippte am Tee, als hätte sie nicht gerade einem äußerst konservativen Kriminalinspektor vorgeschlagen, eine höchst süchtig machende Arznei zu nehmen.

Bristow betrat den Raum und verkündete zwei Neuankömmlinge. „Lord und Lady Rycroft. Soll ich sie hereinführen?" Er hatte noch nicht fertig gesprochen, als Matts Tante und Onkel sich an ihm vorbei hereinschoben.

Das kollektive Stöhnen von uns übrigen war nicht hörbar, aber es war trotzdem spürbar. Matt und ich standen auf, um unsere Gäste zu begrüßen, während Duke und Brockwell sich entschuldigten und hastig aus dem Salon zurückzogen.

Ich signalisierte Bristow, dass er zwei weitere Tassen bringen sollte, dann bedeutete ich unseren Gästen, sie sollten sich setzen.

„Wir werden nicht bleiben", sagte Lady Rycroft, die am Feuer Platz nahm. Wenn ihr schnippischer Tonfall mich nicht in Kenntnis setzte, dass etwas nicht stimmte, dann tat es auf jeden Fall ihr finsteres Gesicht. Obwohl die Haut auf ihrer Stirn fest von ihrem türkisenen Turban zurückgezogen wurde, schaffte sie es, Matt, Tante Letitia und mich finster anzufunkeln.

Matts Onkel wirkte weniger übel gelaunt als seine Frau, während er sich irgendwie vorsichtig in den Sessel niederließ, aber sobald er saß, entstand eine Falte auf seiner tiefen Stirn. Ich stellte mich auf einen Tadel ein, obwohl mir nicht einfallen wollte, was wir jetzt wieder falsch gemacht hatten.

„Geht es dir schlecht, Onkel?", fragte Matt.

„Er ist aufgebracht", antwortete Lady Rycroft in einem so hohen Tonfall, dass mir die Haare im Nacken zu Berge standen. „Aufgebracht und verletzt durch die verräterische Art, wie wir von unserer eigenen Familie behandelt werden."

Ich versuchte, so ruhig wie möglich zu bleiben. Wenn ich mich vielleicht nicht bewegte, würde sie vergessen, dass ich da war. Dieses Thema überließ man am besten Matt. Er konnte sich entscheiden, seinen Charme einzusetzen, um die Spannung abzubauen, oder nicht. Es war seine Familie, und es lag ganz an ihm, wie er fortfahren wollte.

„Fahrt fort", sagte er. „Ich bin ganz Ohr."

„Tu nicht so, als wüsstest du nicht, worum es hier geht."

Matt schaute verwirrt zu mir. Ich zuckte mit den Schultern.

„Tu doch du nicht so, als hätte sie eine Chance gehabt", fuhr Tante Letitia sie an. „Wir wissen alle, die hatte sie nicht."

Lady Rycroft keuchte, und darauf folgte eine Reihe von tiefen Atemzügen, als hätte sie einen Schlag in die Magengrube erhalten.

Ich warf einen weiteren Blick zu Matt, hob fragend die Augenbrauen. Seine Lippen sagten tonlos „Charity und Davide" zu mir zurück. Jetzt verstand ich es. Sein Onkel und seine Tante waren verärgert, dass wir Lord Farnsworth nicht in Charitys Richtung bugsiert hatten. Sie hatten sich wohl sehr darauf eingerichtet, dass er sie ihnen abnehmen würde.

Lord Rycrofts Gesicht war umwölkt. „Du hattest eine Pflicht deiner Familie gegenüber, Letitia, und doch höre ich, dass du diesen Farnsworth Ladys Sloanes Nichte in genau diesem Haus vorgestellt hast! Ohne Zweifel hattest du beabsichtigt, dass sie sich treffen."

„Das ist im Allgemeinen die Absicht einer Dinnergesellschaft." Tante Letitia saß stoisch da, ein Stahlpfosten, der den Sturm abwehrte, der um sie tobte.

„Wie konntest du dein eigen Fleisch und Blut verraten!"

„Sprecht leiser", knurrte Matt. „Und sprich nicht so mit ihr."

„Ich spreche auf jede Art mit ihr, wie ich verdammt noch mal will. Sie ist meine Schwester!"

Die arme Tante Letitia. Sie war den grausamen Worten ihres Bruders und ihrer Schwägerin und der leichtfertigen Missachtung ihres Wohlergehens jahrelang ausgesetzt gewesen. Sie war vernachlässigt worden, als sie bei ihnen gelebt hatte, und sie hatten sie dann ignoriert, seit sie zu uns gezogen war, außer sie wollten etwas von ihr, wie gerade jetzt.

Matt ließ das allerdings nicht zu. „Raus aus meinem Haus." Seine Stimme stieß so brutal vor wie eine Peitsche, obwohl sie ganz ausgeglichen blieb.

Tante Letitias hohe, fast schon melodische Stimme war das exakte Gegenteil, und doch nicht weniger wirkungsvoll. „Bruder, bist du blind, oder stellst du dich einfach nur dumm?"

Lord Rycrofts Gesicht lief dunkelrot an. Er fletschte die Zähne. „Wie bitte?"

„Davide ist exzentrisch, aber nicht verrückt. Anders als Charity."

Lady Rycroft quietschte vor Entsetzen.

„Du hast ja Nerven, andere verrückt zu nennen, Schwester", stotterte Lord Rycroft.

Tante Letitia schnalzte mit der Zunge, als würde sie ein Kind tadeln, weil es etwas Ungehöriges gesagt hatte. „Ein bisschen Wahnsinn hier und da ist natürlich kein Hindernis für eine glückliche Ehe oder ein glückliches Leben. Nicht an und für sich. Aber wenn dazu noch ein böses, grausames und selbstsüchtiges Wesen kommt ... nun, das könnte ich Davide nicht auferlegen. Er ist ein so guter, freundlicher Mensch."

Lady Rycroft schoss hoch. „Du bist die Grausame, Böse. Farnsworth war Charitys letzte Chance."

„Sie ist jung", erklärte ich ihr. „Sie wird noch jemanden finden. Seht doch Patience an. Sie war älter, als sie die Liebe gefunden hat."

„Patience ist ein umgänglicher Mensch. Charity ... ist eine Herausforderung." Lady Rycroft schniefte und wandte sich dann plötzlich an Ihren Mann. „Wir gehen. Komm, Rycroft."

Aber ihr Mann stand nicht auf. Er saß zusammengesunken im Stuhl, sein Gesicht wächsern grau wie ein Kerzenstummel. Er rieb sich den Oberarm.

Matt marschierte zu ihm hinüber und ging neben dem Stuhl in die Hocke. „Alles in Ordnung, Onkel?"

„Natürlich bin ich verdammt noch mal in Ordnung." Lord Rycroft schob sich hoch, nur um das Gleichgewicht zu verlieren.

Matt packte ihn am Ellbogen, um ihn zu stützen. Lord Rycroft holte ein paar Mal tief Luft, bevor er ihn abschüttelte.

Ich öffnete die Tür und rief Peter, unseren Bediensteten. „Helfen Sie Lord Rycroft zu seiner Kutsche."

„Ich brauche niemanden", knurrte Seine Lordschaft. Er zerrte an seinen Jackenaufschlägen und marschierte aus dem Raum. Er schien sich von seinem Anfall erholt zu haben.

„Ich hoffe, ihm wird es gut gehen", sagte ich, sobald sie außer Hörweite waren.

Tante Letitia schniefte. „Ich nicht. Ehrlich, wie konnten sie nur glauben, Charity würde gut zu Davide passen? Er kann es so viel besser treffen. Lady Helen wird gut zu ihm passen."

„Weil sie Abenteuer mag?"

Sie tippte sich an die Schläfe. „Weil sie im Vollbesitz ihrer geistigen Kräfte ist."

* * *

KRIMINALINSPEKTOR BROCKWELL KEHRTE RECHTZEITIG zum Abendessen ins Haus zurück, genauso mein Großvater. Ich musterte Chronos sorgsam, ob er irgendwelche Anzeichen einer Krankheit zeigte, aber für einen älteren Mann schien es ihm recht gut zu gehen. Er schlief nach dem Abendessen im Sessel ein und schnarchte leise, was Tante Letitia sehr aufregte. Nach fünfzehn Minuten ging sie zu Bett.

Ich bastelte an einer Uhr herum, während Duke, Matt und Brockwell Poker spielen. Der Inspektor verlor seine ganzen Streichhölzer recht schnell und verließ das Spiel. Er griff nach der Zeitung und begann zu lesen, blieb aber über eine Stunde auf derselben Seite. Ich schloss das Gehäuse der Uhr und ging, um mich zu ihm aufs Sofa zu setzen.

„Sie machen sich Sorgen", sagte ich sanft.

Er senkte die Zeitung mit einem Seufzen. „Verraten Sie es ihr nicht. Sie wird annehmen, meine Sorgen bedeuten, dass ich sie für schwach halte."

„Ich werde kein Wort sagen. Möchten Sie einen Brandy, der hilft, Ihre Nerven zu beruhigen?"

„Hat da jemand Brandy gesagt?" Willie schlenderte mit einem breiten Lächeln auf dem Gesicht herein. „Abend, Jasper. Bist du da, um mich zu treffen?"

Er sprang auf und umarmte sie. Sie erwiderte die Umarmung, dann befahl sie ihm, mit dem Herumgetue aufzuhören.

Duke reichte ihr ein Glas Brandy, dann schenkte er noch eines für Brockwell ein. „Hast du Cyclops gesehen?"

Willie stürzte den Brandy in nur einem Schluck hinunter, dann hielt sie Duke das Glas hin, um mehr zu bekommen. „Ihm geht's gut. Es gab ein paar Verletzte auf beiden Seiten, aber keine tödlichen Verletzungen. Die Polizei hat die Blockade nicht durchbrochen, und ich denke, das wird sie auch nicht tun. Auf jeden Fall nicht in naher Zukunft. Falls das Militär doch noch dazu gerufen wird, wird es eine andere Geschichte."

„Hoffen wir, dass es dazu nicht kommt", sagte Matt. „Was hast du erfahren?"

Sie zog die Hose nach oben und setzte sich in einen Sessel, hielt das Glas in beiden Händen fest. „Gerüchten zufolge werden die Hauptteilnehmer bezahlt, um Schwierigkeiten zu machen. Ein paar andere halten das für unfair und finden, sie sollten alle bezahlt werden. Ich habe zwei Männer belauscht, die das besprochen haben. Sie wussten nicht, dass ich zuhöre."

„Wer, glauben sie denn, stellt das Geld zur Verfügung?", fragte Matt.

„Ein reicher Lord, das haben sie gesagt."

„Coyle", murmelte Duke. „Er muss es sein."

Brockwell stimmte zu. „Sobald wir einen Beweis haben, kann ich ihn festnehmen lassen, weil er zur Unruhe anstiftet."

Willie schüttelte den Kopf. „Es gibt keine Beweise, nur Gerüchte. Die Männer dachten sich, wer immer es ist, seine Interessen stimmen mit ihren überein, und er will ebenfalls, dass Magier aus den Gilden verbannt werden."

Coyle kümmerte sich nicht um die Gilden oder die Vorhaben der Talentfreien. Ihm war nur wichtig, dass er mir Schwierigkeiten machte, und jetzt auch der Regierung. Sie hatten ihm Macht genommen, die er erhalten hatte, als er Berater geworden war, und Coyle gefiel es nicht, Macht zu verlieren, nicht einmal eine überschaubare Menge.

„Was ist mit Abercrombie?", fragte Matt. „Kam sein Name zur Sprache?"

Sie nickte. „Er scheint der Vermittler zwischen Coyle und den Unruhestiftern zu sein."

„Das reicht, um ihn festzunehmen, oder?", fragte Duke Brockwell.

Der Inspektor schüttelte den Kopf. „Nicht, außer wir können einen Zeugen finden, der bereit ist, zu sagen, dass er Anweisung und Bezahlung von Abercrombie erhalten hat. Dann müssen wir Abercrombie dazu bekommen, zuzugeben, dass er Anweisungen und Gelder von Coyle bekommen hat. Es reicht allerdings aus, um ihn zu befragen."

„Sie können nichts tun, ohne über Matthews und Le Grand zu gehen", sagte Matt. „Das ist eine Angelegenheit des Innenministeriums, nicht nur der Polizei."

Ich erwischte Willie dabei, wie sie mich anstarrte, doch sie senkte rasch den Blick zum Glas, dann nippte sie eilig. Matt fiel es auch auf.

„Was ist denn?", fragte er sie.

Sie presste die Lippen aufeinander, als wolle sie die Antwort verweigern, aber auf Matts Drängen hin gab sie nach. „Es wurde auch über India gesprochen. Und Oscar Barratt."

„Fahr fort."

„Sie glauben, India und Barratt wäre es vorzuwerfen, die Magier ermutigt zu haben, sich herauszuwagen."

Matts Hand ballte sich zur Faust. Ich nahm an, er stellte sich vor, Oscar einen Schlag auf die Nase zu verpassen, als Bestrafung, weil er sein Buch geschrieben hatte. Ich setzte mich neben ihn und legte die Hand auf seine. Er löste die Faust, aber der Zorn vibrierte immer noch durch ihn hindurch.

„Alles wird gut werden, sobald bekannt wird, dass die Magie mit der Zeit nachlässt", sagte ich.

Brockwell marschierte zur Tür.

„Wohin gehst du?", fragte Willie.

„Um Mr. Matthews aufzusuchen und ihm zu sagen, was ihr erfahren habt."

Sie stellte das Glas mit einem dumpfen Geräusch auf den Tisch. „Ohne mich machst du das nicht. Es ist meine Information."

Er ging zur Seite, um ihr zu gestatten, vor ihm hinauszugehen. Sie nahm ihn am Arm, grinste wie eine Debütantin, die mit ihrem Verehrer hinaustrat, und sie gingen Seite an Seite weiter. „Wartet nicht auf mich", sprach sie über die Schulter. „Ich bleibe heute Nacht bei Jasper."

Das Gespräch hatte Chronos geweckt, obwohl er nichts dazu beigetragen hatte. Er kündigte seinen Aufbruch an, und Matt rief nach der Kutsche, damit sie vorgefahren wurde, um ihn nach Hause zu bringen.

Nachdem wir ihn verabschiedet hatten, kehrten wir in den Salon zu Duke zurück. Mir war die Abwesenheit von Cyclops deutlich bewusst. Catherine machte sich bestimmt Sorgen. Sie hatte inzwischen sicher von der Barrikade in Shoreditch gehört und würde wissen, dass er dort war.

Nur vierzig Minuten später kam Willie wieder hereinmarschiert. Sie spazierte hinüber zum Getränkewagen, schenkte sich einen weiteren Brandy ein und stürzte ihn auf einmal hinab. Matt, Duke und ich wechselten einen Blick.

Duke sagte lautlos: „Sag was", zu Matt. Matt schüttelte den Kopf. Feiglinge.

Es schien, dass es wohl an mir war, den Kopf ins Maul des Löwen zu stecken. „Du hast beschlossen, nach Hause zu kommen, anstatt zu Brockwell zu gehen?"

Sie schwang herum und deutete mit einem Finger der Hand, die das Glas hielt, auf mich. „Wusstest du es, India?"

„Was soll ich gewusst haben?"

„Dass Jasper gestern Nacht bei einer anderem war."

„Und?"

„Und das sollte er nicht!"

Ach sieh einer an. Willie war eifersüchtig. Ganz zu schweigen von unvernünftig. „Du warst mit Lady Helen zusammen."

Sie schürzte die Lippen. „Das ist was anderes. Er weiß, dass ich mich mit Leuten treffe."

„Und er darf das nicht? Das ist ja wohl kaum gerecht, Willie."

Sie trank ihren Brandy aus und knallte das Glas hinab auf den Getränkewagen. „Ich werde mich in Helens Zimmer schleichen. Wenn ihr Brockwell am Vormittag seht, könnt ihr ihm ja ausrichten, dass ich ihm nicht hinterherschmachte."

„Für mich scheint es, als würdest du das tun."

Sie tat so, als hätte sie mich nicht gehört, und marschierte hinaus.

Die ganze Anspannung ging mit ihr, und ich atmete erleichtert ein. Matt und Duke entspannten sich auf ihren Sesseln. Manchmal konnte Willie mich überraschen. Ich hätte nicht erwartet, dass sie romantische Eifersucht spürte. Es klang aber logisch, schätzte ich. Sie war die am meisten von Gefühlen getriebene Person, der ich je begegnet war, darum ergab es schon Sinn, dass sie auch heftige Eifersucht empfinden konnte.

Ich hoffte, das würde die Beziehung zu Brockwell nicht ganz ruinieren, gerade jetzt, da sie wieder im Lot zu sein schien.

* * *

MATT und ich besuchten Mr. Matthews am folgenden Morgen, als der Innenminister gerade die Nachricht erhielt, dass die Blockade auf der Hauptstraße von Shoreditch abgebaut wurde und die Unruhestifter weiterzogen. Das bedeutete, Cyclops würde bald nach Hause unterwegs sein, oder vielleicht zum Laden von Catherine.

„Danken Sie Ihrer Cousine von mir, Glass", sagte Mr. Matthews mit einem selbstgefälligen Lächeln. „Ihr Einschreiten hat uns genug Informationen verschafft, um Abercrombie zu befragen, und ich glaube, dadurch können wir den Sieg in dieser Schlacht für uns beanspruchen."

„Was hat er gesagt?"

„Leider nichts, womit er Coyle beschuldigt hätte, doch ich glaube, wir haben ihm genug Angst eingejagt, dass er beschlossen hat, es wäre an der Zeit, die Blockade zu beenden. Ich bezweifle, dass er uns noch einmal Sorgen bereiten wird."

„Sie sind ein Narr, wenn Sie das glauben", sagte Matt. „Abercrombie wird nicht so leicht aufgeben."

„Er ist schwach. Männer wie er brechen unter ein wenig behördlichem Druck zusammen. Sobald ihm klar wurde, dass wir wussten, dass er die Talentfreien aufstachelt, hat er nachgegeben."

„Er hat Lord Coyle auf seiner Seite", stellte ich klar. „Das wird sein Selbstvertrauen stärken. Aber ich freue mich, dass er den Befehl gegeben hat, die Blockade zu beenden. Das ist ein guter Anfang."

Matt hob den Blick zum Porträt der Königin, die im vollen königlichen Aufzug komplett mit Krone, Zepter und einem missbilligenden Stirnrunzeln gezeigt wurde. Sie schien mit ihrem Angestellten in seiner Meinung zu Abercrombie nicht übereinzustimmen.

„Was glaubt Le Grand?", fragte Matt.

Der Innenminister lehnte sich vor und legte die Hände auf dem Tisch übereinander. „Er glaubt, Miss Johnson verkleidet ins Lager des Feindes zu schicken, wäre eine meisterliche Fügung gewesen. Das Ziel dieser Übung war das Ende der Blockade, und das haben wir erreicht." Sein selbstgefälliges Lächeln war wieder da, und ich vermutete, dass Mr. Le Grand mit dem Innenminister nicht einer Meinung gewesen war, dass Abercrombie in den Hintergrund verschwinden würde, doch seine

Sorge war abgetan worden, genauso wie unsere jetzt abgetan wurde.

„Beobachten Le Grands Männer Abercrombie und sehen, ob er in Kontakt mit Coyle tritt?", fragte Matt.

„Gewiss. Es ist alles unter Dach und Fach, Glass. Das ist der Anfang des Endes all Ihrer Sorgen."

Das war eine große Aussage, und eine, die ich kaum glauben konnte. Noch nicht. Nicht, bis ich sicher wusste, dass Coyle und Abercrombie keine Macht mehr besaßen.

„Ich freue mich, dass Sie diesen Vormittag vorbeischauen, Mrs. Glass. Das erspart es mir, den Brief zu schicken, den ich aufgesetzt habe." Er stach mit dem Finger in das Papier vor sich. „Ich möchte, dass Sie nächste Woche vor dem Premierminister und dem Kabinett über Ihre vorgeschlagene Magie-Steuer sprechen."

Ich blinzelte heftig. „Sie wollen, dass ich vor dem Premierminister spreche?"

„Und dem Kabinett. Wer kann denn diese Steuer besser erklären als die Frau, die sie sich ausgedacht hat?"

„Oh", murmelte ich. „Dann ja. Ich nehme an."

„Es war keine Einladung, aber auch gut." Er holte die Feder aus dem Tintenständer. „Ich werde Ihnen die Einzelheiten morgen zukommen lassen."

Ich stand auf, nur um mich wieder hinzusetzen. „Die Steuer ist nur eine Idee. Es gibt weitere. Könnte ich die auch bei dem Treffen zur Sprache bringen?"

„Ich sehe keinen Grund dagegen, doch seien Sie nicht überrascht, wenn sie nur über die Steuer reden wollen."

Ich fühlte mich leichter als Luft, durch meinen Verstand wirbelten so viele Gedanken. Zum Glück lotste Matt mich nach draußen und in unsere Kutsche, ansonsten wäre ich noch sehr lange in diesem Korridor stehen geblieben.

Es war Matts Kuss auf meine Schläfe, der mich wieder in die Gegenwart zurückholte. „Ich bin sehr stolz auf dich, India. Du wirst dafür sorgen, dass diesen Politikern die Magier auch auffallen."

„Falls ich mir nicht die Zunge verknote oder ich über meine eigenen Füße stolpere."

Er lachte leise. „Das wird schon gut gehen."

„Das sagt ihr Amerikaner doch immer. Wir Engländer sind realistischer. Ich hoffe, ich ruiniere nicht alles." Ich stöhnte, als die Größe dessen, dem ich gerade zugestimmt hatte, mich erreichte. Mir wurde schlecht. „Es sind nicht nur Magier, die davon abhängen, dass ich Erfolg habe, sondern auch Frauen. Wenn ich als alberne Frau auftrete, verpasse ich dem Kampf um die Gleichberechtigung vielleicht einen jahrzehntelangen Rückschlag."

Er legte mir den Arm um die Schultern und zog mich an sich. „Sag nur dreimal das Wort Steuer, und sie werden dir aus der Hand fressen."

Ich lachte und umarmte ihn fest. Matt wusste, wie er meine Nervosität vertreiben konnte.

* * *

DIE ANKUNFT von Brockwell nach dem Mittagessen war eine willkommene Überraschung. Ich drängte ihn in den Salon, wo ich mit Tante Letitia gelesen hatte. Ich überprüfte den Treppenaufgang und den Korridor, um sicherzustellen, dass Willie ihn nicht gesehen hatte, und schloss die Tür.

Sie war irgendwo im Haus, war gerade erst aufgewacht, nachdem sie in der Nacht mit Lady Helen aus gewesen war. Laut Mrs. Bristow war Willie betrunken gewesen, als sie kurz nach der Dämmerung nach Hause zurückgekehrt war. Zum Glück hatte sie sich still ins Bett begeben und nicht uns übrige aufgeweckt.

„Erzählen Sie mir, was Sie ihr sagen wollen, bevor Sie sie treffen", sagte ich zu ihm. „Dann kann ich entscheiden, ob es geändert werden muss."

Er zog die Brauen zusammen. „Sie meinen Willie?"

„Manchen Männern fehlen die Qualitäten, die erforderlich sind, um, ähm, ein intimes Gespräch von der Art zu führen, das Sie mit ihr führen müssen. Ganz zu schweigen davon, dass Willie ganz besonders schwierig ist."

Tante Letitia murmelte zustimmend.

„Darum halte ich es für das Beste, wenn Sie für Ihre

Ansprache eine Meinung einholen, bevor Sie mit ihr sprechen", schloss ich.

„Sie missverstehen das, India. Ich bin nicht hier, um mit Willie zu reden."

„Aber das müssen Sie! Wenn Sie das nicht machen, glaubt sie, es ist Ihnen gleich, und ich weiß, dass das nicht stimmt. Geben Sie jetzt nicht auf. Nicht, wenn sie endlich die wahre Tiefe ihrer Gefühle für Sie eingesteht."

Sein Mund klappte auf, nur um rasch wieder geschlossen zu werden. Er kratzte sich an der einen Kotelette, dann ging er zur anderen über.

„Ich glaube, ihre Eifersucht kann zu Ihren Gunsten arbeiten", fuhr ich fort. „Sie müssen nur wissen, wie Sie Ihre Karten zu spielen haben. Zeigen Sie sie nicht zu früh, doch halten Sie sie auch nicht zu lange fest."

Mein Vergleich schien ihn zu verwirren. Er wirkte betäubt. „Sie ist eifersüchtig?"

Ich lachte, dann wurde mir klar, dass er es ernst meinte. „Ist Ihnen das nicht aufgefallen? Ehrlich, das überrascht mich ein wenig. Sie ist nicht sonderlich gut darin, ihre Gefühle für sich zu behalten."

Langsam nickte er. „Das erklärt, weshalb sie gegangen ist, ohne sich zu verabschieden, und auf dem Weg nach draußen die Tür zugeschlagen hat."

Ich verdrehte die Augen. Er mochte ja ein Detektiv sein, aber er war ziemlich ahnungslos, wenn es um Herzensangelegenheiten ging.

Er räusperte sich. „Ich bin nicht hier, um Willie zu treffen. Ich bin hier wegen einer recht wichtigen polizeilichen Angelegenheit, wie es der Zufall so will. Es wurde über Nacht in einen Juwelierladen eingebrochen."

„War der Juwelier ein Magier? Sind Sie deswegen hier?"

„Nein. Ich meine, ich weiß nicht, ob er ein Magier war." Er schaute an mir vorbei zu Tante Letitia, die wirkte, als würde sie nicht zuhören. Er kratzte sich wieder an den Koteletten und wirkte zögerlich, ob er weitersprechen sollte.

„Inspektor", fuhr ich ihn an. „Fahren Sie fort, bevor ich vor Neugier sterbe."

Er senkte die Stimme, damit sie es nicht hörte. „Es wurde nichts gestohlen, doch der Juwelier wurde ermordet."

„Wie schrecklich. Haben Sie den Mörder erwischt?"

Er kaute auf seiner Unterlippe.

„Inspektor!"

Er fuhr zusammen. „Dr. Gabriel Seaford wurde heute Vormittag festgenommen."

Ich keuchte und drückte mir eine Hand an die Kehle. Mein Puls hämmerte im Takt mit meinem ungleichmäßigen Herzschlag. „Nein. Da muss ein Fehler vorliegen. Er kann das nicht getan haben. Gabe ist kein Mörder."

„Es war bekannt, dass er mit dem Opfer wegen eines Verlobungsrings gestritten hat, und man hat ihn gesehen, wie er den Tatort verlässt. Wir haben auch ein blutiges Messer und blutige Kleidung bei ihm zu Hause gefunden."

Ich griff hinter mich und packte die Rückenlehne des Sessels, um mich zu stützen. Wenn ich losließ, würde ich vielleicht auf dem Boden zusammenbrechen. „Sie wissen, was das bedeutet", flüsterte ich.

„Es bedeutet, wenn man ihn für schuldig erachtet, wird er gehängt. Und falls er gehängt wird, könnte Matts Leben auch in Gefahr sein, falls die Magie in seiner Taschenuhr ausläuft. Ja, India. Ich weiß es. Deshalb bin ich sofort hierhergekommen. Denn basierend auf den Beweisen ist Seaford schuldig."

KAPITEL 5

Matt nahm die Nachricht von Gabes Festnahme besser auf als ich. Seine erste und einzige Sorge galt Gabes Wohlergehen. Er machte sich um sich selbst überhaupt keine Sorgen.

„Wo ist er jetzt?", fragte er Brockwell.

„Eine Gefängniszelle im Scotland Yard. Morgen Vormittag wird er verlegt. Sie werden ihn besuchen wollen, nehme ich an."

„Können wir das?"

Brockwell zögerte. „Ich kann behaupten, dass ich vermute, das Opfer wäre ein Magier, und Sie wären als Berater angestellt. Das wird Sie am wachhabenden Sergeanten vorbeibringen." Er hielt sich immer an die Regeln, dass er sie also für uns zurechtbog, ließ uns wissen, dass ihm klar war, wie wichtig es war, dass wir mit Gabe redeten.

Ich nahm seine Hand. „Vielen Dank, Inspektor."

Willie und Duke kamen aus dem Angestelltenbereich, während wir unsere Hüte und Mäntel in der Eingangshalle anlegten. Da Gabes Festnahme meine ganzen Gedanken einnahm, hatte ich kurzzeitig Willies und Brockwells Beziehungsprobleme vergessen. Erst als Willie sich weigerte, ihn anzusehen, fiel es mir wieder ein.

Brockwell ließ sich von ihrer Haltung nicht beeinträchtigen. Er lächelte sie an. „Guten Nachmittag, Willie."

Sie verschränkte die Arme. „Jasper."

„Wohin geht ihr?", fragte Duke.

„Scotland Yard", sagte Matt. „Seaford wurde wegen Mordes festgenommen."

Willies Ausbruch an Fluchwörtern hallte durch die ganze Eingangshalle, wurde von dem gekachelten Boden und den Wänden zurückgeworfen.

Matt befahl ihr, die Stimme zu senken. „Ich will Tante Letitia keine Sorgen bereiten."

„Worauf warten wir? Gehen wir und besuchen Gabe!"

„Du wirst nicht gebraucht. India und ich ..."

Sie stieß ihn in die Brust marschierte an ihm vorbei. Sie war durch die Tür, bevor irgendwer sie aufhalten konnte. Duke nahm ihren Mantel von Bristow entgegen und eilte ihr nach zur wartenden Kutsche.

Willie und Duke stimmten zögerlich zu, in der Kutsche zu bleiben, nachdem Brockwell darauf bestanden hatte, dass er uns nicht alle vier hineinbringen konnte, um Gabe zu treffen. Willie ließ ihn ihr Missvergnügen darüber sehen, dass sie außen vor war, indem sie in eine Ecke sank und eine Schnute zog.

„Nehmen Sie das nicht persönlich", sagte ich zu Brockwell. „Sie hat nur einen starken Beschützerinstinkt für Matt und verabscheut es, dass sie nicht helfen kann."

„Gabe ist derjenige, um den wir uns jetzt Sorgen machen sollten", sagte Matt, während er die Tür zum Hauptsitz der Polizei öffnete.

Ich ging vor ihm hinein. „Natürlich, das tun wir alle, aber es gibt auch die Angelegenheit mit deiner Uhr. Falls die medizinische Magie darin wieder nachlässt, und es keinen Arzt-Magier gibt, um sie zu reparieren ..." Tränen sammelten sich in meinen Augen, und ich konnte sie nicht wegblinzeln.

Er berührte mich am Kinn. „Mach dir keine Sorgen um mich, India. Du weißt, wie ich darüber denke. Hier geht es um Gabe, nur Gabe."

Brockwell ließ uns am Eingangstresen eintragen, dann gingen wir durch einen Irrgarten aus Gängen und Räumen zu den Stufen, die hinab in die Zellen im Keller führten. Die kühlere Luft ließ es mir eiskalt den Rücken hinablaufen, und das Fehlen von Fenstern und Frischluft ließ den Gang sogar noch schmaler wirken, die Wände beengter. Ich fand es schwer, noch Luft zu bekommen. Unsere hallenden Schritte waren ein Signal für die Gefangenen auf der anderen Seite der verschlossenen Türen, dass jemand vorbeikam. Einer bettelte, dass man ihn herauslassen sollte, ein anderer brüllte von seiner Unschuld.

Der Sergeant, der uns eskortierte, blieb an einer Tür stehen und schloss sie auf, indem er einen Schlüssel nutzte, der an einem großen Eisenring hing, den er trug. Gabe hob den Kopf und schloss erleichtert die Augen, als er uns sah. Er stand auf und schüttelte erst Matt die Hand, dann mir.

„Ich freue mich sehr, euch beide zu sehen. Wirklich, ich freue mich." Er deutete auf die Holzbank, die an die Wand genietet war. Die musste sowohl als Bett als auch als Sitzplatz dienen, das hing davon ab, ob die dünne Matratze, die auf einem Ende aufgerollt war, ausgelegt wurde oder nicht. „Sei mein Gast, India. Es ist überraschend sauber."

„Wir halten hier alles im Reinen", sagte Brockwell ein wenig abwehrend.

Der Sergeant schloss die Tür. Das Klirren des Schlosses, das sich drehte, klang laut in dem kleinen Raum. Ein Gefühl des Unheils drang dann auf mich ein, und ich setzte mich lieber hin, bevor ich noch umkippte.

Gabe setzte sich neben mich. Er wirkte müde, seine Augen blutunterlaufen. Sein Haar war allerdings ordentlich gekämmt, und sein Gesicht frisch rasiert. Er trug immer noch seine eigenen Kleider, aber eine der Manschetten am Hemd fehlte. Die hatte er wohl in dem Aufruhr verloren, als die Polizei ihn festgenommen hatte.

„Erzähl uns, was passiert ist", sagte Matt. „Weshalb glauben sie, dass du es getan hast?"

Gabe schüttelte den Kopf. „Es ist alles so verwirrend. Sie sagen, sie haben Zeugen, die gesehen haben, wie ich den Laden verlasse, in dem der Mord passiert ist, aber dort war ich nicht. Ich schwöre euch, dort war ich nicht."

„Wir glauben dir", sagte ich.

„Und die blutige Kleidung und das Messer, das bei Ihnen zu Hause gefunden wurde?", fragte Brockwell.

Gabe schüttelte immer wieder den Kopf, als wolle er ihn klar bekommen. „Ich weiß nicht, wie die dorthin kamen. Ich kann mir nur vorstellen, dass die Polizei sie dort hingelegt hat, als sie alles durchsucht haben, um mich zu beschuldigen."

Ich schaute zu Brockwell.

„Das würde nicht passieren, wenn ich die Ermittlung leite", sagte er.

„Ich wünschte, Sie wären dafür zuständig", murmelte Gabe. „Dann hätte ich vielleicht eine Chance." Er fuhr sich mit der Hand durch die Haare, raufte sie, bevor er sie wieder glättete.

„Wir kriegen dich raus", versicherte ich ihm. „Matt und ich werden ermitteln."

Er lächelte mich ausdruckslos an. „Vielen Dank."

„Hast du die Zeugen getroffen?", fragte Matt. „Könnten es Leute sein, die du verärgert hast, die vielleicht bereit wären, zu lügen, um dich zu beschuldigen?"

„Nein! Ganz gewiss nicht bis zu einem Punkt, dass sie mich für ein Verbrechen hängen sehen wollen, das ich nicht begangen habe."

„Sie wurden gesehen, wie Sie mit dem Opfer stritten", sagte Brockwell. „Können Sie das erklären?"

„Ich habe den Juwelier beauftragt, einen Verlobungsring für Nancy anzufertigen. Ich wollte, dass sie das Beste bekommt, darum dachte ich, ich suche nach einem magischen Juwelier. Um ehrlich zu sein, ich habe nicht erwartet, einen zu finden, aber ich habe mich bemüht, viele Edelsteine, Silberbesteck und Goldschmuckstücke in den Juwelierläden zu berühren, die ich betrat. Zu meiner Überraschung spürte ich in Mr. Goldmans Laden magische Wärme. Sie war schwach, aber ich spürte ihre Wärme so sicher, wie ich die Feuchte dieser Zelle spüre. Sie war in den Goldketten, die er ausgestellt hat."

Ich starrte ihn mit großen Augen an. „Er war ein Goldmagier? Aber wie kann das sein? Goldmagie ist vor Jahrhunderten ausgestorben." Ein Mann namens McArdle hatte uns das letztes Jahr erzählt. Er war ein Goldmagier, man hatte ihn für den letzten seiner Art gehalten. Er hatte keine Zauber gekannt und behauptet, dass die Zauber, die als Goldmagie bekannt gewesen waren, schon lange verloren gegangen waren.

Doch Gabe erzählte uns, dass er Magie in Gold in einem Juwelierladen in London gespürt hatte.

„Fahr fort", sagte Matt. „Wie hat der Streit begonnen?"

„Ich war aufgeregt, einen Magier zu finden", sagte Gabe. „Ehrlicherweise habe ich das nicht erwartet, also erwischte es mich ein wenig auf dem falschen Fuß. Ich plapperte meine Überraschung vor dem Juwelier aus und gab zu, dass ich auch ein Magier bin und die magische Wärme in seinen Ketten erkannt habe."

„Hast du ihm erzählt, was für ein Magier du bist?", fragte ich.

Er schüttelte den Kopf. „Dazu kam es nie. Sobald ich Magie erwähnte, erzählte er mir, der Preis wäre doppelt so hoch wie das, worauf wir uns geeinigt hatten. Er sagte, er könne doch unmöglich magisches Gold für weniger verkaufen. Natürlich war ich wütend. Das wäre doch jeder gewesen." Er richtete sich an Brockwell.

Der Kriminalinspektor stand unbewegt da, sein Gesicht war nicht zu deuten.

„Was dann?", fragte ich.

„Dann weigerte ich mich, zu zahlen, und stürmte hinaus. Eine weitere Kundin trat ein, als ich ging."

„Sie war wohl diejenige, die der Polizei von der Streitigkeit erzählt hat", sagte Matt.

„Ich glaube, der Ladenbesitzer nebenan hat mich auch wütend gehen sehen. Er stand im Eingang, als ich vorbeiging."

„Bist du nach Hause gegangen?", fragte Matt.

„Ich ging zur Arbeit. Meine Schicht fing gleich an. Erst um drei Uhr morgens bin ich wieder heimgekehrt. Und bevor ihr fragt, ich habe niemanden getroffen, der meine Ankunft bestätigen kann. Zu dieser Zeit ist niemand wach und unterwegs. Niemand, der in der Nähe von mir lebt, auf jeden Fall."

„Also hätten Sie durchaus im Laden sein und Mr. Goldman töten können", schloss Brockwell.

„Nur, dass ich es nicht war", stieß Gabe hervor. „Ich ging direkt ins Bett und wurde um acht Uhr heute Vormittag grob von der Polizei geweckt." Er senkte den Kopf und fuhr sich mit beiden Händen durch die Haare. „Das ist ein Albtraum."

„Wir stellen einen guten Anwalt an", sagte Matt. „Wir werden sofort mit der Ermittlung beginnen. Wir werden den echten Mörder so schnell finden, wie wir können, Gabe. Keine Sorge."

Gabe schüttelte Matt die Hand und wandte sich dann an mich. Sein Blick wurde weicher. „India, tust du mir einen Gefallen und besuchst Nancy? Sie steht sicher neben sich vor Sorge."

„Natürlich mache ich das. Wir kümmern uns gut um sie. Du bist ohnehin im Nu wieder draußen."

Sein Lächeln war gezwungen, aber zumindest versuchte er, ein mutiges Gesicht aufzusetzen.

Brockwell hämmerte an die Tür, und der Sergeant öffnete sie. Wir gingen still den Weg zurück, den wir gekommen waren, hinauf ins Erdgeschoss. Polizisten eilten durch die Gänge, manche waren uniformiert, andere in zivil. Brockwell nickte vielen grüßend zu, aber als er einen Mann mit einem beeindruckenden grauen Schnurrbart und einem lichter werdenden Kopf sah, grüßte er ihn und winkte ihn heran.

Er stellte uns dem Inspektor vor, der den Mord an Mr. Goldman untersuchte. „Wie lauten die neuesten Informationen?", fragte Brockwell.

Der Inspektor beäugte Matt und mich sorgsam. „Das kann ich Ihnen hier nicht sagen."

Brockwell folgte seinem Blick und runzelte die Stirn. „Sie haben uns schon früher bei magischen Fällen beraten. Das wissen Sie. Man kann ihnen vertrauen."

„Das ist kein magischer Fall."

„Der Ermordete war sehr wahrscheinlich ein Goldmagier, und der Verdächtige ist ..."

„Ein Freund", ging Matt dazwischen. „Er hat es nicht getan."

Der Inspektor knurrte. „Die Beweise sagen etwas anderes." Er versuchte, sich an uns vorbei zu schieben, aber Brockwell hielt ihn auf.

„Sie suchen nicht nach weiteren Verdächtigen, oder?", drängte er.

„Wir haben unseren Mann. Weshalb sollten wir Ressourcen aufwenden, wenn der Fall abgeschlossen ist?"

„Verflixt, er ist unschuldig!"

„Falls er das ist, weshalb gibt es dann Zeugen, die gegen ihn aussagen? Weshalb gab es blutige Kleider, und was ist mit der Mordwaffe, die in seinem Haus gefunden wurde?" Der Inspektor deutete mit dem Finger auf Brockwell. „Und geben Sie jetzt bloß nicht diesen Unsinn von sich, dass korrupte Beamte Beweise platzieren und Zeugen bezahlen."

„Sie leugnen, dass bei in der Polizei Korruption gibt?", fragte Matt.

„Ich leugne, dass es sie in *diesem* Fall gibt. Es gibt einfach keinen Grund, dass irgendein Beamter Seaford beschuldigen oder Zeugen bezahlen sollte. Woher sollten sie das Geld bekommen?"

In der Tat, woher?

Die Züge des Inspektors entspannten sich, während er Luft ausstieß. Er strich sich über den Schnurrbart und schaute sich um, bevor er näherkam. „Keiner von uns will einen guten Mann für ein Verbrechen hängen sehen, das er nicht begangen hat, aber die Beweise gegen Seaford sind überwältigend. Es gibt nichts, was ich für ihn tun kann."

„Sie können weiter nach dem echten Mörder suchen", knurrte Matt.

Der Inspektor zuckte nur mit den Schultern und ging.

Ich sah ihm nach, mein Herz war wie ein Stein in meiner Brust. Wie konnte er das Leben eines Mannes mit einem Schulterzucken abtun?

Die Leben von zwei Männern.

Ich warf einen Blick auf Matt, der neben mir stand, die Hände in die Hüften gestemmt, ein brodelnder Turm aus Zorn. Plötzlich drehte er sich um und marschierte los. Brockwell und ich mussten uns beeilen, um mitzuhalten.

„Nun?", fragte Willie, als wir die Kutsche erreichten. Sowohl sie als auch Duke standen auf dem Bürgersteig, obwohl eine eisige Brise von der Themse wehte und über das Victoria Embankment peitschte.

„Es sieht nicht gut aus", sagte ich.

Willies Gesichtszüge entglitten ihr. Duke fluchte. „Wir müssen etwas tun!", rief er.

Matt wandte sich an Brockwell. „Können Sie die Namen der beiden Zeugen herausfinden, die behaupten, Gabe gesehen zu haben, wie er mitten in der Nacht aufbricht?"

Brockwell legte den Kopf schief. „Sie können nicht mit Ihnen sprechen, Glass."

Matt ignorierte ihn. „India, du solltest Miss O'Dwyer besuchen."

„Du kommst nicht mit mir?"

Er spähte zum obersten Stockwerk des eindrucksvollen roten Ziegelgebäudes. „Ich werde mit dem Commissioner sprechen."

Ich stieg vor Duke und Willie in die Kutsche, von denen keiner ein besonderes Interesse daran hatte, Gabes Verlobte zu besuchen. Beide wollten mit der Ermittlung beginnen, aber Matt bestand darauf, dass sie mit mir kamen. Matt konnte sie nur zum Nachgeben bewegen, als er versicherte, dass er sich mit uns treffen würde, bevor er irgendwelche Zeugen aufsuchte.

Willie verbrachte den Großteil der Fahrt nach Pimlico, indem sie tonlos von Ungerechtigkeiten murmelte. Ich versuchte sie zu ignorieren, aber da Duke in trotziger Stille da saß, konnte ich mich nirgends hinwenden. Das ließ mir nur, mich mit meinem eigenen Elend zu befassen und über Gabes Fall nachzudenken. Je mehr ich nachdachte, desto deutlicher wurde mir etwas.

Jemand stand hinter dieser Festnahme. Jemand hatte die Polizei bezahlt, um sie belastende Beweise bei Gabe zu Hause platzieren zu lassen, und Zeugen bezahlt, um zu behaupten, sie hätten gesehen, wie er nach dem Mord Mr. Goldmans Laden verließ. Der einzige Mann mit den finanziellen Mitteln, um das zu tun, der keine Bedenken hätte, einen unschuldigen Mann zu ermorden, um einen anderen zu beschuldigen, war Lord Coyle.

Mich überraschte die Tiefe seiner Boshaftigkeit nicht mehr. Ich war nicht einmal schockiert, dass er wusste, wie wichtig Gabe uns war. Coyles Tentakel reichten in Ecken, die wir für gut versteckt gehalten hatten. Seine Spione und Kontakte konnten Wahrheiten ausgraben, die wir versucht hatten zu verbergen. Tatsächlich bestätigte es nur, dass Coyle hinter allem stand. Ich wusste, dass Gabe zum Ziel geworden war, weil er eine besondere Verbindung zu uns hatte.

Er hatte wohl herausgefunden, dass Matt Gabe zu seinem

eigenen Überleben brauchte. Er wusste, dass wir alles tun würden, um Gabe vor dem Galgen zu retten. Würde er etwas von uns verlangen, um die Beweise verschwinden zu lassen?

Oder würde er Gabe für etwas hängen lassen, das er nicht getan hatte, nur um zu beweisen, dass er die Macht dazu hatte?

Duke schnippte plötzlich mit den Fingern. „Wir können Charbonneau dazu bringen, seine Magie zu benutzen, um einen Schlüssel aus Eisen zu fertigen. Dann holen wir Seaford raus."

Willie schaute ihn an, als wäre ihm ein zweiter Kopf gewachsen. „Das ist die dümmste Idee, die du je hattest. Im Scotland Yard wimmelt es vor Polizei. Wie kommen wir an all denen vorbei? Und du vergisst, dass Charbonneau ein elender Haufen Schweinepisse ist, der versucht hat, Matt umzubringen."

„Ich vergesse nichts. Ich denke nur, dass das die beste Möglichkeit ist, die wir haben. Vielleicht die einzige."

„Fabian ist keine Möglichkeit", sagte ich niedergeschlagen. „Er wird einen zu hohen Preis verlangen."

Fabian mochte die Gelegenheit ergreifen und fordern, dass Matt sich von mir scheiden ließ, damit ich frei war, um stattdessen ihn zu heiraten. Ich traute ihm alles zu. Wenn er verzweifelt genug war, um zu versuchen, Matt umzubringen, war er auch verzweifelt genug, um Forderungen zu stellen, die ich unmöglich erfüllen konnte.

„Matt macht sich keine Sorgen um sich", murmelte Duke. „Ist das einem von euch aufgefallen?"

Willie trat gegen den Sitz gegenüber und verschränkte die Arme vor der Brust.

Ich drehte mich, um aus dem Fenster zu schauen, sah aber nichts durch den Schleier meiner Tränen. „Matt glaubt, er hätte schon vor Jahren sterben sollen. Er betrachtet jeden Tag seit der Schießerei in Broken Creek als einen Glücksfall, etwas, das er nicht verdient hat. Er hat sich bereits auf den Ausgang eingestellt, wenn Gabe nicht mehr da ist und das nächste Mal die Heilmagie in seiner Uhr nachlässt."

Willie trat wieder gegen den Sitz. „Das ist dumm."

„Ja, ist es. Aber das denkt er eben."

Keiner von uns war in der Stimmung, mit Miss O'Dwyer zu sprechen. Wir konnten ihr keine aufmunternde oder gute Nachricht überbringen. Trotzdem war ich es Gabe schuldig, sie so sehr zu unterstützen, wie ich konnte.

Sie war nicht bei der Arbeit auf Station im Belgrave-Kinderkrankenhaus, darum lotste uns eine Kollegin zu dem Schlafsaal hinten draußen, wo die Schwestern wohnten. Wir fanden Miss O'Dwyer, die im Bett lag, die Augen geschlossen, wo sie eine gerahmte Fotografie von Gabe an die Brust presste.

Ich setzte mich aufs Bett, und sie öffnete mit einem Keuchen die Augen. „Es sind nur wir", sagte ich leise. „Ich komme gerade, weil ich mich mit Gabe getroffen habe und …"

„Geht es ihm gut? Hat er etwas gesagt? Wissen Sie, wie die Ermittlung läuft?" Sie wischte sich die feuchten Wangen mit dem Handrücken ab, als würden ihre Tränen sie ärgern. Es war eine Erleichterung zu sehen, dass sie eine solche innere Stärke besaß. Sie würde sie brauchen.

„Er sieht gut aus, und er bleibt froh gestimmt. Die Ermittlung läuft noch. Er hat mich gebeten, nach Ihnen zu sehen, ob Sie etwas brauchen."

„Ich brauche ihn in Freiheit und an meiner Seite." Sie schloss die Augen und drückte sich die Finger an die Stirn. „Ich kann nicht glauben, dass das passiert. Es ist ein schlimmer Traum. Ich glaube die ganze Zeit, ich werde aufwachen, und alles wird gut sein. Aber es ist kein Traum, nicht wahr?"

Ich warf einen zweifelnden Blick zu Willie und Duke, in der Hoffnung, dass sie etwas sagen könnten, um sie zu trösten. Ich hatte den Verdacht, alles, was ich sagen würde, würde sie noch trauriger machen und ihr ein Gefühl noch größerer Hoffnungslosigkeit geben.

Willie setzte sich auf das Bett auf die andere Seite von Miss O'Dwyer. „Gibt es etwas, das Sie der Polizei erzählen können, das Gabes Fall helfen wird? Irgendetwas, was Sie vielleicht zurückgehalten haben?"

Miss O'Dwyer runzelte die Stirn. „Weshalb sollte ich etwas vor ihnen zurückhalten, das ihm helfen könnte?"

„Es könnte etwas sein, das Ihrem Ruf schadet." Willie schoss mir einen bedeutungsvollen Blick zu. „Du weißt, was ich meine, India. Erklär du es."

„Nicht nötig", sagte Miss O'Dwyer mit einem Seufzen.

„Sie fragen, ob ich mit Gabe nach Hause gegangen bin, als seine Schicht letzte Nacht zu Ende war, und ob ich bei ihm zu Hause bis zum Morgen geblieben bin. Das bin ich nicht. Meine Schicht war schon einige Stunden früher zu Ende, und ich war hier drin oder im Speisesaal und wurde immer von etlichen anderen Schwestern gesehen. Ich fürchte, ich kann nicht einmal für ihn lügen. Das werden sie herausfinden."

Plötzlich umarmte Willie sie. „Zumindest waren Sie bereit zum Lügen."

„Ich würde alles für ihn tun. Alles." Ihre Unterlippe bebte.

Duke reichte ihr sein Taschentuch. „Behalten Sie es", sagte er, während sie sich die Augen damit tupfte.

Wir gingen zurück hinaus zu unserer Kutsche. Ein paar Minuten später fuhr eine Droschke vor, und Matt trat heraus.

„Wo ist Jasper?", fragte Willie.

„Er arbeitet." Matt hob ein Stück Papier. „Er hat es geschafft, die Adresse der beiden Zeugen zu bekommen, als niemand hingesehen hat."

„Das war bestimmt nicht leicht", sagte Duke, der einen wissenden Blick auf Willie richtete. „Er ist mutig, klug und geduldig."

Sie schnaubte. „Bist du auch in ihn verliebt?"

Dukes Lippen zuckten, weil er lächelte. „Auch?"

Willie schnappte sich das Blatt von Matt. „Gehen wir, bevor es dunkel wird."

„Was hat der Commissioner gesagt?", fragte ich Matt, während er mir in die Kutsche half.

„Dass es nichts gibt, was er tun kann, falls die ganzen Beweise Gabe schuldig sprechen."

„Also liegt es ganz in unseren Händen."

Seine einzige Antwort bestand darin, dass er mir einen Kuss auf den Handrücken gab, bevor er losließ und hinter mir einstieg.

„Wir müssen Erfolg haben, Matt. Wir können ihn nicht enttäuschen. Das können wir einfach nicht."

Er lächelte mich schwach an, dann drehte er sich weg, um aus dem Fenster zu starren.

* * *

GOLDMANS GOLD- UND SILBERWARENLADEN war in Dunkelheit gehüllt, das Regal im Schaufenster leer bis auf den schwarzen Samtstoff, der es säumte. Wir waren allerdings eher an Lowe's Watches and Clocks daneben interessiert. Ich kannte Mr. Lowes Namen, war ihm aber nie begegnet. Trotzdem beschloss ich, in der Kutsche zu bleiben, während Matt ihn befragte. Mr. Lowe war ein Mitglied der Assistentenkammer in der Uhrmachergilde gewesen und einer von Mr. Abercrombies Kumpanen. Ich wusste nicht, ob Mr. Lowe seine Stellung bei der Kammer verloren hatte, als Mr. Abercrombie hinausgeworfen worden war, aber es spielte keine Rolle. Wegen dieser Bekanntschaft wusste ich, dass er mich nicht mochte, und keine Fragen beantworten würde, wenn ich mein Gesicht zeigte.

Willie wartete mit mir, aber Duke ging mit Matt hinein. „Das ist kein Zufall, dass es ein Uhrmacher ist", sagte sie und spähte hinter dem Vorhang nach draußen. „Hätte ich Geld, würde ich alles auf Abercrombie setzen, dass er das in die Wege geleitet hat."

Matt hatte das Schild, das im Inneren der Tür hing, auf *geschlossen* gestellt, und dann sahen wir sie nicht mehr. Ich saß außer Sicht zurückgelehnt und schaute durch das Fenster auf der anderen Seite. Die Bäckerei gegenüber hatte bereits geschlossen, das Licht war aus. Laut Brockwell arbeitete dort der zweite Zeuge, ein Bäckerlehrling. Er war früh am Morgen auf dem Weg zur Arbeit gewesen, als er behauptete, Gabe aus Mr. Goldmans Laden kommen sehen zu haben.

Ich schaute auf die Uhr, dann schaute ich eine Minute später erneut, und eine Minute danach noch einmal. Die Zeit verstrich langsam, aber als Matt und Duke herauskamen, waren nur fünf Minuten vergangen, seit sie eingetreten waren.

Matt gab Woodall Anweisung, dann schlossen er und Duke sich uns in der Kabine an. „Lowe behauptet, von nebenan sei ein lautes Geräusch gekommen, das ihn geweckt habe, kurz vor vier Uhr früh", sagte Matt. „Er kam nach unten und schaute durch das Eingangsfenster. Er sah einen Mann eilig vorbeigehen, und im Lampenlicht bekam er einen deutlichen Blick auf sein Profil.

Er beschrieb den Mann der Polizei, als man ihn befragte, und später bat man ihn, den Kerl bei einer Gegenüberstellung zu identifizieren. Er sagt, es wäre leicht gewesen, ihn zu erkennen."

„Hat er gelogen?", fragte Willie.

„Ich glaube schon. Er hat mir direkt in die Augen geschaut und kaum geblinzelt."

„Er klang auch ganz hölzern", fügte Duke an. „Als hätte er den Text auswendig gelernt."

Willie schlug sich aufs Knie. „Also wurde er tatsächlich darauf angesetzt! Gehen wir zurück zu Scotland Yard und sagen es Jasper."

Matt schüttelte den Kopf. „Es gibt nichts, was Brockwell tun kann. Es ist nicht sein Fall. Außerdem, wenn wir nicht beweisen können, dass Lowe lügt, wird sein Wort gegen unseres stehen."

Willie fluchte.

„Ich werde was sagen, was euch nicht gefällt", leitete Duke etwas ein. „Besonders dir nicht, India."

„Dann sag es nicht", entgegnete Matt, während ich ihn gleichzeitig drängte, fortzufahren.

Duke entschied sich, Matt zu ignorieren. „Ich denke, dass wir Lowe etwas versprechen, um die Wahrheit zu sagen. Wir könnten ihm ein Bestechungsgeld geben."

„Oder ihn mit der Waffe bedrohen", sagte Willie mit einem Glitzern im Blick.

„Willie", tadelte ich.

„Nur bedrohen. Das ist besser, als ihn zu verprügeln, oder nicht?"

„Es wird für Gabe schlechter aussehen, wenn seine Freunde erwischt werden, wie sie Bestechungsgelder für Zeugen vorschlagen oder sie bedrohen", erklärte Matt. „Ihr vergesst auch den zweiten Zeugen."

„Nein, tue ich nicht. Wir können ihn auch bedrohen. Ich denke, er lügt, genau wie Lowe."

Wir fuhren zu dem Mietgebäude, in dem der Bäckerlehrling lebte, als die Dämmerung sich wie eine Decke über die Stadt senkte. Die Straßenlaternen waren noch nicht angezündet, und so, wie bei einigen von ihnen die Glasscheiben zerbrochen waren, würden sie in diesem Teil von London auch nicht angezündet werden. Hoffentlich würden wir nicht lange brauchen. Spitalfields war kein Ort, an dem ich nach Einbruch der Dunkelheit verweilen wollte. Einer der Rippermorde war nur zwei Straßen weiter vorgefallen. Doch trotz des Elends und der Verzweiflung, die sich in die rußverschmierten Wände und die schlammgefüllten Abwasserrinnen eingegraben hatten, begrüßten uns lächelnde Kinder. Es waren keine Erwachsenen in Sicht.

Matt gab jedem der Kinder Kupferstücke, während Duke an die Tür des Mietshauses klopfte.

Ein junger Mann in einer Hose, die die Taille seines robusten Körpers einengte, kam heraus. „Was wollt ihr?", fuhr er uns an. Nachdem ihm klar wurde, dass er sich an einen Gentleman und eine Lady richtete, grollte er eine Entschuldigung. „Ich dachte, das wären diese Gören, die wieder an die Tür hämmern."

Matt stellte uns als Berater von Scotland Yard vor. „Sind Sie Jack Crabb?"

„Ja."

„Wir haben ein paar Fragen wegen Ihrer Aussage betreffend des Mordes an Mr. Goldman."

„Ich habe der Polizei schon alles erzählt."

„Trotzdem müssen wir gründlich sein. Sagen Sie uns, was genau Sie gesehen haben."

Mr. Crabb saugte an den Zähnen, während er uns alle abwechselnd betrachtete. „Ich bin früh am Morgen zur Arbeit gegangen, als ich einen Mann sah, der aus dem Juwelierladen kam und es sehr eilig hatte."

„Zu welcher Zeit war das?", fragte Matt.

„Zehn Minuten vor vier."

„Um das Gesicht des Mannes in der Dunkelheit so deutlich gesehen zu haben, müssen Sie ja recht nahe bei ihm gewesen sein."

„Nahe genug, um fast in ihn zu laufen. Wir gingen unter der Straßenlaterne in der Nähe von Goldmans Laden durch, also war etwas Licht vorhanden."

Ich runzelte die Stirn. Er klang, als würde er die Wahrheit sagen, überhaupt nicht hölzern. Doch etwas an der Geschichte wirkte unwahr. „Sind Sie direkt von zu Hause gekommen?"

„Ja, Ma'am. Ich gehe zu Fuß. Das dauert ungefähr fünfundzwanzig Minuten."

„Weshalb waren Sie dann auf dem Bürgersteig vor Mr. Goldmans Laden?"

Er schaute mich ausdruckslos an.

„Die Bäckerei ist auf dieser Seite der Straße. Sie müssen nicht auf die andere Seite hinübergehen, wo Mr. Goldmans Laden liegt, wenn Sie auf unmittelbarem Weg zur Arbeit gehen."

Sein Mund öffnete und schloss sich, aber das einzige Geräusch war das Zischen seines Atems.

„Beantworten Sie ihr die Frage", fuhr Matt ihn an.

„Ich, äh, weiß nicht mehr, warum ich die Straße überquert habe." Er zog sich zurück nach drinnen wie eine Schildkröte in ihren Panzer und warf die Tür zu.

Willie hämmerte mit der Faust dagegen. „Sie lügen! Kommen Sie heraus und geben Sie zu, dass man Sie bezahlt hat, um zu lügen!" Als die Tür sich nicht wieder öffnete, hämmerte sie erneut daran. „Ein unschuldiger Mann wird für einen Mord hängen, den er nicht begangen hat, nur wegen Ihnen! Kommen Sie raus und geben Sie zu, dass Sie gelogen haben."

Die Tür blieb fest geschlossen. Willie wollte noch einmal darauf hämmern, doch Matt erwischte sie am Handgelenk.

„Du verschwendest nur gute Luft."

„Vielleicht, aber damit fühle ich mich besser."

Wir kehrten zur Kutsche zurück, und Woodall fuhr uns nach Hause. Es gab nichts mehr zu tun. Wir waren niedergeschlagen und frustriert jenseits aller Vorstellung. Es war fast unmöglich, für Tante Letitia ein mutiges Gesicht aufzusetzen, aber wir versuchten es alle. Bis auf Willie. Sie ging ohne Umschweife in ihr Zimmer und blieb auch dort. Wir schickten ihr ein Abendessen hinauf und ließen sie in Frieden.

Cyclops war am späten Nachmittag nach Hause zurückgekehrt, nachdem er kurz bei Catherine vorbeigeschaut hatte. Laut Tante Letitia war er direkt ins Bett gegangen. Nachdem er den ganzen gestrigen Tag und die ganze letzte Nacht Dienst gehabt hatte, war er erschöpft. Er schlief allerdings die Nacht nicht durch und kam um zehn Uhr herunter. Tante Letitia hatte sich zurückgezogen, also konnten wir frei reden und ihm von Gabes Festnahme erzählen.

Ihm waren sofort die Folgen für Matt klar. Es war offensichtlich, weil er so gequält wirkte.

„Nicht", sagte Matt, der ihm ein Glas Kognak reichte. „Mach dir um meinetwillen keine Sorgen. Sorge dich um Gabe."

„Ich kann nicht anders", murmelte Cyclops.

„Das kann keiner von uns", fügte Duke leise hinzu.

Willie marschierte herein, ihr Gesicht verhärtet, bis es weich wurde, als sie Cyclops sah. Sie warf die Arme um seinen Nacken und drückte ihn fest.

Er lachte leise. „Ich freue mich auch, dich zu sehen."

Sie zog sich zurück. „Hast von Gabe gehört?"

Er nickte. „Was machen wir also?"

„Nichts, bis ich einen Bourbon in der Hand habe."

Matt schenkte ihr ein und reichte ihr das Glas. „Ich werde mich in Goldmans Laden umsehen", verkündete er. „Heute Nacht."

„Du wirst einbrechen", sagte ich ausdruckslos.

„Ich komme mit dir", erklärte Willie.

Duke und Cyclops bestanden darauf, auch zu gehen.

„Was hoffst du, dort zu finden?", fragte ich.

„Irgendwas", sagte Matt niedergeschlagen, während er sich neben mich auf das Sofa setzte. „Egal was. Es muss einen Grund hinter seinem Tod geben. Ich kann nicht akzeptieren, dass er nur umgebracht wurde, um Gabe etwas anzulasten. Es ist einfach zu …" Er schüttelte ungläubig den Kopf.

Ich berührte ihn am Knie. „Wir müssen vielleicht davon ausgehen, dass der ganze Grund darin besteht, Gabe etwas anzulasten. Coyle würde es tun, nur um uns zu schaden. Vielleicht ist er auf die Idee gekommen, als er von Gabes Streit mit Goldmann gehört hat."

Matt lehnte sich mit einem Seufzen zurück und tippte mit dem Finger an die Seite seines leeren Glases. Er hatte nicht darum gebeten, dass es nachgefüllt wurde. Selten trank er mehr als eines auf einmal, da er in der Vergangenheit Schwierigkeiten mit übermäßigem Alkoholkonsum gehabt hatte. „Es besteht auch die Möglichkeit, dass der Mord an Goldmann damit zusammenhängt, dass er ein Goldschmiedemagier ist, und Gabe nur als Opferlamm herhalten muss."

Cyclops wollte gerade nippen, aber nun senkte er das Glas und starrte Matt an. „Ich dachte, die Abstammungslinie der Goldmagie hätte geendet, als McArdle gestorben ist."

„McArdle hat sich vielleicht geirrt, als er behauptete, er wäre der letzte."

Es war eine Möglichkeit, obwohl mir nicht einfallen wollte, weshalb jemand einen Goldschmiedemagier umbringen wollen könnte. Ich stimmte Matt zu. Eine Suche in Goldmans Laden würde vielleicht einen Hinweis liefern.

„Wir sollten vor Mitternacht gehen", sagte ich. „Wir müssen alle schwarz tragen."

Es bewies, wie gut sie mich kannten, dass niemand versuchte, mir zu sagen, ich solle nicht mitkommen.

Das dachte ich zumindest.

„Schau nicht so selbstgefällig", sagte Willie. „Du kommst mit, weil du die Einzige bist, die magische Wärme finden kann."

* * *

Das Schloss an der Hintertür des Ladens war kompliziert. Matt brauchte über zwanzig Minuten, um es mit seinen Werkzeugen zu öffnen. Als er die Tür schließlich offen hatte, standen wir vor einem Eisengitter und einem weiteren Schloss, genauso kompliziert wie das Erste. Matt machte sich wieder an die Arbeit, nutzte das Licht von meiner Lampe, um zu sehen. Als es schließlich auf stillen Scharnieren aufschwang, atmete ich erleichtert aus.

Willie, Matt und ich traten ein, während Cyclops in der hinteren Gasse blieb, um Wache zu halten. Wir hatten Duke am Vordereingang des Ladens stehen lassen, wo er an einem Laternenpfosten lehnte, als würde er auf jemanden warten.

Die hinteren Räumlichkeiten schienen als Lager genutzt zu werden, mit einem ganzen Raum, der von einem großen Tresor eingenommen wurde. Ein kleiner Tresor war in die Ecke der Werkstatt geschmiegt, zusammen mit Reihen um Reihen von verschlossenen Schubladen. Die Juwelierwerkzeuge, Pinzetten,

Zangen und Vergrößerungsgläser und weitere, von denen ich die Namen nicht kannte, waren ordentlich auf der Werkbank neben einem hölzernen Stab mit Markierungen aufbewahrt, der Ringgrößen ermittelte. Obwohl die Werkbank sauber war, war der Boden darum herum von Metallspänen verunreinigt.

Es war allerdings der Laden selbst, der mich am meisten interessierte, darum ließ ich Willie zurück, damit sie ihren eigenen Hinweisen nachgehen konnte. Matt folgte mir. Wir deckten unsere Laternen ab und blockierten die Fenster mit dem schwarzen Stoff, den wir mitgebracht hatten, und stellten sicher, dass keine Spalten an den Rändern waren. Dann öffneten wir die Laternen und begannen unsere Suche.

Der Laden war klein mit einem langen Tresen und verschiedenen Glasschränken, alle verschlossen. Die teuersten Stücke waren weggeräumt worden, als Mr. Goldman zum letzten Mal abgeschlossen hatte. Mir kam der Gedanke, nachzusehen, ob mit dem Tresor etwas passiert war. Vielleicht war es ein ganz einfacher Fall, bei dem ein Raub schiefgegangen war.

Obwohl ich, wenn ich die Falschaussagen der Zeugen bedachte, die Gabe beschuldigten, Zweifel daran hatte.

Matt fand das Buch mit den Bestellungen und legte es auf den Boden, um es zu lesen. Ich suchte weiter, nicht ganz sicher, wonach ich Ausschau hielt. Der Raum hinter dem Tresen war zum Großteil mit verschlossenen Holzkisten gefüllt. Die einzigen nicht verschlossenen wurden genutzt, um verschieden farbige Bänder und Lederstreifen aufzubewahren, sehr wahrscheinlich, um daran Anhänger zu befestigen.

Ich streifte rasch über das Leder, nur um die Hand schnell zurückzureißen. „Magie." Ich berührte die Seidenbänder. „In denen ist auch Magie." Eine genauere Untersuchung enthüllte feine Handwerkskunst in allen Stücken.

Ich reichte Matt eine der geschlossenen Kisten. „Könntest du deine Dietriche benutzen, um die zu öffnen?"

Er zog die schlanken Werkzeuge aus der Tasche und machte sich an die Arbeit.

„Meinst du, du kannst als nächstes den Tresor öffnen?", fragte ich.

„Ich fürchte, einen Tresor zu knacken, übersteigt meine Fähigkeiten."

„Und da dachte ich, du könntest alles."

„Fast." Sein schiefes Lächeln ließ ihn teuflisch attraktiv im schwachen Licht wirken.

Ich schaute mir die Seiten des Bestellbuchs an, während Matt an dem Schloss arbeitete, aber ich erkannte keinen Namen der Kunden.

Augenblicke später klappte er den Deckel der Kiste auf, als gerade Willie aus der Werkstatt kam. Sie verkündete, dass sie hinaufgehen und Goldmans Wohnräume durchsuchen würde, und dann verschwand sie wieder.

Ich rückte näher an Matt, um den Inhalt der Kiste mit ihm zu untersuchen. Sie war gefüllt mit Goldketten verschiedener Länge und Dicke. Ich befühlte sie alle und spürte sofort die magische Wärme. Aber sie war sehr schwach, wie ein Kamin, der voller Asche war, nicht voller Kohlen.

„Sie ist unfassbar schwach", flüsterte ich. „Die Magie ist wohl vor langer, langer Zeit hineingesprochen worden."

„Wie lange her?"

„Das lässt sich nicht sagen, aber ich glaube jahrelang. Vielleicht Jahrzehnte oder sogar Jahrhunderte."

„Also ist Goldman kein Magier?"

„Es ist unwahrscheinlich, dass er die Magie hineingesprochen hat, aber er könnte der Nachkomme eines Goldmagiers sein. Versuch noch eine Kiste und sieh nach, ob wir etwas mit stärkerer Magie finden."

Matt sperrte eine zweite Kiste auf, in der Silberketten waren. Die magische Hitze drang auf mich ein, bevor ich auch nur ein einziges Stück berührt hatte.

„In denen ist auch Magie, aber sie ist sehr viel stärker als die im Gold."

„Also war er ein Silbermagier, der zufällig auch mit Gold gehandelt hat, das alte Magie enthält?"

Wir durchsuchten weiter die Kisten, nur um mehr von derselben Art zu enthüllen. Goldschmuckstücke mit schwacher Magie und Silberschmuckstücke mit starker Magie.

Willie schloss sich uns an und verkündete, dass sie oben nichts Interessantes gefunden hatte. „Bereit zum Gehen?"

„Nicht ganz." Matt erhob sich und hielt mir eine Hand hin, um mir auf die Beine zu helfen. Er war unterwegs zurück in die Werkstatt, doch ich zögerte.

Aus reinem Instinkt ließ ich die Hand über die polierte Holzfläche des Tresens gleiten, spürte aber keine Magie. Genauso wenig hatte ich sie in den Holzkisten gespürt. Ich ging um den Tresen und berührte eine der Ausstellungvitrinen, wo ich dasselbe Ergebnis erwartete. Sie war warm. Ich bat Willie, die Laterne näher zu bringen. Das Licht traf auf die Füße des Schränkchens, die zu Löwentatzen geformt waren. Die Arbeit war so fein, sie sah aus wie lebensecht.

Ich richtete mich auf und schaute mich in dem Laden um. Mein Blick fiel auf einen Stapel Visitenkarten, und ich kehrte an den Tresen zurück. Ich berührte die oberste. Magie. Starke Magie, wenn man nach der Hitze ging.

Willie und ich schlossen uns Matt in der Werkstatt an. Er stand an einem Aktenschrank und las eine Akte, die Schublade, die er geöffnet hatte, war mit *Lieferanten* beschriftet.

Er schloss die Akte und schob sie zurück in die Schublade. „Er hat nur einen Silberlieferanten."

„Das ist komisch, oder?", fragte Willie.

„Ich schätze schon. Noch komischer ist, dass er einen Namen aufgeschrieben hat, aber keine Adresse."

„Was ist mit Goldlieferanten?", fragte ich.

„Da gibt es Aberdutzende, verstreut im ganzen Land. Seine weiteren Lieferanten sind von begrenzter Anzahl, genau wie die Silberschmiedin, aber anders als sie hat er ihre Adressen aufgeschrieben. Es gibt zwei Lederlieferanten, zwei Möbelschreiner und einen Bändermacher und eine Seidenstickerin. Erinnert ihr euch an Abigail Pilcher, die ehemalige Nonne? Die Stickereien auf diesen Seidenbändern waren von ihr gefertigt."

„Hast du gesehen, wer seine Visitenkarten liefert?"

Matt nickte. „Es war Hendry, gelistet unter seiner ehemaligen Adresse, also hat er sie wohl für Goldmann gefertigt, bevor er festgenommen wurde und danach verschwunden ist."

Willie murmelte tonlos einen Fluch vor sich hin. „Ihn werde

ich nie vergessen. Mord mit tausend Papierschnitten." Sie hielt die Laterne hoch, während sie zurück zur Hintertür ging. „Was bedeutet das alles? War Goldman ein Magier oder nicht?"

„Ich schätze, er war keiner", sagte Matt. „Er hatte Lieferanten für all seine Gegenstände. Sie waren die Magier, nicht er. Er war irgendeine Art Sammler, aber anders als die vom Club der Sammler hat er seine Waren verkauft."

Ich stimmte einigen seiner Einschätzungen zu, aber nicht allen. „Ich glaube, er war ein Goldmagier, aber wie McArdle hatte er keine Zaubersprüche. Er konnte seine Magie nutzen, um Goldmagie in Gegenständen zu spüren, aber sie nicht selbst hineingeben. Deshalb hatte er Goldlieferanten aus dem ganzen Land. Es ist sehr wahrscheinlich, dass sie nicht mal wussten, dass sie Goldschmuck mit Magie hatten, aber er wusste es. Er konnte die Magie in anderen Gegenstände spüren, und darum hat er nur solche für seinen Laden eingekauft."

„Aber er hat die Preise nicht erhöht", erklärte Willie. „Erst als Gabe ihm gesagt hat, dass er die Magie spürt. Was war also der Sinn dahinter?"

Darauf hatte ich keine Antwort. Sie hatte recht. Es schien keinen Sinn zu ergeben, magische Stücke zu verkaufen, wenn man keinen höheren Preis dafür verlangte, außer jemand sagte einem, er wisse, dass sie Magie enthielten.

„Ich glaube, ich weiß es", sagte Matt düster. „Und wenn ich recht habe, dann weiß ich auch, wer ihn umgebracht hat."

KAPITEL 6

Nachdem ich Mr. Goldmans Namen am folgenden Morgen auf unserer Liste mit Magiern angefügt hatte, während ich daneben *verstorben* notiert hatte, musterte ich die Seite bis nach oben. Ich hatte den Großteil der Nacht damit verbracht, über Matts Theorie nachzudenken, dass Mr. Goldmann etwas Ähnliches getan hatte. Wie wir hatte er die Namen von Magiern gesammelt. Aber anstatt seine Liste in einem Tresor an einem sicheren Platz wegzusperren und nur ein paar vertrauenswürdigen Seelen von ihrer Existenz zu erzählen, hatte er seine Liste Lord Coyle überlassen.

Und Lord Coyle nutzte sie, um seine Sammlung magischer Gegenstände zu erweitern, genauso wie seine Sammlung von Informationen über Magier. Informationen, die er nutzte, um Macht zu gewinnen. Matt nahm an, dass Mr. Goldmann Lord Coyle nach ihrer Begegnung erzählt hatte, dass Gabe ein Magier war, und zusammen hatten sie herausgefunden, dass er ein Arzt-Magier war. Lord Coyle hatte wohl geraten, dass Matts Überleben in Broken Creek und hier in London, nachdem er in einen Kutschunfall verwickelt gewesen war, und dann in eine Schießerei, das Ergebnis von Gabes Magie war. Um uns zu bestrafen, hatte er sichergestellt, dass Gabe der Hauptverdächtige beim Mord an Mr. Goldman war.

Bei keinem von uns bestand ein Zweifel daran, dass Coyle

seinen Komplizen Mr. Goldman getötet hatte. Aber die Frage blieb – weshalb?

Wir würden keine Antworten bekommen, wenn wir Coyle konfrontierten, aber wir mussten etwas tun, oder Gabe würde niemals freikommen.

Ein weiterer Gedanke kam mir, einer, der mich dazu brachte, aus Matts Bureau die Stufen hinab zu eilen. Er saß am Frühstückstisch bei Cyclops, Duke und Willie.

„Solltest du nicht bei der Arbeit sein?", fragte ich Cyclops.

„Ich habe mir den Tag freigenommen", sagte er, ohne von seiner Scheibe Toast auszusehen, die er gerade mit Butter bestrich. „Ich arbeite mit euch daran, Goldmans Mörder zu finden."

„Wir wissen nicht, was wir als nächstes tun sollen", sagte Matt vom Buffet aus, an dem er sich seine Tasse Kaffee nachfüllte.

„Ich habe eine Idee." Ich schloss mich ihm an und schenkte mir eine Tasse Kaffee ein. Ich atmete zuerst das bittere Aroma tief ein. Es half mir, nach meinem furchtbaren Schlaf aufzuwachen. „Es war eine Adresse bei allen magischen Lieferanten von Mr. Goldman – Gold, Leder, Seide, Holz und Papier. Aber nicht bei der Silberschmiedin. Er hat nur einen Namen aufgezeichnet."

Matt lehnte sich an das Buffet zurück, die Tasse in der Hand. „Also wusste er nicht, wo sie wohnt. Sie ist wohl zu ihm gekommen. Er hat sie niemals aufgesucht." Er hob eine Schulter und schüttelte den Kopf. „Wie soll das etwas beitragen?"

„Ich weiß nicht, was es ist, eine Abweichung von seinem Muster, Namen und Adressen seiner Lieferanten aufzuzeichnen. Weshalb sollte sie anders sein?"

Duke tippte sich an die Schläfe. „Vielleicht musste er sich ihre Adresse nicht aufschreiben, weil er sie dort hatte. Er kannte sie gut. Vielleicht standen sie einander nahe."

„Ja! Weil sie befreundet waren, könnte sie vielleicht etwas Licht in seine Beziehung zu Coyle bringen, und was zwischen ihnen lief. Mr. Goldman hat ihr vor seinem Tod vielleicht etwas Wichtiges gesagt, etwas, das Coyle belastet."

Matt nickte langsam, während er über meine Theorie nachdachte. „Wir müssen mit ihr reden. Vielleicht kann ein anderer Juwelier uns sagen, wo wir sie finden."

Willie rümpfte die Nase. „Du lässt Duke, Cyclops und mich alle Juweliere in der Stadt abklappern und sie fragen, oder nicht? Das wird Tage dauern!"

„Es gibt vielleicht eine andere Möglichkeit", sagte ich. „Lord Farnsworths versilbertes Opernglas war mit Magie durchwirkt. Wir können ihn fragen, wo er es gekauft hat."

Willie schob sich ein Stück Toast in den Mund, nahm ihre übrigen Speckscheiben mit einer Hand vom Teller, und ein Würstchen in die andere. Sie wedelte damit in der Luft und bedeutete uns, dass wir ihr folgen sollten.

„India hat noch nichts gegessen", sagte Matt.

Sie blieb nicht stehen.

Matt wollte schon wieder Protest einlegen, doch ich schüttelte vor ihm den Kopf. Ich trank meinen Kaffee aus, schnappte mir eine Scheibe Toast und ging hinter Willie hinaus. Je weniger Zeit wir verschwendeten, umso besser.

* * *

LORD FARNSWORTH WAR NOCH im Bett, als wir bei ihm zu Hause ankamen, doch Willie überzeugte den Butler, ihn zu wecken, indem sie drohte, nach oben zu gehen und ihn selbst heraus zu zerren. Ein paar Minuten später kehrte er in den Salon zurück und verkündete, dass Seine Lordschaft in einem Augenblick herabkommen würde.

Lord Farnsworth traf ein, so makellos gekleidet wie eh und je. Sogar seine Haare waren pfeilgerade in der Mitte geteilt. Das einzige verräterische Anzeichen, dass es spät geworden war, waren seine blutunterlaufenen Augen und der überwältigende Geruch nach Lavendel und Moschus, den er wohl überall verteilt hatte, bevor er herabgekommen war.

„Guten Morgen, Freunde. Was für eine schöne Überraschung. Möchtet ihr ein Frühstück?"

„Wir haben bereits gegessen", sagte ich. „Davide, wo hast du dein Opernglas gekauft?"

Er nahm meine merkwürdige Frage gelassen hin, als wäre

es an der Tagesordnung, dass Freunde ihn aus dem Nichts heraus aufsuchten und ihn fragten, wo er seine Sachen gekauft hatte. „Bei einem Herrenausstatter an der Bond Street. Sie verkaufen Regenschirme, Gehstöcke, Taschentücher, so etwas eben. Es gab eine Sammlung von ziemlich exquisiten Silberschmuckstücken, die an diesem Tag ausgestellt wurden, darunter das Opernglas. Die Gravur war so fein, dass ich es einfach haben musste." Er rollte auf den Fersen zurück, ein selbstgefälliges Lächeln auf dem Gesicht. „Weißt du, ich wäre nicht überrascht, wenn es von einem Magier gefertigt wurde, so schön ist es."

„Das wurde es auch", sagte ich. „Ich habe kürzlich abends in der Oper die Magie gespürt. Wir suchen nach der Magierin, die es hergestellt hat. Kannst du uns den Namen des Ladens sagen, wo du es gekauft hast?"

„Mallard und Sohn. Glaubst du, dass das Magier sind?"

„Wir sind uns nicht sicher."

„Wie aufregend. Darf ich mitkommen?"

„Dieses Mal nicht", sagte Matt, der die Hand ausstreckte. „Vielen Dank für die Information."

Lord Farnsworth seufzte enttäuscht, drängte aber nicht in der Sache. Er schüttelte auch mir, Duke und Cyclops die Hand, bevor wir wieder gingen. Als dann Willie kam, verstellte er ihr den Ausgang.

„Du hast es gestern Nacht versäumt, eine tolle Zeit mit Lady Helen und mir zu verbringen. Ich habe sie in die Spielhölle mitgenommen, und dann sind wir losgezogen und haben uns einen Kampf angesehen." Er runzelte die Stirn. „Oder war es andersherum?"

Ich keuchte. „Du hast Lady Helen ausgeführt? Nur ihr beide? Meine Güte, wenn das jemand herausfindet, ist sie ruiniert."

„Ich müsste nur früher heiraten, als es uns beiden gefiele. Aber ich würde es tun."

„Falls sie dich nimmt", erklärte Willie. „Ich glaube, so wichtig bist du ihr dann auch nicht."

Lord Farnsworth lachte. „Du bist doch nur eifersüchtig, dass ich sie gewinne, und du nicht."

Willie versuchte, sich an ihm vorbei zu schieben, aber er

verstellte ihr weiterhin den Weg. „Was du denn letzte Nacht getrieben?", fragte er.

„Ich hatte was Wichtigeres zu tun."

„Was ist wichtiger als ein Abenteuer mit deinen beiden unterhaltsamsten Freunden?"

„Mord."

Er starrte sie an, dann drehte er sich um, um uns alle anzuschauen. Als keiner von uns es ausführte, wandte er sich wieder an Willie. „Wen hast du umgebracht?"

„Einen Narren, der mir in den Weg geraten ist." Sie stieß ihn in den Arm.

Die Kraft reichte nicht aus, um ihn wegzuschieben, doch er trat rasch zur Seite. „Das war ein Witz. Oder nicht?"

„Ich mache keine Witze über Morde, Davide." Sie tätschelte ihm die Wange. „Ich werde eine Weile die meisten Nächte beschäftigt sein. Sag Helen, dass ich sie vermisse, und dass ich sie in ein paar Tagen wieder treffe."

„Falls du nicht ins Gefängnis gehst, meinst du." Er lachte, aber es verblasste, als ihm klar wurde, dass keiner mit ihm lachte. „Ich sage es ihr. Und versuche, nicht noch jemanden umzubringen, Willie. Außer derjenige hat es natürlich verdient."

* * *

Sobald wir Lord Farnsworths Namen vor Mr. Mallard erwähnten, wollte er uns gern auf jede Weise helfen, die ihm nur möglich war. Als wir ihn fragten, ob sein Silber von einer Silberschmiedin namens Marianne Folgate stammte, fragte er nicht, weshalb wir das wissen mussten, sondern sagte einfach, dass er sein Silber seit über einem Jahr von ihr bezog. Als wir ihn um eine Adresse baten, zögerte er nicht, sie uns zu geben. Lord Farnsworth war wohl wirklich ein sehr guter Kunde.

Marianne Folgate lebte in einer Pension, die von einer schwer gebauten Frau mit einem deutlichen Humpeln betrieben wurde, die mich und Matt keuchend fragte, was wir wollten, auf eine nüchterne Schulmatronenart.

„Wir suchen nach Marianne Folgate", sagte Matt. „Wir glauben, dass sie hier wohnt."

„Sie sind zu spät."

O Gott.

„Was mit ihr passiert?", fragte Matt.

„Sie ist ausgezogen."

Ich stieß erleichtert Luft aus. „Wohin ist sie gezogen?"

„Ich weiß es nicht. Sie hat mir keine weitere Adresse gegeben."

„Wie schicken Sie ihr dann ihre Post?"

„Das tue ich nicht. Ich werfe sie weg." Sie verschränkte die Arme und richtete die nächste Frage an Matt. „Warum wollen Sie das wissen?"

„Wir möchten etwas Silber von ihr kaufen", sagte er. „Für ein Geschäft, unser neues Unternehmen. Sind Sie sicher, dass Sie nicht wissen, wohin sie jetzt gezogen ist?"

„Ich hätte nicht gesagt, dass ich es nicht weiß, wenn ich es wüsste, oder? Ich habe nur einen Brief erhalten, und die Miete für eine Woche zusätzlich. Nicht einmal ein *mit Verlaub, wenn es Ihnen nichts ausmacht.*"

„Könnte jemand sonst, der hier wohnt, wissen, wohin sie ging?", fragte ich. „Vielleicht war sie mit jemandem unter den anderen Gästen besonders befreundet?"

Die Vermieterin bedeutete uns, ihr nach drinnen zu folgen. „Miss Calendar könnte es wissen. Mit ihr hat sie mehr gesprochen als mit jeder sonst."

Sie führte uns zu einer großen Küche hinten im Haus, wo eine junge Frau in einer Schürze in einem Bottich abspülte. Ein Stapel schmutziges Geschirr bildete einen Turm auf der Bank neben ihr. Es war wohl das ganze Frühstücksgeschirr der Mieterinnen. Eine respektable Pension wie diese war kein vertrauter Anblick in London, obwohl ich gehört hatte, dass in den letzten Jahren etliche entstanden waren. Betrieben von einer Frau mit gutem Ruf, zogen sie junge Mieterinnen aus der Mittelklasse an, die in die Stadt gekommen waren, um Arbeit zu finden, aber niemanden kannten. Ladengehilfinnen, Gouvernanten und Künstlerinnen waren willkommen, solange sie sich an die strikten Regeln der Vermieterin hielten, zustimmten, mit dem Haushalt zu helfen, und sich die Miete leisten konnten. Meiner Erfahrung nach war der Preis ziemlich hoch für ein kleines

Schlafzimmer und zwei Mahlzeiten am Tag, aber es zu bezahlen war besser als die Alternative. Junge Frauen ohne Anstellungen oder Freunde endeten in einem Arbeiterhaus, Hurenhaus oder auf der Straße.

„Das ist Miss Calendar", sagte die Vermieterin. „Miss Calendar, Mr. und Mrs. Glass erkundigen sich nach Miss Folgate."

„Ach?" Die junge Frau lächelte Matt an. Mir schenkte sie auch ein Lächeln, aber es war eher ein Nachklapp.

Matt erwiderte das Lächeln. „Wir suchen nach Marianne Folgate, um sie mit einiger Arbeit für unseren neuen Laden zu beauftragen. Wissen Sie, wohin sie ging?"

Miss Calendar schüttelte den Kopf. „Ich fürchte, nein. Einen Tag war sie da, und am nächsten war sie weg. Sie hat mir eine Nachricht hinterlassen, in der stand, dass sie gehen müsse. Einen Grund nannte sie nicht, aber seither habe ich mir Sorgen um sie gemacht. Sie ist ziemlich jung, wissen Sie, obwohl sie klüger ist, als ihr Alter es nahelegt."

„Hat sie oft Dinge für sich behalten?", fragte Matt.

„Sie hat nicht viel über ihre Familie geredet, aber sie war offen mit allem anderen. Sie war nicht gesprächig, aber sie war fröhlich, zufrieden. Sie liebte das Leben, auf ihre eigene stille Art." Sie schüttelte den Kopf und dachte noch einmal nach. „Ich würde es eher so nennen, dass sie das Leben schätzte, anstelle von lieben. Auf jeden Fall hat sie sich in den Wochen, die zu ihrem Aufbruch führten, verändert. Sie blieb mehr für sich und wirkte besorgt. Ich habe sie gefragt, was los war, aber sie wollte es nicht sagen." Miss Calendar runzelte allerdings nachdenklich die Stirn. „Sie hat jedoch etwas Seltsames gesagt, das mir im Kopf geblieben ist. Sie hat mir erzählt, sie wünschte, sie hätte besser aufgepasst. Als ich sie fragte, was sie gemeint hat, hat sie nicht geantwortet."

„Sie war eine Silberschmiedin", sagte Matt. „Hat sie in ihrem Zimmer gearbeitet?"

Die Vermieterin plusterte sich auf. „Natürlich nicht. Das ist eine respektable Pension, keine Werkstatt."

Matt hob vor Miss Calendar die Augenbrauen. „Sie können Sie jetzt nicht mehr in Schwierigkeiten bringen."

Miss Calendar schüttelte den Kopf. „Mrs. Drewery hat recht.

Marianne hat hier keine Arbeiten erledigt, oder auch irgendwo anders, was das angeht. Sie hat etwas altes Familiensilber mit nach London gebracht, nachdem ihre Eltern gestorben sind. Sie verkaufte es, das meiste an einen bestimmten Juwelier, aber manchmal an andere Ladenbesitzer."

„Kennen Sie den Namen des Juweliers?", fragte Matt.

Sie schüttelte den Kopf. „Ich habe ihn einmal hier gesehen. Ein klein gewachsener, dunkelhaariger Kerl um die vierzig Jahre. Sie haben vorne draußen gesprochen, sich die Hände geschüttelt, und dann ging er. Es war alles sehr zivilisiert. Und respektabel", fügte sie für Mrs. Drewery an.

„Hat sie sonst jemand besucht?"

„Nein."

„Was ist mit dem Mann in der Kutsche?", fragte Mrs. Drewery. „Ein großer Mann, weißer Schnurrbart. Er war sehr unhöflich, als ich ihn fragte, was er von Miss Folgate möchte."

Lord Coyle war hier gewesen! Es war die Verbindung, die wir brauchten, um ihn mit Mr. Goldman zusammenzubringen. Der Goldschmied hatte Coyle wohl seine neue Silberlieferantin vorgestellt, sobald ihm klar geworden war, dass in ihren Silberwaren Magie war. Das erklärte allerdings nicht, weshalb Coyle den Goldschmied töten sollte.

„Er mir gesagt, ich solle mich um meine eigenen Angelegenheiten kümmern. Wirklich äußerst unhöflich", fügte sie gemurmelt hinzu.

„Wann war dieser Besuch?", fragte Matt.

„Vor ein paar Wochen. Vielleicht zwei Monaten. Ich kann mich nicht erinnern. Die Tage verbinden sich zu einem, wenn man in meinem Alter ist."

„Und wie wirkte Miss Folgate nach diesem Treffen?"

„Ich kann nicht sagen, dass mir etwas aufgefallen ist."

Als keine von ihnen noch etwas zu sagen hatte, kehrten wir zur Kutsche zurück. Matt bat Woodall, in jede beliebige Richtung zu fahren, bis er anderweitig in Kenntnis gesetzt wurde, dann stieg er in die Kabine und setzte sich neben mich.

Ich konnte es nicht erwarten, den anderen alles zu erzählen, und es platzte aus mir hervor, was wir erfahren hatten. „Ich glaube, Goldman hat Coyle Miss Folgate vorgestellt, sobald ihm klar wurde, dass er eine Silbermagierin gefunden hat, genauso wie er Coyle den Leder-, Holz-, Seiden- und allen anderen Magiern vorgestellt hat, denen er im Lauf der Jahre begegnet ist."

„Und der Arzt-Magier wäre dann sein letzter Fund gewesen", fügte Cyclops an.

„Also haben wir ihn!", rief Willie. „Wir können Japser sagen, dass Coyle Goldman kannte, und dass er so von Gabe erfahren hat."

Matt schüttelte den Kopf. „Wir haben nur festgestellt, dass Coyle Marianne Folgate kannte, und sie kannte Goldman. Das ist nicht genug, um Coyle etwas im Mord an Goldman anzulasten. Wir brauchen eine unmittelbare Verbindung."

„Und einen Grund, aus dem Coyle Goldman umbringen wollte", fügte Cyclops an. „Wir wissen nicht einmal, ob Goldman eine Gelegenheit hatte, Coyle wegen Gabe zu informieren. Gabe hat sich Goldman gegenüber als Magier offenbart, bevor er in die Arbeit ging. Um vier Uhr am nächsten Morgen wird Goldman getötet. Das sind nur ein paar Stunden."

Willie nickte dazu, das Kinn entschlossen gereckt, ihre Augen blitzten. „Also müssen wir beweisen, dass Coyle Goldman irgendwann in diesen Stunden getroffen hat."

„Wie sollen wir das machen?", jammerte Duke.

„Wir fragen jemanden, der mit Coyle zusammenlebt", sagte ich. „Wir laden Hope zum Tee ein."

* * *

WIR SCHICKTEN unseren Bediensteten mit einer Einladung an Hope zum Stadthaus der Coyles, um sich uns zum Nachmittagstee anzuschließen. Er kam mit der handgeschriebenen Nachricht zurück, die noch in seiner Tasche war. Ihm war es nicht gestattet worden, sie persönlich zu treffen, also war er Matts Anweisung gefolgt und hatte sie nicht abgegeben.

„Ihre Begleiterin sagte, sie wäre unpässlich", fuhr er fort.

„Begleiterin?", wiederholten wir.

„Sieht aus, als hätte Coyle jemanden, der jetzt jede ihrer Bewegungen überwacht", sagte Duke.

„Er hält sie gefangen", fügte Willie an. „Manchmal will ich sie ins Gesicht schlagen, aber das gefällt mir nicht. Er kann doch nicht verhindern, dass seine Frau das Haus verlässt."

Matt entließ Peter mit der Anweisung, nach der Kutsche zu schicken. „Ich werde sie selbst aufsuchen", erklärte er uns.

„Und wenn Coyle dort ist?", fragte ich.

„Dann sage ich ihm, dass Hope mit mir nach Hause kommt."

Zu meiner großen Erleichterung war Lord Coyle nicht zu Hause, als Matt und ich seine Frau besuchten. Aber seine Abwesenheit machte unsere Aufgabe auch nicht einfacher. Hopes sogenannte Begleiterin, Mrs. Fry, war eine hochaufragende Frau mit breiten Schultern und einem kantigen Kinn. Eine tiefe, vertikale Linie zwischen ihren Augenbrauen vermittelte den Eindruck, dass sie in ihrem Leben noch nie gelächelt hatte. Sie lächelte ganz gewiss nicht, als Matt darum bat, Hope sehen zu dürfen.

„Lady Coyle ist unpässlich", sagte sie in einer lauten Stimme, die durch die große Eingangshalle hallte.

„Ich glaube Ihnen nicht", erwiderte Matt.

Mrs. Fry blähte die Nasenflügel, und ihre Augen wurden leicht zusammengekniffen. Sie wirkte nicht wie jemand, der es erwartete oder mochte, infrage gestellt zu werden. „Sie können bei mir eine Nachricht hinterlassen …"

Matt schob sich an ihr vorbei und ging zum Treppenhaus. Es geschah so schnell, dass Mrs. Fry es gar nicht mitbekam.

Sie lief ihm nach, ihre schwarzen Röcke wickelten sich um ihre Knöchel, weil sie es so eilig hatte. „Warten Sie! Sie können da nicht hinauf."

Matt blieb auf den unteren Stufen stehen, als ein hochgewachsener, junger Bediensteter aus den Schatten am hinteren Ende der Eingangshalle trat. Der Butler stand neben ihm, seine Raubvogelzüge verkniffen.

„Ich sehe niemanden, der mich aufhalten kann", sagte Matt mit trotzig gehobenen Augenbrauen.

Der Bedienstete schluckte schwer. Der Butler trat nur vor. „Ist alles in Ordnung, Mrs. Fry?"

„Mr. und Mrs. Glass glauben mir nicht, wenn ich sage, dass Lady Coyle unpässlich ist", sagte Mrs. Fry.

Der Butler richtete sich an Matt. „Ich fürchte, Ihre Ladyschaft hat sich in ihrem Zimmer eingeschlossen."

Matts Lippen wölbten sich zu einem angespannten Lächeln. „Entweder holen Sie sie, oder ich gehe hinauf und breche die Tür ein und hole sie selbst heraus. Mir ist gleich, wer von Ihnen es tut, aber ich schlage vor, dass es derjenige mit dem Schlüssel ist."

Mrs. Fry und der Butler wechselten Blicke, Mrs. Fry ging die Stufen hinauf. Die Schlüssel, die an ihrer Chatelaine hingen, klirrten bei jedem Schritt.

Ein paar Minuten später schloss sich Hope uns in der Eingangshalle an. Die dunklen Ringe unter ihren Augen in ihrem ansonsten blassen Gesicht waren ein Beweis dafür, wie schlecht sie schlief. Gekleidet in ein weißes und eisblaues Seidengewand, das mit zarter weißer Spitze gesäumt war, wirkte sie wie eine zerbrechliche Schneekönigin, immer noch königlich, aber nur Augenblicke entfernt davon, zu einer verzweifelten Pfütze zusammenzuschmelzen.

Mit hoch erhobenem Kopf grüßte sie Matt und mich mit angespannter Höflichkeit.

„Können wir allein sprechen, Hope?", fragte Matt.

„Nein", sagte Mrs. Fry. „Lord Coyle hat mich angewiesen, ständig bei Lady Coyle zu bleiben. Es geht um ihre Gesundheit, müssen Sie verstehen."

„Ist sie krank?"

„Nein", sagte Hope mit genau der Art Trotz, die ich von ihr erwartete.

Mrs. Fry schnalzte vor ihrem Mündel mit der Zunge. „Der Arzt sagt, sie leidet an Hysterie. Ihre Nerven sind angespannt, und wenn sie einen Zusammenbruch hat, wird sie wahnsinnig."

„Würde sie vielleicht nicht gefangen gehalten werden, würde es ihr gut gehen", erklärte ich.

Mrs. Frys Nasenflügel blähten sich erneut, als hätte ich überhaupt nichts gesagt. „Offensichtlich liegt der Wahn in der Familie. Es gibt eine Schwester …"

„Meine Schwester ist exzentrisch, nicht verrückt." Es war das Netteste, was ich je gehört hatte, dass Hope über Charity sagte.

„Ich möchte gern allein mit meiner Cousine sprechen", knurrte Matt.

„Das wird nicht möglich sein", fuhr ihn Mrs. Fry an. „Alles, was Sie zu sagen haben, können Sie hier sagen, und dann würde ich Sie bitten, dass Sie gehen. Lady Coyle braucht ihre Ruhe."

Matt presste die Lippen aufeinander.

„Hope", flehte ich. „Entlass sie. Du musst doch keine Gefangene in deinem eigenen Haus sein."

„Lady Coyle ist nicht meine Arbeitgeberin", sagte Mrs. Fry mit trotzig geschürzten Lippen. „Seine Lordschaft hat mir Anweisung gegeben, dass seine Frau nicht gestört werden darf. Wenn es Ihnen also nichts ausmacht ..." Sie nickte zum Butler, damit er die Tür öffnete.

„Wir gehen nicht ohne sie", sagte Matt.

„Dann wird Lord Coyle keine Alternative bleiben, als Sie wegen Entführung festnehmen zu lassen."

„Nicht, wenn sie freiwillig mit uns kommt."

„Ich fürchte, Lady Coyle ist in keinem pässlichen Zustand, um diese Entscheidung zu treffen. Ihr Verstand ist zu zerbrechlich, und sie wird zu leicht von jenen beeinflusst, die wünschen, sie zu beherrschen. Nur ihr Ehemann hat ihre besten Interessen im Sinn, und er hat sie meiner Obhut anvertraut."

Matt nahm Hope am Arm. Sie fuhr zusammen, und er ließ sie sofort los. „Hope, du musst nicht hierbleiben."

„Rechtlich gesehen müssen Sie das", erklärte ihr Mrs. Fry. „Wenn er Sie entführt, wird das weder für ihn noch für Sie gut ausgehen. Erinnern Sie sich noch, was passiert ist, als Sie versucht haben, sich aus dem Haus zu schleichen?"

Hope schlang die Arme um sich. Die Muskeln ihres Gesichts spannten sich an, als schaffe sie es kaum, ihre Züge unter Kontrolle zu halten. „Geh, Matt", flüsterte sie. „Es gibt nichts, was du tun kannst."

„Ich werde einen Anwalt anstellen und dich hier rausholen."

Hope schloss die Augen und schluckte schwer.

Mrs. Fry nahm sich ihren Ellbogen. „Eine Frau kann sich nicht von Ihrem Mann scheiden lassen, ohne einen vernünftigen Grund zu haben. Außerdem wird das nur beweisen, dass sie wahnsinnig wird, denn nur eine Verrückte würde sich doch von so einem liebenswürdigen, ergebenen Mann scheiden lassen wollen."

„Er kann sie nicht gefangen halten!"

„Matt, bitte hör auf", bettelte Hope. „Geh einfach. Das ist das Beste."

„Sir, Ihre Anwesenheit regt sie auf. Ich muss darauf bestehen!"

Matt rieb sich mit der Hand übers Kinn. Er hasste es, nicht die Macht zu haben, jemandem helfen zu können, der in Schwierigkeiten war, besonders einem Familienmitglied, bei dem er sich verpflichtet fühlte, es zu beschützen. Aber Hope hatte recht. Es gab nichts, was er tun konnte, und wenn er blieb, machte er es nur schlimmer für sie.

Ich nahm seine Hand, und wir verließen zusammen das Haus. Er wies Woodall an, ihn zu seinem Onkel zu fahren.

„Glaubst du, ihre Eltern haben mehr Glück, um allein mit ihr zu reden?", fragte ich.

„Ich weiß nicht, was ich denke. Ich weiß nur, dass sie wegmuss von Coyle. Er zerstört sie."

Ich seufzte. Hope war in einer unmöglichen Lage. Ein Mann hatte die absolute Kontrolle über das Leben seiner Frau; deshalb war es auch so wichtig, einen guten Mann zu heiraten. Wenn er ihre Ausgaben einschränken wollte, konnte er das. Wenn er ihren Kontakt mit der Außenwelt begrenzen wollte, konnte er Besuche verbieten. Wenn er Ärzte fand, die bestätigten, dass sie verrückt war, konnte er sie in ein Irrenhaus einweisen lassen, und zwar für den Rest ihres Lebens. Ihre Verwandten konnten versuchen, eigene Ärzte zu finden, um solche Behauptungen zu widerlegen, aber einen ins Haus zu bekommen, um sie aufzusuchen, würde schwierig werden, wenn nicht unmöglich.

Trotzdem versuchte Matt, seine Tante zu überzeugen, dass Hope Hilfe brauchte. Lady Rycroft sagte ihm einfach, sie würde mit ihrem Mann sprechen, wenn er nach Hause zurückkehrte, doch an ihrem Tonfall erkannten wir beide, dass sie sich keine Sorgen machte. Hope hatte eine gute Partie gemacht, und was sie betraf, endeten damit ihre elterlichen Pflichten.

„Pssst." Das Zischen kam von außerhalb des Salons. Ich war an der Tür stehen geblieben, als Matt weiter hineingegangen war, um mit seiner Tante zu sprechen, und darum war ich die Einzige, die es hörte. „Pssst, India."

Ich schaute nach, ob Lady Rycroft in meine Richtung sah, dann trat ich verstohlen zur Tür. Charity stand im Gang und bedeutete mir, näherzukommen.

„Was ist denn?", flüsterte ich.

„Ich habe mitgehört, was Matt über Hope gesagt hat, dass sie gefangen gehalten wird. Ich will ihm helfen, sie rauszubekommen."

„Ich sehe nicht, wie du das kannst."

„Durch ihr Schlafzimmerfenster." Sie sagte es so nüchtern, dass ich fast kicherte, weil es so albern war. Aber Charity wirkte völlig ernst. „Sag ihm, er soll mich hier um Mitternacht vorne draußen treffen."

„Ich verstehe nicht. Weshalb muss er sich mit dir treffen?"

Sie verdrehte die Augen. „Er weiß nicht, welches Zimmer ihr gehört. Ich schon."

„Du hast vor, sie zu entführen?"

„Es ist eine Flucht, keine Entführung."

Die Idee war nicht völlig an den Haaren herbeigezogen. Ich nahm an, Matt könnte sie gefallen, wenn die einzige Alternative darin bestand, Hope durch einen langwierigen und öffentlichen rechtlichen Prozess freizubekommen. „Weshalb erzählst du mir nicht einfach, was ihr Schlafzimmerfenster ist, und ich lasse es ihn wissen?"

„Und verpasse den ganzen Spaß?"

„India?" Lady Rycroft marschierte auf mich zu. „India, mit wem sprichst du da? Ist es Charity?" Sie spähte um den Türrahmen, doch Charity war verschwunden.

Matt brütete auf der ganzen Heimfahrt, zu wütend auf seine Tante, Lord Coyle und die schrecklich ungerechten Gesetze, die bedeuteten, dass er seiner eigenen Cousine nicht helfen konnte. Ich wollte sehen, wie sich seine Laune hob, und es gab nur eine Art, das zu erreichen.

„Ich glaube, du solltest heute Nacht in ihr Zimmer einbrechen und sie rausholen", sagte ich.

Er blinzelte mich an. „Das finde ich auch, aber ich war mir nicht sicher, ob dir der Gedanke gefällt."

„Ich verabscheue ihn, aber ich weiß, dass du dir nie verzeihen würdest, wenn du nichts tust."

Er fuhr sich mit der Hand über das Kinn. „Coyle wird wissen, dass ich es war."

„Er kann nichts tun, wenn es keine Zeugen gibt. Sie wird sich natürlich verstecken müssen."

„Ich werde einrichten, dass sie nach Frankreich abreist. Der Einbruch wird nicht leicht werden. Das Hinaufklettern ist kein Problem, aber ich vermute, dass die Fenster alle verriegelt sind, und ich weiß nicht, welches ihr Schlafzimmer ist."

„Charity weiß es, und sie will helfen."

„Das ist ja was Neues."

„Sie will, dass du sie um Mitternacht abholst, dann wird sie dir helfen, Hope herauszuholen. Ich würde vorschlagen, dass du einen der anderen mitnimmst, aber ich bin mir nicht sicher, ob weitere Leute in dieser Lage eine Hilfe oder ein Hindernis wären."

„Vermutlich ein Hindernis." Er lehnte sich über die Lücke und nahm meine Hand. Er wirkte bereits, als wäre ihm ein Gewicht von den Schultern genommen worden.

Ich allerdings machte mir mehr Sorgen denn je. Falls Lord Coyle Matt erwischte, wie er ins Haus einbrach, würde er keine Bedenken haben, ihn festnehmen zu lassen.

KAPITEL 7

Ich bastelte an einer alten Uhr im Wohnzimmer herum, während ich darauf wartete, dass Matt zurückkehrte. Die Tätigkeit beruhigte meine strapazierten Nerven, und sie gestattete mir auch, Willies Jammern auszublenden, weil sie beim Kartenspielen verlor. Zusammen hatten Duke und Cyclops beinahe jede Runde Poker gewonnen.

Als Matt schließlich kurz nach eins hereinkam, war Willie die erste, die aufsprang und ihn begrüßte. „Nun? Wie ist es gelaufen?"

Ich spähte an ihm vorbei. Es gab keine Spur von Hope.

Er setzte sich mit einem tiefen Seufzen auf das Sofa. „Sie wollte nicht mitkommen. Sie wollte nicht den Rest ihres Lebens vor ihm weglaufen."

„Aber wenn sie bleibt, ist sie seine Gefangene", sagte ich.

Er zuckte mit den Schultern. „Sie besteht darauf, dass alles mit ihr in Ordnung kommt. Ich wollte sie nicht dort lassen, aber Charity hat auch darauf beharrt. Sie hat mir einen Brief und ein kleines Paket gegeben, das ich ihrer Schwester überreichen sollte, und Hope schrieb einen Brief an sie zurück. Nachdem sie ihn gelesen hat, erklärte mir Charity, dass Hope nicht mit uns kommen wollte."

„So viel also dazu." Willie tat Hopes Nöte mit einem Handwedeln ab. „Hast du sie gefragt, ob Coyle Goldman in den Stunden vor seinem Tod getroffen hat?"

Er nickte. „Sie sah einen Mann, der zu Goldmans Beschreibung passt, ins Haus kommen, um sich mit Coyle in seinem Bureau zu treffen."

„Das beweist es also. Goldman hat ihm erzählt, dass Gabe ein Magier ist." Dem resignierten Tonfall von Willie war zu entnehmen, dass sie bestimmt wusste, dass es nichts gab, was man mit dieser Information anfangen konnte. Wir konnten sie nicht zur Polizei bringen. Nicht, außer Hope hatte gehört, wie sie über Gabe sprachen, und nicht, wenn sie nicht aussagen konnte. Coyle würde den Gerichtssaal glauben machen, dass seine Frau verrückt wurde, sodass ihre Aussage wertlos war.

Willie schenkte sich einen Bourbon am Getränkewagen ein, stürzte ihn in einem Schluck hinunter und leckte sich die Lippen. „Also gut. Ich gehe aus."

„Wohin?", fragte Duke.

„Um zu sehen, ob Helen etwas Spaß haben will. Willst du mit?"

„Hängt von der Art Spaß ab, die ihr vorhabt."

Sie stieß ihn an den Hinterkopf, während sie an ihm vorbeiging. „Die abenteuerliche Art. Ich habe Lust, eine Nacht lang zu trinken und mit Freunden zu spielen. Was ist mit dir, Cyclops?"

„Ich muss morgen arbeiten", sagte er, während er sich erhob. „Haben deine plötzlichen Gelüste danach, mit Lady Helen auszugehen, irgendwas damit zu tun, dass du mit Farnsworth um ihre Aufmerksamkeit buhlst?"

Sie stieß ein lautes Lachen aus. „Wenn es ein Wettbewerb wäre, würde ich gewinnen. Ich bin lustiger als er."

Die drei gingen aus dem Wohnzimmer, stritten darüber, ob Willie tatsächlich witzig war oder ob man sie einfach nur nicht ignorieren konnte.

Matt lehnte sich mit einem Seufzen zurück, zog mich mit sich. Ich schmiegte mich an seine Brust und schloss die Augen. Der stetige Rhythmus seines Herzschlags beruhigte mich. Mir war nicht klar gewesen, wie angespannt ich gewesen war, während ich auf seine Rückkehr gewartet hatte.

Ich wollte ihn fragen, was als nächstes passierte, nicht nur mit Hope, sondern auch mit Gabe. Aber ich wollte den Augenblick nicht verderben, und ich nahm an, er wollte das auch nicht. Nach ein paar Minuten behaglicher Stille hob er mich auf und trug mich nach oben, als wären wir frisch verheiratet.

* * *

CYCLOPS WURDE am folgenden Vormittag zur Arbeit gerufen, als ein weiterer Aufstand in seinem Einsatzbereich ausbrach. Laut der Zeitungen, die wir beim Frühstück musterten, hatte es etliche Märsche in London und anderen Städten rund um das Land gegeben, bei denen talentfreie Handwerker gegen die Magier protestierten. Sie wollten, dass sie aus den Gilden verbannt und ihrer Lizenzen beraubt wurden, ihre Läden geschlossen. Laut etlicher Berichte hatten viele Gilden bereits bekannte oder angenommene Magier hinausgeworfen.

Es gab keine Nachrichten darüber, was danach mit diesen Magiern geschah.

Duke warf die *Times* angeekelt zur Seite. „Das ist doch alles einseitig. Die Magier müssen auch protestieren, oder sie werden ihren Lebensunterhalt verlieren."

Matt faltete die Zeitung und nahm seine Kaffeetasse. „Sie sind nicht organisiert. Die Talentfreien haben ihre Gilden, und die Gildemeister stacheln die Truppen an. Sie haben die Namen ihrer Mitglieder vor sich und können rasch Informationen verteilen oder jemanden ernennen, der mit Reportern spricht. Magier haben sich niemals zusammengeschlossen. Sie haben so lange allein gehandelt, niemals irgendwelche anderen Magier außerhalb ihrer Familienkreise gekannt. Es wird Wochen dauern, vielleicht Monate, bevor sie sich so weit organisieren, dass sie eigene Proteste haben können."

„Sie kennen India."

Matt funkelte ihn über seine Tasse hinweg an. „India hat schon genug zu tun."

„Ich werde den Fall dem Premierminister vorlegen, wenn ich mit ihm spreche", sagte ich. „In der Zwischenzeit spreche ich mit Oscar. Er kann über die Wirkung der Aufstände und Proteste berichten, wie sie die Magier empfinden, um öffentliche Sympathien aufzubringen."

Matt reichte mir die Zeitung, die er gelesen hatte. „Das macht er bereits."

Oscar Barratts Artikel nahm die Hälfte einer Kolumne auf Seite fünf in der *Weekly Gazette* ein. Er war nicht lang genug oder prominent genug platziert, um irgendeine Wirkung zu erzielen.

„Mein Treffen mit dem Premierminister und dem Kabinett muss schneller kommen", sagte ich. „Ich werde Mr. Matthews heute Vormittag schreiben."

Ich wollte das Esszimmer gerade verlassen, hielt aber inne, als Willie und Brockwell eintraten. Statt ihrer üblichen Lederhose war sie in die Uniform eines Konstablers gekleidet, die für ihre kleine Gestalt zu groß war. Es schien, als hätte sie eine interessante Nacht erlebt. Es war wunderbar, sie wieder zusammen zu sehen. Zumindest etwas wendete sich zum Besseren.

Aber der verlegene Ausdruck auf Willies Zügen und das finstere Gesicht, das Brockwell zog, ließen mich stocken. Willie wirkte nie verlegen.

Sie ging direkt zum Essen am Buffet, aber Brockwell blieb im Eingang stehen. Ich lud ihn ein, doch er schüttelte den Kopf. Oje. Etwas war nicht gut gelaufen.

„Was ist denn los?", fragte ich.

„Nicht schon wieder ein Streit unter Verliebten", sagte Duke und verdrehte die Augen.

„Halt's Maul, du Idiot", fuhr ihn Willie an.

Matt richtete sich mit gehobener Augenbraue an Brockwell. Wenn wir eine vernünftige Antwort wollten, war der Kriminalinspektor der Einzige, der sie uns geben würde.

„Ich wurde heute Vormittag um sechs Uhr zum Yard gerufen." Er nickte zu Willie hin, die ihm den Rücken zugekehrt hatte, während sie am Buffet stand. „Sie hat nach mir schicken lassen."

„Warum warst du bei Scotland Yard?", fragte sie Matt.

„Es war nichts." Sie setzte sich an den Tisch, auf ihrem Teller waren Speck und gebratene Eier aufgetürmt. „Vergessen wir einfach, dass es passiert ist. Jasper sagt, es wird keine Anklage erhoben, also ist es damit beendet. Jetzt lasst mich in Frieden. Ich verhungere."

Duke verschränkte die Arme und betrachtete sie mit einem Grinsen. „Was hast du angestellt?"

„Laut der Konstabler, die sie festgenommen haben, wurde sie aus dem Fluss gezogen, während sie sich eine französische Fahne unter das Hemd gestopft hat. Die hat sie von einem Boot gestohlen, das am Saint Katherine's Dock angelegt hatte. Im Yard erhielt sie trockene Kleidung."

Matt fuhr sich mit der Hand übers Gesicht. „Gib mir Kraft."

Duke sah aus, als würde er sich äußerst darum bemühen, nicht zu lächeln. „Als ich dich und Helen zurückgelassen habe, hast du gesagt, ihr würdet auch heimgehen, sobald das Pokerspiel um ist. Wie ist es dazu gekommen, dass du erst trocken in einer Spielhölle in Bermondsey warst und dann nass in der Themse?"

Willie schaufelte sich Speck in den Mund.

„Sie hat mir gesagt, sie müsse die Flagge stehlen, weil es um eine Wette ging, und sie könne es sich nicht leisten, zu verlieren", sagte Brockwell.

„Dann mach doch keine solchen Wetten", knurrte Matt.

Willie beugte sich über ihren Teller mit Essen, schaute niemandem in die Augen.

„Ist Lady Helen gut nach Hause gekommen?", fragte ich.

Brockwell nickte. „Einer der Konstabler hat sie begleitet."

Ich wandte mich an Willie. „Wenn ihre Tante das herausfindet, wird Tante Letitia dir niemals verzeihen, dass du das Mädchen verdorben hast."

Willie schluckte. „Ich sie verdorben? Sie ist der Grund, dass ich festgenommen wurde!"

„Erzähl weiter", sagte Duke mit einem selbstgerechten Lächeln.

„Helen hat mich dazu gebracht, die Wette anzunehmen", murmelte sie.

„Niemand kann dich dazu zwingen, eine Wette anzunehmen", sagte Matt.

„Sie schon. Sie weiß genau, was sie sagen muss, um mich Dinge tun zu lassen, die ich nicht tun will. Wie etwa letztens alle meine Kugeln auf Blechdosen zu verschwenden. So was mache ich normalerweise nicht. Genauso wenig das. Wasser mag ich nicht."

„Was hat sie gesagt, als du festgenommen wurdest?", fragte ich.

„Nicht viel. Sie war zu sehr damit beschäftigt, zu lachen."

Wir wandten uns alle an Brockwell.

Er nickte. „Sie hat Willie ausgelacht und mit dem jüngeren der beiden Konstabler geflirtet, wie es scheint."

Guter Gott. Sie war wirklich schlimmer als Willie. Mir tat ihre arme Tante leid.

„Ich habe es geschafft, Willies Haftbefehl zurückzunehmen", fuhr Brockwell fort. „Sie wurde mit einer Kaution gehen gelassen, aber ich werde nicht mehr einschreiten. Ich habe einen Ruf, den ich wahren muss."

Matt stand auf und schüttelte ihm die Hand. „Vielen Dank, Brockwell. Bleiben Sie zum Frühstück?"

„Nein, danke. Ich gehe wohl am besten."

„Sie gehen zurück zum Yard?", fragte ich.

„Ich habe heute frei."

„Also haben Sie Zeit, das Frühstück zu genießen."

„Wenn es Ihnen recht ist, bleibe ich lieber nicht." Er lächelte mich ausdruckslos an.

Plötzlich fiel mir wieder ein, dass Willie erwähnt hatte, er hätte sich mit einer anderen getroffen. Vielleicht wartete sie zu Hause auf ihn.

Aber dem Ausdruck tiefster Enttäuschung nach, den er Willie zuwarf, nahm ich an, sein Zögern, bei uns zu bleiben, hatte eher mit ihr zu tun. Schließlich hatten ihre Sperenzchen sogar seine Grenzen überschritten.

Duke wartete, bis wir hörten, wie sich die Eingangstür schloss, dann drehte er sich um, um Willie anzufunkeln. Sie beugte sich tiefer über ihren Teller mit Essen, als würde es ihr nicht auffallen.

„Diesmal bist du zu weit gegangen", sagte er. „Brockwell reicht es."

„Das ist nicht meine Schuld!"

„Es ist deine Schuld, und es ist Zeit, dass du das akzeptierst.

Niemand ist für deine Taten verantwortlich, nur du. Wenn Helen dir Schwierigkeiten vor die Füße wirft, dann musst du eben von ihr Abstand nehmen. Wenn du das nicht machst, wirst du Brockwell nicht wieder treffen."

Willie sank im Stuhl zusammen, ihre Unterlippe schob sich vor. „Er will mich sowieso nicht mehr. Er hat sich doch eine andere angelacht."

Duke schob den Sessel zurück und erhob sich. „Und da ist noch etwas. Entscheide du dich doch mal. Wenn du Brockwell ganz für dich willst, dann musst du ihn das wissen lassen. Wenn du ihm nicht zeigst, dass er dir wichtig ist, warum sollte er sich dann auf dich einlassen?" Er schnappte sich seinen Teller und kehrte an das Buffet zurück, wo er sich einen zweiten Gang genehmigte.

Willie stocherte mit der Gabel auf dem Teller herum, ihre Schnute war sogar noch deutlicher.

Matt lehnte sich zu mir und senkte die Stimme. „Die Kinder werden endlich erwachsen. Bald fliegen sie alle zusammen aus dem Nest."

Ich war nicht sicher, ob mir gefiel, wie das klang. Ich genoss es sehr, unsere bunte Brut bei uns wohnen zu haben.

* * *

Ich beschloss, Mr. Matthews in seinem Bureau aufzusuchen, anstatt ihm eine Nachricht zu schicken. Da Matt bei Gabes Anhörung war, ging ich allein. Nachdem er sah, wie ich im äußeren Bureau wartete, bat er seinen Assistenten, Mr. Le Grand in Kenntnis setzen. Der leitende Spion schloss sich uns ein paar Minuten später an. Ich war mir nicht sicher, weshalb er gebraucht wurde, da er während unseres Treffens sehr wenig sagte.

„Ich freue mich, dass Sie heute hergekommen sind, Mrs. Glass", sagte Mr. Matthews, nachdem er die Tür geschlossen hatte. „Ich habe Neuigkeiten, die Sie freuen könnten. Abercrombie wurde seine Lizenz entzogen."

Ich konnte es kaum glauben und musste ihn bitten, es zu wiederholen.

Er lächelte. „Die Uhrmachergilde hat Abercrombie die Lizenz entzogen. Er kann keine Uhren und Taschenuhren mehr in London verkaufen."

„Aber das heißt, dass er seinen Laden schließen muss."

Weder Mr. Matthews noch Mr. Le Grand antworteten. Sie beobachteten mich einfach, als würden sie erwarten, dass die gewaltigen Neuigkeiten endlich bei mir ankamen.

„Weshalb hat die Gilde es getan?"

„Jemand hat ihnen zu verstehen gegeben, was es für Vorteile hätte, ihn aus der Gilde zu werfen."

Ich keuchte. „Sie haben Druck auf sie ausgeübt? Ist das klug, wenn man die Anspannung in der Stadt betrachtet?"

„Es wurde auf eine Art geregelt, dass die Regierung nicht damit in Verbindung gebracht werden kann. Der derzeitige Gildemeister verstand, dass es in seinen besten Interessen wäre, den einen fauligen Apfel aus dem Fass zu entfernen."

Vermutlich war nicht viel Überzeugung nötig gewesen. Abercrombies Ware würde jetzt sehr billig verkauft werden, und weil er der Gildemeister war, befand er sich in der hervorragenden Lage, sich als erster etwas aussuchen zu dürfen. Wenn man bedachte, dass ich die einzige Uhrenmagierin im Land war, und dass ich keine magischen Uhren verkaufte, mussten sich die Gildenmitglieder nicht an den aufrührerischen Sperenzchen von Abercrombie beteiligen. Ihre Geschäfte waren nicht durch Magier bedroht.

„Ich bin nicht sicher, ob es das Ende dieser Aufstände bedeutet, dass ihm seine Mitgliedschaft und Lizenz entzogen wurden", sagte ich. „Es könnte auch den gegenteiligen Effekt haben."

„Nicht, wenn er die Stadt verlässt", sagte Mr. Matthews.

„Weshalb sollte er gehen?"

Abermals blieben Mr. Matthews und Mr. Le Grand still, ließen meine Frage in der Luft hängen wie eine ungepflückte Frucht.

„Also, womit verdienen wir das Vergnügen, heute Vormittag Ihre Gesellschaft zu bekommen, Mrs. Glass?"

„Ich wollte darum bitten, das Treffen mit dem Premierminister und dem Kabinett vorzuverlegen. Die Aufstände werden schlimmer. Leben sind in Gefahr und Geschäfte werden zerstört.

Sicher sieht der Premierminister ein, je eher wir uns unterhalten, desto besser."

„Er reist im Land und ist gerade, während wir uns hier unterhalten, auf dem Weg zurück nach London. Ich bin sicher, sobald er ankommt und die Schwierigkeiten aus erster Hand sieht, wird er sofort Ihre Lösungsvorschläge hören wollen. Keine Sorge, Mrs. Glass." Mr. Matthews schenkte mir ein wohlwollendes Lächeln, eines, das mich beruhigen sollte. „Da Abercrombie weg ist, ist der Weg frei für Ruhe. Wenn er die Flammen nicht mehr anfacht, werden die anderen Talentfreien offen unseren Ideen gegenüber sein, anstatt Schwierigkeiten zu machen, nur um etwas zu tun."

Ich hoffte, dass er recht hatte.

„Gibt es sonst noch etwas, Mrs. Glass?"

Ich hatte mit mir auf der Fahrt zum Innenministerium gerungen, ob ich Gabes Wichtigkeit für Matt eingestehen sollte. Mr. Le Grand hatte nahegelegt, dass er bereits wusste, dass es medizinische Magie womöglich gab, aber ich war mir nicht sicher, ob ich das vor ihm bestätigen wollte, oder ihm sagen, wie er Matts Leben gerettet hatte. Es war nicht nur unser Geheimnis, sondern auch das von Gabe.

Andererseits war vielleicht die Information, die er so geheim halten wollte, genau die, die ihn retten könnte.

Ich beschloss, so viel wie nötig zu sagen, und so wenig wie möglich. „Es gibt noch etwas, wie es der Zufall so will. Etwas sehr Wichtiges für mich, von dem ich hoffe, Sie können Ihren Einfluss nutzen, um es zu unseren Gunsten aufzulösen. Ein guter Freund von uns ist wegen Mordes festgenommen worden, aber wir wissen, dass er es nicht getan hat. Sein Verhör beginnt heute."

Mr. Matthew lehnte sich mit einem schweren Ausatmen zurück. Mr. Le Grand, der unter dem Porträt der Königin saß, regte sich nicht. „Falls der Gerichtsmediziner einen rechtmäßigen Grund gefunden hat, Ihren Freund vor Gericht zu stellen, dann kann ich nichts dagegen unternehmen", sagte Mr. Matthews.

„Es hat kein Gerichtsmediziner ermittelt. Die Polizei beharrt darauf, dass er es getan hat."

„Weshalb sind Sie dann sicher, dass er es nicht getan hat?"

„Weil wir unseren Freund kennen. Er ist ein guter Mann. Tatsächlich glauben wir, Lord Coyle steht hinter der Festnahme. Nicht nur hat er den Mord begangen, sondern er hat Gabe auch hereingelegt."

Mr. Matthews Gesicht war normalerweise nicht sehr ausdrucksreich, aber sofort schossen seine Augenbrauen nach oben, seine Lippen öffneten sich, und seine Augen wurden groß. „Sind Sie sicher?"

„Ziemlich sicher, doch wir haben keinen endgültigen Beweis. Die Polizei glaubt, sie hat den Mörder und sucht nicht weiter, außer wir können beweisen, dass Gabe unschuldig ist, und das ohne Zweifel. Selbst wenn wir einen Beweis gegen Coyle finden würden, ist es unwahrscheinlich, dass er festgenommen würde. Er ist zu mächtig."

Mr. Le Grand löste sich von der Wand und näherte sich. „Weshalb möchte Coyle, dass Ihr Freund für schuldig befunden wird?"

Ich senkte den Kopf, damit ich nicht unter den Einfluss seines durchdringenden Blickes geriet. „Weil Coyle mich bestrafen möchte."

„Sie haben andere Freunde, die Ihnen näher stehen als Dr. Seaford." Ich hatte ihm Gabes ganzen Namen nicht genannt. Er musste bereits mit dem Fall und Gabes Freundschaft mit uns vertraut sein. „Mr. Glass' amerikanische Cousine gerät meines Wissens nach in eine Menge Ärger mit der Polizei. Es wäre leicht gewesen, ihr einen Mord anzuhängen. Also weshalb Dr. Seaford?"

Ich hielt meine Züge beherrscht. „Da müssen Sie Lord Coyle fragen."

Sein Blick hielt meinen einen langen Augenblick fest. Ich atmete ruhig weiter, aber das half nicht, um meinen schnellen Herzschlag zu beruhigen. Die Stille dehnte sich auf gefühlte Minuten aus, aber es waren vermutlich nur Sekunden, bis er sich wieder zur Wand zurückzog.

Ich löste meinen Blick von Mr. Le Grand, um mich auf den Innenminister zu richten. „Werden Sie meinem Freund helfen,

Mr. Matthews? Werden Sie mit dem Polizei-Commissioner sprechen?"

„Ich fürchte, ich kann mich nicht in einen Justizprozess einmischen. Das wäre politischer Selbstmord, wenn es herauskommt."

„Aber er ist unschuldig!"

„Dann werden die Geschworenen ihn freisprechen."

„Coyle hat Zeugen bezahlt und Gabe Beweise untergeschoben. Die Geschworenen werden keine Wahl haben, als ihn für schuldig zu befinden." Als er nur mit den Schultern zuckte, stand ich auf und schlug mit der Faust auf den Schreibtisch. „Können Sie das nicht jetzt für mich tun, da ich Ihnen helfe?"

Mr. Matthews legte sich die Hände auf den Bauch betrachtete und mich kühl. Mein Ausbruch hatte ihn nicht einmal zurückfahren lassen. „Wir haben Abercrombie für Sie entfernt, Mrs. Glass. Reicht das nicht?"

„Sie haben ihn um Ihretwegen entfernt, nicht für mich. Irren Sie sich da nicht, ich bin mir sehr bewusst, auf welcher Seite Sie stehen."

Ich stürmte aus seinem Bureau die Stufen hinab, doch Mr. Le Grand kam mir trotzdem zuvor. Er hatte wohl einen direkteren Weg gewählt, denn er wartete in der Kutsche auf mich, ohne auch nur zu schwitzen.

„Machen Sie Ihrem Kutscher keinen Vorwurf", sagte er. „Er hat mir nur widerstrebend gestattet, mich Ihnen anzuschließen, aber ich sagte ihm, es läge in Ihrem besten Interesse, und dass Sie gern hören wollen würden, was ich zu sagen habe."

„Was wollen Sie?"

„Ihrem Freund, dem Arzt, helfen."

Ich wandte mich ihm ganz zu. „Sie werden helfen, ihn freikommen zu lassen? Danke Ihnen, danke."

Er schüttelte den Kopf, und mir wurde das Herz schwer. „Ich kann ihn nicht freikommen lassen. Aber ich kann Ihnen helfen, ihn flüchten zu lassen."

„Flüchten? Aber wenn man Sie erwischt, wie Sie uns helfen, würde das nicht Ihre Stellung beim Innenministerium in Gefahr bringen?"

Einer seiner Mundwinkel hob sich zu dem, was einem Lächeln am nächsten kam. „Ich bin sicher, Sie können einschätzen, wie nötig es ist, dass Sie das, was ich Ihnen sage, für sich behalten."

Er schaute an mir vorbei aus dem Fenster und sank tiefer in die gegenüberliegende Ecke.

„Sie haben mein Wort, dass ich es Mr. Matthews oder der Polizei nicht sage", sagte ich.

„Ihr Freund wird heute Nacht in Newgate untergebracht sein. Derzeit wird das Gefängnis nur für Verbrecher verwendet, die im Old Bailey vor Gericht stehen oder zur Hinrichtung verurteilt werden, darum sind dort nicht viele Wachen im Dienst. Ein Wärter mit dem Namen Wellings beginnt seine Schicht um sieben Uhr. Sagen Sie ihm, Fletcher Bell hätte Sie geschickt, und Sie wollen mit Dr. Seaford allein in seiner Zelle sprechen. Sie werden ihm auch eine erhebliche Summe zahlen müssen, damit er wegschaut."

„Einen Augenblick. Sie planen seine Flucht aus Newgate? Aber das ist unmöglich."

„Nicht unmöglich, nur nicht einfach. Er wird nicht einfach in seiner Gefängniskluft herauslaufen können. Sie brauchen eine Verkleidung."

„Wer ist Fletcher Bell?"

„Ein Mann, der von Zeit zu Zeit mit Gefangenen sprechen muss, um Informationen zu bekommen, ohne die üblichen Kanäle zu verwenden. Er hat allerdings noch nie zuvor einem Gefangenen zur Flucht verholfen, also wird Wellings das nicht erwarten."

„Was, wenn der Wärter eine Beschreibung von Fletcher Bell möchte, um zu bestätigen, dass wir ihn kennen?"

Mr. Le Grand zögerte, bevor er sagte: „Er sieht mir erstaunlich ähnlich."

Ich blinzelte leicht, fühlte mich etwas überwältigt. In meinem Kopf herrschte eine Art Nebel, durch den ich nicht auf die andere Seite schauen konnte. Wäre Matt hier gewesen, hätte er ein Dutzend Fragen an Mr. Le Grand gehabt, aber mir wollte keine einzige einfallen. Womöglich würden sie mir fünf Minuten, nachdem er gegangen war, in den Sinn kommen.

Er öffnete die Tür und trat hinaus. Er fasste sich an die

Hutkrempe, teilweise, um mir Respekt zollen, und zum Teil, um sein Gesicht zu verdecken. „Viel Glück, Mrs. Glass."

Ich streckte eine Hand aus, um ihn daran zu hindern, die Tür zu schließen. „Weshalb helfen Sie uns?"

„Es liegt in meinem Interesse, das zu tun."

Ich lehnte mich zurück, als die Kutsche anfuhr, und mir blieb nichts, als aus dem Fenster auf die verschwommen vorbeigleitenden Gebäude zu schauen. Ich hatte recht damit gehabt, dass mir nun ein paar Dutzend Fragen im Kopf herumgingen. Aber es waren keine Fragen, die ich Mr. Le Grand stellen konnte. Es waren Fragen bezüglich meiner eigenen geistigen Zurechnungsfähigkeit.

Denn ich zog ernsthaft in Betracht, das zu tun, was er vorgeschlagen hatte, und Gabe aus Newgate zu befreien, und gewiss würde das nur eine Verrückte für möglich halten.

* * *

MATT KEHRTE SPÄT am Tag mit einem trüben Schatten zurück, der an seinen Fersen hing. Ich war gerade selbst erst von einem Spaziergang mit Tante Letitia heimgekehrt. Die frische Luft hatte mir den Kopf geklärt, aber ein Gedanke dominierte alles andere. Wir mussten diese Gelegenheit nutzen, um Gabe zu befreien. Es war vielleicht die einzige, die wir bekamen.

Ich wartete, bis Tante Letitia das Zimmer verlassen hatte, bevor ich Matt wegen des Urteils befragte, obwohl ich bereits erkennen konnte, dass es nicht gut war.

„Die Geschworenen haben nur ein paar Minuten gebraucht, um ihn für schuldig zu erklären", sagte er. „Es gab keinen anderen möglichen Ausgang. Nicht mit den Beweisen, die ihnen vorgelegt wurden. Gabe hatte keine brauchbare Verteidigung."

Mir war schlecht. Es hatte keinen Sinn, ihn nach dem Urteil zu befragen. Mörder wurden gehängt.

Matt fuhr sich mit den Händen durch die Haare und sein Gesicht hinab. Als sie sich lösten, sah er aus, als würde er selbst zum Galgen geführt werden. „Das ist alles meine Schuld. Eine Zielscheibe wurde auf Gabes Rücken gemalt, sobald Coyle von seiner Wichtigkeit für mich erfuhr."

109

Ich berührte ihn an der Wange und zwang ihn, mich anzusehen. „Wenn du das glaubst, ist es meine Schuld. Coyle hat Schwierigkeiten mit mir, nicht dir. Aber ich akzeptiere nicht, dass man das irgendjemandem außer Coyle vorwerfen sollte." Ich versuchte mich an einem Lächeln, trotz der Nervosität, die drohte, mich zu überwältigen. Ich nahm an, dass ich elend scheiterte. „Ich weiß einen Weg, wie wir Gabe herausbekommen."

Er richtete sich gerade auf. „Du hast neue Beweise, um das Urteil umzustoßen?"

Ich schüttelte den Kopf. „Ich habe eine Möglichkeit, ihn aus Newgate zu holen. Der Anstoß kam von Le Grand."

Ich erzählte ihm, was der Spion mir erzählt hatte. Bis ich fertig war, passte Matts Miene zu meiner, wie sie wohl während meiner Unterhaltung mit Mr. Le Grand ausgesehen hatte.

„Dieser Plan ist …" Er schüttelte langsam den Kopf, als könne er es nicht ganz glauben. „Er ist riskant."

Es war keine direkte Ablehnung. Das bedeutete, dass er darüber nachdachte. Ich war froh, dass ich nicht hinter seinem Rücken gehen musste.

„Vertraust du Le Grand?", fragte er.

„Wir haben keine Wahl."

„Nein", sagte er düster. „Haben wir nicht." Er stand auf und ging das Wohnzimmer entlang. Als er an der Wand ankam, drehte er sich um, fuhr sich mit der Hand wieder durch die Haare. Matt war nur so aufgebracht, wenn er tief nachdachte.

Willie trat ein, nur um stehenzubleiben und ihn finster anzusehen. „Was ist los?"

Duke kam hinter ihr herein. „Was läufst du auf und ab?"

Matt hielt inne. Seine Augen glitzerten im Licht der nächsten Lampe, seine Atmung ging schneller. „Schließt die Tür."

Willie rieb die Hände aneinander, während sie sich hinsetzte. „Du hast einen Plan, um Gabe zu befreien, oder? So aufgeregt wirst du nur, wenn du was Großem auf der Spur bist, und im Augenblick gibt es nichts Größeres, als Gabe aus dem Gefängnis zu holen."

Matt und ich erzählten ihnen, was Mr. Le Grand mir erzählt hatte. Dann verkündete Matt seinen Plan. Dazu gehörte nicht, dass ich irgendwo in der Nähe des Gefängnisses war. Eigentlich war Matt der Einzige, der nach Newgate hineinging, und er würde einen falschen Bart und Schnurrbart tragen, damit man ihn nicht identifizieren konnte.

„Nein", sagte Willie mit einem entschlossenen Kopfschütteln. „Du gehst da nicht allein rein. Ich komme mit."

„Und ich", sagte Duke.

Aber Matt ließ sich nicht umstimmen. „Mehr als eine Person wird verdächtig sein. Falls Le Grand die Verkleidung als Fletcher Bell nutzt, um Informationen von Gefangenen einzuholen, wird der Wärter erwarten, dass derjenige, den Bell an seiner statt schickt, sich an dasselbe Vorgehen hält."

Willie fluchte tonlos.

Duke nickte zögerlich. „Dadurch kommst du hinein, aber wie willst du Gabe herausbringen? Wellings wird nicht erwarten, dass zwei herauskommen. Nicht, wenn einer reingegangen ist."

Willie schnalzte mit den Fingern. „Wir sorgen für eine Störung in der Nähe des Eingangs, etwas, das Wellings lang genug ablenkt, damit Gabe herauskommt, aber nicht lang genug, um andere Wärter zu rufen."

„Ein Kampf unter Betrunkenen sollte gehen", sagte Duke. „Du und ich schaffen das, Willie. Während Wellings mit uns beschäftigt ist, schlüpft Gabe raus. Cyclops kann um die Ecke mit der Kutsche auf ihn warten. Matt hilft Wellings, den Kampf aufzulösen, dann geht er."

„Was, wenn Wellings sich umdreht und Gabe weglaufen sieht?", fragte Willie. „Oder was, wenn sonst jemand ihn sieht? Diese Gefängniskluft ist nicht unauffällig. Ich schätze, wir sollten ihm eine Verkleidung besorgen. Matt kann sie ihm reinbringen, und er kann sich in der Zelle umziehen."

„Ich packe einige meiner Kleider ein", sagte Matt.

Aber ich hatte eine bessere Idee. „Willie, hast du noch die Konstabler-Uniform, die sie dir gegeben haben, als du festgenommen wurdest?"

Willies Augen leuchteten. „Ja, mir gefällt deine Idee, India. Passanten wird kein Konstabler auffallen, der Newgate verlässt. Sie werden glauben, er hatte offiziell etwas hier zu erledigen."

Matt lächelte. „Das wird auch nützlich sein, wenn wir durch

das Gefängnis selbst gehen. Wenn ihn weitere Wächter sehen, werden sie uns nicht aufhalten."

Cyclops nutzte diesen Augenblick, um einzutreten, stutzte aber, als wir alle ihn ansahen. „Was ist jetzt passiert?"

„Zieh dich um", befahl Willie. „Wir haben einen Plan, um Gabe aus dem Gefängnis zu holen, und ich denke, wir sollten ihn so bald wie möglich ausführen, während es dunkel ist, aber nicht zu spät. Niemand wird eine Flucht so früh am Abend erwarten."

Cyclops stöhnte. „Ich wusste, ich hätte die Einladung zum Abendessen von Mrs. Mason annehmen sollen." Er versuchte aber nicht, es uns auszureden. Er mochte jetzt ein Polizist sein, aber er wusste, dass es falsch gewesen war, Gabe festzunehmen.

Wir klärten ihn über den Plan auf, dann erzählte ich ihnen von Abercrombies Entlassung aus der Gilde der Uhrmacher, und wie Mr. Matthews und Mr. Le Grand dafür sorgen würden, dass er London ganz verließ. In der Aufregung um das Gespräch wegen Gabes Flucht hatte ich die Sache mit ihm fast vergessen. Zum ersten Mal seit Tagen fühlte ich mich leichter. Endlich liefen die Dinge zu unseren Gunsten. Endlich wirkte der Tunnel nicht mehr ganz so lang und dunkel.

Cyclops ging, um sich aus seiner Uniform umzuziehen, und kam an Bristow im Eingang vorbei. Der Butler reichte mir eine Nachricht.

„Sie kommt vom Innenminister", sagte ich, während ich las. Mir wurde das Herz schwer. Ich wusste, dass die Lage zu schön gewesen war, um wahr zu sein, dass etwas schief laufen musste. Ich hatte gehofft, es würde nicht ganz so schnell gehen. „Es ist Abercrombie. Er ist verschwunden."

Matt spähte mir über die Schulter. „Wie kann er denn verschwinden? Hat Le Grand keine Spione, die ihn beobachten?"

„Das steht da nicht. Aber Mr. Matthews erklärt, dass ich aufpassen soll, solange sie ihn nicht finden. Abercrombie wird wütend sein, weil er aus der Gilde geworfen wurde." Ich senkte die Nachricht mit bebenden Händen auf meinen Schoß. „Und er wird es mir vorwerfen."

KAPITEL 8

Zu Matts Plan gehörte, dass ich zu Hause wartete. Ich weigerte mich aber, außen vor gelassen zu werden, denn es wäre nur eine Qual für meine Nerven gewesen. Wir schlossen einen Kompromiss, und ich wartete stattdessen in der Kutsche, die in Sichtweite zur Gefängnistür abgestellt war, aber weit genug entfernt, dass unsere Fahrgelegenheit keinen Verdacht erregte. Cyclops wirkte ganz wie alle anderen Kutscher, die auf einen Passagier warteten. Die Straße war gut beleuchtet, und es wäre verdächtig gewesen, hätten wir die Kutschlaternen außen gelöscht. Ich schloss den Vorhang und saß in der Dunkelheit, von Zeit zu Zeit spähte ich hinaus.

Der Eingang zum Gefängnis war still, niemand kam oder ging. Der Leiter war nach Hause gegangen, und der Wärter, Mr. Wellings, hatte Nachtdienst. Er tat seinen Dienst im vorderen Bureau und genoss bestimmt eine Tasse Tee oder schlummerte neben dem Feuer.

Matt ging die vier Stufen zur Eingangstür hinauf, seine Gestalt gepolstert durch die zusätzliche Kleidung, die er trug. Er hatte bereits den Helm des Konstablers an einem Eingang in der Nähe abgestellt, wo Duke und Willie so taten, als würden sie eine betrunkene Benommenheit ausschlafen.

Matt zog an der Klingel, und die Tür wurde geöffnet. Er

sprach zu dem Mann, dessen Gesicht ich nicht sehen konnte, aber nach einer gefühlt schrecklich langen Zeit verschwand er nach drinnen.

Ich konnte nicht still sitzen. Meine Gedanken rasten, ich ging in Gedanken all die Arten durch, auf die unser Plan schief gehen konnte. Es gab nur eines, von dem ich wusste, dass es perfekt laufen würde – unsere Uhren, die alle von mir synchronisiert worden waren, bevor wir gegangen waren, zeigten die Zeit korrekt an.

Ich schaute in dem Finger aus Licht, der durch den Spalt in den Vorhängen fiel, auf die Uhr. Im Kopf zählte ich die Minuten, dann schaute ich wieder. Duke und Matt würden es genauso machen. Aufs Stichwort hin taumelten Willie und Duke aus den Schatten des nächsten zurückgesetzten Eingangs und stritten laut, näherten sich auf unsteten Beinen, bis sie direkt vor dem Gefängnistor standen. Die Tür wurde aufgerissen, und Matt und der Wärter kamen, um die Betrunkenen wegzutreiben. Duke schwang eine Faust zu Willie und verlor das Gleichgewicht, packte den Kragen des Wärters, als er hinfiel. Er sorgte dafür, dass der Sichtbereich des Wächters auf ihm lag, und nicht auf dem Konstabler, der dahinter herauskam.

Der Konstabler marschierte an dem zurückgesetzten Eingang vorbei und nahm seinen Helm auf, dann ging er weiter, bis er zu unserer Kutsche kam. Er stieg ein und schloss die Tür, während Cyclops die Pferde mit voller Geschwindigkeit loslaufen ließ.

Ich konnte meine Erleichterung nicht zurückhalten und warf die Arme um Gabe, stieß seinen Helm weg. Er erwiderte meine Umarmung irgendwie unbeholfen. Als ich mich zurückzog, lächelte er.

„Ich weiß nicht, wie ich euch das zurückzahlen soll", sagte er.

„Das hast du doch bereits." Ich spähte durch das Rückfenster, aber wir waren um die Ecke gefahren. „Das ist gut gegangen."

Gabe wirkte, als hätte er seit seiner Festnahme nicht geschlafen, aber in seinen Augen war nur ein Funken Hoffnung, wohingegen sie trüb gewesen waren, als wir ihn in der Arrestzelle im Scotland Yard besucht hatten. Er atmete schwer, als wäre er gerade ein Rennen gelaufen, und seine Hand zitterte. Aber sein Lächeln entglitt ihm allmählich, als ihm seine Lage klar wurde.

Er mochte ja aus Newgate befreit sein, aber frei war er nicht.

„Wohin bringt ihr mich?", fragte er. „Nicht in euer Haus, hoffe ich. Das ist der erste Ort, an dem sie suchen werden."

„Es gibt ein Hotel in der Nähe des Bahnhofs King's Cross, das nicht nach Angaben über die Gäste fragt, wenn man sich dort einmietet. Es ist nicht sonderlich sauber oder behaglich, aber es ist nur für heute Nacht."

„Und morgen?"

„Matt wird dich im Hotel mit Anweisungen aufsuchen. Er wird für dich eine Überfahrt nach Amerika so bald wie möglich einrichten. Wir halten es für den besten Ort für dich, um dich zu verstecken. Du wirst unter einem falschen Namen reisen und solltest vermutlich diesen Namen … erst einmal behalten."

Ich hatte schon *für immer* sagen wollen, aber mich davon abgehalten. Gabe erriet es allerdings. Die Hoffnung in seinen Augen schwand, sobald ihm klar wurde, dass er niemals wieder seinen echten Namen benutzen würde. Sobald festgestellt werden würde, dass er nicht mehr da war, würde es Nachforschungen an den Bahnhöfen und Häfen geben, und die Behörden in den Häfen auf der ganzen Welt würden ein Telegramm mit einer Beschreibung des Flüchtigen erhalten. Das war der Grund, weshalb Matt die Überfahrt für Gabe auf einem Schiff buchen würde, das lieber an privaten Anlegestellen Halt machte, um den Zollgebühren zu entgehen.

„Ich kann niemals nach England zurückkehren", murmelte er.

Ich blinzelte Tränen weg. Die Tränen waren nicht nur für Gabe. Sie waren auch für mich. Denn wo immer Gabe hinging, musste Matt auch sein.

„Wirst du für mich mit Nancy sprechen?", fragte er.

„Natürlich."

„Sag ihr Lebewohl."

„Es muss kein Lebewohl sein. Vielleicht will sie sich dir anschließen, wenn eine gewisse Zeit vergangen ist."

Er holte zitternd Luft. „Ich hoffe doch, India. Ich hoffe es sehr."

* * *

Iᴄʜ ᴡᴀʀ mich die ganze Nacht im Bett herum. Gabe sollte unter einem falschen Namen in dem Hotel, das von einem Betreiber mit zweifelhaftem Charakter unterhalten wurde, sicher sein, aber was, wenn eine Belohnung angeboten wurde? Ich hoffte, es würde Zeit brauchen, bis die Zeitungen Gabes Bild abdruckten, aber selbst damit, wann immer ich die Augen schloss, stellte ich mir vor, wie die Polizei bei uns anklopfte.

Und dann am Morgen war es so weit.

Es war so früh, dass Tante Letitia noch nicht einmal aus dem Bett gestiegen war. Matt und die anderen waren bereits aufgebrochen, um eine sichere Überfahrt nach Amerika für Gabe zu buchen. Der arme Bristow versuchte, dem Inspektor zu erklären, dass ich unpässlich war, aber er wollte nicht hören. Als ich die Stufen herabkam, sah ich, wie er die Konstabler anwies, das Haus zu durchsuchen. Einer lief an mir vorbei, sah mir nicht in die Augen.

„Was machen Sie da?", wollte ich wissen. „Sie können doch unseren Haushalt nicht so durcheinander bringen."

Der Inspektor fasste sich an die Hutkrempe, aber er wirkte nicht im Mindesten verlegen. „Guten Morgen, Mrs. Glass. Das alles tut mir sehr leid, aber es ist notwendig. Sie bieten womöglich einem Flüchtigen Zuflucht."

„Ich versichere Ihnen, dass wir das nicht tun."

„Vielleicht ist es Ihnen nicht bekannt."

„Was für ein Flüchtiger?"

„Dr. Seaford ist gestern Nacht aus Newgate geflohen. Sehr wahrscheinlich hatte er Hilfe."

Ich tat mein Allerbestes, um gleichzeitig überrascht, unschuldig und empört zu wirken. Ich war ja vielleicht nicht die beste Schauspielerin, aber ich glaubte, ich machte es ziemlich gut. Ich *musste* Erfolg haben. Leben standen auf dem Spiel.

„Und Sie glauben, wir haben ihm geholfen? Weshalb?"

„Er ist ein Freund von Ihnen. Sie haben ihn besucht, als er im Scotland Yard festgehalten wurde."

„Um ihm rechtlichen Beistand zu leisten."

Bristow räusperte sich. „Fossett und ich werden den Konstablern folgen, um sicherzustellen, dass sie nichts stehlen."

Der Butler ging zum Angestelltenbereich, während Peter zwei Schritte auf einmal nahm, um auf die Konstabler aufzuholen. Er blieb stehen, als er Tante Letitia auf dem Weg herab begegnete, wünschte ihr einen guten Morgen, und ging dann weiter nach oben.

„India, weshalb ist ein Polizist vor meinem Schlafzimmer?", fragte sie, ihre Stimme bebte.

Ich nahm sie an der Hand und half ihr die letzten paar Stufen hinab. Es war der Augenblick, den ich versucht hatte, zu vermeiden. Wir hatten von Gabes Festnahme nichts erzählt, weil wir Angst hatten, es würde sie aufregen. Aber wir konnten die Wahrheit nicht mehr verbergen. „Dr. Seaford wurde fälschlicherweise ein Mord vorgeworfen."

Sie keuchte und fasste sich an die Kehle.

„Letzte Nacht ist er aus dem Gefängnis geflohen, und dieser Inspektor glaubt, wir hätten ihm geholfen."

Sie senkte die Hand, und ihre ganze Haltung änderte sich in nur einem Herzschlag von zerbrechlich zu herrschaftlich. Wenn es eines gab, worin Tante Letitia gut war, dann war es versnobtes Auftreten. Und sie würde niemanden vom Stand eines Polizisten damit durchkommen lassen, ihrer Familie mit Respektlosigkeit zu drohen.

„Mein Neffe ist der zukünftige Lord Rycroft. Wissen Sie, was das bedeutet?"

„Nein, aber es bedeutet, dass er nicht damit davonkommt, einem Gefangenen bei der Flucht zu helfen."

„Er ist auch ein Freund Ihres Commissioners und des Innenministers. Tatsächlich hat Mr. Matthews kürzlich erst in genau diesem Haus Tee getrunken!"

Der Inspektor lächelte sie angespannt an. „Vielen Dank, dass Sie mich darüber aufklären." Er wandte sich an mich. „Mrs. Glass, möchten Sie mir bitte sagen, wo Sie gestern Nacht zwischen neun Uhr dreißig um zehn Uhr dreißig waren."

„Ich war hier."

„Das waren sie alle", fügte Tante Letitia an. „Wir haben nach dem Abendessen Karten gespielt. Fragen sie doch die Bediensteten, wenn Sie mir nicht glauben."

„Das werde ich, Ma'am."

Ich hielt meine Züge unter Kontrolle, obwohl mein Herz raste. Ich war zwar sicher, dass die Angestellten für uns lügen würden, aber sie waren vielleicht nicht sonderlich gut darin.

Die Konstabler kehrten zur Eingangshalle zurück, dann bat der Inspektor darum, mit jedem Bediensteten allein in der Bibliothek zu sprechen. Wir warteten, während er das tat. Mein Herz klopfte bis zum Hals, hämmerte in einem verrückten Rhythmus.

Es schien ewig zu dauern, aber endlich kam Mrs. Bristow mit dem Inspektor auf den Fersen heraus. Sie zog sich mit den anderen Bediensteten in den Angestelltenbereich zurück, während der Inspektor Anweisung gab, dass seine Konstabler gehen sollten.

Wir waren nicht verhaftet worden. Ich stieß einen lang angehaltenen Atemzug aus.

Der Inspektor setzte sich den Hut auf den Kopf. „Vielen Dank für Ihre Hilfe. Einen schönen Tag, Mrs. Glass, Miss Glass."

Bristow öffnete die Eingangstür weiter, seine Nasenflügel blähten sich vor Empörung.

Der Inspektor stieg über die Schwelle und blieb dann stehen. „Eine Frage noch. Wo ist Ihr Mann heute Vormittag, Mrs. Glass?"

„Er tätigt Geschäfte. Wo, weiß ich nicht."

Tante Letitia schniefte. „Ein Gentleman bespricht nie finanzielle Angelegenheiten mit seiner Frau, Inspektor."

Er fasste sich an die Hutkrempe, dann trottete er die Eingangsstufen hinab. Bristow schloss die Tür nicht sofort, sondern wartete ein paar Augenblicke.

Ich nahm Tante Letitia am Arm und lotste sie zum Treppenhaus. „Frühstückst du mit mir? Ich könnte nach alldem ein bisschen Gesellschaft gebrauchen."

Sie erwiderte nichts, und ich machte mir Sorgen, dass sie in einen verwirrten Zustand verfallen war, wie sie das oft während angespannter Vorfälle tat. Aber ihr Blick war scharf, während er sich auf Bristow richtete, der jetzt die Tür schloss.

„Was ist?", fragte sie ihn.

Das war, als auch mir sein Stirnrunzeln auffiel. „Der

Inspektor ist in seiner Kutsche gefahren", sagte er. „Die Konstabler sind zurückgeblieben. Sie stehen auf der anderen Straßenseite, beobachten das Haus."

Tante Letitia hob das Kinn. „Sagen Sie ihnen bitte, dass sie gehen sollen."

„Lass sie doch", sagte ich. „Sie werden nichts erfahren." Zum Glück waren sie nicht früher gekommen, um Matt und die anderen gehen zu sehen. Einer von ihnen hätte versuchen können, ihnen zu folgen. Nicht, dass es ihnen lange geglückt wäre. Woodall hätte sich über die Gelegenheit gefreut, schnell zu fahren, um einen Konstabler abzuschütteln, der versuchte, ihnen in einer Droschke zu folgen.

Ich hatte recht damit, dass ein Konstabler draußen vor dem Haus bleiben würde, und der andere jedem folgte, der aufbrach, denn das war genau, was geschah, als ich mich am späten Vormittag aufmachte. Ich hatte in Betracht gezogen, Nancy O'Dwyer nicht zu besuchen, aber beschloss, dass das genau das war, was ich tun sollte, wenn ich nicht verdächtig erscheinen wollte. Hätte ich gerade erst von Gabes Flucht erfahren, wäre es doch natürlich, dass ich mit seiner Verlobten sprach. Ohne Zweifel war auch sie von der Polizei besucht worden und würde inzwischen wissen, dass er verschwunden war.

Tatsächlich war es so, aber nur ein Konstabler beobachtete den Eingang des Krankenhauses.

„Ach, Mrs. Glass, ich bin so froh, dass Sie mich besuchen." Gekleidet in ihre weiße Schwesternkleidung und mit einem völlig farblosen Gesicht wirkte Nancy ganz genau wie die Heldin eines Schauerromans, die verstört war, weil sie ihren Liebsten verloren hatte. „Haben Sie es gehört?"

„Ja, habe ich." Eine weitere Schwester kam vorbei, die einen Wagen schob, auf dem Bettpfannen gestapelt waren. „Gibt es einen Ort, an dem wir in aller Ruhe sprechen können?"

Sie biss sich auf die Unterlippe. „Dr. Olsen macht gerade eine Runde auf der Station. Wir können sein Bureau nehmen." Sie ging voraus durch einen Korridor, und wir schlüpften in einen kleinen Raum, der mit Regalen voller medizinischer Bücher und einem unordentlichen Schreibtisch vollgestopft war.

Obwohl wir allein waren, hielt ich die Stimme gesenkt. „Es steht ein Polizist draußen, der beobachtet, ob Sie gehen."

Eine wütende Röte färbte ihre Wangen. Ich war erleichtert zu sehen, dass sie nicht zu einem Häufchen auf dem Boden zusammenbrechen würde. „Ich habe ihn dort gesehen, nachdem der Inspektor gegangen ist. Er hat mich gefragt, wo ich gestern Abend war. Zum Glück war ich hier, und einige andere Schwestern haben mich gesehen."

„Es ist ein ganz normales Vorgehen, das zu fragen. Als Gabes Verlobte sind Sie eine Verdächtige. Genauso wie wir als seine Freunde. Der Inspektor kam heute Vormittag bei uns vorbei und hat auch nach unserem Aufenthaltsort gefragt."

„Der hat Nerven! Ich hoffe, Sie haben ihn auf seinen Platz verwiesen."

„Das hat Matts Tante getan."

Tränen sammelten sich in ihren Augen, und sie wirkte, als würde sie zusammenbrechen. Ich nahm ihre Hand, und sie riss sich zusammen. „Mein Gott, ich hoffe, er kommt davon. Ich hoffe, er verlässt das Land und kommt nicht zurück. Aber meine größte Angst ist, dass er versuchen wird, mich zu treffen, bevor er flieht, und wenn er das tut, wird er so sicher erwischt, wie wir hier stehen."

Ich warf einen Blick zur Tür und trat näher. „Sie glauben, dass er unschuldig ist, oder?"

„Natürlich! Das weiß ich tief im Herzen. Gabe ist eine sanfte Seele. Er würde niemals jemanden verletzen."

„Das freut mich zu hören, denn das bedeutet, ich kann Ihnen vertrauen."

Sie neigte den Kopf zur Seite. „Was meinen Sie?"

„Er ist in Sicherheit und wird das Land bald verlassen. Er will nach Ihnen schicken, wenn er an seinem endgültigen Ort angekommen ist."

Sie schloss die Augen und holte tief Luft. Ein erleichterter Ausdruck ging über sie hinweg. „Ich weiß, dass ein Danke niemals reichen wird, aber mehr kann ich nicht bieten. Vielen Dank, India. Sie und ihr Mann sind großartige Freunde für Gabe."

„Er war auch ein großer Freund für uns. Es ist das Mindeste, was wir tun können."

Sie drückte mir die Hand. „Wenn Sie eine Gelegenheit haben, mit ihm zu sprechen, bevor er geht, sagen Sie ihm, dass ich ihn liebe und auf ihn warten werde. Ich werde immer auf ihn warten, aber ich wäre dankbar, wenn er mir schon vorher schreibt."

Ich lächelte. „Ich besuche Sie, wenn ich Neuigkeiten habe."

Der Konstabler, der das Krankenhaus beobachtete, war immer noch da, als ich ging, und derjenige, der mir von der Park Street gefolgt war, folgte mir wieder zurück nach Hause. Matt war immer noch nicht da.

Das Warten auf ihn war eine quälende Übung in Geduld. Um unseren Frust abzubauen, machten Tante Letitia und ich am Nachmittag einen Spaziergang. Die Sonne schien, was bedeutete, dass die Ladys auch unterwegs waren, in Zweier- oder Dreiergruppen spazierten, einige mit Dienstmädchen dahinter. Kindermädchen schoben Kinderwagen oder stellten ein Picknick für ihre kleinen Mündel auf. Die Lebhaften ruderten Mietboote auf dem glitzernden Wasser des Sees und die Modebewussten stellten sicher, dass sie auf dem Rücken von edlen Pferden gesehen wurden. Wo immer man hinsah, man traf auf eine künstlerische Palette von Farben. Kastanienbäume waren überzogen von cremefarbenen und rosaroten Blüten, und die Krokusse steckten ihre violetten und goldenen Köpfe aus der Erde, verkündeten die Ankunft warmen Wetters.

Die Luft hätte vom Geruch des Frühlings erfüllt sein sollen, aber die alles überlagernden Gerüche des Rauchs, der aus den vielen Schloten der Stadt kam, machte alles nieder. Eines Tages, wenn das alles vorbei war und Gabe in Sicherheit, würden wir London verlassen und einen Urlaub auf dem Land machen.

Dieser Tag mochte eher früher als später kommen, und der Urlaub würde sehr wahrscheinlich eine dauerhafte Abreise nicht nur aus London, sondern aus ganz England bedeuten. Wo immer Gabe hinging, wir mussten folgen. Ich war mir dessen so sicher, wie ich es mir meiner Liebe zu Matt war.

Wir würden neu anfangen. Die ganze Zeit über reisten

Menschen nach Amerika oder in die Kolonien, ließen ihr Leben hinter sich. Wir konnten das auch. Es wäre ein Abenteuer.

Das versuchte ich mir zumindest einzureden. Aber ein Gefühl der Düsternis überkam mich, trotz des Sonnenscheins. Das könnte das letzte Mal sein, dass ich den Frühling in meiner Stadt erlebte.

Ich legte meine Hand über die von Tante Letitia, während sie mich am Arm fasste, um ihr zu helfen, sich aufrecht zu halten. Ich wollte nicht darüber nachdenken, wie unser Aufbruch sie betreffen würde. Es wäre verheerend.

„Das ist Willeminas Schuld", sagte sie, was bewies, dass auch sie darüber nachdachte. „Wäre sie netter zu Kriminalinspektor Brockwell gewesen, wäre Gabe niemals festgenommen worden."

„Das hat nichts mit ihrer Beziehung zu tun", sagte ich. „Brockwell kann die Ermittlungen eines anderen Inspektors nicht auf den Kopf stellen."

Sie schnalzte mit der Zunge. „Ich bin sicher, es ist zumindest teilweise ihre Schuld."

Kurz nachdem wir zu Hause ankamen, marschierten Matt, Willie und Duke herein. Es war eine riesige Erleichterung, sie alle lächeln zu sehen, wenn auch vorsichtig. Tante Letitia war so erleichtert, dass sie sie alle mit Tee bestürmte, sobald sie sich hingesetzt hatten. Ich bestürmte sie mit Fragen.

„Also war es ein Erfolg?"

Matt nahm eine Tasse von Tante Letitia entgegen. „Wir haben ihm eine Überfahrt gebucht, aber das Paketschiff bricht erst in drei Tagen auf. Bis dahin wird er sich stillhalten müssen."

Eine Menge konnte in drei Tagen geschehen. Sollte Gabes Bild in den Zeitungen abgedruckt werden, könnten die Hotelangestellten die Behörden alarmieren. „Du musst ein Bestechungsgeld mit ins Hotel nehmen, zusammen mit Gabes Essen heute Abend", sagte ich zu Matt.

Er nickte.

„Und verlasse das Haus in Verkleidung", fügte Tante Letitia an.

„Wir haben draußen Konstabler gesehen, und Bristow sagte, ihr hättet Besuch von der Polizei bekommen", sagte er.

Tante Letitia wedelte abwehrend mit der Hand. „Wir haben

uns um diesen unhöflichen Knecht schon gekümmert. Ehrlich, Willemina, du musst dich wieder mit Brockwell anfreunden. Es muss so kommen, dass er die Ermittlung übernimmt."

„Wir sind Freunde", murmelte sie, irgendwie nicht überzeugend.

„Wo ist Cyclops?", fragte ich.

„Es zur Arbeit gegangen", sagte Matt. „Wir hielten es für am klügsten, wenn man bedenkt, dass wir verdächtig in Gabes Fluchtversuch sind. Je näher wir uns an unsere regelmäßigen Routinen halten, desto weniger verdächtig wirken wir."

Bristow brachte die Zeitungen, und ein rasches Überfliegen der Titelseiten bestätigte, was wir befürchtet hatten. Sie erwähnten alle Gabes Flucht aus Newgate und hatten ein Bild von ihm eingefügt. Sie hatten auch eine Beschreibung von Matt, aber die passte zu der Beschreibung der Kleidung, die er getragen hatte. Keiner würde „ungepflegtes dunkles Haar und Bart, dicker Schnurrbart und ein gebückter Gang" mit dem sauber rasierten, attraktiven und breitschultrigen Mann in Verbindung bringen, der mir gegenüber saß.

Nur dass es einer doch tat.

Brockwell kam kurz vor der Abenddämmerung, um uns zu sagen, was wir alle bereits wussten – dass wir unter Verdacht standen, Gabe bei der Flucht geholfen zu haben. „Es ist ein Glück, dass Sie gestern Abend eine Verkleidung trugen, Glass, ansonsten hätte Ihre Beschreibung schon gereicht, um Sie festnehmen zu lassen."

Es war, als wäre die Luft aus dem Raum gesaugt worden, und keiner wagte es, sich zu bewegen, weil alle Angst hatten, die dünne Fassade zu zerschlagen, die wir versucht hatten, vor Brockwell aufrechtzuerhalten. Aber der Kriminalinspektor war zu schlau, und er kannte uns zu gut. Wir konnten die Wahrheit nicht vor ihm verstecken.

Was bedeutete, dass wir ihm vertrauen mussten.

Er setzte sich auf das Sofa und beäugte den Teekessel, bis ich aufstand und ihm eine Tasse einschenkte. „Ich fürchte, der ist etwas kalt."

Willie fing die Tasse und Untertasse ab, bevor sie seine ausgestreckte Hand erreichten. „Die kriegst du nicht, bevor du versprichst, dass du auf unserer Seite stehst."

„Das ist ein ziemlich großes Versprechen, um es nur für eine Tasse Tee zu geben."

„Willst du mehr?"

„Das hängt davon ab, was du anbietest."

Sie stemmte eine Hand in die Hüfte. „Du versprichst es, und dann sehen wir schon."

Er dachte über den Vorschlag nach, dann steckte er die Hand aus. „Ich verspreche, dass ich eure Rolle bei der Flucht von Seaford nicht weitergeben werde."

„Und wenn du erfährst, wo er ist, wirst du es keiner Menschenseele sagen, besonders nicht diesem sturköpfigen Inspektor."

„Ich verspreche es. Darf ich jetzt den Tee haben?"

„In einem Augenblick." Sie stellte die Tasse auf dem Tisch ab.

Brockwell seufzte und löste den Blick von der Erfrischung. „Welchen anderen Bedingungen muss ich denn jetzt noch für dich zustimmen?"

Willie warf sich auf seinen Schoß und küsste ihn heftig. Brockwells Augen wurden groß, und seine Wangen röteten sich, aber seine Arme legten sich um ihre Taille.

Tante Letitia schnalzte mit der Zunge. „Als ich vorgeschlagen habe, dass ihr wieder Freunde seid, habe ich nicht gemeint, dass ihr eure Freundschaft auf so vulgäre Weise zur Schau stellen solltet."

Brockwell schob Willie ein bisschen an, und sie erhob sich, nahm seine Teetasse und reichte sie ihm mit einem Lächeln. Er räusperte sich und richtete seine Krawatte, während er versuchte, sein Lächeln zurückzuhalten. Er scheiterte elend, und Willie marschierte zu ihrem Sessel, einen selbstgefälligen Ausdruck auf dem Gesicht.

Nach einem stärkenden Schluck von seinem Tee räusperte sich Brockwell erneut. „Ich muss darlegen, dass Sie der Hauptverdächtige für Scotland Yard sind, Glass. Ich werde mein Bestes tun, die Ermittlungen zu behindern, aber versprechen kann ich nichts."

„Es ist besser, wenn Sie sich ganz heraushalten", sagte Matt.

„Ich glaube auch nicht, dass es wahrscheinlich ist, dass sie irgendwelche belastbaren Beweise finden, die mich mit der Flucht in Verbindung bringen, und sie werden Gabe nicht finden."

„Unwahrscheinlich, aber nicht unmöglich."

Tante Letitia gab ein leises, verstörtes Geräusch von sich, und ihre Teetasse klirrte auf der Untertasse.

Ich nahm sie ihr ab. „Es ist Zeit, sich fürs Dinner zu kleiden, Tante." Ich bedeutete Duke, ihr Zimmermädchen Polly hinauf in ihr Zimmer zu schicken.

Matt half Tante Letitia auf die Beine, und sie gestattete mir, sie die Stufen hinauf und durch den Gang zu lotsen. Sie starrte direkt voraus, ihr Blick war leer. Sie war wieder in ihre Vergangenheit abgestiegen, wo das Leben mit ihrem verstorbenen Bruder sorgenfrei und glücklich gewesen war.

An der Tür legte sie mir eine Hand auf den Arm. „India, verlassen du und Matt mich?"

Dass sie plötzlich konzentriert war, erwischte mich auf dem falschen Fuß. Es dauerte kurz, bis ich meine Gedanken beisammen hatte, und als ich den Mund öffnete, um eine sanfte Lüge auszusprechen, stellte ich fest, dass ich kein einziges Wort herausbrachte. Das letzte, was ich tun wollte, war sie anzulügen, aber ihr jetzt zu sagen, dass wir mit Gabe gehen mussten, würde sie am Boden zerstören.

„Ich kann nicht wieder bei Richard und Beatrice wohnen", flüsterte sie durch bebende Lippen. „Aber ich will auch England nicht verlassen." Ihr Griff spannte sich an. „Verlasst ihr England, India?"

Ich schluckte schwer. „Wir werden so lange bei dir sein, wie du uns brauchst."

Polly kam an und führte Tante Letitia sanft in ihr Schlafzimmer. Ich schloss die Tür und ging zu meinem eigenen Schlafzimmer. Ich konnte nicht zu den anderen in den Salon zurückkehren. Nicht, während Tränen meine Wangen hinabliefen.

* * *

MATT WUSSTE IN DEM AUGENBLICK, als er mich beim Essen sah, dass etwas nicht stimmte. Aber er hatte keine Gelegenheit, mich zu fragen, bis wir allein im Bett waren. Ich lag mit dem Rücken zu ihm, umschlossen von seinen Armen. Die Berührung seines warmen Körpers und der stetige Schlag seines Herzens waren der Trost, nach dem ich mich gesehnt hatte.

Aber es reichte nicht aus, um ganz den Schatten zu verjagen, der über uns hing.

Wie üblich musste Matt mich nicht fragen, was nicht stimmte. Er wusste es bereits. „Nächstes Mal kannst du ihr sicher erzählen, dass wir nirgends hingehen."

„Ich kann sie nicht anlügen."

„Es ist keine Lüge."

Ich drehte mich in seinen Armen, um ihn zu betrachten. Trotz der Dunkelheit konnte ich gerade noch seinen Blick erkennen, der mich mit der Heftigkeit betrachtete, die mir so vertraut war, doch auch besorgniserregend. „Matt, wir folgen Gabe, ganz gleich, wo er endet. Das müssen wir."

„Wir verlassen England nicht. Das ist die Heimat meiner Tante, deine Heimat …"

„Mir ist es gleich, wo ich lebe, solange es bei dir ist. Du bist meine Heimat. Und Tante Letitia wird sich an Amerika gewöhnen."

Seine Arme spannten sich um mich an. „Sie hat ihr ganzes Leben hier verbracht und würde es verabscheuen, irgendwo anders zu leben. Wir können sie nicht bitten, zu gehen. Außerdem ist England auch meine Heimat geworden. Ich habe hier auch Verantwortlichkeiten, nicht nur gegenüber meiner Tante, sondern auch dem Titel und dem Anwesen."

Ich richtete mich auf. „Matt, du kannst nicht von Gabe getrennt werden!"

„India …"

„Nein! Deine Ausreden akzeptiere ich nicht. Hier geht es nicht um Verantwortung oder um Lebensunterhalt. Es geht um dein Leben. Wenn die Magie in deiner Uhr wieder nachlässt, kann ich sie allein nicht reparieren."

Er richtete sich ebenfalls auf. Die Bettlaken ballten sich an seiner Taille, aber ich ließ mich nicht vom Anblick seiner bloßen

Brust ablenken. „Letztes Mal hatte ich Monate, um einen Arztmagier zu finden. Diesmal ist die Uhr stärker, dank deiner Magie, und es gibt keinen Grund zu der Annahme, dass sie irgendwann einmal in nächster Zeit rasch nachlassen könnte."

„Und was, wenn es nicht so ist wie letztes Mal? Was, wenn du plötzlich krank wirst? Oder wenn du wieder in einen Unfall verwickelt wirst? In diesen Fällen wirst du keine Monate haben, sondern nur Stunden, wenn überhaupt."

Er legte mir die Hand ans Kinn. „Dann soll es so sein."

Ich schob seine Hand weg.

„India, ich habe dir gesagt, wie ich empfinde, genauso hat das Gabe getan. Er mag es nicht, seine Magie einzusetzen, um jemandes Leben zu verlängern."

„Er hat versprochen, dass er es in deinem Fall tun wird, denn die Entscheidung, dich am Leben zu halten, wurde von seinem Vater getroffen."

„Das heißt nicht, dass es ihm gefällt. Außerdem lebe ich bereits auf geliehener Zeit."

„Hör auf."

„Ich sollte nicht hier sein."

„Hör auf, Matt! Natürlich solltest du hier sein. Du solltest bis ins hohe Alter leben."

Er schüttelte den Kopf. „Du lässt es klingen, als würde ich sterben wollen. Das tue ich nicht, das kann ich dir versichern. Ich habe so viel, um das es sich zu leben lohnt." Er nahm wieder meine Wangen und strich mit dem Daumen darüber, fing meine Tränen auf, die zu laufen begannen. „Aber Menschen, die leben wollen, sterben andauernd. Es ist nicht gerecht, dass ich der Einzige sein sollte, der lebt, wegen Gabes Magie. Wir können nicht mehr länger erwarten, dass er mich am Leben hält, und andere nicht. Er sieht jeden Tag den Tod in seinem Krankenhaus. Glaubst du, er würde nicht gern jeden einzelnen seiner Patienten am Leben halten? Aber er weiß, dass es nicht richtig ist. Ich weiß es auch. Genauso du."

Ich riss mich los und legte mich wieder hin, zog mir die Decke bis zum Kinn. Meine Tränen tränkten das Kissen, aber es würde sie nicht aufhalten, dass ich sie wegwischte. Sie würden kommen, bis ich keine mehr hatte.

Matt legte einen Arm um mich, und ich versuchte, ihn wieder wegzuschieben, aber er gab nicht nach. Ich gab nach. Ich wollte sowieso seine Berührung spüren. Ich wollte ihn in meiner Nähe, solange es möglich war. Eines Tages würde er nicht mehr da sein. Ich hoffte, dass dieser Tag noch weit entfernt war. Ich hoffte, dass meine Magie stark genug war, um Gabes Magie zu verlängern, denn ich wusste, dass ich Matts Standpunkt niemals ändern konnte.

Wenn Gabe den englischen Grund und Boden verließ, wäre es das letzte Mal, dass wir ihn sehen würden.

KAPITEL 9

Wir mussten am folgenden Vormittag Neuigkeiten und Nachschub zu Gabe bringen. Ich zögerte, Matt ins Hotel gehen zu lassen, aber er beharrte darauf, dass er es machen musste. Er hatte eine Verkleidung geplant und würde durch den Hintereingang des Hauses aufbrechen, aber das reichte nicht, um meine Nervosität zu beruhigen. Die Polizei hatte einen dritten Konstabler geschickt, um das Kutschhaus und die Stallungen zu bewachen.

„Ich werde nach der Kutsche schicken", sagte ich beim Frühstück. „Einer der Konstabler wird ihr folgen müssen. Ich werde bei Harrods einkaufen, damit die Geschichte dieser Fahrt auch glaubhaft erscheint. Kurz nachdem ich das Haus verlasse, wird Willie durch den Hintereingang hinausgehen, sodass dieser Konstabler abgezogen wird. Dann, Matt, schlüpfst du in deiner Verkleidung raus."

„Was ist mit mir?", fragte Duke.

Willie schlug ihm auf die Schulter, während sie unterwegs war, um am Buffet ihre Kaffeetasse aufzufüllen. „Du kannst Lettie bei ihrer Stickarbeit helfen."

Duke zog eine Schnute. „Warum bekomme ich keine Aufgaben mehr, die Spaß machen?"

„Weil Lettie dich lieber mag als mich."

Da Cyclops am Morgen seine übliche Routine aufrechterhielt,

zur Arbeit zu gehen, waren Willie und Duke mehr oder weniger sich selbst überlassen. Das dritte Mitglied in ihrem Trio zu entfernen, hatte die Dynamik des Haushalts verändert. Ich nahm an, dass Willie und Duke einander allmählich auf die Nerven gingen. Sie brauchten Cyclops, um sie auszugleichen und eine Ablenkung zu bieten.

Tante Letitia war an diesem Vormittag still, während sie sich in das Wohnzimmer mit Duke setzte. Sogar nachdem Matt mit ihr über seinen Plan gesprochen hatte, in England zu bleiben, wirkte sie immer noch abwesend. Ich nahm an, dass auch sie sich Sorgen darum machte, dass er weg von Gabe war. Manchmal mochte sie ja selbstsüchtig sein, aber sie würde nicht wollen, dass Matt ihretwegen in England blieb, wenn das bedeutete, dass er sein Leben in Gefahr brachte.

Als Woodall die Kutsche nach vorne brachte, half Matt mir in die Kabine, um sein Gesicht den beiden Konstablern zu zeigen, die auf der gegenüberliegenden Seite der Straße standen. Ich musterte die Straße, konnte aber keine weiteren Polizisten erkennen. Das bedeutete nicht, dass es keine gab.

„Sei vorsichtig", sagte ich zu Matt.

Er küsste mir den Handrücken. „Immer."

* * *

Tante Letitia mochte Harrods nicht. Sie behauptete, dort fehle die persönliche Anmutung, und ging lieber in die Spezialitätenläden in der Bond Street. Aber mir gefielen die Anonymität des großen Ladens und sein mangelnder Anspruch. Mir gefiel auch, dass ich fast alles unter einem Dach kaufen konnte.

Ich kaufte einige Taschentücher für Matt, Parfümfläschchen für mich und Tante Letitia und ein Paar Handschuhe für jeweils Willie, Cyclops und Duke. Mit den Waren in meinem Korb war ein angemessener Zeitraum vergangen, und ich spürte, dass ich nach Hause zurückkehren konnte, ohne den Verdacht der Konstabler zu wecken. Ich konnte allerdings nicht anders, als durch die Abteilung zu gehen, in der Uhren verkauft werden, nur um ihr rhythmisches Ticken zu hören.

„India? India, sind Sie das?"

Ich drehte mich um und sah Louisa näherkommen. Mein Inneres zog sich bei ihrem Anblick zusammen. Ich hatte sie niemals sonderlich gemocht, aber ich mochte sie sogar noch weniger, nachdem ich sie mit Fabian in der Oper gesehen hatte. Ich zwang mich zu einem Lächeln und grüßte sie, dann entschuldigte ich mich sofort.

Sie folgte mir allerdings und hielt mich an, als ich am Ausgang ankam. Ein Türsteher, der in die grün-goldene Livree von Harrods gekleidet war, öffnete uns die Tür. Ich fühlte mich töricht, ihn so dastehen zu lassen, während wir uns unterhielten, darum bedeutete ich Louisa, sich mir draußen auf dem Bürgersteig anzuschließen.

„Hat Ihnen die Oper kürzlich abends gefallen?", fragte sie.

Also schien es, als würden wir Freundlichkeiten austauschen, als wäre nichts Schlimmes passiert. „Ja, und Ihnen?"

„Fabian und ich haben sie sehr genossen."

Ich schaute weg, suchte unter den Kutschen, die an der Straße geparkt waren, nach Woodall. Ich sah ihn und winkte, doch er sah mich nicht. Er war durch etwas hinter sich abgelenkt. Ich kniff die Augen zusammen, um es zu sehen, konnte aber nur feststellen, dass der Verkehr am Ende der Straße völlig zum Stillstand gekommen war. Bald war es ein langer Fluss aus Kutschen und Pferden, während die Kutscher jeden Augenblick aufgebrachter wurden.

Dann hörte ich es auch – schreiende Stimmen in der Ferne. Da die Kutschen nun meine Sicht verstellten, konnte ich nicht sehen, was los war. Aber das musste ich auch nicht. Es waren viele Rufe, und sie wurden mit jedem Schritt lauter, den der Mob in unsere Richtung tat.

Während sie sich näherten, konnte ich ihren Unmut erkennen. „Nieder mit den Magiern!", intonierten sie immer wieder.

„Zurück nach drinnen!", befahl der Türsteher. „Kommen Sie alle zurück. Für Sie ist es da draußen nicht sicher."

Da die Straße durch den Verkehr blockiert war, drängte der Mob auf die Bürgersteige wie eine Flut. Das Geräusch brechenden Glases ließ bei einigen Pferden Panik aufkommen, und die Kutscher mussten sich sehr bemühen, damit sie sich selbst und die Passagiere nicht verletzten.

Einkaufende auf ihrem Weg zu Harrods oder jene, die gerade gegangen waren, rannten zurück nach drinnen. Es war nicht der klügste Schritt. Ich nahm an, dass das Kaufhaus das Ziel des wütenden Mobs war. Vom anderen Ende der Straße näherte sich eine zweite Menschenmenge, die die Fluchtwege abschnitt. Es gab keinen Ort, an den man konnte, außer zurück in das Gebäude. Der Konstabler, der mir in einer Droschke von zu Hause gefolgt war, war nirgends zu sehen.

Louisa schnappte sich meine Hand, und zusammen eilten wir durch die Tür. Ein paar weitere ängstliche Einkaufende traten nach uns ein, dann schloss der Türsteher die Tür und verriegelte sie.

„Weichen Sie vor den Fenstern zurück!", rief er. Die anderen Angestellten wiederholten den Befehl, bis er wie ein Trommelschlag durch den großen Raum dröhnte.

„Kommen Sie schon, India." Louisa zerrte an meiner Hand, doch ich regte mich nicht.

„Das ist unnötig", sagte ich. „Diese Aufstände müssten doch gar nicht sein. Wenn sie nur wüssten ..."

„Wenn sie was wüssten?"

„Die Gesetzgebung wird geschaffen, um die Geschäfte der Talentfreien zu schützen."

„Die Talentfreien schützen?" Sie schnaubte. „Weshalb sollte sich da die Gesetzgebung einmischen? Der Markt wird das schon regeln. Natürlich würden einige verlieren, aber jene Handwerker, die nicht mit Magiern mithalten können, werden andere Arbeit finden. Es ist nicht die Schuld der Magier. Sie sollten keine Kompromisse schließen müssen. Würden Sie eine schöne Frau bitten, sich hässlicher zu machen? Einen intelligenten Mann, dass er aufhören soll, komplizierte Gleichungen zu lösen?"

Ich wollte sie daran erinnern, dass wir nicht über Schönheit oder Verstand sprachen, sondern über Lebensunterhalt und finanzielle Schwierigkeiten für jene, deren Einkommen auf dem Handwerk beruhten, in dem sie ausgebildet waren, aber das Geräusch von zersplitterndem Glas ließ alle zusammenfahren.

Jene in der Nähe des Fensters kreischten. Leute riefen Befehle, sowohl vom Inneren des Ladens als auch von außerhalb. Das Brüllen der Menge, „Nieder mit den Magiern", setzte sich fort, während die Tür splitterte, sodass der Türsteher zurückstolperte. Über all dem durchschnitt das hohe Trillern einer Polizeipfeife die Luft.

Aber es war zu weit weg, um uns zu retten.

Den Mob musste man jetzt auflösen, bevor er den Laden zerstörte. Jene am vorderen Ende der Menge schoben gegen die beschädigte Tür, bis sie nachgab. Sie strömten herein wie eine Horde wilder Tiere.

Der Abteilungsleiter trat mutig vor sie. „Bitte, hören Sie auf! Gehen Sie nach Hause!"

„Sie verkaufen Hüte und Schals, die von Magiern gemacht wurden", rief einer der Aufständischen.

„Nein! Nein, ich versichere Ihnen, das tun wir nicht!"

Eine Frau spuckte auf ihn, und ein Mann schob ihn zur Seite. Der Abteilungsleiter stolperte und fiel hin, schlug mit dem Kopf hart gegen eine Ausstellungsvitrine.

Louisa zog fest an meiner Hand. „India, Sie müssen zurück. Wenn sie Sie erkennen ..."

„Mich kennt niemand." Aber ich hatte kein Vertrauen in meine eigenen Worte. Ich war den Mitgliedern verschiedener Handwerkergilden während unserer Ermittlungen begegnet. Einige würden mich erkennen.

Und natürlich kannte mich Mr. Abercrombie äußerst gut. Ich sah ihn allerdings nicht, aber das hieß nicht, dass er sich nicht außer Sicht hielt, inmitten der Menge.

Nun, da sie alle in den Laden geströmt waren, wurde mir klar, dass der Mob nicht so groß war, wie ich anfangs gedacht hatte. Ich schätzte, dass es weniger als hundert waren. Dieser Aufstand war kleiner als die früheren, die ich aus erster Hand mitbekommen hatte.

Aber das war nur ein schwacher Trost, als sie alle in den beengten Raum des Ladens liefen, wütend brüllten und Fäuste oder Knüppel schwenkten. Als einer einen Aufsteller mit Parfümfläschchen umwarf, war es das Signal für die anderen, so viel Schaden anzurichten, wie nur möglich.

Ein Mann schlug mit einem Hammer auf eine gläserne Ausstellungsvitrine. Ein weiterer wischte mit dem Arm über einen

Tresen, verstreute die Töpfchen mit Gesichtscreme, die sorgsam zu einer Pyramide aufgestapelt worden waren. Ein dritter plünderte den Kassentisch. Die armen Ladenangestellten duckten sich so weit weg, wie sie konnten, manche weinten, andere kreischten.

Ich musste etwas tun. Hätten sie nur gewusst, dass ihre Sorgen sehr bald Gehör finden würden, würden sie sich beruhigen. Da war ich mir sicher.

Ich riss meine Hand aus der von Louisa und stieß sie in die Luft. „Hört! Hört mich an! Das ist unnötig!"

Niemand hörte mich in dem Lärm.

„Hören Sie auf und hören Sie, was ich zu sagen habe!"

„Gehen Sie aus dem Weg, oder sie werden noch verletzt, Lady", knurrte einer aus der Menge.

„Der Premierminister und das Kabinett werden bald neue Gesetze verabschieden, um den Verkauf von Magiern gefertigte Waren zu begrenzen. Wenn Sie nur Geduld hätten ..."

Jemand rannte an mir vorbei, rammte mich in der Schulter. Ich stolperte, kam aber auf die Beine, bevor ich ganz stürzte. Wenn ich gehört werden wollte, musste ich ihre Aufmerksamkeit auf mich ziehen.

Ich beäugte den nächstbesten Tresen. Wenn jemand mir helfen konnte, darauf zu steigen, könnte ich ihn als eine Art Rednerpult nutzen.

Und dann hörte ich es. Das warnende Läuten meiner Taschenuhr in meinem Pompadour, der sich an meine Einkäufe in dem Korb über meinen Arm schmiegte. Ich musste es nicht hören, um zu wissen, dass der Mob mich in Gefahr brachte. Wenn sie herausfanden, wer ich war, würden sie sich gegen mich wenden.

Eine Runde Jubel gefolgt von Schreien brach aus, als eine weitere Ausstellungsvitrine kurz- und kleingehauen wurde. Ich musste etwas tun, und zwar jetzt.

Ich suchte nach einem Hocker, auf den ich mich stellen konnte, und wollte gerade einen der entsetzten Ladenangestellten bitten, mir zu helfen, aber mein Arm wurde plötzlich fest gepackt. Ich ließ meinen Korb fallen.

„Louisa, ich ..."

Die Ohrfeige in meinem Gesicht brachte mich sofort zum Schweigen. Tränen ließen meine Sicht verschwimmen, aber sie klärte sich, als ich Mr. Abercrombies rattenartiges Gesicht sah, das auf mich herabgrinste.

„Na sieh mal einer an. Ist das nicht ein schicksalhaftes Treffen? Ich glaube, ich schulde Ihnen etwas, weil Sie sich eingemischt haben."

Meine Einkäufe und mein Pompadour waren verstreut worden, als ich den Korb fallengelassen hatte. Ich sah den Pompadour in der Nähe einer Hüte-Ausstellung auf einem Hutständer, die wie durch ein Wunder aufrecht geblieben waren. Trampelnde Füße kamen ihm viel zu nahe.

„Lassen Sie mich los!" Ich wollte mich losreißen, aber Abercrombie hielt mich zu fest.

„Endlich habe ich Sie." Seine Lippen öffneten sich, sodass seine Zähne zum Vorschein kamen. Er hatte immer die Fassade eines Gentlemans aufrechterhalten, sogar in seinen schlimmsten Augenblicken. Aber sie war ihm zusammen mit seiner Gildenmitgliedschaft genommen worden, sodass eine kaltherzige und grausame Kreatur zum Vorschein kam. „Schreckliche Dinge geschehen mit unschuldigen Zuschauern bei panischen Mobs. Sie werden verletzt. Niedergetrampelt. Zu Tode getreten und geschlagen."

Ich versuchte, nach Louisa zu sehen, aber sie war inmitten des Chaos irgendwo verschwunden.

Über den Lärm hinweg konnte ich gerade noch das frenetische Läuten meiner Uhr hören. Sie wollte unbedingt aus dem Pompadour kommen, mich vor diesem Mann retten. Aber meine Magie konnte mich nicht retten, wenn mein Pompadour geschlossen war.

„Ich werde das genießen." Abercrombies Zunge schnellte zwischen seinen Lippen hervor, und er leckte sie. „Wie schade auch, dass Sie einem Mob in den Weg gerieten, der in eine Manie verfallen war."

Der Mob wuchs um uns an, achtete nicht auf uns. Sie waren zu sehr damit beschäftigt, Schaden anzurichten, oder mit ihren wütenden Stimmen Gehör zu finden. Sie übertönten mein

Flehen, und es war ihnen gleich, dass ich zu ihren Füßen zu Boden geschubst wurde.

Abercrombie dachte, er würde gewinnen, aber ich war in der Nähe meines Pompadours gelandet. Ein paar Zentimeter mehr, und meine ausgestreckten Finger würden ihn erreichen.

Ein Schuh traf mich an der Hüfte. Schmerz blühte auf, trotz der Schichten aus Kleidung, die ein wenig Schutz boten. Instinktiv rollte ich mich zusammen, um mich zu schützen, aber das bedeutete, dass ich weiter vor meinem Pompadour weg war.

Ich kämpfte mich durch den Schmerz und schob mich auf Hände und Knie, nur um ein weiteres Mal in die Seite getreten zu werden. Dabei fiel ich auf den Rücken. Abercrombie stand über mir, sein Schuh stieß auf mein Gesicht herab.

Nur aus reinem Instinkt rollte ich mich aus dem Weg. Sein Fuß krachte in die Kachel neben meinem Kopf. Ich stieg auf Hände und Knie, kam immer näher an meinen Pompadour. Ich griff danach, nur dass mir Abercrombie auf den Arm stapfte. Ich schrie auf, als der Schmerz sich aus meinem Arm in meine Schulter ausbreitete.

Selbst durch die Rufe und die Geräusche von brechendem Glas konnte ich sein grausames Lachen hören. Ihm machte das Spaß.

Aber ich war noch nicht geschlagen. Ich hatte immer noch meinen Verstand und eine heile Hand. Diese Hand hatte nun den Pompadour in Griffweite. Meine Fingerspitzen erreichten die Zugkordel, und ich konnte ihn über den Boden zu mir ziehen.

Als gerade Abercrombie den Fuß über meinem Kopf erhob.

Meine Uhr läutete wie verrückt, sprang im Inneren der seidengesäumten Pompadours wie ein Frosch. Meine zitternden Finger kämpften mit der Öffnung, und ich schaffte es, sie zu weiten, aber nicht genug, um meine Uhr zu befreien.

Das dachte ich zumindest.

Die Uhr machte den Rest, wand sich irgendwie durch die kleine Öffnung. Sie katapultierte sich auf den Mann zu, der mir gerade auf den Kopf treten wollte. Die Kette legte sich um seinen Fußknöchel und riss seinen Fuß nach hinten.

Er verlor das Gleichgewicht und fiel neben mir schwer zu

Boden, seine Augen aufgerissen, als ihm klar wurde, was passiert war. „Hexenwerk", zischte er.

Ich schnappte mir meine Uhr wieder und kam auf die Beine. Jede Stelle, an der er mich getreten hatte, tat teuflisch weh, aber es blieb keine Zeit, meine Verletzungen zu inspizieren. Ich musste weg hier. Mit dieser Menschenmenge konnte man nicht vernünftig reden, nicht, wenn Abercrombie die Flammen anfachte, sodass sich ihre Wut gegen mich richtete und mich diskreditierte.

Jemand packte mich an der Hand, und ich versuchte mich loszureißen, bevor ich bemerkte, dass es Louisa war.

„Die Angestellten lotsten so viele Leute wie möglich zur Laderampe", sagte sie und zog mich mit sich. „Auf diese Weise können wir auch hinaus."

„Sie ist es!" Abercrombie hatte sich erhoben und zeigte nun mit dem Finger auf mich. „Es ist Mrs. Glass, die Anführerin der Magier!"

Nur jene, die ihm am nächsten standen, hörten ihn. Sie wurden leise und wandten sich zu mir. „Ist das möglich?", fragte einer.

Mr. Abercrombies Grinsen wurde aalglatt. „So ist es. Es ist India Glass. Magierin. Hexe. Eure schlimme Lage ist *ihre* Schuld. Wenn sie nicht wäre, hättet ihr noch euer Auskommen!"

„Sie haben gar nichts verloren!", rief ich, noch während Louisa mich wegzog.

„Noch nicht", fauchte einer der Aufständischen. Er rannte auf uns zu. „Lasst sie nicht entkommen!"

Ich drehte mich um und lief, schob mich durch die Menge. In meiner geschlossenen Faust läutete meine Uhr, ihre Magie pochte. Ich wollte sie nicht loslassen. Das würde nur noch weitere Aufmerksamkeit auf mich ziehen, sie dazu bringen, mich als Hexe zu bezeichnen, wie Abercrombie es getan hatte. Die Uhr konnte mich nicht vor ihnen allen retten.

„Hier durch." Louisa zog mich hinter sich her, durch die Tuchwarenabteilung, wo nur wenige vom Mob hingelangt waren. Wir wanden uns um Tresen und um Regal um Regal, auf dem Stoffballen lagen, nur um am Ende anzukommen und zu merken, dass wir in die Richtung blickten, aus der wir gekommen waren.

Louisa fluchte.

„Hier entlang", sagte eine Ladengehilfin, die ein Maßband hielt. „Nehmen Sie den Ausgang hinter der Brokatauslage. Ich sage ihnen, dass Sie woanders lang gegangen sind. Los!"

Louisa und ich liefen zu der Auslage mit kornblumenblauem Vorhangstoff, der eine Tür verbarg, auf der stand *Zutritt nur für Personal*. Ich schob sie auf, zischte vor Schmerz, als ich mir den angeschlagenen Arm anstieß.

Die Tür schloss sich allmählich hinter Louisa, aber nicht, ehe ich Abercrombie sah. Während die Angestellte unsere Verfolger von dem Ausgang weglotste, erblickte er uns.

„Hier entlang!", rief er.

Mein Magen rebellierte, und ich dachte, ich würde mich gleich übergeben. Sie würden uns jetzt mühelos erwischen.

Die Tür fiel zu, als gerade etliche Polizeipfeifen in der Luft schrillten. Sie waren so melodisch wie eine Symphonie für meine Ohren. Einige der Pfeifen waren aus dem Inneren des Ladens gekommen, aber mehr kamen von den Konstablern, die über die Laderampe liefen, auf der wir uns jetzt befanden. In Begleitung einiger Angestellter strömten sie an uns vorbei und fingen die Aufständischen ab, die durch den Eingang zum Laden kamen. Die Konstabler nagelten sie auf dem Boden fest und entwaffneten jene, die Waffen trugen.

Abercrombie war nicht unter ihnen.

Louisa und ich wurden langsamer. Heftig atmend gingen wir über die Laderampe. Sobald wir auf der Brompton Road waren, sah ich Woodall, der auf dem Kutschsitz stand und zum Vordereingang von Harrods schaute.

Wir kamen von hinten, und ich lief zu ihm. Ein erleichterter Ausdruck trat auf sein Gesicht, als er mich sah. „Steigen Sie ein, Mrs. Glass. Ich bringe Sie hier raus."

„Dürfen wir Ihnen eine Fahrt anbieten?", fragte ich Louisa.

„Wenn es Ihnen nichts ausmacht." Sie gab Woodall ihre Adresse, dann stieg sie hinter mir in die Kabine.

Wir beide atmeten erleichtert aus, als wir in die Sitze sanken.

Ich zuckte ein wenig zusammen, als meine angeschlagene Hüfte an die Seite stieß.

„Sind Sie verletzt?", fragte Louisa.

„Nur ein paar blaue Flecken."

„Es war dieser schreckliche Unruhestifter, oder? Ich habe gesehen, wie er Sie angreift, aber ich war zu weit weg, um etwas zu tun. Ich konnte nicht zu Ihnen gelangen. Das tut mir leid."

Ich blinzelte sie überrascht an. Diese mitfühlende Frau war nicht die Louisa, mit der ich vertraut war. „Es nicht Ihre Schuld."

„Ich verabscheue es, unbrauchbar zu sein. Wusste er, wer Sie sind?"

„Sein Name lautet Abercrombie. Er ist der ehemalige Meister der Uhrmachergilde, und er verabscheut mich. Wir glauben, dass er mit Coyle zusammenarbeitet, um die Flammen bei den Talentfreien anzufachen."

„Coyle arbeitet mit den Talentfreien? Gütiger Gott. Wozu denn das?"

„Er will die Magier zwingen, um sich wieder zu verstecken. Er will ihre Stimme bei der Regierung sein, damit er die Politik beeinflussen kann."

„Zu seinen Gunsten. Ja, das sehe ich jetzt. Ich wünschte, ich hätte diesen Abercrombie bei Harrods gestellt. Ein rascher Tritt in den Unterleib hätte ihn nicht davon abgehalten, Coyle zu helfen, aber damit hätte ich mich auf jeden Fall besser gefühlt." Sie runzelte die Stirn. „Weshalb lächeln Sie?"

„Sie erinnern mich an Matts Cousine." Wie ich wünschte, Willie wäre heute mit mir zum Einkaufen gekommen.

„Die seltsame kleine Amerikanerin? Fabian nennt sie eine Wildkatze."

Ich zog mich zurück, als sein Name ausgesprochen wurde, aber ich tadelte sie nicht, dass sie ihn nannte. Ich war plötzlich zu müde, um auch nur das zu tun. Unsere Eskapade hatte mich völlig verausgabt.

Aber Louisa wollte über ihn sprechen. „Er ist ein guter Mann, India. Ich weiß, dass das, was er Ihrem Mann angetan hat, verachtenswert ist, aber er war verzweifelt, um … um mit Ihnen eine Allianz zu schmieden. Er hat eine Weile völlig die Perspektive verloren, aber ich glaube, die hat er jetzt wieder. Er bedauert sein Verhalten."

Ich beobachtete sie durch halb geschlossene Lider. „Er ist nicht der Einzige, dessen Perspektive in Schieflage geraten ist. Ihre ist auch ein wenig daneben. Sie glauben, Magie ist das Wichtigste auf der Welt."

Sie wandte sich zum Fenster. „Nicht das Wichtigste. Liebe gibt es auch noch."

Zum ersten Mal glaubte ich, dass sie Fabian wirklich liebte, und ihn nicht nur wegen seiner Magie wollte. Dieses Wissen stimmte mich etwas gewogener ihr gegenüber, obwohl ich sie immer noch nicht sonderlich mochte. Ihre Hilfe heute bedeutete allerdings, dass ich jetzt Respekt vor ihr hatte. Sie war nicht verängstigt weggelaufen. Sie war bei mir geblieben, obwohl es gefährlich gewesen war, in meiner Nähe zu sein.

„Sie sind mutig", sagte ich zu ihr.

Sie warf mir ein verlegenes Lachen zu. „Ich war da drin völlig verängstigt."

„Weshalb haben Sie mich dann nicht zurückgelassen, als Sie die Gelegenheit hatten?"

Sie schaute mich entsetzt an. „India, Sie sind die mächtigste Magierin des Landes! Man muss Sie schützen! Ganz besonders jetzt."

Ich runzelte die Stirn. „Jetzt?"

Sie nickte zu meiner Hand, die auf meinem Bauch lag. „Wo Sie doch den mächtigsten Magier der nächsten Generation in Ihrem Leib tragen könnten."

Ich senkte die Hand auf meinen Sitz. „Ich bin nicht schwanger."

Sie wirkte ehrlich enttäuscht. „Mein Fehler. Ich entschuldige mich."

Wir fuhren schweigend weiter, bis wir an ihrem Haus ankamen, beide in Gedanken versunken. Ihr Bediensteter öffnete die Tür der Kutsche für sie und half ihr den Tritt herab auf den Bürgersteig.

„Vielen Dank, Louisa", sagte ich, bevor er die Tür schloss. „Ich weiß zu schätzen, was Sie heute getan haben."

Sie nickte und hob eine Hand zu einem Winken, während wir abfuhren.

* * *

DIE NACHRICHT vom Aufstand bei Harrods kam in der Park Street Nr. 16 zur gleichen Zeit an wie ich. Es war ein Glück, dass sie Matts Ohren nicht vorher erreicht hatte, ansonsten wäre er krank vor Sorge gewesen und selbst zum Kaufhaus gegangen, um mich zu suchen.

Nachdem ich zugegeben hatte, dass ich darin verwickelt gewesen war, beharrten alle darauf, dass ich mich setzte. Tante Letitia bedrängte mich mit Tee, während Duke mir eine dicke Scheibe Butterkuchen abschnitt. Sogar Willie machte einen Aufstand, fragte mich, ob ich ein Kissen für den Rücken brauchte.

Und ich hatte ihnen noch nicht mal von Abercrombie erzählt. Ich wusste jedoch, dass ich das Thema nicht ganz weglassen konnte, besonders, als Matt die seltsame Art auffiel, wie ich saß, um meine geprellte Seite zu schonen.

„Wisst ihr noch, dass Mr. Matthews uns geschrieben hat, dass sie Mr. Abercrombie nicht finden konnten, und jeder nahm an, er hätte die Stadt verlassen? Na ja, das hat er nicht. Er war da, drängte die Aufständischen weiter. Er sah mich, und wir hatten einen Streit. Louisa hat dort auch eingekauft, wie es der Zufall so will, und mir bei der Flucht geholfen. Ich habe sie gerade nach Hause gebracht." Die Kurzversion war für Tante Letitia bestimmt.

Sie war allerdings die Einzige, die nicht davon ausging, dass an meiner Geschichte noch mehr war. Nachdem ich meinen Tee ausgetrunken hatte, entschuldigte ich mich. Matt folgte mir ins Schlafzimmer und schloss die Tür.

„Zieh deine Kleider aus", befahl er.

„Matthew Glass, es ist mitten am Tag!"

Mein Versuch, es locker zu betrachten, kam nicht gut an. Seine Lippen zuckten nicht einmal. Er verschränkte die Arme und wiederholte den Befehl.

Ich zeigte ihm erst den blauen Fleck auf meinem Arm, dann

141

die anderen. Er fluchte laut, dann fluchte er noch einmal tonlos, und er untersuchte sie ganz genau. Während er vor mir in die Hocke ging, erzählte ich ihm, was Abercrombie getan und gesagt hatte, um die Menge anzustacheln.

„Meine Uhr hat mich vor ihm gerettet, und Louisa hat mir bei der Flucht geholfen. Sie war tatsächlich umwerfend."

Sanft half er mir, einen Hausmantel und meine Unterwäsche anzuziehen. „Du musst zu einem Arzt."

Ich wollte gerade schon protestieren, dass es mir gut ging, überlegte es mir aber anders. Seine Hände streiften über meine Arme, über den blauen Fleck. „Ruh dich etwas aus, während ich ihn hole." Er gab mir einen Kuss auf die Schläfe. Als er sich zurückzog, war sein Kinn angespannt, seine Augen verdächtig düster.

Diesen Ausdruck kannte ich. Er wollte, dass der Schuldige litt, so wie er mich hatte leiden lassen. Das Problem war, Abercrombie würde sich wieder verstecken. „Wohin gehst du?"

„Mit dem Innenminister reden. Das hätte niemals passieren sollen. Wenn das Treffen mit dem Premierminister schon stattgefunden hätte ... wenn Le Grand seine Aufgabe ordentlich erledigt hätte und Abercrombie gefolgt wäre ..." Er fuhr sich mit der Hand durch die Haare und über das Gesicht hinab, dann stieß er sie in den Bettpfosten.

Ich nahm sein Gesicht in die Hände und ließ die harten Kanten seiner Wangen mit den Daumen wieder weicher werden. „Ich bitte dich nicht, dass du nicht gehst, aber ich werde dich bitten, dass du nichts tust oder sagst, was du später bedauerst."

Er stieß Luft aus. „Ich versuche es."

„Und sei bitte da, wenn der Arzt kommt."

„Das kann ich versprechen." Er küsste mich sanft und verließ dann das Zimmer.

Sobald er weg war, öffnete ich mein Tagebuch und blätterte durch die Seiten zurück.

* * *

NACHDEM EIN WARMES Bad meinen Schmerz gemildert hatte, kehrte Matt mit dem Arzt zurück. Er schaute sich meine Prellungen an und erklärte, dass keine Knochen gebrochen waren, dann verschrieb er Ruhe.

Während er seine Tasche schloss, räusperte ich mich. „Es gibt noch eines, was ich Sie fragen möchte, Doktor."

„Bitte fragen Sie alles, Mrs. Glass."

„Könnte ich ein Kind erwarten?"

Matts Kopf fuhr hoch. Er hatte im Sessel neben dem Bett gesessen und rückte nun nach vorne. „Glaubst du, das könnte sein?"

Ich beschrieb, dass ich mich plötzlich sehr müde fühlte, und manchmal ein wenig übel. Mein Monatsfluss war auch zu spät, was mir mit dem ganzen Drama in unserem Leben in letzter Zeit gar nicht aufgefallen war.

Ohne einen eindeutigen Test, um zu sagen, ob es stimmte oder nicht, war es dem Arzt lieber, anzunehmen, dass ich ein Kind erwartete, nur aus Vorsicht. „Aber sicher werden Sie es wissen, wenn man es Ihnen ansieht. Das könnte noch einige Wochen dauern."

Matt brachte den Arzt hinaus und kehrte dann in unser Schlafzimmer zurück. Sanft nahm er mich in die Arme und küsste mich ausgiebig. Als er sich zurückzog, konnte er sein Lächeln nicht verbergen. Es war nicht sein übliches Lächeln. Es war recht unsicher, wie ein Jugendlicher, der seine erste Liebe fragte, ob sie mit ihm spazieren gehen würde. Für einen Mann, der Augenblicke zuvor von Zorn und Frust erfüllt gewesen war, war das eine ziemliche Veränderung.

„Glaubst du, du bist schwanger?", fragte er.

„Wie der Doktor sagt, wir werden einfach warten müssen und dann sehen."

„Du kannst es nicht sagen?"

Ich lachte. „Nicht wirklich."

„Manche Frauen wissen es, und manche nicht", sagte er mit der Abgebrühtheit einer Hebamme, die zwanzig Jahre Erfahrung hatte. „Nur für den Fall, dass du es bist, musst du dich jetzt ausruhen. Ich werde dir das Abendessen heraufbringen."

„Bis dahin werde ich ausgeruht sein."

Er küsste mich rasch wieder, dann stand er auf. „Tu mir einfach heute den Gefallen."

„Also gut." Als er sich zum Gehen wandte, sagte ich: „Ich halte es für das Beste, wenn wir es den anderen nicht sagen, bis wir es sicher wissen. Nach diesem Schreck heute werden sie dann nur unerträglich nett zu mir sein."

„Ich sehe das auch so. Ein unerträglich nettes Mitglied des Haushalts reicht." Er kniete sich auf das Bett und küsste mich erneut. „Damit beziehe ich mich übrigens auf mich."

Ich lachte leise. „Ich weiß. Jetzt geh, damit ich mich ausruhen kann, und bringe etwas Köstliches zum Abendessen. Sag Mrs. Potter, dass ich etwas mit ein wenig Würze möchte."

KAPITEL 10

Durch die ganze Aufregung des Vortages hatte ich nicht die Gelegenheit bekommen, Matt zu fragen, wie es Gabe ergangen war, als er ihn im Hotel aufgesucht hatte. Ich fragte nach dem Frühstück, während wir darauf warteten, dass Woodall die Kutsche nach vorne brachte.

„Er ist nervös", sagte Matt. „Er will nur so schnell wie möglich weg."

„Hast du ihm erzählt, dass ich Nancy besucht habe?"

„Er war sehr dankbar, dass du sie beruhigt hast."

Ich seufzte. „Wenn man bedenkt, dass das alles aus etwas erwachsen ist, das eine wunderbare Zeit in ihrem Leben sein sollte. Gabe sollte diesen Ring auf Nancys Finger stecken und ein Datum für die Hochzeit festmachen, stattdessen versteckt er sich, und sein Leben ist in Gefahr."

Matt legte den Arm um meine Schultern und küsste mich auf die Schläfe. „Sein Leben in Amerika wird nicht so schlimm sein. Er wird sich daran gewöhnen, es bald genießen, genau wie Nancy. Boston und New York sind voller irischer Einwanderer, also wird sie eine Menge Unterstützung bekommen."

Obwohl ich für sie erleichtert war, schenkte mir der Gedanke, dass sie so weit von Matt entfernt waren, keinen Trost.

Woodall fuhr draußen vor, und Bristow, der auf der Veranda gewartet hatte, öffnete uns die Tür. Wir fuhren nach Whitehall und trafen uns mit Mr. Matthews und Mr. Le Grand im Bureau des Innenministers. Sie waren nicht allein.

Ein Mann, den ich nur einmal getroffen hatte, stand bei unserem Eintreten auf. In einen gut geschnittenen Wollanzug von der gleichen stahlgrauen Farbe wie sein Haar gekleidet, wirkte er ein wenig nervös, als er mir und dann Matt seine Hand reichte.

„Wir haben nicht erwartet, Sie hier zu treffen, Mr. Stocker", sagte Matt. „Wir freuen uns, dass Sie hier sind."

Der Meister der rechtschaffenen Gesellschaft der Wollmänner entspannte sich sichtlich. Er hatte wohl eine angespannte Begrüßung erwartet. Vor ein paar Wochen hatten wir ihm falsche Namen genannt, um mit ihm über Mr. Pyke sprechen zu können, den Wollmagier, den er aus der Gilde geworfen hatte, kurz bevor er vermisst worden war. Sie waren eng befreundet gewesen, bis Mr. Pyke Mr. Stocker in Kenntnis gesetzt hatte, dass er ein Magier war. Auf das Drängen von Abercrombie hin hatte der Gildemeister der Wollgilde die Mitgliedschaft von Mr. Pyke zurückgezogen, obwohl wir den Eindruck bekommen hatten, dass ihm die Rolle, die er bei der Zerstörung des Geschäfts seines Freundes gespielt hatte, nicht behagte.

Ein Geschäft, das Mr. Pyke seither geschlossen hatte. Ohne Gildenmitgliedschaft konnte Mr. Pyke ohne Lizenz keine Wollteppiche verkaufen, und er war dazu gezwungen gewesen, mit dem Handel aufzuhören.

Mr. Stockers Anwesenheit heute war eine faszinierende Entwicklung, und ich wartete begierig auf die Erklärung.

Sie kam von Mr. Matthews. „Mrs. Glass, sind Sie sich bewusst, dass Ihr Mann uns gestern aufgesucht hat?"

„Das bin ich. Er hat erwähnt, dass ich in den Aufstand bei Harrods geraten bin?"

Er nickte. „Ich nehme an, Sie erholen sich von Ihren Verletzungen?"

„Ja, vielen Dank."

„Gut, gut. Hat Ihr Mann Ihnen auch erzählt, dass er sehr deutlich gemacht hat, dass sofort etwas unternommen werden muss?" Mr. Matthews richtete seine Krawatte und wich Matts funkelndem Blick aus.

Ich nahm an, das Treffen war sehr viel weniger höflich als dieses gewesen. Matt hatte meine Verletzung jemandem zum Vorwurf machen wollen, und in der Abwesenheit von Abercrombie war Mr. Matthews der nächste in der Schlange.

„Mr. Glass hat uns gedrängt, Abercrombie zu suchen und ihm Gerechtigkeit angedeihen zu lassen", fuhr Mr. Matthews fort.

Matt richtete sich an Mr. Le Grand, der auf einer Seite stand. „Und, haben Sie das schon getan?"

„Wir müssen ihn noch finden", sagte der Spion gleichmütig.

Ein Muskel in Matts Kinn pulsierte, aber er behielt seine Meinung für sich.

„Ihr Mann hat betont, dass wir nun handeln müssen, um die Aufständischen zu beruhigen", sagte Mr. Matthews. „Ich stimme zufällig zu, dass die Dinge zu lange dauern, also habe ich die Angelegenheit in die eigenen Hände genommen und so viele Gildemeister aufgesucht, wie ich gestern Nachmittag konnte. Ich habe sie eingeladen, heute Vormittag herzukommen und sich Ihre Vorschläge anzuhören, Mrs. Glass. Mr. Stocker war der Einzige, der mein Angebot angenommen hat."

Mein Herz wurde schwer. Ein Mann reichte nicht. Es war nicht annähernd genug, um rasch eine Veränderung herbeizuführen.

Aber er war alles, was wir hatten. „Danke, dass Sie gekommen sind, Mr. Stocker. Ich glaube nicht, dass Sie enttäuscht sein werden, nachdem Sie sich angehört haben, was ich zu sagen habe."

Er warf mir ein ausdrucksloses Lächeln zu. „Seit ich Sie zum letzten Mal getroffen habe, hatte ich Zeit, über die Lage nachzudenken, und die Gelegenheit, mit den Gildemitgliedern zu sprechen. Mr. Pyke ist ein beliebter Mensch und sehr respektiert. Niemand will sehen, wie er leidet. Obwohl einige mich gedrängt haben, mit dieser Verbannung weiterzumachen, haben die meisten darauf beharrt, dass ihm gestattet werden soll, sich der Gilde wieder anzuschließen."

„Und was haben Sie beschlossen?"

„Ich denke noch über die Möglichkeiten nach, und ob die Gildenverfassung geändert werden muss. Wussten Sie, dass

Pyke und Mr. Fuller eine Geschäftsvereinbarung treffen wollen?"

„Der andere Teppichmacher? Das wusste ich nicht."

„Sie haben vor, Pykes Teppiche zu verkaufen. Die Fullers sind sehr gute Verkäufer, aber Pyke hat die Ware von höherer Qualität. Ihm ist es allerdings nicht gelungen, viele Teppiche zu verkaufen, da ihm der Austausch mit der Kundschaft keinen Spaß macht. Sie glauben, wenn man ihre Fähigkeiten verbindet, wird es für sie beide besser laufen."

Das Herz wurde mir leicht, als ich das hörte. Dass Talentfreie und Magier Partner wurden, war für alle die beste Entwicklung. Aber dieses Abkommen würde nicht zu jedem Talentfreien und zu jedem Magier passen.

Mr. Stocker nickte dem Innenminister zu. „Ich stimme Mr. Matthews zu. Es muss etwas getan werden, oder die Stadt wird ins Chaos stürzen, bevor die Woche um ist. Das ist nicht gut für irgendein Geschäft, ob man talentfrei ist, oder Magier. Er sagte mir, Sie hätten einige Kompromisse, die vielleicht ein Ende der Schwierigkeiten herbeiführen könnten."

Mr. Matthews bedeutete mir, dass ich weitermachen sollte, und ich umschrieb meine Idee für Mr. Stocker. Ich erzählte ihm von der Begrenzung der Anzahl der von Magiern geschaffenen Waren, die man verkaufen konnte, und einer Steuer. Wie dem Innenminister war ihm die zweite Idee lieber. Ich bot auch an, mit Reportern zu sprechen und sie berichten zu lassen, dass die Magie nicht anhielt.

„Ihre Vorschläge werden bei den Magiern nicht beliebt sein", warnte Mr. Stocker.

„Anfangs ist keine Steuer beliebt", versicherte ihm Mr. Matthews. „Aber man wird sie mit der Zeit akzeptieren, besonders wenn den Magiern klar wird, dass sie keine Alternative haben. Wenn sie überhaupt handeln wollen, müssen sie es akzeptieren."

„Und die Gilden selbst?", fragte Mr. Stocker. „Was für eine Rolle schlagen Sie vor, dass wir dabei spielen?"

„Dieselbe Rolle, die Sie immer gespielt haben", sagte ich. „Sie geben Lizenzen an Ihre Mitglieder aus und bieten Ihnen Vorzüge. Tatsächlich schlage ich vor, all das in eine Gelegenheit zu verwandeln, sich anzusehen, wie man den zukünftigen

Bedürfnissen Ihrer Mitglieder am besten entgegenkommt. Einige hinterfragen die Vorzüge, die man durch eine Mitgliedschaft erwirbt."

Mr. Stocker nickte langsam. „Im Lauf der Jahrhunderte wurde unsere Relevanz untergraben, das stimmt. Wir hatten früher mehr Einfluss auf die Gesetzeslage."

„Sie haben früher auch finanziell jene Mitglieder unterstützt, die Hilfe brauchten, bei Krankheit oder katastrophalen Ereignissen", fügte Matt an.

Mr. Stocker räusperte sich. „Wir haben jetzt eine Menge neuer Mitglieder, und die Lebenshaltungskosten sind gestiegen … Es ist leider nicht machbar, jene Mitglieder finanziell zu unterstützen, die vor Schwierigkeiten stehen. Aber ich stimme zu, dass wir etwas tun müssen, um zu beweisen, dass wir immer noch bedeutsam sind, und Magiern ihre Lizenzen zu entziehen, ist nicht der richtige Weg. Es wird letztlich unsere Relevanz nur noch weiter mindern."

Matt nickte, blieb aber zum Glück still. Jetzt war nicht der Zeitpunkt, um die völlige Abschaffung der Lizenzen zu besprechen, was die Gilden gänzlich sinnlos gemacht hätte. Vielleicht, wenn die Dinge sich beruhigt hatten, aber nicht, während so viele talentfreie Mitglieder wütend waren. Wir brauchten sie auf unserer Seite.

„Was sagen Sie, Stocker?", fragte Mr. Matthews in seiner freundlichen Politikerstimme. „Stimmen Sie zu, Mrs. Glass' Vorschläge vor das Gildenkomitee zu bringen?"

„Das mache ich, und zwar gerne. Ich werde eine Sondersitzung für heute Abend einberufen. Sie werden wissen wollen, wann diese Vorschläge umgesetzt werden können."

„Der Premierminister soll bald in London eintreffen. Mrs. Glass wird ihm alles erzählen, was sie gerade Ihnen erzählt hat, und dann werden wir die Gildemeister bitten, an einer Sondersitzung teilzunehmen, um die Einzelheiten auszuarbeiten. Reicht das aus, um es Ihren Mitgliedern vortragen zu können, Mr. Stocker?"

„Ja. Und ich werde den anderen Gildemeistern ebenfalls eine Nachricht schicken. Vielleicht beruhigt sich die Stadt innerhalb weniger Tage." Er schob sich hoch. „Wir sind auf dem richtigen

Weg. Da bin ich mir sicher. Vielen Dank für Ihre Zeit, Mrs. Glass, Mr. Glass." Er schüttelte jedem von uns die Hand, und als er dann die von Mr. Le Grand nahm, wollte der Spion ihn nicht loslassen.

„Nur noch eines, bevor Sie gehen", sagte Mr. Le Grand in dieser ruhigen Art, als würde er nach dem Wetter fragen, oder etwas anderes Langweiliges. Ich fiel aber nicht darauf rein, und genauso wenig Mr. Stocker, wenn man sah, wie er sich anspannte. „Hat Abercrombie Sie oder Ihre Gildenmitglieder bezahlt, um die Menge während eines der Aufstände anzustacheln?"

Mr. Stocker warf einen Blick zu Mr. Matthews, doch der Innenminister blieb sitzen, die Hände locker über den Bauch gelegt, seine Miene höflich, unbeteiligt. Mr. Stocker nickte ganz schwach, und Mr. Le Grand ließ ihn los.

„Wären Sie bereit, vor Gericht auszusagen?", fragte Matt.

Mr. Stocker hob ergeben die Hände. „Nein, nein, das kann ich nicht. Das wage ich nicht."

Mr. Le Grand hob eine Augenbraue. „Fürchten Sie sich vor ihm?"

Der Gildemeister kaute auf der Innenseite seiner Unterlippe.

„Mr. Abercrombie würde es nicht wagen, Ihnen etwas zuzufügen", sagte ich. „Er ist ein schwacher Mann. Er greift nur jene an, die er für schwächer hält als sich." Abercrombie hätte mich nicht angegriffen, wäre ich nicht allein gewesen.

„Es ist nicht Abercrombie, der mir Sorgen macht. Es ist der Mann hinter ihm."

„Wer?", knurrte Le Grand. Er trat einen Schritt näher, bis er nur wenige Zentimeter von Mr. Stocker entfernt war. Es war das größte Interesse, das er je an irgendeiner Unterhaltung gezeigt hatte, an der ich teilgenommen hatte.

Mr. Stocker wich zurück. „Ich ... ich weiß es nicht. Es tut mir leid, aber ich weiß nur, dass es jemand mit Geld ist, der ihn gefördert haben muss. Den Hauptaufständischen hat er eine Menge gegeben, und einmal hat er erwähnt, dass es Seiner Lordschaft nicht gefallen würde, wenn er scheitert. Er hatte vor dem Mann Angst. Und wenn er vor ihm Angst hat, ist es vermutlich klug, wenn wir das alle haben. Ich kann es mir nicht leisten, mir einen mächtigen Feind zu machen, Mr. Le Grand. Ich habe eine Familie und ein Geschäft, das sich auf die Kundschaft aus dem Adel verlässt. Aufgrund dessen, was Abercrombie sagte, nehme ich an, dieser Lord könnte mich ruinieren, oder Schlimmeres." Er ging zurück zur Tür. „Ich würde mich da lieber heraushalten. Eine Aussage gegen Abercrombie ist mehr, als ich bereit bin zu tun. Es tut mir leid. Einen schönen Tag Ihnen allen."

Er ging rasch. Mr. Le Grand schloss die Tür und drehte sich um, hielt den Rücken dorthin gerichtet. Er verstellte uns den Ausgang. „Wir können sicher annehmen, dass Coyle der Mann hinter Abercrombie ist, und dass er Abercrombie versteckt, nach dem Angriff gestern bei Harrods."

„Ich stimme zu." Matt legte die Finger unter dem Kinn aneinander, während er nachdachte. „Es gibt nur zwei Gründe, weshalb Coyle ihn verstecken sollte. Entweder nützt ihm Abercrombie noch, oder er macht sich Sorgen, dass Abercrombie bei einer Befragung einknickt und ihn beschuldigt."

„Wäre es Zweiteres, wäre Abercrombie tot", erklärte ich. „Wenn er seine Pflicht erfüllt hat und nun eine Last ist, wird sich Coyle seiner entledigen." Der Gedanke ließ es mir eiskalt bis aufs Mark werden.

Matt stieß die Faust in die Armlehne des Sessels. „Sie müssen Abercrombie finden, bevor es dazu kommt."

„Dessen bin ich mir sehr bewusst", stieß Mr. Le Grand hervor.

Mr. Matthews nahm die aneinandergelegten Hände von seinem Bauch auf den Schreibtisch, während er sich vorbeugte. „Diese Spekulationen sind ja schön und gut, aber Coyle ist ein Adliger. Die Beweise gegen ihn müssen absolut wasserdicht sein. Wenn es irgendwelche Löcher gibt, wird alles zu den Akten gelegt. Viele in der Regierung würden das bevorzugen, als zu sehen, dass der Ruf eines Earls beschmutzt wird."

„Nur jene im Oberhaus, weil sie Angst haben, es bedeutet, auch sie werden für ihre Handlungen zur Rechenschaft gezogen", sagte Matt.

Mr. Matthews schaute weg, und Mr. Le Grand trat zur Seite. Wir gingen.

* * *

Iᴄʜ ᴡᴀʀ an diesem Nachmittag zurück im Innenministerium, um mich mit dem Premierminister und dem Kabinett zu treffen. Das Treffen war so ergiebig, wie ich es gehofft hatte, und es fühlte sich enorm zufriedenstellend an, meine Sicht der Dinge zu vermitteln. Da er die Unruhen in der Stadt selbst gesehen hatte, war der Premierminister vorbereitet, alle Möglichkeiten in Betracht ziehen und rasch zu handeln. Mr. Matthew betonte die Wichtigkeit des letzten Punktes.

Ich kehrte rechtzeitig zum Nachmittagstee nach Hause zurück, zu einer unerwarteten Besucherin. Ich hatte Louisa seit unserer Flucht vom Aufstand bei Harrods nicht gesehen, darum war ich froh, dass sie mich besuchte. Da hatte ich eine weitere Gelegenheit, ihr aufrichtig für ihre Hilfe zu danken.

„Das war gestern eine große Tortur", sagte sie. „Ich hoffe, dass Sie sich ein wenig erholt haben, India."

Meine blauen Flecken taten weh, wenn man sie berührte, und meine Oberschenkel schmerzten vom Laufen, aber durch den Erfolg des Tages hatte ich die Schmerzen fast vergessen. „Ich fühle mich ziemlich gut. Und Sie?"

„Belebt. Es war natürlich dort vor Ort beängstigend, aber jetzt spüre ich eine enorme Befriedigung, dass wir unsere Verfolger übertrumpfen konnten und relativ unbeschadet davonkamen." Ihre blauen Augen waren so groß und leuchteten wie der Sommerhimmel, und sie konnte ihre Begeisterung kaum zurückhalten. Körperliche Verausgabung zusammen mit Gefahr passte zu ihr. „Stellen Sie sich vor, jeden Tag so zu leben."

Ich lachte unwillkürlich. „Nein danke. Kuchen?"

Wir saßen allein im Salon. Matt hatte Tante Letitia zu einer Ausfahrt mitgenommen, während Willie und Duke Coyles Haus ausspionierten, weil sie hofften, Abercrombie kommen oder gehen zu sehen. Wir alle bezweifelten, dass sie ihn sehen würden. Tatsächlich war Abercrombie vermutlich gar nicht dort, obwohl wir ziemlich sicher waren, dass Coyle sein Verschwinden orchestriert hatte. Er wäre bestimmt irgendwo anders versteckt, so wie Gabe, der in einem Hotel wohnte, ohne eine Verbindung zu uns.

Louisa knabberte am Rand ihres Biskuitkuchens, ihre Stirn nachdenklich verzogen. Ich nahm an, dass das nicht nur ein Freundschaftsbesuch war, doch ich wartete, bis sie bereit war, zu sagen, was sie sagen wollte. Es brauchte aber ziemlich viel Zeit, bis sie zum Punkt kam, und erst nach einer langen Stille beschloss sie schließlich, dass es gesagt werden musste.

Sie stellte ihre Teetasse und die Untertasse ab und betrachtete mich mit der Ernsthaftigkeit, die ich oft mit ihr in Verbindung brachte. „Ich muss Ihnen etwas Wichtiges sagen, India. Etwas, dass ich nur sehr ungern erwähne, aber ..." Sie schüttelte sich, als versuche sie, ihren Widerwillen abzuschütteln. „Aber sie müssen davon erfahren, wenn man davon ausgeht, dass wir vermuten, Coyle würde diese Aufstände ermutigen."

„Bald wird sich die Stadt beruhigen."

Sie schien das nicht zu hören und fuhr fort, als hätte ich nichts gesagt. „Ich habe Coyle gesehen, wie er Fabians Haus verlässt."

„Wann war das?"

„Gerade jetzt. Ich bin direkt hergekommen, um es Ihnen zu sagen."

„Und Sie glauben, das bedeutet, dass sie irgendwie zusammenarbeiten?"

Sie blinzelte. „Was sonst könnte es bedeuten?"

Wirklich, was? Fabian verabscheute Lord Coyle. Coyle hatte versucht, seine Beziehung zu seinem Bruder zu zerstören, und hatte hinter dem Diebstahl des Teppichs gestanden und Fabian den Zauber gestohlen. Es war unwahrscheinlich, dass sie zusammenarbeiten würden, aber es war nicht unmöglich. Falls ihre Interessen übereinstimmten, beschlossen sie vielleicht, dass es am besten war, sich zusammen zu tun.

Der Gedanke ließ es mir eiskalt den Rücken hinablaufen.

„Wie wirkte Coyle?", fragte ich.

„So selbstgefällig wie eh und je. Fabian wirkte auch zufrieden, als er ihn hinausbrachte. Was, glauben Sie, haben sie vor?"

„Nichts Gutes." Ich beäugte sie genau, während sie ihre Tasse nahm und nippte. Weshalb erzählte sie mir das, wo sie sich doch wünschte, Fabian zu heiraten? Man hatte sie zusammen in der Oper gesehen, also waren sie wieder befreundet, weshalb sollte sie mir also etwas erzählen, was mich ihn sogar noch weniger schätzen lassen könnte? Das ergab keinen Sinn.

Sie schaute mich über den Rand ihrer Tasse hinweg an. „Ich weiß, was Sie denken, India. Sie sind nicht sonderlich gut darin, Ihre Gedanken zu verbergen."

Ich versuchte, meine Züge zu beherrschen, aber das brachte sie nur zum Lächeln.

„Sie wollen wissen, weshalb ich es Ihnen sage", fuhr sie fort. „Ich gebe zu, das hätte ich fast nicht getan. Aber ich verabscheue Lord Coyle, und ich will ihn nicht irgendwo in der Nähe von Fabian sehen. Seit Sie jeglichen Kontakt zu ihm abgebrochen haben ..."

„Er hat versucht, meinen Mann zu töten!"

„Ich verstehe Ihre Gründe", sagte sie sanft. „Aber Tatsache ist, er ist jetzt ziemlich einsam. Tatsächlich verlangt es ihn nach magischer Gesellschaft."

„Also hat er einen talentfreien Lord zum Tee eingeladen?"

„Ich bezweifle, dass er Coyle eingeladen hat, doch er hat ihn einfach eingelassen, als er zu Besuch kam. Coyle kennt eine Menge Magier, und vielleicht hat Fabian darin eine Möglichkeit gesehen, mit einigen von ihnen in Verbindung zu treten. Natürlich würde Coyle im Gegenzug etwas wollen, und das ist das, wovor ich hoffe, Fabian zu schützen – Coyles Einfluss und Hunger nach magischer Macht. Ohne Ihre Freundschaft ist Fabian verletzlich."

„Das ist nicht meine Schuld", sagte ich angespannt. „Ich verstehe nicht, was Sie möchten, dass ich mit dieser Information anfange."

Sie seufzte. „Ich weiß es auch nicht. Ich dachte mir nur, Sie sollten sich dieser Verbindung bewusst sein. Sollte sich zwischen den beiden eine Freundschaft aufbauen, könnte es gefährlich sein, und ich mache mir Sorgen, dass Fabian in Coyles Sphären gezogen wird." Sie erhob sich ebenfalls. „Danke für den Tee und die Gesellschaft."

Ich lächelte und zog an der Glocke, um Bristow zu holen. Meine Gedanken waren allerdings immer noch bei Louisas Neuigkeiten. „Hat einer von ihnen Sie gesehen?"

„Ich bin mir nicht sicher", sagte sie. „Glauben Sie, ich sollte mir Sorgen machen, falls das so ist?"

Ich lächelte sie beruhigend an. „Das bezweifle ich. Fabian würde nicht erwarten, dass Sie herkommen und sagen, was Sie gesehen haben. Er weiß, dass Sie ihn bewundern, und ihm würde es nie in den Sinn kommen, dass Sie ihn hintergehen könnten."

Sie legte mir eine Hand auf den Arm. „Sie werden es ihm nicht sagen, oder? Die Lage zwischen uns ist schön, behaglich. Ich möchte nicht beschädigen, was wir haben."

„Natürlich mache ich das nicht."

Sie lächelte schwach und verhalten. „Ich habe ihm kürzlich eine weitere Seite von mir gezeigt, und ich glaube, er steht kurz davor, sich in mich zu verlieben."

Fast sagte ich ihr, dass mich freute, das zu hören, doch ich hielt mich davon ab. Ich sollte sie nicht ermutigen, sich einem Mann anzunähern, der einen Mord versucht hatte. Es war Wahnsinn, sich zu wünschen, dass die beiden zusammenkamen. Aber sie würde meinen Rat nicht zu schätzen wissen, und sie würde ihn sich auch nicht zu Herzen nehmen, also sagte ich ihr nicht, dass sie Fabian aus dem Weg gehen sollte. Sie wusste, was er war, und wenn sie immer noch bei ihm sein wollte, dann sollte es eben so sein.

Matt betrat den Salon und verneigte sich kurz vor Louisa, bevor er zur Seite trat, damit sie an ihm vorbeikam. Bristow kam ihr entgegen und geleitete sie an die Eingangstür.

Matt genehmigte sich ein Stück Kuchen, während ich Tee einschenkte. „Was wollte sie?", fragte er.

„Sie sah Lord Coyle Fabian aufsuchen. Sie macht sich Sorgen, dass Coyle Fabian beeinflusst."

Er zog ein finsteres Gesicht, während er den Kuchen musterte, bevor er einen großen Bissen davon nahm.

„Ich habe es nicht zu ihr gesagt", fuhr ich fort, „aber ich frage mich, ob Coyle Abercrombie bei Fabian versteckt. Fabian würde Coyle nur helfen, wenn Coyle ihm etwas im Gegenzug anbietet. Matt, ich mache mir Sorgen, was dieses Angebot enthalten könnte. Ich bin sicher, dazu gehören wir auf irgendeine schreckliche Art. Oder vielmehr du."

Er stellte den Kuchenteller ab und kam, um sich neben mich aufs Sofa zu setzen. Er zog mich an sich und legte mir eine Hand auf den Bauch. Noch gab es dort nichts zu spüren, aber er schien diese Verbindung zu brauchen. „Mir wird nichts Schlimmes geschehen, India."

„Das kannst du nicht wissen."

„Charbonneau war der Wind aus den Segeln genommen, sobald ihm klar wurde, dass du ihn nicht nehmen würdest, selbst dann nicht, wenn ich tot wäre."

Ich hob den Kopf von seiner Schulter, um ihm in die Augen zu sehen. „Matt ..."

Er küsste mich, um mich vom Reden abzuhalten.

Aber ich ließ mich nicht abhalten. Sanft schob ich ihn weg. „Das ist ein weiterer Grund, weshalb wir Gabe nach Amerika folgen sollten. Um so weit von Fabian wegzukommen, wie nur möglich."

„India", schnurrte er. „Das haben wir doch schon besprochen. Du kannst mich nicht zum Umdenken bringen."

Ich legte meine Hand über seine. „Nicht einmal jetzt?"

Tante Letitia betrat den Raum, und wir sprangen unter ihrem missbilligenden Blick auseinander. „Der Salon ist nicht der richtige Ort für Spielchen, und der Nachmittagstee ist nicht die richtige Zeit." Sie stellte sich vor die glühenden Kohlen im Kamin, während ich ihr eine Tasse einschenkte.

Wir plauderten über ihre Ausfahrt, bis sie im Sessel einschlief. Matt bedeutete mir, den Salon mit ihm zu verlassen.

„Ich sage Polly, dass sie sich zu ihr setzen soll, während sie schläft", flüsterte er.

„Matt", tadelte ich. „Ich bin nicht in der Stimmung."

„Wir gehen aus."

„Wohin?"

„Um mit jemandem zu sprechen, der vielleicht weiß, was Fabian und Coyle vorhaben."

* * *

PROFESSOR NASH WAR NICHT ALLEIN, als wir ihn in seinem Bureau am Universitätskolleg besuchten. Oscar Barratt saß am Schreibtisch, einen völlig abwesenden Ausdruck auf dem Gesicht, der rasch verschwand, als er uns sah. Er streckte eine tintenbefleckte Hand Matt hin, dann überließ er mir seinen Stuhl. Da es nur noch einen weiteren Stuhl gab, blieben die drei Männer stehen.

„Wir haben gerade nur ein paar Ideen für unsere Recherche aufgeschrieben", sagte Nash mit einem Handwedeln, das die Stapel aus Notizbüchern, Papieren und Texten auf einem Schreibtisch umfasste. „Wir erweitern mein Kapitel aus seinem Buch und schreiben zusammen einen Band über die Geschichte der Magie."

Oscar wippte auf den Fersen zurück, wirkte sehr selbstzufrieden. Ich hatte ihn wirklich noch nie so glücklich gesehen. Dass er seine Beziehung zu Louisa beendet hatte, stand ihm gut. „Ich habe gerade eben tief nachgedacht und mir überlegt, wie die Alten die Magie eingesetzt haben."

„Und ich bin meine Bücher durchgegangen, auf der Suche nach irgendwelchen Hinweisen, die ich finden konnte." Der Professor seufzte, während er die Buchregale betrachtete, die mit Büchern aller Größe vollgestopft waren. „Ich besitze ein paar über Magie, doch ich weiß, dass es weitere gibt. Es ist nur eine Schwierigkeit, sie zu finden. Ich nehme an, viele befinden sich in Privatbibliotheken."

„Was werden Sie tun, wenn Sie sie finden?", fragte ich.

„Sie kaufen, natürlich. Obwohl ich dann finanzielle Unterstützung brauche."

Eines der Bücher im Regal kippte in die Lücke, die von einem fehlenden Band hinterlassen worden war, der wahrscheinlich auf dem Schreibtisch stand. „Ihnen wird der Platz ausgehen", erklärte ich. „Glauben Sie, die Universität wird weiteren Finanzmitteln zustimmen?"

Der Professor schob sich die Brille die Nase empor und grinste. „Ich nehme an, dass jetzt gerade ein exzellenter Zeitpunkt ist, um sich dem Gremium zu nähern und um Geld zu bitten. Magie wird rasch ein wichtiges Studienfach." Er klopfte Oscar auf die Schulter. „Und alles dank des hervorragenden Buches, das unser guter Freund hier geschrieben hat."

Oscar wurde rot. „Sie sind zu freundlich, Nash."

„Die Sache ist die, ich bin mir nicht sicher, ob ich will, dass das Kolleg meine Bibliothek besitzt. Wer immer sie besitzt, kontrolliert sie. Was, wenn sie beschließen, den Zugang zu begrenzen und nur gewisse Leute die Bücher anschauen zu lassen?" Er seufzte und wurde still.

Matt räusperte sich. „Wir haben eine Frage an Sie, Professor."

Nash richtete sich auf. „Wie kann ich zu Diensten sein?"

„Haben Sie in letzter Zeit Charbonneau gesehen?"

„Ach. Nein, habe ich nicht. Ich bringe es nicht über mich, ihn aufzusuchen. Er hat auch mit mir noch keinen Kontakt aufgenommen, daher nehme ich an, ihm ist bewusst, dass unsere Bekanntschaft geendet hat. Weshalb fragen Sie?"

„Louisa hat mir berichtet, dass Lord Coyle Fabian aufgesucht hat", sagte ich. „Matt dachte, Sie könnten uns Einblick in Fabians Geisteszustand geben. In der Vergangenheit hätte er sich niemals mit Coyle zusammengetan, aber nun machen wir uns Sorgen, dass er so verzweifelt ist, dass er es tut."

Nash legte sich eine Hand an die Kehle. „Glauben Sie immer noch, dass er Sie töten will, Glass?"

„Nein", sagte Matt, während ich gleichzeitig sagte: „Vielleicht."

Oscar und Nash wechselten Blicke.

„Es könnte eine ganze Reihe von Gründen geben, weshalb sie zusammenarbeiten", erklärte Matt. „Charbonneaus Motiv ist nicht klar, doch wir glauben, Coyle könnte ihn vielleicht benutzen, um Abercrombie zu verstecken."

„Den ehemaligen Meister der Uhrmachergilde?", fragte Oscar. „Gütiger Gott."

Matt erklärte, wie Coyle die talentfreien Handwerker bezahlt hatte, um Schwierigkeiten zu machen, und Abercrombie als seinen Kanal genutzt hatte, um selbst im Hintergrund zu bleiben. Er erzählte ihnen auch von dem Angriff auf mich bei Harrods, und wie Mr. Abercrombie seither verschwunden war.

Professor Nash ging neben meinem Stuhl in die Hocke und nahm meine Hand in seine beiden. „Meine liebe Mrs. Glass, was für eine schreckliche Erfahrung für Sie. Dieser Mann hat es verdient, verprügelt zu werden." Er schaute auf zu Matt. „Wenn Sie ihn finden, geben Sie ihm auf jeden Fall noch einen Extraschlag von mir."

Ich blinzelte überrascht. Er war der Letzte, von dem ich erwartet hätte, eine solche blutrünstige Reaktion zu bekommen.

„Es ist absolut abscheulich", sagte Oscar. „Ich hoffe, Sie finden den Lumpen, Glass, aber ich bin mir nicht sicher, ob Sie ihn im Haus von Charbonneau finden."

„Sie haben einen Einblick in Charbonneaus Geisteszustand?", fragte Matt.

„Nicht seinen. Den von Louisa." Auf unseren fragenden Blick hin fuhr er fort: „Haben Sie in Betracht gezogen, dass sie lügen könnte, um ihm zu schaden?"

„Mir hat sie gesagt, sie wolle ihn vor Coyle schützen", sagte ich.

„Man kann ihr doch kein Wort glauben." Als ihr ehemaliger Verlobter und der Mann, von dem sie sichergestellt hatte, dass er aus der Anstellung entlassen wurde, die er liebte, hatte Oscar ein Recht auf Bitterkeit. Er kannte sie auch besser als jeder sonst im Raum.

Matt nahm ihn auf jeden Fall ernst. Er wirkte nicht überrascht durch die Aussage. Er hatte vermutlich bereits die Möglichkeit in Betracht gezogen, dass Louisa gelogen hatte. „Sie glauben, er hat sie erneut abgelehnt, und das ist ihre Art, sich an ihm zu rächen? Wenn er es herausfindet, würde das jeglicher Chance ein Ende setzen, die sie bei ihm hat, ein und für alle Mal."

Oscar zuckte nur mit den Schultern. „Sie würde es tun, wenn sie wütend genug ist. Es ist eigentlich genau die Art von rachsüchtiger Handlung, die sie vornehmen würde. Sie verabscheut es, sich nicht durchzusetzen, und falls er sie noch immer abgelehnt hat, könnte das das Fass zum Überlaufen gebracht haben."

Ich war mir nicht so sicher. „Ich stimme Matt zu – das würde doch jeder Chance ein Ende setzen, die sie bei ihm überhaupt hat. Ich glaube schon, dass sie ihn liebt, und den Gedanken verabscheuen würde, dass sie niemals wieder eine Gelegenheit bekommt."

Oscars Oberlippe hob sich zu einem verächtlichen Lachen. „Falls es Liebe ist, dann eine verdrehte Art, wie diese Dschungellianen, die sich um ihren Wirtsbaum wickeln, um zum Sonnenlicht zu kommen, nur um ihn letztlich zu erwürgen, sobald sie ihn nicht mehr gebrauchen können."

Nash rückte ein wenig von Oscar ab, seine Lippen bildeten ein stilles „Oh".

Matt hielt mir eine Hand hin, und ich erhob mich. „Vielen Dank für Ihre Meinung", sagte er, ein Hauch Erheiterung in der Stimme.

Oscar folgte uns zur Tür. „Was wollen Sie deswegen unternehmen? Sie zur Rede stellen? Ihr sagen, dass Sie wissen, was sie vorhat?"

„Wir können nicht sicher sein, ob sie lügt oder nicht, darum werden wir vorerst sehr wenig unternehmen."

Oscar wirkte nicht zufrieden mit Matts Antwort, aber er machte keine weitere Anmerkung. Selbst er musste einsehen, dass wir herausfinden mussten, ob Louisa log oder nicht. Falls die Chance bestand, dass Coyle und Fabian zusammenarbeiteten, mussten wir dieser Spur der Ermittlung folgen.

Anstatt Woodall Anweisung zu geben, nach Hause zu fahren, sagte Matt ihm, er solle uns zu Fabians Haus bringen, aber nicht direkt vorne halten.

„Ich denke nicht, dass es eine gute Idee ist, ihn zur Rede zu stellen", sagte ich.

„Wir stellen ihn nicht zur Rede. Wir gehen und fragen den Konstabler, der dort abgestellt ist, ob er einen Mann gesehen hat, der zu Coyles Beschreibung passt."

Es war eine hervorragende Idee und würde uns einige Zeit sparen. „Ich habe vergessen, dass die Polizei ihn beobachtet. Ich frage mich, wie lange sie das noch tun, bevor sie beschließen, dass sie damit Ressourcen verschwenden." Der Gedanke bereitete mir Sorgen. Was, wenn das Einzige, das Fabian davon abhielt, wieder zu versuchen, Matt zu töten, die Tatsache war, dass die Polizei ein Auge auf seine Bewegungen hatte?

Wie es sich erwies, waren meine Sorgen gerechtfertigt. Der Polizist in zivil war leicht zu sehen, da er sich an einen Lampenpfosten lehnte und so tat, als würde er eine Zeitung lesen. Er erzählte uns, wenn seine Schicht heute um war, würde kein weiterer den Auftrag erhalten, ihn zu ersetzen.

Wir fragten ihn, ob er jemanden gesehen hatte, der zu Coyles

Beschreibung passte, und der bei Fabian heute Nachmittag zu Besuch gewesen war, doch er schüttelte den Kopf. Also log Louisa. Sie hatte mir ins Gesicht gelogen und unsere Zeit verschwendet. Ich wollte zu ihr nach Hause fahren und ihr meine Meinung sagen.

Matt war allerdings beherrschter. „Das ist nicht klug.“

„Das hat nichts mit Klugheit zu tun, und alles damit, sie wissen zu lassen, dass wir wissen, dass sie gelogen hat. Was für Nerven!“

Er legte mir die Hand auf den unteren Rücken. „Es ist nicht gut für das Baby, wenn du dich so aufregst.“

Ich drehte mich zu ihm um, die Hand auf die Hüfte gestemmt. „Ein bisschen Zorn wird dem Baby nichts tun. Falls es eins gibt. Das wissen wir nicht sicher.“

Ich trat näher heran, meine Röcke ballten sich an seinen Beinen. Sein Blick wurde wärmer, und seine Lippen wölbten sich zu einem verführerischen Lächeln. „Ich bin mir sicher.“

Ich seufzte. „Matt …“

„India! India, darf ich mit dir sprechen, bitte?“ Fabian trottete die vorderen Stufen seines Stadthauses herab und eilte zu uns.

Matt trat vor mich, aber er musste mich nicht vor Fabian schützen. Falls überhaupt, musste er geschützt werden.

Ich trat aus seinem Schatten. „Was willst du?“ Ich war nicht geneigt, Fabian höflich zu begrüßen oder Freundlichkeiten auszutauschen.

Da er so ernst dreinblickte, hatte er auch keine Freundlichkeiten im Sinn. Er näherte sich mit hoch erhobenen Händen, es ähnelte einem Flüchtigen, der von den Behörden erwischt wurde, zumindest für mich.

„Danke, dass du gewartet hast“, sagte er mit ausgestoßener Luft. Er richtete sich an mich, aber sein Blick huschte ständig zu Matt. Vielleicht hatte er Sorge, dass Matt ihn schlagen würde. „Aber es gibt etwas, das ich dir sagen muss. Es betrifft Lady Louisa Hollingbroke.“

„Fahr fort“, sagte ich.

„Du solltest einen Besuch von ihr erwarten, aber ich flehe dich an, glaube kein Wort, das sie sagt.“ Als ich nichts erwiderte, fuhr er fort. „Sie wird dir erzählen, dass ich Besuch von Lord

Coyle hatte, aber das stimmt nicht. So war es nicht. Ich schwöre es dir, er und ich sind nicht befreundet. Er hat mich nicht aufgesucht, und ich habe ihn nicht besucht. Du kannst den Konstabler dort fragen." Er deutete auf den Polizisten, der ein paar Meter entfernt stand. „Er hat mich seit Tagen beobachtet, aber das weiß Louisa nicht."

„Wir haben das bereits bei ihm bestätigt", sagte ich. „Louisa ist heute Nachmittag zu mir gekommen."

Er stieß angehaltene Luft aus. „Also glaubst du mir, wenn ich sage, dass ich nicht mit Coyle arbeite?"

„Wir glauben, dass er dich nicht hier aufgesucht hat." Ich wollte ihn nicht ganz vom Haken lassen, aber so viel mochte ich zugeben. „Weshalb will sie dich verletzen? Ich dachte, ihr beiden wärt wieder befreundet, und ich weiß, sie hat sich mehr erhofft. Weshalb sollte sie das ruinieren?"

Er senkte den Kopf und schüttelte ihn. „Sie hat mich heute wieder gebeten, sie zu heiraten, und ich habe abgelehnt. Sie war sehr aufgebracht. Mehr als bei den letzten Malen. Ich glaube, sie hat endlich eingesehen, dass es keine Hoffnung gibt. Sie hat mich bedroht und gesagt, ich müsse sie heiraten, oder sie würde mein Leben äußerst schwierig gestalten. Als ich ihr gesagt habe, mein Leben wäre bereits schwierig ..." Er warf einen Blick zu Matt. „Sie sagte, sie werde euch erzählen, dass Coyle mich aufgesucht hat, dass wir zusammenarbeiten, um dir zu schaden, India. Sie gab mir eine weitere Chance, ihrem Antrag zuzustimmen. Als ich Nein sagte, ging sie mit dem Versprechen, zu dir zu gehen. Ich habe sie nicht aufgehalten." Er nickte zu dem Konstabler hin. „Ich wusste, dass der Polizist auch bestätigen würde, dass Coyle nicht hier war. Aber ich machte mir trotzdem noch Sorgen, dass du ihr glauben würdest."

„Weshalb es ist dir wichtig, ob wir ihr glauben oder nicht?", fragte ich.

„Weil ich mich für meine Taten schäme und hoffe, dass du mir eines Tages verzeihen kannst." Er richtete sich an mich, nicht Matt. Dadurch mochte ich ihn gleich noch viel weniger. „Louisa sagte, falls ich es mir anders überlege und ihren Antrag annehme, würde sie dir sagen, dass sie einen Fehler gemacht hat, dass es nicht Coyle gewesen war, den sie hier gesehen hatte. Sie versucht, mich zu erpressen."

„Das tut sie wirklich", murmelte ich.

Fabian wartete, aber ich hatte nichts mehr zu sagen, und Matt wirkte nicht, als würde er überhaupt eine Anmerkung machen wollen. Darum ließ mir Fabian eine leichte Verbeugung angedeihen und nickte, als wäre es ihm gerade noch eingefallen, Matt zu. Er machte auf dem Absatz kehrt und ging zurück zu seinem Haus.

Ich nahm Matts Arm, und zusammen kehrten wir zur Kutsche zurück. Keiner von uns sagte etwas. Es gab nichts mehr zu sagen. Louisa hatte gelogen, und sie war bei dieser Lüge erwischt worden. Ich würde ihr niemals wieder ein Wort glauben.

Es war recht befriedigend, zu wissen, dass sie ihre Chancen bei Fabian völlig ruiniert hatte. Ob sie ihn nun liebte oder nicht, es war mir gleich. Sie verdiente nicht, zu bekommen, was sie wollte. Sie war ein Gift, und ich würde mich von ihr weit fernhalten.

Wir kehrten heim, als die Dämmerung über der Stadt hereinbrach. Willie und Duke kamen rechtzeitig zum Abendessen, nachdem sie Coyles Haus den ganzen Tag beobachtet hatten. Während Tante Letitia sich umzog, trafen wir uns mit ihnen in der Bibliothek, und sie bestätigten, dass Coyle das Haus nicht verlassen hatte. Es war unmöglich, dass er Fabian besucht hatte.

„Ist sonst jemand gegangen oder gekommen?", fragte Matt. „Gab es irgendeine Spur von Abercrombie?"

Beide schüttelten den Kopf. „Aber das heißt nicht, dass er sich nicht irgendwo drinnen verbirgt", sagte Duke. „Coyles Diener sind treu, und sie werden nicht gegen ihren Arbeitgeber aussagen."

Matt fuhr sich mit der Hand übers Kinn. „Er könnte sich irgendwo in der Stadt verstecken. Wir haben bewiesen, wie leicht man das tun kann, mit Gabe. Die Polizei hat keine Ahnung."

„Die Polizei hat nicht gerade die besten Ermittler." Auf Willies scharfen Blick hin fügte Duke schnell an: „Bis auf Brockwell natürlich."

Ich schaute auf die Uhr auf dem Kaminsims. Es war Zeit, dass auch ich mich zum Abendessen kleidete.

„Es gibt noch etwas", sagte Willie, während ich mich erhob. Ich setzte mich wieder, das Herz wurde mir schwer. Ihr Tonfall war Unheil kündend. „Wir haben mitgehört, wie Coyle Hope anschreit."

Matt spannte sich an.

„Paare streiten eben", erklärte ich. „Das muss nichts heißen."

Aber der Ausdruck auf Willies und Dukes Gesichtern war grimmig. „Er hat ihr echt schreckliche Sachen an den Kopf geworfen", fuhr Willie fort. „Schimpfnamen. Ihr gesagt, sie wäre gierig, dass sie ihn wegen des Geldes geheiratet hat. Es war ziemlich hässlich."

„Ich konnte hören, wie sie zurückschreit", fuhr Duke fort. „Bis sie es nicht mehr getan hat. Plötzlich wurde sie leise."

Ich schaute zu Matt. „Das sieht ihr nicht ähnlich."

Matts Hände ballten sich zu Fäusten, und sein Kinn wurde starr.

Der einzige Grund, weshalb Hope zum Schweigen gebracht worden sein könnte, war, wenn ihr eine Antwort nicht möglich oder sie verängstigt war. Coyle hatte sie vielleicht geschlagen, oder damit gedroht.

Matt schoss hoch und stürmte zur Tür. Duke, Willie und ich sprangen ebenfalls auf und rannten ihm nach. Wir hatten ein Ziel – Matt davon abzuhalten, Coyle zur Rede zu stellen.

Aber dem entschlossenen Ausdruck auf seinem Gesicht nach zu urteilen war das eine fast unmögliche Aufgabe.

KAPITEL 11

„Matt!", rief ich, während er aus der Bibliothek marschierte. „Du kannst dort nicht hin. Es ist töricht, Coyle jetzt zur Rede zu stellen. Er wird es nur leugnen."

„Ich kann verlangen, sie zu sehen."

„Jedes Mal, wenn du sie gefragt hast, ob alles in Ordnung ist, hat sie ja gesagt. Das wird doch keine Ausnahme sein."

„Vielleicht hat er sie verletzt."

„Du hast ihr mehr als einmal Zuflucht angeboten. Sie hat abgelehnt und wird wieder ablehnen. Du erreichst nur, dass er erfährt, dass wir sein Haus beobachten. Willst du das?"

Er kam an der untersten Stufe des Treppenhauses an, ging aber nicht weiter. Er senkte den Kopf, und seine Schultern sanken herab. Er wusste, dass ich recht hatte, verabscheute es aber, nichts zu tun.

Willie ging an ihm vorbei und blieb zwei Stufen höher als er stehen. Sie war trotzdem noch kleiner. „Du kannst da jetzt nicht hin. Du musst das klug anstellen, Matt."

Duke schloss sich ihr an. „Wenn Willie dir sagt, dass du es klüger anstellen musst, dann weißt du, wie töricht du dich benimmst."

Matt seufzte laut. „Also gut. Ich gehe nicht. Aber ich will, dass einer von euch die Wand raufklettert und sie sich anschaut."

„Ich mache es", sagte Willie. „Duke, du stellst dich unten hin und fängst mich, falls ich runterfalle."

Er schnaubte. „Du bist nicht gerade eine Feder."

„Es war ein Witz, denn ich werde nicht runterfallen. Das habe ich schon mal gemacht, und ich bin jünger und sportlicher als du."

„Und auch leichter zu fangen."

Sie vereinbarten, nach dem Dinner zu gehen, wenn sich Hope wahrscheinlich für den Abend zurückgezogen hatte. Hoffentlich weiteten sich Mrs. Frys Pflichten als bezahlte Gesellschafterin und Gefängniswärterin nicht darauf aus, im selben Schlafzimmer wie ihre Herrin zu schlafen.

Matt schloss sich mir an, nachdem ich mich in ein Kleid umgezogen hatte, das besser zum Abendessen passte, etwas, was ich nur tat, um Tante Letitia zufriedenzustellen. Ihr gefiel die Tradition, aber ich hielt es für Zeitverschwendung. Zumindest wenn wir nur unter uns waren, musste es nicht so formell sein, wie wenn wir Gäste hatten.

Wie es sich erwies, hätte ich mich nicht bemühen müssen. Ich begegnete Tante Letitia, die aus dem Angestelltenbereich kam, als wir gerade das Esszimmer betreten wollten. Sie trug immer noch ihr Tageskleid. „Ich dachte, du ziehst dich um."

„Ich musste mit Mrs. Bristow reden", sagte sie.

„Worüber denn?"

„Ach, schau, hier ist Cyclops." Sie begrüßte ihn, als er die Stufen herauskam, den Konstablerhelm hatte er sich unter den Arm geklemmt. „Du siehst müde aus. Ich glaube, du solltest früh zu Bett gehen."

„Dagegen werde ich nichts einwenden." Er gab ihr einen Kuss auf die nach oben gewandte Wange. „Aber erst, wenn ich gegessen habe. Ich bin am Verhungern."

Beim Abendessen erzählten wir Cyclops von unserem Treffen mit Mr. Le Grand und Mr. Matthews, und dass sie nach Abercrombie suchten. Ich erzählte ihm dann von meinem Erfolg beim Treffen mit dem Premierminister, dem seltsamen Besuch von Louisa und dem darauffolgenden Gespräch mit Fabian.

An Louisas Lage schien er kein Interesse zu haben, und seine nächste Frage bewies das auch. „Also verlassen wir uns auf den leitenden Spion, der Abercrombie überhaupt erst verloren hat, um ihn wiederzufinden?" Er schüttelte den Kopf, während er die Hühnerpastete aufschnitt, sagte aber nichts mehr, während er aß.

„Mir gefällt das auch nicht", sagte Matt. „Wir brauchen Abercrombie. Wenn wir wollen, dass Coyle der Vorwurf gemacht wird, die Aufständischen bezahlt zu haben, ist Abercrombie unsere beste Chance. Aber selbst dann sagt er womöglich nicht gegen ihn aus."

Das war wirklich unwahrscheinlich. Coyle hatte bestimmt irgendeine Art Übereinkunft mit Abercrombie getroffen, oder ihm vielleicht gedroht, um sein Schweigen zu garantieren.

„Abercrombie zum Reden bringen, ist die einzige Chance, die wir haben", sagte ich nüchtern. „Also müssen alle aufhören, so negativ zu sein. Ich bin sicher, Mr. Le Grand wird ihn finden. Er kann auf mehr Ressourcen zugreifen als wir. Jetzt esst auf und genießt Mrs. Potters Pasteten. Es wurde genug über besorgniserregende Angelegenheiten gesprochen." Ich warf einen Blick auf Tante Letitia, um meine Aussage zu unterstreichen, aber sie schien ganz zufrieden damit, dass wir ein Thema besprachen, das sie normalerweise als zu vulgär für den Esstisch betrachtet hätte.

Trotzdem lotste ich die Unterhaltung weg zum weniger schweren Thema von Cyclops' Hochzeit.

Nachdem Tante Letitia sich zurückgezogen hatte und wir im Wohnzimmer saßen, blieben wir übrigen still, versunken in eigenen Gedanken, zu unserer Überraschung sogar Willie. Sie verabscheute gewöhnlich jegliche Stille. Tatsächlich schien sie ziemlich niedergeschlagen, wie sie zusammengesunken im Sessel saß und in ihr Glas mit Bourbon starrte.

Als sie es ausgetrunken hatte, stand ich auf und bot an, ihr noch eins zu holen. „Ist alles in Ordnung?", fragte ich.

„Mein Glas ist leer."

„Es ist aber noch etwas, oder? Hat es was mit deinem Liebesleben zu tun?"

Sie zuckte nur mit den Schultern.

Ich setzte mich auf die Armlehne. „Hat es mit Brockwell zu tun?"

Sie seufzte. „Ich habe mich mit ihm getroffen, bevor ich mich Duke auf der anderen Straßenseite vor Coyles Haus angeschlossen habe. Wir haben geredet."

„Worüber denn?"

„Über diese andere Frau, die er mag."

„Ich dachte, er mag sie nicht so sehr, wie er dich mag."

Sie starrte in ihr leeres Glas hinab, das von beiden Händen gehalten wurde. „Ich habe ihm gesagt, er soll sie nicht aufgeben."

„Weshalb solltest du das tun?"

Sie schnaubte. Ich sah ihr Gesicht nicht, denn sie hatte den Kopf gesenkt, aber ich war ziemlich sicher, dass darauf Tränen waren. Das sah ihr gar nicht ähnlich. Sie war ja vielleicht von Gefühlen getrieben, aber üblicherweise wurde das dadurch abgedeckt, dass sie wütend wurde.

„Du verabscheust doch den Gedanken, dass er mit einer anderen zusammen ist", drängte ich.

„Tue ich nicht."

„Doch. Das ist ganz offensichtlich. Weshalb hast du ihm dann also gesagt, dass er sie nicht aufgeben soll?"

„Weil er England nicht verlassen wird, und ich jetzt nicht bleiben kann. Nicht, wenn du und Matt gehen, wo doch Gabe in die Staaten übersiedelt."

Ich hob den Blick zu Matt. Er beobachtete uns. Das taten sie alle. Und sie alle hatten es gehört.

Matt schien es zu widerstreben, seine Überzeugung zu wiederholen, dass wir nicht gehen würden. Er schien sogar etwas Stärkung zu brauchen. Er trank sein Glas aus und stellte es mit einem dumpfen Geräusch auf dem Tisch ab.

Ich hätte ihnen sagen können, dass wir nicht gingen, aber ich wollte es ihm nicht leicht machen. Er hatte die törichte Entscheidung getroffen, in England zu bleiben, und jetzt musste er sich eben der Kritik stellen.

„Wir folgen Gabe nicht", sagte er schließlich.

Willies Kopf fuhr hoch. Sie blinzelte ihre Tränen weg und starrte ihn an. „Was meinst du damit?"

„Du musst!", sagte Cyclops. „Du musst dorthin, wo Seaford hingeht."

Matt schüttelte den Kopf. „England ist jetzt meine Heimat. Wir gehen nicht."

Duke schnaubte. „Aber du brauchst den Doktor."

„Nicht mehr. Ich fühle mich stark. Die Magie in der Uhr wird diesmal länger halten, da bin ich mir sicher. Ich habe noch Jahre …"

„Du dummer, eselköpfiger Idiot!" Willie schoss hoch und stapfte durch das Zimmer, um sich vor Matt zu stellen. Sie stieß einen Finger in seine Richtung, nur wenige Zentimeter von seiner Nase entfernt. „Du gehst auch nach Amerika, und das ist endgültig."

Matt nahm sie am Handgelenk und schüttelte den Kopf.

Sie riss sich los. „Red mit ihm, India!"

„Ich habe es versucht", sagte ich schwermütig. „Er hört nicht."

Duke stürmte aus dem Raum. Cyclops erhob sich ebenfalls, doch er ging nicht. Er lief auf und ab, kam schließlich neben Willie zum Stehen. „Du *glaubst*, deine Uhr wird länger halten, aber was, wenn nicht? Was, wenn du Seaford brauchst, und er auf der anderen Seite der Welt ist?"

„Dann werde ich ihn finden, wenn ich die Zeit habe."

„Und falls nicht?"

Matt richtete den Blick auf Cyclops. Er war von Mitgefühl für seinen Freund erfüllt. „Trauere doch noch nicht um mich. Ich bin noch am Leben."

Cyclops fluchte, was er kaum je machte. „Das ist kein Witz."

Matt verschränkte die Arme. „Meine Entscheidung ist endgültig. Meine Heimat ist hier. Und macht es bloß nicht India zum Vorwurf", sagte er mit einem strengen Blick zu Willie. „Sie will, dass ich gehe. Aber das Anwesen meiner Ahnen ist hier. Ich gehöre hierher. England ist, wo ich mein Leben verbringen und meine Familie gründen möchte."

Cyclops schüttelte den Kopf und marschierte aus dem Raum.

Willie warf sich auf den Sessel. Sie wirkte, als würde sie gleich in Tränen ausbrechen. „Das hättest du mir sagen können, bevor ich Brockwell gesagt habe, dass er mit dieser Frau zusammen sein sollte."

„Das tut mir leid", sagte Matt. „Ich wusste nicht, dass du vorhattest, uns nach Amerika zu folgen, falls wir gehen."

Sie warf die Hände hoch. „Natürlich wollte ich euch folgen! Manchmal bist du echt ein Narr, Matt."

Er öffnete den Mund, um etwas zu sagen, aber ich fing seine Aufmerksamkeit auf, indem ich den Kopf schüttelte. Er schloss ihn wieder.

Willie starrte ihr leeres Glas an, als wäre das der Quell all ihrer Probleme. Sie stand auf, um es am Getränkewagen nachzufüllen, aber ich fing sie ab. „Nicht mehr. Nicht, wenn du später noch zu Hopes Zimmer hinaufsteigen willst."

Sie kehrte mit einem Schmollen zu ihrem Stuhl zurück, die Arme vor der Brust verschränkt, und suhlte sich in ihrer schlechten Laune.

Ich kehrte zu dem Platz neben Matt auf dem Sofa zurück. „Ist alles für Gabes Aufbruch morgen Nachmittag bereit?"

Er nickte. „Er weiß, wo er sein muss, und ich habe ihm eine Verkleidung gegeben, die er tragen kann, Geld und falsche Papiere. Keiner von uns muss irgendwo in seiner Nähe sein."

Es wäre ein einsamer Aufbruch, ohne dass ihn jemand verabschiedete. Das hatte der arme Gabe nicht verdient, aber man konnte nichts dagegen ausrichten. Man beobachtete uns noch, genauso wie Nancy O'Dwyer, und wir mussten uns weit von Gabe fernhalten, dem Hotel, wo er wohnte, und dem Anlegesteg, an dem er aufbrach.

Bristow trat ein, zusammen mit Brockwell, und ging mit einer Verbeugung wieder. Der Kriminalinspektor schlurfte vor, hielt die Hutkrempe mit beiden Händen fest. Er räusperte sich und schaute Willie nicht an.

Sie richtete sich gerade auf und berührte unwillkürlich die Haare in ihrem Nacken. Ich lächelte vor mich hin. Sie wäre entsetzt, wenn sie wüsste, dass sie einige schüchterne feminine Verhaltensweisen an den Tag legte.

„Einen schönen Abend allen." Brockwell räusperte sich wieder. „Ich vertraue darauf, dass ich nicht störe."

Matt stand auf und bedeutete dem Kriminalinspektor, dass er Platz im Sessel am Kamin nehmen sollte. „Sie sind immer willkommen. Kognak?"

„Das wäre sehr angenehm, Glass. Vielen Dank. Und Sie, India? Geht es Ihnen gut?"

„Sehr gut, vielen Dank." Ich lächelte und wartete, doch Brockwell sagte nichts mehr. Er nahm den Kognak von Matt entgegen.

Eine von Matts Augenbrauen ging in einer unausgesprochenen Frage hoch, während sein Blick in Willies Richtung schoss. Brockwell runzelte verwirrt die Stirn.

„Fragen Sie sie, wie es ihr geht", flüsterte Matt.

Brockwells Wangen wurden leicht rot. „Ja! Willie! Wie geht es dir?"

„Gut." Ihre Stimme klang ganz hoch, und sie wurde rot. Sie musterte nacheinander die vier Ecken des Raums, wich allen Blicken aus.

Die beiden brauchten etwas Hilfe. Vielleicht eine Menge Hilfe. Da Matt kein Interesse daran zu haben schien, es zu tun, lag es an mir. „Tatsächlich hat Willie Ihnen etwas zu sagen."

Sie funkelte mich an, ihre Augen fest zusammengekniffen.

Brockwell nahm einen großen Schluck aus seinem Glas.

„Unter vier Augen", fügte ich an. Als Willie nicht aufstand, machte ich eine schwache Geste, um sie aufzuscheuchen.

Sie stieß Luft aus und schob sich hoch. „Komm schon, Jasper."

„Natürlich, natürlich." Er nahm noch einen großen Schluck, trank damit den Kognak aus und stand auf. „Angenehmer Abend heute, meinst du nicht?"

„Könnte nicht sagen, dass mir das aufgefallen ist."

Er hob einen Finger. „Ich habe fast den Grund vergessen, weshalb ich hergekommen bin. Glass, ich habe die Adressen von einigen der Liegenschaften von Coyle in London, sowohl in seinem Namen als auch Grundstücke, die unter Firmennamen gelistet sind, die mit ihm in Zusammenhang stehen. Einige davon habe ich selbst überprüft, aber es gab keine Spur von Abercrombie."

„Und der Rest?", fragte Matt.

„Ich dachte, es geht schneller, wenn wir die übrigen zwischen uns aufteilen. Es sind so einige."

„Führen Sie das Gespräch mit Willie, dann brechen wir auf."

Ich wartete, bis er aus dem Raum ging, bevor ich mich an Matt wandte. „Ich komme mit euch."

Er zögerte, und ich wusste genau, was er dachte. Er wollte mir sagen, dass ich nicht gehen konnte, wusste aber, dass ich dadurch nur noch entschlossener werden würde.

Ich beschloss, es ihm leichter zu machen. „Also gut, ich bleibe zu Hause. Es war ein langer Tag, und ich fühle mich sowieso ein wenig müde."

Er küsste mich auf die Wange. „Ich möchte festhalten, dass ich dich nicht darum gebeten habe. Du hast es dir anders überlegt."

Ich hob eine Augenbraue, und er grinste, dann küsste er mich noch einmal.

„Ach du liebe Zeit!", ertönte die musikalische Stimme von Lord Farnsworth. „Das ist aber peinlich."

Matt und ich trennten uns. Ich wollte gerade Farnsworth begrüßen, als ich seine Begleiterin sah. „Lady Helen! Wie wunderbar."

Lady Helen marschierte herein, sie trug Hose, Hemd und Jackett. Die maskuline Kleidung passte gut zu ihrer hochgewachsenen Gestalt und den breiten Schultern. Anders als bei Willie war an ihr eine Eleganz, die Männerkleidung nicht verstecken konnte, aber es war eine nützliche Verkleidung und würde es ihr leichter machen, durch ihr Schlafzimmerfenster zu entkommen.

„Ich nehme an, Ihre Tante weiß nicht, dass Sie hier sind", sagte ich, versuchte es und scheiterte daran, die Missbilligung aus meiner Stimme fernzuhalten. Auch wenn es mir gleich war, was sie tat oder wie sie sich anzog, wollte ich nicht in ihren gesellschaftlichen Abstieg verwickelt werden. Wenn sie erwischt wurde, wie sie Männerkleidung trug und mit einem Gentleman am Abend ohne Anstandsdame ausging, würde sie ganz sicher ruiniert werden. Aber mir wäre es lieber gewesen, wenn niemand herausfand, dass sie vorher hier vorbeigeschaut hatte.

„Das tut sie nicht." Sie drückte sich eine Hand aufs Herz. „Ich entschuldige mich, dass ich mitgekommen bin, Mrs. Glass, doch Davide hat darauf bestanden, dass wir Willie abholen, bevor wir aufbrechen."

„Ist sie hier?", fragte Lord Farnsworth, der sich umsah.

„Wie es der Zufall so will, spricht sie mit Kriminalinspektor Brockwell."

Lady Helen keuchte. „Dieser Vorfall mit der Schießerei war nicht ihre Schuld!"

Lord Farnsworth lachte leise, gab aber keine Erklärung ab.

„Er nimmt sie nicht fest, sie sind Freunde", sagte ich. „Gute Freunde."

„Äußerst gute Freunde", fügte Lord Farnsworth mit einem Zwinkern hinzu.

Lady Helens Mund wölbte sich nach unten, als sie eine Schnute zog. „Ich verstehe."

Willie und Brockwell traten ein und wirkten glücklicher als zu dem Zeitpunkt, als sie hinausgegangen waren. Es war ein hervorragendes Zeichen. Hoffentlich verstand er nun, weshalb sie ihn zu dieser anderen Frau hingeschoben hatte.

„Helen! Davide!" Willie blieb abrupt stehen. „Was macht ihr beiden denn hier?"

„Wir nehmen dich mit zu einem unterhaltsamen Abend", erklärte Lord Farnsworth. „Außer, du bleibst lieber zu Hause."

„Ich, äh …" Willie schaute zu Brockwell.

Er stieß sie mit dem Ellbogen an. „Geh. Mir macht es nichts."

„Ich weiß, dass es dir nichts macht, aber ich habe Matt versprochen, dass ich was für ihn erledige. Ich treffe mich später mit dir und helfe, die Grundstücke zu durchsuchen." Sie wandte sich zurück an Lady Helen und Lord Farnsworth. „Ich kann mich heute nicht anschließen. Geht ihr zwei aus und versucht, nicht ohne mich in Schwierigkeiten zu geraten."

Lord Farnsworth schob seinen Arm durch den von Lady Helen. „Ich bin mir sicher, wir finden eine angemessen zahme Betätigung, um uns die Zeit zu vertreiben." Er zwinkerte in die Runde und lachte leise.

Lady Helen schloss sich dem Lachen nicht an. Sie löste sich von Lord Farnsworth und nahm beide Hände von Willie. „Bist du sicher, dass du dich uns nicht anschließen willst?"

„Das bin ich." Willie stellte sich auf die Zehenspitzen und küsste Lady Helen auf die Wange. „Echt sicher."

Lady Helen seufzte. „Sollen wir an einem anderen Abend wieder ausgehen?"

„Klar. Jemand muss euch zwei im Zaum halten."

Lady Helen wollte sich gerade Lord Farnsworth anschließen, der an der Tür auf sie wartete, aber ich bedeutete ihr, sich mir stattdessen zu einer kleinen Unterredung anzuschließen. Ich zog sie zur Seite, außerhalb der Hörweite der anderen.

Sie warf mir einen warnenden Blick zu. „Ich bekomme jetzt gleich eine Predigt, oder? Und ich warne Sie, mir macht es keine Freude, wenn man mir etwas vorpredigt."

Und ich spielte nicht gern die Rolle des Predigers. Da fühlte ich mich alt. Aber jemand musste dem Mädchen Vernunft beibringen und aufhören, sie zu ermutigen, immer wieder aufs Hochseil zu treten.

„Sie kokettieren mit der Katastrophe, und da weder Davide noch Willie zusammen auch nur einen Penny Vernunft haben, liegt es an mir, Sie zu warnen. Wenn man Sie erwischt ..."

„Wird man nicht. Meine Verkleidung ist exzellent, oder?" Sie posierte mit den Händen auf den Hüften, stieß die Brust vor. Dadurch sah sie ziemlich feminin aus. „Liebe Mrs. Glass, machen Sie sich keine Sorgen mehr. Ich weiß Ihre Sorge zu schätzen, aber ich fühle mich in diesem verstaubten alten Haus mit meiner verstaubten alten Tante so eingeschlossen. Ich brauche etwas Unterhaltung, bevor ich mich mit dem verstaubten alten Mann niederlasse, den sie mir aussucht."

„Vielleicht müssen Sie keinen verstaubten oder alten heiraten." Ich deutete zu Lord Farnsworth, der in einer scharlachroten Krawatte mit passendem Umhang über den Armen prächtig aussah, während er mit Willie und Brockwell plauderte.

Sie verzog das Gesicht. „Herr im Himmel, Davide werde ich nicht heiraten. Er ist witzig und nett, aber viel zu albern. Ich brauche einen Mann, den ich respektieren kann, keinen, der mehr Zeit vor dem Spiegel verbringt als ich." Damit küsste sie mich auf die Wange und machte auf dem Absatz kehrt, um sich ihm anzuschließen.

Mit einer großen Geste seines Umhangs, während er ihn sich um die Schultern warf, gingen sie, als wäre es Magie. Ich beobachtete den leeren Eingang, wo sie gerade gewesen waren, blinzelte und versuchte, mein Gefühl der Ausgeglichenheit wiederzuerlangen.

Matt griff mich am Ellbogen. „Alles in Ordnung?"

„Ja, vielen Dank. Es ist nur so, dass ich einfach nicht entscheiden kann, was ich manchmal von den beiden halten soll. Sind sie klug oder dumm? Vernünftig oder empörend? Da bekomme ich wirklich Kopfschmerzen, wenn ich nur an sie denke."

„Dann mach es nicht. Bitte Brockwell um die Adressen, während ich gehe und Cyclops und Duke suche. Ich will sowieso mit jedem von ihnen allein reden."

Es war eine gute Idee. Sowohl Cyclops als auch Duke machten sich Sorgen um Matt, darum war es für sie schockierend gewesen, zu erfahren, dass er Gabe nicht nach Amerika folgen würde. Er würde wissen, was er am besten sagen sollte, um ihren Zorn zu mindern, aber nicht, um ihre Sorgen zu zerstreuen. Nicht mal Matts charmante Art konnte das erreichen.

* * *

Während der Abend voranschritt, wurde ich immer müder. Als die Uhr Mitternacht schlug, beschloss ich, nicht mehr länger zu warten. Mein Kissen fühlte sich ziemlich klumpig an, und ich hatte Schwierigkeiten mit dem Schlafen. Je mehr ich es versuchte, desto klumpiger fühlte es sich an. Es war, als wäre etwas darin, oder darunter.

Ich schaltete das Licht neben meinem Bett an und hob das Kissen. Ich fiel beinahe ganz vom Bett in meiner Hast, von der Maus wegzukommen. Als sie sich nicht bewegte, ging ich näher. Das arme Tier war tot, ein wenig zerdrückt vom Gewicht meines Kopfes. Aber so, wie es aussah, war es schon vor einiger Zeit gestorben.

Was bedeutete, dass jemand es dort nach dem Ableben hingelegt hatte.

Willie würde ich am nächsten Vormittag meine Meinung geigen. Andererseits, weshalb sollte ich bis dahin warten. Ich nahm ein Taschentuch, um die Maus am Schwanzende aufzuheben, und trug sie in ihr Zimmer. Anstatt sie unter ihr Kissen zu legen, legte ich sie darauf. So konnte sie ihr nicht entgehen.

Ich schlief ein und wachte mitten am Vormittag neben Matt auf. Er regte sich und rollte herüber, schmiegte sich an mich.

Ich legte den Kopf an seine Brust. „Glück gehabt?"

„Abercrombie hat sich nicht auf einem der Grundstücke versteckt", murmelte er.

„Was ist mit Hope? Hat Willie sie getroffen?"

„Offensichtlich geht es ihr gut." Er hob den Kopf und schaute auf die Uhr auf dem Kaminsims, dann sank er mit einem Seufzen zurück auf das Kissen. „Nur noch zwölf Stunden."

Wir würden beide beobachten, wie die Zeit langsam weitertickte, während wir auf Gabes Abfahrt am Abend warteten. Jede Stunde, die verging, war eine, die ihn dichter an seine Freiheit und Sicherheit brachte. Aber bis wir wussten, bis er in Amerika angelegt hatte, würde die Nervosität niemals weit weg sein. So viel konnte schiefgehen, nicht nur in London, sondern auch auf dem Boot. Sollte die Polizei den Verdacht haben, dass er das Land verlassen hatte, würden sie ihren amerikanischen Kollegen ein Telegramm schicken und alle großen Häfen würden überwacht werden. Falls das Boot nicht so verstohlen anlegte, wie versprochen, würde Gabe festgenommen und hierher zurück zur Hinrichtung ausgeliefert werden.

KAPITEL 12

Zu meiner großen Enttäuschung hatte Willie bei Brockwell übernachtet. Bis sie mittags nach Hause kam, war die Maus schon vom Zimmermädchen entfernt worden. Ich wollte Willie allerdings nicht mit diesem kindischen Streich davonkommen lassen und stellte sie in ihrem Schlafzimmer.

„Dein kleiner Witz ist gescheitert", sagte ich. „Ich hatte davor keine Angst."

Sie hob das Kinn, um ihr Halstuch zu öffnen, und betrachtete mich im Abbild des Spiegels an ihrem Ankleidetisch. „Was für ein Witz?"

„Die Maus unter meinem Kissen."

Sie rümpfte die Nase. „Ich habe keine Maus unter dein Kissen gelegt."

„Es hat keinen Sinn, es zu leugnen. Ich weiß, dass du es warst."

Sie drehte sich um. „Ich war es aber nicht. Warum sollte ich dir einen solchen Streich spielen, wenn ich nicht da bin, um den Ausdruck auf deinem Gesicht zu sehen?"

Da war was dran. Aber wie war die Maus unter mein Kissen gekommen, wenn sie sie nicht dort hingelegt hatte? Sie war eindeutig schon über einen Tag tot gewesen, und das Zimmermädchen hätte es bemerkt, als sie das Bett am Vormittag gemacht hatte, hätte sich die Maus selbst unter mein Kissen gewühlt, während ich nicht da gewesen war. Außer Willie wäre doch niemand geneigt, etwas so Kindisches zu tun.

„Ich würde doch sowieso keine Maus anrühren", fuhr sie fort. „Ich hasse sie. Ratten auch. Ich habe einmal in der Dunkelheit in einem Minenschacht festgesteckt, und der Boden war bedeckt von diesen abstoßenden Tieren. Sie krabbelten um meine Füße und versuchten, meine Beine hochzukommen. Ich musste sie wegklauben, eine nach der anderen. Und diese Geräusche!" Sie erschauerte. „Dieses Quietschen, hundertfach verstärkt, war schlimmer als Nägel auf einer Schiefertafel." Sie streckte die Zunge heraus und machte ein Geräusch, als würde sie sich übergeben.

Ich ließ sie zurück, damit sie sich umziehen konnte, und fühlte mich etwas beunruhigter, als ich es beim Eintreten gewesen war.

Im Treppenhaus begegnete ich Peter, der unterwegs war, um mich zu holen. „Lord Farnsworth ist hier, Madam. Mr. Glass ist gerade mit ihm im Salon."

„Vielen Dank, Fossett."

Es war etwas früh, dass Lord Farnsworth schon unterwegs war, um Leute zu besuchen, aber er wirkte klaräugig und hatte rosige Wangen, während er aufsprang, als ich eintrat. Er begrüßte mich im Kontinentalstil mit einem Kuss auf jede Wange, während Matt zusah, gewissermaßen ungeduldig.

Lord Farnsworth wippte auf den Fersen und wirkte, als würde er platzen, wenn er mir nicht bald den Grund für seinen Besuch erzählte. „Ich habe gerade deinen Mann in Kenntnis gesetzt, dass ich glaube, ich habe eure magische Silberschmiedin gefunden."

„Marianne Folgate?"

Er nahm ein Taschentuch aus der Innentasche seines Jacketts und reichte es mir. Ich faltete es auf, um einen gravierten Gentlemans-Ring aus Silber zu enthüllen, aber ich musste die Seide gar nicht abnehmen, um zu wissen, dass er magisch war. Ich hatte die Wärme durch den Stoff gespürt.

„Und?", drängte er. „Ist er von ihr?"

„Er wurde von einem Silberschmiedemagier gemacht, soviel weiß ich."

Er klatschte in die Hände. „Ich wusste es! Es gibt keine Markierung des Handwerkers, aber verziert ist er genauso wie mein Opernglas." Er deutete mit dem kleinen Finger auf eine detaillierte verschlungene Ranke. „Ich war gestern Nacht beim Kartenspielen mit Helen, und in dem Moment, als ich ihn auf dem Finger meines Gegners sah, nahm ich an, dass er Folgates Schöpfung war, genau wie mein Opernglas. Ich habe ihn bei einem besonders angespannten Pokerspiel besiegt."

„Wie soll er uns zu ihr führen?"

Er zog den Ring vom Taschentuch und schob ihn sich auf den vierten Finger, wo er sich zwei weiteren an der rechten Hand anschloss. „Der Gentleman hat mir gesagt, wo er ihn gekauft hat, und es war nicht bei Goldman oder Mallard und Sohn. Er hat ihn vor zwei Wochen in einem Juwelierladen in der Oxford Street gekauft, wo ihm der Besitzer gesagt hat, er wäre von der Silberschmiedin gerade erst gefertigt worden."

Wenn er erst vor zwei Wochen geliefert worden war, dann hatte der Juwelier sicher eine neue Adresse von Marianne Folgate, und nicht die vergangene, die uns Mr. Mallard gegeben hatte. „Wie heißt der Laden?", fragte ich.

„Cuthberts feine Juwelierwaren."

Ich wandte mich an Matt. „Vielleicht führt es ja nirgendwohin, aber wir sollten mit ihr reden. Falls sie eine überzeugende Aussage machen kann, die Coyle mit Goldman in Verbindung bringt, könnte die Polizei die Mordermittlungen vielleicht noch einmal aufnehmen. Wir sollten jetzt zum Laden gehen und nach ihrer Adresse fragen."

„Nicht nötig", sagte Lord Farnsworth, bevor Matt etwas erwidern konnte. „Ich habe sie." Er riss mit großer Geste ein Blatt Papier aus seiner Tasche und reichte es mir, schloss die ganze Bewegung mit einer ausladenden Verbeugung ab. „Für dich, meine liebste India."

Ich verdrehte die Augen, doch ich lächelte. „Vielen Dank, Davide. Du warst eine riesige Hilfe."

„Schon, oder nicht? Wer hätte das gedacht?"

Matt räusperte sich, hielt sich eindeutig zurück, etwas anzumerken.

„Ich werde aufbrechen und es euch beiden überlassen, die Silberschmiedin zu überprüfen. *Adieu!*"

* * *

MARIANNE FOLGATE WÜRDE sich sehr wahrscheinlich als Sackgasse erweisen, aber da wir nichts Besseres zu tun hatten und da die Stunden bis zu Gabes Aufbruch nur langsam vergingen, war es eine willkommene Ablenkung, sie aufzusuchen. Laut des Juweliers in der Oxford Street, der den Ring an Lord Farnsworths Pokergegner verkauft hatte, wohnte Marianne Folgate inzwischen in Wimbledon. Das beige Stadthaus mit dem weißen Erkerfenster war vielleicht klein, aber für jemanden, der vorher in einer Pension gelebt hatte, war es ein erheblicher Schritt nach oben. Tatsächlich war es ein Haus, das eher zu einer Familie passte.

Miss Folgate war eine zierliche Frau mit großen grauen Augen, die hierhin und dorthin huschten, als sie die Tür öffnete, bevor sie sich schließlich auf Matt richteten, der hinter mir stand. Sie war hübsch, mit zarten Zügen, gerahmt von Locken aus mandelfarbenem Haar. Obwohl ihre Freundin Miss Calendar uns erzählt hatte, dass Miss Folgate jung war, war ich überrascht, wie jung sie aussah. Vielleicht ließ ihre Größe sie jünger wirken, als sie war, aber sie konnte nicht viel älter sein als achtzehn oder neunzehn.

Ich lächelte sie an, in einer, wie ich hoffte, freundlichen Art. Wir hatten beschlossen, dass ich den Großteil des Gesprächs übernehmen würde, weil wir geglaubt hatten, dass es ihr mit einer Frau und einer Magierin behaglicher war, aber Matt war bereit, mit seinem stets verlässlichen Charme einzuschreiten, wenn ich nicht weiterkam.

So scheu, wie ihr Gesichtsausdruck wirkte, war ich mir nicht sicher, ob einer von uns überhaupt Erfolg damit haben würde, ihre Nerven zu beruhigen.

„Mein Name ist India Glass", setzte ich an, nachdem sie

bestätigt hatte, dass sie wirklich Marianne Folgate war. „Das ist mein Ehemann Matthew. Ich bin eine Uhrenmagierin."

Ihr Blick fiel schließlich auf mich, und sie schien mich zum ersten Mal richtig zu sehen. „India Glass?"

„Haben Sie von mir gehört?"

Sie nickte. Ich wartete darauf, dass sie mir erzählte, wo sie meinen Namen gehört hatte, aber sie starrte mich einfach nur mit diesen großen, nervösen Augen an.

„Ich habe ein paar Fragen über Ihre Arbeit", sagte ich. „Dürfen wir hereinkommen?"

Sie schüttelte den Kopf.

„Bitte, Miss Folgate. Wir werden nicht lange brauchen."

Sie zögerte. Es war keine direkte Weigerung.

„Wir können die Fragen auch hier draußen stellen, wenn Ihnen das lieber ist."

Nach einem weiteren Blick die Straße entlang in beide Richtungen öffnete sie die Tür. Keine wohlerzogene Frau würde es Gästen gestatten, auf ihrer Veranda im eisigen Frühlingswind zu stehen, während dunkle Wolken drohten, jeden Augenblick ihre Last abzuwerfen.

Sie führte uns ins vordere Wohnzimmer, das genauso unauffällig war die wie die Fassade des Hauses. Es gab keine persönlichen Ziergegenstände, die man im Heim einer jungen Frau zu sehen erwartet hätte. Keine Fotografien oder Bilder, keine Vasen, Statuen oder Kinkerlitzchen, und nicht ein Silbergegenstand war in Sicht. Die ganzen Möbel waren neu, aber nicht von höchster Qualität. Es war massenproduzierte Ware, wie man sie in einer Fabrik bekam, nicht in einem Handwerkerladen. Ich musste kein einziges Stück berühren, um zu wissen, dass darin keine magische Hitze war.

Ich setzte mich neben Matt auf das Sofa. „Sie haben ein schönes Haus, Miss Folgate."

„Nennen Sie mich Marianne. Vielen Dank", fügte sie als Nachklapp hinzu. „Wir wohnen hier noch nicht sehr lange."

„Oh? Sie wohnen hier mit einer Freundin? Oder Familie?"

Sie fingerte am Saum ihres einfachen grauen Wollkleides herum, das dem ähnelte, das ich getragen hatte, bevor ich Matt kennengelernt hatte. Es war praktisch geschnitten und aus reiner

Baumwolle. Es war die Art Kleid, die eine Frau mit sehr wenig Geld trug. Oder eine, die gern unauffällig blieb.

„Was möchten Sie denn gern mit mir besprechen?", fragte sie mit einer leisen, trägen Stimme, die zu ihr passte.

„Einige ihrer Silberwaren wurden im Laden verkauft, der Mr. Goldman gehörte."

Sie schaute hinab auf ihren Ärmel und nickte schwach. „Er ist tot."

„Deshalb sind wir gekommen, um mit Ihnen zu reden." Ich schaute zu Matt, um eine Bestätigung zu erhalten, und er nickte, damit ich fortfuhr. „Wir glauben, die Polizei hat den falschen Mann für den Mord an ihm festgenommen."

Ihr Kopf fuhr hoch. „Wie schrecklich. Versuchen Sie, den echten Mörder zu finden, und glauben, dass ich etwas weiß?" Sie war intelligent, das musste ich dir lassen. Intelligent und direkter, als ich anfangs gedacht hatte.

„Wir glauben, ein Mann, den man Lord Coyle nennt, hat etwas mit seinem Tod zu tun." Ich stählte mich für ihre Reaktion. Wir gingen ein Risiko ein, indem wir Coyle erwähnten. Wenn sie für ihn arbeitete, oder ihn als Freund oder Verbündeten betrachtete, würden wir nicht weiterkommen.

Aber ihre Reaktion war genau das, was ich mir erhofft hatte, und was Matt erwartet hatte. Sie fuhr zurück, und ein angeekelter Ausdruck ging über sie hinweg.

Ich hatte das Gefühl, Rückenwind zu bekommen, und drängte weiter. „Sie kennen ihn. Er kam zu Ihrem ehemaligen Wohnort, um mit Ihnen zu sprechen."

Sie hob die Augenbrauen. „Was wissen Sie noch?"

„Dass Sie das fehlende Glied sein könnten, das wir brauchen, um Mr. Goldmann mit Lord Coyle in Verbindung zu bringen. Im Augenblick können wir das nicht. Wir haben nur Theorien und Annahmen. Aber wenn Sie aussagen können, dass Sie sie zusammen gesehen haben …"

„Ich werde nicht gegen jemanden aussagen", stieß sie hervor. „Insbesondere Coyle." Sobald sie diese Meinung von sich gegeben hatte, war ihr der Wind aus den Segeln genommen, und sie war wieder das kleine, nervöse Wesen, das mit dem Ärmelsaum spielte und zur Tür schaute.

„Sie werden nicht aussagen müssen", sagte Matt, der sich zum ersten Mal zu Wort meldete.

Bei seinem leisen, ernsten Tonfall hob sie den Blick zu ihm. Sie war zumindest bereit, ihm zuzuhören.

„Wir brauchen von Ihnen nur die Antworten, nicht mehr. Wir werden sicherstellen, dass Coyle Gerechtigkeit widerfährt, und Sie müssen sich nie wieder wegen ihm sorgen."

Seine Worte hatten eine tiefgehende Wirkung. Tränen traten in ihre Augen, und plötzlich kniff sie sie zu, weil sie sie unbedingt zurückhalten wollte. Nach ein paar tiefen Atemzügen öffnete sie sie wieder. „Was wollen Sie wissen?"

Ich konnte unser Glück nicht fassen und stellte meine erste Frage. „Haben Sie die beiden je zusammen gesehen?"

Sie nickte. „Mr. Goldman hat mich Lord Coyle vorgestellt, nachdem ihm klar geworden ist, dass ich eine Magierin bin."

„Wie wurde ihm das klar?"

„Er konnte die magische Wärme in meinen Silberwaren spüren."

Also *war* Mr. Goldman ein Magier gewesen, wie wir es angenommen hatten. Aber wie bei Mr. McArdle war es sehr wahrscheinlich, dass Mr. Goldman keine Goldzauber gekannt hatte, obwohl er die magische Wärme gut spüren konnte. „Haben Sie die beiden je nach dem ersten Treffen zusammen gesehen? Hat Lord Coyle Mr. Goldman in seinem Laden aufgesucht?"

„Ich weiß es nicht. Ich sah sie nur dieses eine Mal zusammen. Ich habe den Eindruck bekommen, dass ich nicht die erste Magierin war, die Mr. Goldman Lord Coyle vorgestellt hat." Abermals brachte die Erwähnung von Coyles Namen Marianne dazu, zusammenzuzucken.

„Sie mögen ihn nicht, oder?", fragte ich. „Jedes Mal, wenn der Name erwähnt wird, fahren Sie zurück."

Ihr Blick huschte von mir zu Matt und wieder zurück. Rasch schüttelte sie den Kopf, wollte nicht antworten und starrte wieder hinab auf ihren Ärmel.

Sie würde ein wenig Ermunterung brauchen. „Ich verabscheue ihn", sagte ich. „Nicht nur glaube ich, dass er Mr. Goldman umgebracht hat, sondern er schiebt unserem Freund auch den Mord unter."

Meine schockierenden Worte lösten keine Reaktion bei ihr aus. Wusste sie bereits, wozu Coyle fähig war? Hatte sie bereits Wissen aus erster Hand?

„Aber ich habe ihn auch schon zuvor verabscheut", fuhr ich fort. „Er will Macht. Magische und politische Macht, und er ist dazu bereit, fast alles zu tun, um sie zu erhalten."

Langsam hob sich ihr Blick, ganz langsam, bis er schließlich auf meinen traf. Er war klar und von Zorn erfüllt. Sie brauchte nur ein wenig mehr Ermunterung, um zu reden, da war ich mir sicher.

„Ich habe gelernt, ihn niemals um Hilfe zu bitten. Das eine Mal, als ich es getan habe, hat er sichergestellt, dass ich ihm dafür einen Gefallen schulde."

Ihr Atem stockte. Sie biss sich auf die Unterlippe und blinzelte mich wütend an.

„Ist Ihnen so etwas auch passiert?", drängte ich. „Hat er Ihnen irgendwie geholfen und dann verlangt, dass Sie im Gegenzug etwas für ihn tun?"

Sie schluckte schwer und schaute zur Tür. Wen erwartete sie denn dort? „Lord Coyle hat mir bei einem … einem Problem geholfen, gleich als ich vor einem Jahr nach London gezogen bin. Danach hat er gesagt, ich schulde ihm etwas."

„Und hat er seine Schuld eingetrieben?"

Sie nickte. „Wir sind quitt."

Ich wollte weitere Fragen stellen, aber es war nicht gerecht, sie zu bedrängen. Sie wollte eindeutig nicht darüber sprechen, und es ging mich nichts an. Es spielte keine Rolle in unserer Ermittlung. Außer …

„Wo waren sie in der Nacht des fünften?"

„Hier. Warum?"

„Allein?"

„Nein." Sie keuchte. „Glauben Sie, ich hätte Mr. Goldman getötet?"

Ich hob die Hände. „Tut mir leid. Mir kam der Gedanke, dass Lord Coyle Sie gebeten haben könnte, es für ihn zu tun, und Sie hätten keinen Ausweg gesehen. Es tut mir leid, dass ich frage, aber ich musste es tun. Das Leben unseres Freundes hängt davon ab."

Sie entspannte sich ein wenig, ihre Schultern sanken herab. „Ich verstehe, und ich versichere Ihnen, ich war es nicht. Ich habe meine Schuld eine Woche vor dem fünften beglichen. Auf jeden Fall glaube ich, sie bellen den falschen Baum an. So gern ich auch sehen würde, dass Coyle für Mord festgenommen wird, glaube ich nicht, dass er es getan hat. Er hat keinen Grund, Goldmans Tod zu wünschen. Goldman hat ihm Magier gesucht. Coyle brauchte ihn."

„Vielleicht wollte Goldman etwas im Gegenzug", überlegte Matt. „Vielleicht einen Preis, den Coyle nicht willens war, zu zahlen, und Goldman weigerte sich, nachzugeben."

„Vielleicht." Marianne warf einen Blick zur Tür. „Haben Sie noch weitere Fragen? Ich glaube nur, es ist Zeit, dass Sie gehen. Es tut mir leid." Sie biss sich wieder auf die Unterlippe und warf mir einen entschuldigenden Blick zu.

„Haben Sie Schwierigkeiten?", fragte Matt.

Sie presste die Lippen aufeinander und schüttelte rasch den Kopf. Sie erhob sich, was mich und Matt zwang, ebenfalls aufzustehen. Wenn sie in Schwierigkeiten war, würde sie das heute nicht vor uns eingestehen.

Wir dankten ihr und gingen. Mit einem letzten Blick die Straße entlang schloss sie die Tür hinter uns.

„Glaubst du, sie schuldet Coyle etwas für das Haus, in dem sie jetzt lebt?", fragte ich Matt, während wir abfuhren. „Ist das das Problem, das er für sie geregelt hat?"

„Ich glaube nicht. Sie sagt, er hätte ihr Problem gelöst, gleich nachdem sie nach London gekommen ist, aber sie ist erst vor kurzem in dieses Haus gezogen. Also kann es kein Problem mit der Unterkunft sein."

„Wie glaubst du, hat sie ihn zurückgezahlt?"

„Was immer es war, es war nichts ganz Einfaches, etwa ihm magische Silberwaren zu überlassen. Coyle wollte bestimmt mehr. Was immer die Schuld war, sie hat sie beglichen, und wir finden vielleicht nie heraus, was es war. Aber Mariannes Geschichte hat mich zum Nachdenken gebracht. Ich habe jetzt eine weitere Theorie, weshalb Coyle Gabe den Mord an Goldman untergeschoben hat, und es hat nichts mit mir zu tun."

Ich wandte mich ganz zu ihm. „Was, glaubst du, was es ist?"

„Mariannes Bericht bestätigt, dass Coyle gerne Gefallen von Leuten einholt, besonders Magiern. Vorher war mir nicht klar, in welchem Ausmaß, aber ich glaube, sie und du sind nur die Spitze des Eisbergs. Ich glaube, er hat Magiern mit allen möglichen Problemen geholfen, die sie hatten, und zwar jahrelang, und dann diese Schulden eingetrieben, um seine Macht zu verstärken. Gabe ist nur der neueste Fall.“

„Ich verstehe nicht. Er hat sichergestellt, dass Gabe wegen Mordes festgenommen wurde. Das ist doch das Gegenteil von helfen.“

„Nicht, wenn er Gabe freibekommt. Was, wenn Coyle vorhatte, seine mächtigen Freunde zu beeinflussen, um dafür zu sorgen, dass Gabe freikommt? Dann würde ihm Gabe, der Arztmagier, etwas schulden. Stell dir vor, was Coyle mit dieser Schuld anfangen könnte.“

„Er könnte Gabe zwingen, ein Leben zu verlängern“, sagte ich gehaucht. „Vielleicht sein eigenes.“ Aber er brauchte dafür auch einen Uhrenmagier.

Er brauchte mich.

Matt war wohl meinen Gedanken gefolgt, denn er wusste genau, wie er mich in diesem Moment trösten musste. Er legte den Arm um mich und küsste mich auf den Kopf. „Keine Sorge. Wir haben seinen Plan ruiniert, indem wir Gabe bei der Flucht geholfen haben. Er kann Gabe jetzt nicht mehr zwingen, etwas zu tun. Genauso wenig dich.“

Da war etwas dran.

Aber Gabe hatte das Land noch nicht verlassen.

Sobald ich in der Kutsche geschützt war, schaute ich auf die Uhr. Noch acht Stunden, bis Gabe aus London aufbrach. Es fühlte sich unendlich an.

Ich steckte meine Taschenuhr in meinen Pompadour und rutschte auf dem Sitz näher zu Matt. Er nahm meine Hand und küsste meinen Handrücken.

„Ich habe eine wichtige Frage, die ich dir stellen möchte“, sagte er.

In seinen Augen glitzerte gute Laune, und ich konnte nicht anders, als zurückzulächeln. Trotz Gabes schlimmer Lage war Matts Laune auf einem Höhenflug, seit er erfahren hatte, dass ich vielleicht ein Kind bekam. Obwohl ich immer noch zögerte, das Hoffen zu wagen, wurde ich immer sicherer. Nicht nur war mein Monatsfluss immer noch nicht eingetroffen, sondern auch die kleinsten Dinge sorgten dafür, dass sich mir der Magen umdrehte, was sonst nicht der Fall war. Wie etwa jetzt die sanft wiegende Bewegung der Kutsche, während wir nach Hause fuhren.

„Was ist denn?", fragte ich.

„Wer muss aus seinem Zimmer ausziehen, um das Baby unterzubringen?"

Ich lachte leise. „Wir haben ein zusätzliches Schlafzimmer. Niemand muss ausziehen."

„Das ist ein kleines Zimmer."

„Babys sind klein."

Er schürzte nachdenklich die Lippen. „Glaubst du, Willie könnte dort einziehen und ihr größeres Zimmer aufgeben?"

„Nicht ohne eine Menge Gejammer. Ich will dabei sein, wenn du sie fragst. Ich schulde ihr was, weil sie eine tote Maus unter mein Kissen gelegt hat."

Er zog sich zurück, um mich genauer anzusehen. „Weshalb sollte sie das tun?"

„Ich habe keine Ahnung. Sie hat es geleugnet, aber ich kann mir nicht vorstellen, wer sie sonst dorthin gelegt haben könnte."

„Sie verabscheut Mäuse."

„Das hat sie gesagt. War sie wirklich in einem Minenschacht eingesperrt, mit hunderten Nagern?"

„Sie war in einem Minenschacht, aber sie war nicht eingesperrt, und es war nur ganz kurz. Sie ist sofort wieder rausgekommen, als eine Ratte ihren Stiefel raufkletterte. Sie hätte sie erschossen, hätte sie etwas gesehen, doch sie hatte Angst, sich in den eigenen Fuß zu schießen."

Ich lachte. „Ein seltener Augenblick der Zurückhaltung von ihr."

Wir bogen in die Park Street ein, und die Kutsche wurde noch langsamer. „Sir!", rief Woodall. „Sir, sehen Sie!"

Wir spähten durch das vordere Fenster des Zweispänners, an Woodall vorbei, der auf dem Kutschbock saß. Weiter vorne stand eine große schwarze Kutsche, die von vier Pferden gezogen wurde, vor unserem Haus. Ein uniformierter Polizist saß auf dem Kutschbock, und ein weiterer kam nach oben, um sich neben ihn zu setzen. Der Kutscher ließ die Zügel schnalzen, und die Pferde trabten los. Als die Kutsche vorbeifuhr, sah ich, dass darin sechs weitere Polizisten saßen, alle dicht aneinandergedrängt. Keinen davon erkannte ich.

Sowohl Bristow als auch Duke begrüßten uns auf der Eingangstreppe, ihre Gesichter waren ernst.

Matt stieg aus der Kutsche, bevor sie auch nur ganz angehalten hatte. „Was wollte die Polizei?"

„Sie haben nach Gabe gesucht", sagte Duke mit einem Kopfschütteln. „Sie haben das ganze Haus auf den Kopf gestellt. Alles ist richtig durcheinander. Bodendielen wurden gehoben, Möbel verschoben …" Er fluchte tonlos.

„Meine Tante?"

„Ist zu einem Spaziergang mit Ihrem Dienstmädchen und Willie aufgebrochen, bevor sie kamen, und noch nicht wieder zurück."

Bristow räusperte sich. Er stand kerzengerade, die Hände im Rücken. „Dürfte ich, Sir?"

„Aber bitte", sagte Matt.

„Das Haus wird in Ordnung gebracht, bevor Miss Glass zurückkehrt. Mrs. Bristow und die das Dienstmädchen haben bereits begonnen, und ich helfe in einem Augenblick, und Fossett auch, sobald er zurückkehrt."

„Ist er nicht hier?", fragte ich.

„Nein, Madam. Ich habe ihn zum Scotland Yard geschickt, um von Kriminaldirektor Brockwell zu erfahren, wer diese Suche befürwortet hat. Sie sehen, ich habe meinen Verdacht wegen dieser Männer."

Matt hatte an Duke und Bristow vorbei ins Haus gespäht, aber nun schenkte er dem Butler seine volle Aufmerksamkeit. „Sie glauben nicht, dass das die Polizei war?"

„Nein, Sir. Zunächst einmal wirkte der Konstabler, der heute zurückgeblieben ist, anstatt Ihnen zu folgen, verwirrt."

Bristow nickte zu dem hochgewachsenen jungen Mann hin, der unser Haus beobachtet hatte. Derjenige, der uns in einer Mietkutsche gefolgt war, schloss sich ihm an. Sie unterhielten sich eingehend, und ich stimmte Bristows Gefühl zu, dass sie verwirrt wirkten. Eindeutig waren sie nicht wegen der Durchsuchung informiert worden.

„Zum Zweiten war kein einziger erfahrener Beamter unter ihnen, und als ich nach Papieren fragte, die diese Durchsuchung autorisieren, konnten sie keine vorzeigen. Genauso wenig schien sie das zu stören. Sie waren unfassbar unhöflich und herablassend. Wenn man Ihre Beziehung in der Vergangenheit zu Scotland Yard betrachtet, Sir, hielt ich es für sehr ungewöhnlich, dass sie Ihren Haushalt auf so eine Art behandeln würden.“

„Genau“, fügte Duke an. „Sie haben auch gewartet, bis du weg warst, und Willie auch, bevor sie kamen. Ich nehme an, das war kein Zufall.“

„Wenn das nicht die Polizei war“, sagte ich, „wer war es dann?“

KAPITEL 13

att klopfte Duke auf die Schulter. „Seid ihr beide
in Ordnung?"

Duke nickte, und Bristow sagte: „Ja, Sir. Die weiblichen
Angestellten sind ein wenig erschüttert, aber sie haben sich
inzwischen beruhigt."

Ich ging als erstes, um nach ihnen zu sehen, und stellte fest,
dass sie den Salon wieder aufräumten. Bristows Beschreibung
war dem Ganzen nicht gerecht geworden. Die Polizei – falls sie
das gewesen war – hatte jedes Möbelstück bewegt. Manche der
Vasen waren von den Tischen gefallen und lagen zerbrochen auf
dem Boden, die Blumenarrangements waren verstreut. Der
Teppich war aufgerollt und vier Bodendielen herausgenommen
worden, um nach Verstecken darunter zu suchen. Gemälde
waren von den Wänden genommen, der Kamin ausgeräumt und
inspiziert worden. Rußige Handabdrücke waren auf dem
Kaminsims hinterlassen, und Asche lag überall verstreut.

Matt betrat den Salon und musterte den Schaden. „Verdammt. Wenn das die Arbeit der Polizei ist, wird der Commissioner allzu bald meine Meinung zu hören bekommen, und
dann der Innenminister."

„Und wenn sie es nicht waren?", fragte ich still.

Er schüttelte nur den Kopf und schloss sich dann den
Aufräumbemühungen an.

„Ist es so in jedem Zimmer?", fragte ich.

Mrs. Bristow nickte. „Sie haben überall gesucht. Darunter auch in den Räumen der Angestellten und im Kutschhaus. Es wird einige Zeit brauchen, das alles wiederherzustellen."

„Machen Sie als nächstes Miss Glass' Schlafzimmer, und lassen Sie die anderen Schlafzimmer bis zum Schluss übrig. Stellen Sie sicher, dass dieses Zimmer und das Wohnzimmer so schnell wie möglich wieder in Schuss sind. Ich will die Räume, die Miss Glass sehr wahrscheinlich benutzt, wieder in ihrem ursprünglichen Zustand, bevor sie nach Hause kommt."

Mrs. Bristow knickste rasch und ging, um Tante Letitias Schlafzimmer mit der Hilfe ihres Mannes wiederherzustellen, sodass Matt und die Zimmermädchen weiter im Salon arbeiteten. Duke fand ich im Wohnzimmer, wo er auf eine Bodendiele hämmerte, während die zwei Konstabler, die aufpassen hätten sollen, das Sofa hinstellten. Ich machte mich an die Arbeit, um die zerbrochenen Stücke einer Vase aufzuheben, und richtete alle Gemälde gerade aus, die nun schief hingen.

Nur fünf Minuten später kehrte Fossett mit Brockwell im Schlepptau zurück. Er bestätigte, was wir bereits angenommen hatten – dass niemand bei Scotland Yard die Durchsuchung autorisiert hatte. Wir führten diesen Gedanken nicht weiter, während wir alle zusammenarbeiteten, um das Haus so schnell wie möglich wieder so herzustellen, wie es gewesen war.

Die Hauptempfangsräume und Tante Letitias Schlafzimmer waren wieder hergerichtet, bis sie etwa fünfundvierzig Minuten später nach Hause kam. Willie wusste sofort, dass etwas nicht stimmte, aber zum Glück nahm Tante Letitia die Anspannung überhaupt nicht wahr und nahm an, dass Brockwell gekommen war, um Willie zu besuchen. Als sie ging, um sich umzuziehen, wollte Willie wissen, was passiert war.

„Die Polizei kam, um nach Gabe zu suchen", erklärte ihr Duke. „Sie haben das ganze Haus durcheinandergebracht. Nur, dass wir nicht glauben, dass es wirklich die Polizei war."

Zum Glück murmelte sie nur eine Reihe von Fluchwörtern, obwohl ich sicher war, dass sie lieber geschrien hätte.

Matt lotste uns alle in die Bibliothek und schloss die Tür. Die Bibliothek war in einem schlimmeren Zustand als die anderen

Räume, mit Büchern, die über den ganzen Boden verstreut lagen. Einige waren nach unten offen gelandet, der Buchrücken gebrochen. Wir machten uns an die Arbeit, sie zurückzustellen, obwohl sie nicht richtig geordnet waren. Ich würde sie ein andermal wieder arrangieren.

„Es muss Coyle sein", sagte Duke, während er zwei rote ledergebundene Bücher nebeneinander auf ein Mittelregal stellte. „Wer sonst stellt so viele Männer an und hat Polizeiuniformen zur Hand, mit denen man sich verkleiden kann?"

„Wer sonst will so dringend Gabe finden?" Matt erklärte die Theorie, die er ausgeheckt hatte, nachdem wir mit Marianne gesprochen hatten.

Sie stimmten alle zu, dass es eine Menge Sinn ergab und erklärte, weshalb Coyle Gabe einen Mord anhängen wollte, allerdings nicht, weshalb Goldman das Opfer gewesen war. Brockwell war der Einzige, der nicht ganz überzeugt war.

Er weigerte sich, zu glauben, dass das Rechtssystem so korrupt war, dass Coyle einen Richter bezahlen konnte, um Gabes Verurteilung umzustoßen.

„Er muss doch niemanden bestechen", sagte Matt. „Er kann dafür sorgen, dass seine Zeugen ihre Aussagen zurückziehen. Dann gäbe es eine neue Verhandlung ohne ausreichende Beweise, und Gabe würde freigelassen."

„Die Ermittlung würde neu aufgenommen werden", sagte Brockwell. „Es ist ein Fall, der jetzt eine Menge Wogen geschlagen hat, und jeder will sehen, dass der Gerechtigkeit Genüge getan wird. Meine Kollegen am Yard werden nicht so leicht aufgeben."

„Gut", sagte Willie mit einem betonten Nicken. „Hoffentlich schießen sie sich auf Coyle ein. Jetzt hilf mir, diese Regale wieder an Ort und Stelle zu schieben."

* * *

DA SO VIELE von uns zusammenarbeiteten, war das Haus bald wieder in Ordnung, und Tante Letitia ahnte nichts. Bis auf ein paar lose Bodenbretter war alles, wie es sein sollte, bis es Zeit zu einem späten Mittagsmahl war. Falls sie es für seltsam hielt, dass

Brockwell und die beiden Konstabler sich uns im Esszimmer zu hastig zusammengesetzten Sandwiches anschlossen, sagte sie nichts. Sie plauderte freundlich und fragte sie nach ihrer Arbeit.

Wir übrigen saßen schweigend da. Ich war mir ziemlich sicher, dass die anderen auch über unseren nächsten Schritt nachdachten. Man durfte Lord Coyle nicht erlauben, weiterhin mit seinen Intrigen davonzukommen. Ich war wütend, dass er in mein Haus eingedrungen war, frustriert, weil wir nicht weiterkamen, und erschöpft, weil ich ihn an jeder Front gewinnen sah. Wie lange mussten wir uns noch mit seiner Gier und seinen Plänen herumschlagen, mehr Macht zu ergreifen? Wie lange mussten wir noch in Angst vor ihm leben?

Wir hatten seinen Plan vielleicht abgewehrt, indem wir Gabe bei der Flucht halfen, aber zu welchem Preis? Gabe hätte doch nicht aus dem Land fliehen müssen und unter einem falschen Namen leben sollen, weit weg von seiner Heimat, für den Rest seines Lebens. Und wir hätten nicht wählen müssen sollen, ob wir unser Leben aufgaben und ihm folgten, um Matts Gesundheit zu dienen, oder hierblieben und in den kommenden Jahren zusahen, wie Matts Gesundheit dahinging.

Je mehr ich darüber nachdachte, desto mehr wollte ich etwas tun. Ich wollte die Undinge gutmachen, die uns angetan worden waren, Gabe und jedem Magier, der durch Lord Coyle gelitten hatte. Ich wollte, dass er es bereute, seine Macht so ausgenutzt zu haben, um sicherzustellen, dass Magier ihm Gefallen schuldeten, und ich wollte, dass er ging und uns in Frieden ließ.

Aber was konnte ich tun? Wir waren im Vergleich unbedeutend. Matt mochte reich sein, aber nicht im selben Maßstab wie Lord Coyle. Er mochte Erbe einer Baronie sein, aber Coyle war ein Earl. Leute aus allen Gesellschaftsstufen, darunter Magier, schuldeten ihm Gefallen, und er konnte diese Gefallen einholen, wann immer er wünschte, um uns zu besiegen.

Wir hatten nur eine Handvoll Bewohner in der Park Street Nr. 16, und ein paar Freunde. Ich mochte ja das Gehör des Innenministers und seines leitenden Spions haben, aber sie waren nicht bereit, gegen Coyle einzuschreiten. Selbst sie wussten, dass sie ohne Beweise nichts tun konnten, und diese Beweise zu erhalten, erwies sich als unmöglich.

Was *konnten* wir also tun?

Bis das Mittagessen beendet und das Geschirr weggeräumt war, brauchte Tante Letitia eine Pause. Sie zog sich in ihr Zimmer zu einem Nickerchen zurück, und die beiden Konstabler nahmen ihren Posten draußen wieder ein. Willie und Duke blieben sitzen, die Arme verschränkt, ein übereinstimmendes finsteres Stirnrunzeln auf dem Gesicht. Er sah ihnen gar nicht ähnlich, so lange still zu sein.

Sobald die Tür sich hinter den Konstablern geschlossen hatte, erwachte Willie zum Leben. „Man muss was wegen Coyle unternehmen. Er kann damit nicht mehr davonkommen. Es ist nicht gerecht."

„Ja, aber was?", murmelte Duke.

Matt lehnte sich vor, stützte beide Ellbogen auf den Tisch. Ohne Tante Letitia, die ihn tadeln konnte, war es ihm unwichtig. Er öffnete den Mund, um etwas zu sagen, schloss ihn aber wieder und rieb sich mit der Hand übers Gesicht und das Kinn. Er stieß ein tiefes Seufzen aus.

„Was ist?", fragte ich. „Was denkst du?"

Er legte die Hände flach auf den Tisch, als wäre das die einzige Möglichkeit, um sie stillzuhalten. „Ich denke gar nichts. Das ist das Problem. Ich habe keine Lösungen. Coyle wird nie zugeben, dass er Goldman ermordet hat, und er wird Abercrombie nicht aufgeben, wenn Abercrombie Beweise gegen ihn liefern kann."

„Falls Abercrombie überhaupt noch lebt", fügte Brockwell an.

„Genau. Ohne ihn können wir nicht beweisen, dass Coyle die Aufständischen bezahlt hat."

Willie schnippte mit den Fingern. „Also erfinden wir Beweise."

Duke tippte mit der Faust auf den Tisch. „Gute Idee."

Brockwell stöhnte. „Ich werde so tun, als hätte ich das nicht gehört, Glass. Ich flehe Sie an, lassen Sie sich nicht auf Coyles Niveau herab. Das muss richtig erledigt werden, auf rechtlich einwandfreie Art, oder überhaupt nicht."

Willie schüttelte den Kopf. „Das ist nicht der richtige Zeitpunkt für einen moralischen Kompass, Jasper. Wir müssen dreckig kämpfen, genau wie Coyle, oder wir werden ihn nie schlagen."

„Vielleicht sollten Sie das Zimmer verlassen", sagte Duke mit einem Hauch Mitgefühl in der Stimme zu Brockwell. „Wir wollen Ihre Integrität nicht gefährden."

„Niemand muss das Zimmer verlassen", sagte Matt. „Ich sehe es wie Brockwell. Wir können uns keine Beweise ausdenken."

Was konnten also eine bunte Gruppe Talentfreie und eine Magierin gegen einen mächtigen Mann wie Coyle unternehmen? Es war zum Verrücktwerden und ungerecht, zu sehen, wie ein so schrecklicher Mensch mit Terror, Grausamkeit und Mord davonkam. Fast jeder, der ihm begegnet war, verabscheute ihn, doch niemand konnte ihn aufhalten, alle auszunutzen.

Außer …

Ich berechnete rasch einiges im Kopf und kam auf eine überraschende Zahl. Eine große Zahl sogar. Sie mochte vielleicht reichen.

„Ich habe eine Idee", sagte ich. „Gabe wird es nicht helfen, Lord Coyle ins Gefängnis schicken, aber es könnte seinen Einfluss in der Zukunft mindern. Was Gabe passiert ist, darf nicht noch jemandem geschehen, ganz gleich ob Magier oder talentfrei."

Ich hatte inzwischen ihre ganze Aufmerksamkeit, und Matt drängte mich, weiterzusprechen.

„Ich schlage nicht vor, dass wir etwas Illegales tun. Wir nutzen einfach nur die einzige Waffe, die wir haben – die Leute verabscheuen Coyle. Marianne Folgate und zahllose andere Magier, die wir im Lauf unserer Ermittlungen getroffen haben, hat Coyle benutzt und Gefallen eingefordert, die man zurückzahlen muss. Oft ist dieses Zurückzahlen etwas, das die Magier nicht tun möchten. Ich schlage vor, dass wir jeden Magier kontaktieren, der ihn verabscheut, und dass sie fordern sollen, dass die magischen Artefakte, die er ihnen abgekauft hat, zurückgegeben werden, denn sie wurden unter falschen Vorgaben beschafft. Wir stellen sicher, dass er aus dem Club der Sammler verbannt wird, und bitten alle Magier, ihm niemals wieder etwas zu verkaufen. Nichts davon wird einen tatsächlichen Einfluss auf seine Macht haben, aber es würde ihn erschüttern. Es wird ihn sehen lassen, dass die Magier ihn verabscheuen. Dann, sobald das zu ihm durchgedrungen ist, lassen wir sie ihm sagen, dass sie die Gefallen niemals zurückzahlen werden, die sie ihm schulden. Wenn die Magier sich darin zusammenschließen können und eine vereinigte Front darstellen, hat er keine Wahl. Er kann uns nicht alle bekämpfen. Er wird sehen, dass er jetzt allein dasteht, und dass kein Magier sich mehr vor ihm beugen wird."

Ich schaute mir alle ihre Gesichter an, um ihre Gedanken einzuschätzen. Brockwell wirkte unbewegt, während er sich an den Koteletten kratzte, aber er war ohnehin berüchtigt dafür, schwer einzuschätzen zu sein. Duke und Willie nickten beide mit, während sie über meinen Gedanken nachdachten. Zumindest schnaubte keiner.

Matts Reaktion war ganz anders. Er lächelte. Es fing klein an, nur ein leichtes Zucken seiner Lippen, aber rasch wuchs es. Es war kein glückliches Lächeln. Es war etwas anderes. Stolz.

Dabei schwoll mir das Herz, und ich bekam Mut. „Es ist Zeit, die Magie jenen vorzuenthalten, die sie kontrollieren wollen, und die Kontrolle bei uns zu behalten."

Matt nahm mein Gesicht in beide Hände und küsste mich fest auf die Lippen. „Du bist schön, wenn du wild bist."

„Wild?" Ich schnaubte. „Es ist eigentlich eine alberne Idee. Es reicht nicht, um bei Coyle einen wirklichen Eindruck zu hinterlassen." Je länger ich darüber nachdachte, desto mehr machte sich der Gedanke breit, wie wirkungslos meine Idee war.

Duke war der erste, der aufstand. „Es ist auf jeden Fall etwas, India, und im Augenblick ist es alles, was wir haben. Außerdem müssen wir handeln."

Willie stand auch auf. „Da stimme ich zu. Fangen wir an. Duke, hol Papier und Tinte."

Brockwell musste zurück an die Arbeit, aber wir übrigen machten uns daran, in der Bibliothek Briefe zu schreiben und sie in die ganze Stadt zu schicken. Wir nutzten die Liste der Namen von Magiern, die ich gesammelt hatte, und schrieben ihnen, um sie zu bitten, dass sie fordern sollten, ihre Artefakte zurückzuerhalten und Coyle zu sagen, dass sie ihre Schuld nicht zurückzahlen würden, falls sie noch eine hatten. Wir kannten einige Magier, die Coyle hassten; wir konnten nicht sicher sein, wie es den anderen ging, aber wir schrieben ihnen trotzdem. Ich schickte sogar einen Brief an Fabian.

Eine Stunde verging im Nu, und wir schafften es, die Briefe mitten am Nachmittag aufzugeben. Wir nutzten Botenjungen, um sie persönlich zu überbringen. Es blieb zu sehen, wie die Magier reagierten, und ob Coyle überhaupt ein Interesse daran hatte.

Unsere erste Ahnung, dass der Gedanke nicht schrecklich war, bekamen wir, als Chronos eine kurze Zeit, nachdem die Briefe zugestellt worden waren, bei uns eintraf. Mein Großvater stieg aus der Kutsche und bat mich, die Fahrt zu bezahlen.

„Ich bin im Moment ein wenig knapp bei Kasse", sagte er, während er die Stufen heraufstieg und das Geländer nutzte, um sich zu stützen.

„Was ist mit der Miete für den Laden?", fragte ich, während ich den Kutscher bezahlte.

„Das reicht doch kaum, um die täglichen Ausgaben zu decken." Er wartete, dass ich mich ihm anschloss, dann nahm er meine Hand und tätschelte sie. „Mach dir keine Sorgen um solche Dinge, India. Lass doch deinen Mann die finanziellen Angelegenheiten regeln."

Ich riss meine Hand zurück. „Ich bin völlig imstande, zu verstehen, dass du mehr ausgibst, als du verdienst, ohne dass es mir ein Mann erklären muss, vielen Dank aber auch." Ich beobachtete, wie er die Stufen hinaufging, sein Gang war unbeholfen, weil er so humpelte. „Was ist mit deinem Bein passiert?"

„Also ist es dir aufgefallen." Er rieb sich den Oberschenkel. „Nur ein alter Schmerz, der sich mal wieder vorstellt."

„Musst du zu einem Arzt?"

Er sah mich aus zusammengekniffenen Augen an. „Seaford ist nicht verfügbar."

„Es gibt noch andere Ärzte in London."

„Nicht für mich."

Ich verdrehte die Augen, dann hatte ich einen ziemlich besorgniserregenden Gedanken. Wir waren fast auf der Veranda, auf gleicher Höhe mit Bristow, der an der offenen Tür stand. Ich nahm Chronos am Arm, um ihn aufzuhalten, und senkte die Stimme. „Du hast aber nicht vor, Gabe zu bitten, dein Leben zu verlängern, oder?"

„Ich habe es nicht vor, weil ich ihn bereits gebeten habe."

Ich keuchte. „Was ist denn in dich gefahren, dass du so was machst?"

„Das Alter." Die Falten auf seinem Gesicht kamen in einer Grimasse zusammen, als er sich wieder in Bewegung setzte.

„Er wird es nicht tun."

„Ich weiß", warf er über die Schulter. „Er hat klargemacht, dass er seine Magie nicht bei jemand anderem einsetzen wird." Er knurrte. „Verschwendung eines guten Talents, wenn man mich fragt."

Ich raffte meine Röcke und marschierte ihm nach ins Haus. „Niemand fragt dich, und es ist sein gutes Recht, die Bitte abzuweisen."

„Das heißt aber nicht, dass es mir gefallen muss."

Ich ging voraus in den Salon und bat Bristow, eine frische Kanne Tee und Chronos etwas zu essen zu bringen. Die Augen meines Großvaters leuchteten bei der Aussicht, Mrs. Potters Backwaren zur kosten. Er ließ sich in einen Sessel am Kamin hinab und bat mich darum, das Feuer wieder zu entfachen.

„Oder ist das eine Aufgabe für einen Bediensteten? Deine aristokratischen Protokolle sind mir irgendwie nicht geläufig."

Ich stocherte mit dem Feuereisen in der glühenden Asche und legte weitere Kohle darauf. Matt trat ein, als ich die Ofentür aus Messing schloss.

„Ah, Glass, hier sind Sie ja. Kommen Sie rein, kommen Sie rein." Mein Großvater wollte wohl den Gastgeber spielen, und Matt spielte mit.

Er schüttelte Chronos die Hand, bevor er auf dem Sofa Platz nahm. „Sie sehen gut aus."

„Ich bin alt, und ich habe mehr Schmerzen und Gebrechen als Haare auf dem Kopf." Chronos glättete den weißen Flaum aus Haaren, der mit der Zugluft vor und zurück trieb, aber es blieb nicht unten. „Wo wir gerade von den älteren Leuten reden, wie geht es Miss Glass?"

„Sehr gut, vielen Dank", sagte Matt.

„Und sie wird es nicht zu schätzen wissen, *älter* genannt zu werden", sagte ich.

Chronos zuckte nur mit der Schulter. „Und Ihrer Tante und Ihrem Onkel? Geht es Lord Rycroft gut?"

„Recht gut, denke ich", sagte Matt. „Ich sehe sie nicht oft."

Chronos tippte mit dem Finger nachdenklich auf die Armlehne des Sessels. „Ich verstehe."

„Worauf willst du denn hinaus?", fragte ich. „Weshalb das plötzliche Interesse an Matts Familie?"

„Es ist nicht plötzlich, India. Ich hatte immer Interesse, seit dem Zeitpunkt, als ich erfahren habe, dass du eines Tages die Baronin Rycroft wirst."

Ich konnte nicht glauben, was ich da hörte. „Das ist alles, was dir wichtig ist? Dass du der Großvater einer Baronin bist? Nichts wird sich ändern, wenn das passiert, das weißt du doch."

Er zog eine Schnute. „Kann ich nicht kommen und bei euch in dem großen Haus wohnen?"

„Nein, kannst du nicht."

„Das sehen wir, wenn es Zeit ist", sagte Matt mit sehr viel mehr Geduld als ich. „Aber ich glaube, da ist es noch lange hin."

Chronos knurrte. „Ich erlebe es vielleicht nicht mehr, der Großvater einer Baronin zu sein."

Ich wollte ihn schon für sein Selbstmitleid tadeln, biss mir aber auf die Zunge. So, wie er aussah, waren seine Gebrechen eine Last für ihn, und er spürte sein Alter sehr. Wenn es ihn aufmunterte, zu glauben, dass er eines Tages bei mit uns in Rycroft Hall leben könnte, kostete es mich nichts, ihm den Gefallen zu tun. Immerhin war es sehr unwahrscheinlich, dass Matts Onkel irgendwann in nächster Zeit das Zeitliche segnete.

„Es wird einen Platz für dich bei uns geben, wenn du das möchtest", sagte ich sanft.

Chronos' Falten dehnten sich, als er lächelte.

Bristow trat ein und stellte ein Tablett ab. Ich schenkte Tee ein, während Matt Chronos einen Teller mit einem Stück Kuchen in die Hand drückte. Chronos schlang ihn hinunter, einige Krümel, die nicht auf den Teller fielen, landeten auf seiner Brust. Er wischte sie auf den Boden.

Ich seufzte. Für jemanden mit seiner fortschrittlichen

Haltung war er nicht sonderlich bedacht, was das Dienstmädchen anging. „Gibt es einen Grund für diesen Besuch, Chronos?"

„Den gibt es, wie es der Zufall so will. Zwei Gründe. Zum Ersten ist mir klar, dass Seaford noch lebt und wohlauf ist."

Weder Matt noch ich antworteten, denn er hatte es ja auch nicht als Frage gestellt.

Chronos beobachtete uns beide genau, ob wir reagierten, dann fuhr er fort. „Und zum Zweiten möchte ich euch wissen lassen, dass eure Kampagne einen guten Start hingelegt hat. Schaut nicht so überrascht. Natürlich weiß ich alles darüber. Ich bin gut vernetzt in der Gemeinschaft der Magier."

„Das ist es nicht", sagte ich. „Ich bin einfach überrascht, dass du es bereits weißt. Wir haben die Briefe vor noch nicht mal einer Stunde losgeschickt."

„Ich habe zufällig einen Freund besucht, einen Magier, der Kupferwaren herstellt."

„Ich habe keine Briefe an Kupfermagier geschickt. Den hast du noch nie zuvor erwähnt."

Er wedelte wegwerfend mit der Hand. „Er hat auch keinen Brief bekommen, das war ein anderer Freund von ihm. Ein Kartenzeichner mit dem Namen Gibbons, den er bei einem Treffen der Gesellschaft für Magierwohlfahrt getroffen hat."

„Von dieser Gesellschaft habe ich noch nie gehört", sagte ich.

„Es ist eine neu gebildete Gruppe, wo die Mitglieder einander unterstützen, während wir unsere Magie vor der Welt enthüllen. Für einige Magier ist es eine höchst besorgniserregende Zeit, besonders ältere Leute, die ihre Magie so lange verborgen haben und sich nun irgendwie bloßgestellt und verletzlich fühlen, da sie kürzlich an die Öffentlichkeit getreten ist. Mein Freund hat sie gegründet und mich gebeten, vor den Mitgliedern zu sprechen. Ich habe dort Mr. Gibbons getroffen. Er war ziemlich nervös, und ich stelle mir gerne vor, dass ich ihm geholfen habe, zu erkennen, dass es nichts zu befürchten gibt. Auf jeden Fall kam er, um mit meinem Freund zu sprechen, sobald er euren Brief empfangen hat."

Mr. Gibbons war der magische Kartenzeichner, dessen Enkel entführt und dann ermordet worden war, weil ein rivalisierender Kartenzeichnerlehrling eifersüchtig gewesen war. Das

Schicksal des armen Daniel Gibbons war ein extremes Beispiel dafür, was passierte, wenn die Talentfreien ihre magischen Rivalen fürchteten. Es war eine ernüchternde Erinnerung, wie weit manche gehen würden, um ihren Lebensunterhalt zu schützen. Es war eine Erinnerung daran, wie wichtig es für die Regierung war, die neuen Gesetze so bald wie möglich durchzusetzen.

„Und zu welchem Schluss seid ihr drei gekommen?", fragte Matt.

Chronos trank seinen Tee aus und stellte seine Tasse ab. „Dass es ein guter Anfang ist. Wir sind alle der Meinung, dass man wegen Coyle etwas unternehmen muss. Er ist zu mächtig und gierig geworden, und das auf dem Rücken der Magier, schon viel zu lang. Wir stehen hundertprozentig hinter dir, India. Tatsächlich bin ich gekommen, um dir zu sagen, dass meine beiden Freunde sofort aufgebrochen sind, um weitere Magier zu versammeln und zu Coyles Haus zu marschieren."

„Wann?", fragte Matt.

„Jetzt natürlich. Frischer wird es nicht mehr. Das Eisen schmieden, solange es heiß ist und so weiter."

Ich rieb mir über die Stirn, wo allmählich Kopfschmerzen aufkamen. Es war ein langer Tag gewesen. „Obwohl das genau das ist, was ich mir davon erhofft habe, ist es klug, Coyle jetzt zu stellen, mit nur zwei älteren Männern?"

„Drei, wenn man mich mitzählt." Er schob sich hoch. „Ich bin nur vorbeigekommen, um es dich wissen zu lassen. Auf jeden Fall wird es mehr von uns geben, das siehst du schon. Ich wette, das wird bald eine ziemliche Menge. Man sollte dich beglückwünschen, India. Es ist Zeit, dass die Magier die Welt wissen lassen, dass wir uns nicht ausnutzen lassen. Man sollte uns nicht auf die leichte Schulter nehmen!" Er stieß die Faust in die Luft und marschierte zur Tür. Er wirkte zehn Jahre jünger.

„Vorhin bist du gehumpelt", stellte ich fest.

Er wurde langsamer und humpelte den Rest des Wegs zur Tür, fügte als Bonus auch noch einen Buckel an. „Es kommt und geht." Er hatte sogar den Nerv, noch ein Stöhnen anzuschließen.

Ich hätte wissen sollen, dass er gelogen hatte, um zu versuchen, mein Mitgefühl zu erheischen, als er gebeten hatte, bei uns in Rycroft Hall wohnen zu können, wenn es an der Zeit war.

Aber ich stellte fest, dass ich nicht wütend auf ihn sein konnte. Ich machte mir vielmehr Sorgen.

„Chronos, warte. Ich glaube nicht, dass du zu Coyles Haus gehen solltest. Es könnte gefährlich sein."

Er tätschelte mir den Arm. „Vielen Dank für deine Sorge, aber es ist bestimmt alles gut."

„India hat recht", sagte Matt. „Bleiben Sie hier. Ich gehe."

Ich fuhr zu ihm herum, die Hände auf der Hüfte. „Nein!"

„Ich werde mich nicht einmischen, ich beobachte nur. Ich will wissen, wie viele Magier auftauchen, was für einen Eindruck sie machen. Nichts Schreckliches wird passieren."

„Das weißt du nicht. Es ist Coyle. Schreckliche Dinge passieren, wenn er mit von der Partie ist."

Er küsste mich auf die Stirn, nahm mich an den Armen und schob mich sanft zur Seite, damit er gehen konnte. Er war weg, bevor mir mein frustriertes Seufzen ganz über die Lippen gekommen war.

Zumindest stimmte Chronos zu, zu bleiben, aber ich nahm an, das hatte eher mit dem übrigen Kuchen zu tun als mit etwas anderem. Allerdings weigerte er sich, ein zweites Stück zu essen, als ich es ihm anbot, und rutschte unbehaglich auf dem Stuhl hin und her. Mit einer Grimasse drückte er sich eine Hand auf den Magen.

„Alles in Ordnung?", fragte ich.

„Es ist nichts."

Uns schlossen sich bald Willie und Duke an. Ich entschied, nichts über Matts Aufenthaltsort zu sagen, vor allem, weil ich mir Sorgen machte, dass Willie in eine bereits brandgefährliche Situation preschen würde und sie noch schlimmer machte, indem sie ihre Waffe zog. Als Duke mich fragte, wo Matt war, log ich und sagte, er wäre oben in seinem Bureau.

Chronos hob eine Augenbraue, verbesserte mich aber nicht. Er wusste, dass sein Nahrungsvorrat davon abhing, dass er sich mit mir gut stellte.

Tante Letitia schloss sich uns ebenfalls an und bot an, mir noch eine Tasse Tee einzuschenken, doch der Kessel war leer. „Ich hole noch einen", sagte sie und nahm meine Tasse.

„Frag doch einfach Bristow nach einer frischen Kanne."

„Wir brauchen doch keine ganze Kanne, wenn nur du einen trinkst, und Bristow muss sich mit so einem Kleinkram keine Mühe machen. Ich kann Mrs. Bristow bitten, eine Tasse zu machen."

Nun, das war das Seltsamste, was ich sie je hatte sagen hören. Tante Letitia wich niemals von ihrem rituellen Nachmittagstee ab. Er wurde immer gleich gemacht, mit der Haushälterin, die ihn aufbrühte, und dem Butler, der ihn uns brachte, bis hin zum Eingießen und Trinken. Was war denn in sie gefahren?

„Klingle doch nach Bristow", sagte ich erneut. „Er wird sich darum kümmern, wenn du noch etwas willst."

„Ich will nichts mehr, aber du."

„Nein, ich nicht", sagte ich. „Chronos?"

Er schüttelte den Kopf.

„Dann ist es ja entschieden", sagte ich. „Komm und setz dich zu mir und erzähle von dem Buch, das du liest."

Sie schnaubte laut. „Bist du sicher, dass du keine schöne erfrischende Tasse Tee möchtest?"

„Ich habe alles, was ich brauche, danke." Ich klopfte neben mir auf das Sofa. „Komm und setz dich."

Sie warf einen ziemlich genervten Blick auf die Teekanne und setzte sich schließlich hin. Ich beugte mich vor, um das Silber zu inspizieren und zu sehen, ob Peter beim Säubern nachlässig gewesen war, doch die Teekanne spiegelte mein Gesicht perfekt wider. Es gab keinen einzigen Fleck oder Abdruck darauf. Was immer sie verärgerte, das war es nicht.

Zur Dämmerung kam Cyclops heim und fragte nach Matt.

Duke erhob sich. „Er ist in seinem Bureau. Ich hole ihn."

„Schick Fossett", sagte Tante Letitia.

Aber Cyclops wollte nicht auf den Bediensteten warten und ging an Duke vorbei. „Ich muss mit ihm reden."

Ich sprang auf, um ihm zu folgen und die Wahrheit zu sagen, bevor meine kleine Notlüge sich in aller Öffentlichkeit auflöste.

Meinem Großvater war das unwichtig, und er rief: „Er ist nicht hier. Er ist zu Coyle gegangen."

Willie sah mich mit gerunzelter Stirn an. „India?"

Ich biss mir auf die Lippen und verzog das Gesicht.

Cyclops blieb abrupt stehen und fuhr zu uns herum. „Es gibt

einen Aufruhr bei Coyle. Das wollte ich ihm gerade erzählen. Ich dachte, er will vielleicht nachsehen, ob es Hope gut geht."

„Was für ein Aufruhr denn?", fragte Willie, die sich erhob.

„Ich weiß es nicht. Die Berichte kamen herein, als meine Schicht um war, und ich kam unmittelbar her, um zu sehen, ob ihr es alle wisst."

Chronos schlug sich mit der Faust aufs Knie. „Hervorragende Nachrichten! Ich hoffe, sie geben es Coyle so richtig. Der Unhold hat es verdient."

„Was ist los?", fragte Cyclops vorsichtig. „Sollten wir uns Sorgen machen?"

„Nein, natürlich nicht", sagte ich über die Alarmglocken hinweg, die in meinem Kopf schrillten. „Es ist das Ergebnis unserer Kampagne mit den Briefen heute Nachmittag." Ich erzählte Cyclops und Tante Letitia von den Nachrichten, aber nicht von dem Überfall, der dazu geführt hatte. Es war immer noch das Beste, dass Matts Tante nicht erfuhr, dass man bei ihr zu Hause eingedrungen war. Das war genau die Art Vorfall, die sie völlig durcheinanderbrachte.

„Also ist er nur als Beobachter hingegangen?", fragte Duke.

Ich nickte. „Er hat mir versprochen, dass er sich fernhalten und aufpassen würde."

Willie, Duke und Cyclops wechselten Blicke, dann marschierten sie aus dem Salon.

Ich rannte ihnen nach. „Cyclops, wie schlimm ist es?"

„Ich weiß es nicht", sprach er über die Schulter. „Aber es kann doch nicht schaden, einen Konstabler dort auftauchen zu lassen, der die Menge ruhig hält."

Menge? Guter Gott, ich hatte nur eine Handvoll Magier erwartet. Ich hatte doch nicht so viele Briefe geschickt. „Ich komme mit euch."

Cyclops kam, um mir den Weg zu verstellen. Obwohl er nur ein gutes Auge hatte, schaffte er es, mich damit aufzuspießen, an Ort und Stelle festzunageln. Er war nur selten so entschieden, aber jetzt befahl er mir, hierzubleiben, ohne ein weiteres Wort dazu zu benötigen.

Ich gab nach, zum Teil, weil ich nicht riskieren wollte, in die Gefahr zu laufen, wenn ich ein Kind in mir trug, und zum Teil, weil mich Tante Letitia vielleicht brauchen mochte. Das Wissen, dass Matt in einen Aufruhr verwickelt war, könnte womöglich bei ihr eine ihrer Gedächtnisepisoden auslösen.

Ich war allerdings frustriert, dass ich mit Tante Letitia und Chronos zurückbleiben musste. Ich konnte nicht still sitzen, während ich die Uhr auf dem Kaminsims betrachtete. Ich zog in Betracht, eine Nachricht an Lord Farnsworth zu schicken, um ihn zum Abendessen zu bitten, nur damit ich etwas frivole Gesellschaft hatte, aber er würde ewig brauchen, um sich in Abendkleidung zu werfen, und würde vermutlich eintreffen, nachdem die anderen ohnehin schon nach Hause zurückgekehrt waren.

Ich hatte gedacht, die Zeit würde langsam vergehen, als wir auf die Stunde gewartet hatten, zu der Gabe aufbrechen würde, aber es wurde zu einem richtiggehenden Schneckentempo, als wir auf Matt und die anderen warteten. Das einzig Gute war, dass die Ablenkung hoffentlich Coyle daran hindern würde, nach Gabe zu suchen. Es verschaffte Gabe eine gewisse Freiheit, ungehindert zum Hafen zu kommen.

Solange die Polizei dort nicht auf ihn wartete.

Ich schaute erneut auf die Uhr, während der Zeiger gegen sieben Uhr abends wanderte. Gabes Schiff sollte in einer Stunde aufbrechen.

Es war Zeit, dass Tante Letitia sich zum Abendessen kleidete. Selbst wenn es nur wir drei waren, würde sie sich etwas Eleganteres anziehen, ergänzt durch Schmuck.

Chronos schlug vor, dass wir Karten spielten, während wir warteten, und ich mischte sie gerade, als das Glas in einem der Fenster zerbrach. Instinktiv schützte ich mein Gesicht, aber nicht, bevor eine Scherbe mir in die Wange stach.

„Was zum Teufel?", rief Chronos.

Er hob einen Gegenstand vom Boden auf. Der hatte wohl das Glas getroffen und war auf dem Teppich gelandet. Aber es war ein zu seltsamer Gegenstand dafür. Wie konnte ein Papiergeschoss, elegant zu einer geflügelten Form gefaltet, ein Loch in das Glas brechen? Es war ein Kinderspielzeug, und auch noch federleicht.

O nein.

„Leg das weg!" Ich schnappte es ihm weg und schob es rasch unter das Bein des Beistelltisches. Das Gewicht des Tisches verhinderte, dass es wegflog, obwohl das Papier versuchte, wieder abzuheben.

„Papiermagie", sagte Chronos gehaucht. „Das heißt, dass Hendry hier ist."

Ich musterte das Zimmer. „Werde sofort alles lose Papier los! Und nimm die Bücher weg!"

Beim letzten Mal, als ich Mr. Hendry gesehen hatte, hatte er versucht, Willie und mich zu töten, indem er einen Zauber nutzte, der uns mit tausenden fliegenden Papierstücken in Fetzen geschnitten hätte. Er hatte neben sich gestanden und hätte für sein Verbrechen ins Gefängnis gehen sollen, und zwar sehr lange.

Aber Lord Coyle hatte seinen Einfluss genutzt, um ihn freisprechen zu lassen. Mr. Hendry schuldete Coyle seine Freiheit und vermutlich sein Leben. Diese Schuld war eine erhebliche, die er zurückzahlen musste, und es schien, als wäre die Heirat mit einer Frau, die Coyle für ihn gewählt hatte, nicht genug.

Denn er war hier, bewaffnet mit seinem Flugzauber und vermutlich so viel Papier, wie er tragen konnte.

KAPITEL 14

Der papierene Flügel hörte auf zu flattern. Er lag schlaff
auf dem Boden, das Tischbein zerdrückte ihn. Aber ich
hatte keinen Zweifel, dass Mr. Hendry nicht aufgegeben hatte.
Noch nicht. Dieses gefaltete Papier war eine Warnung. Er würde
zurückkehren.

Er ging nicht einmal weg.

Ein lautes Hämmern an der Tür ließ mich zur Eingangshalle
laufen, während Bristow aufmachte. Er hatte wohl gedacht, es
wäre Matt, der zurückkehrte.

Aber es war nicht Matt, der hereinstürmte, und genauso
wenig war es Mr. Hendry. Mr. Abercrombie schob sich an
Bristow vorbei und ließ mir sein typisches hämisches Grinsen
zukommen. Der für gewöhnlich elegante mittelalte Mann wirkte
ganz wie er selbst, und doch wieder nicht. Sein graues Haar war
durcheinander, seine Krawatte saß schief, und sein Schnurrbart
musste geölt und zurückgestutzt werden. Auch der wilde Blick
in seinen Augen war neu. Sonst waren sie kalt, doch der Wahnsinn verlieh ihnen eine Lebhaftigkeit, die vorher nicht da
gewesen war. Er war er selbst, und doch war er es nicht, wie ein
Zwilling, der im Leben nicht dieselben Vorteile genossen hatte.

Mr. Hendry, der das Haus mit weiteren Männern betrat,
wirkte noch schlimmer. Der Papiermagier mit dem leichten
Knochenbau hatte sich einen Bart wachsen lassen, ihn aber nicht

ordentlich gepflegt. Sein langes Haar schirmte halb seine Augen ab, und auf einem Handrücken waren offene Wunden. Die Fingernägel der anderen Hand waren dunkel von getrocknetem Blut.

„Fossett!", rief Bristow.

Einer der Männer, der Mr. Abercrombie herein gefolgt war, zog eine Schusswaffe aus der Tasche seines Jacketts und schlug sie Bristow an die Schläfe. Die Augen des Butlers rollten nach hinten, und er brach auf dem Boden zusammen.

Ich lief zu ihm, doch Abercrombie schnappte mich am Arm, drehte ihn mir fast um. Ich keuchte, als Schmerzen in meiner Schulter aufblühten, glühend heiß. Ich wollte nicht schreien. Ich wollte nicht Tante Letitia Angst machen, die zwei Stockwerke über mir im Schlafzimmer stand.

„Lassen Sie sie los", knurrte Chronos.

„Oder Sie tun was, alter Mann?" Mr. Abercrombie kicherte. „Reparieren meine Uhr?"

Meine Taschenuhr. Hätte ich sie nur bei mir gehabt. Aber ich trug sie kaum je bei mir, wenn ich im Haus war. Sie lag auf dem Ankleidetisch in meinem Pompadour. Würde sie sich an die Arbeit machen, mich zu retten, von ganz dort oben? Konnte sie wissen, dass mein Leben in Gefahr war, und läutete in diesem Augenblick wie verrückt, versuchte, aus dem Pompadour zu hüpfen?

„Was wollen Sie?", zischte ich.

Mr. Abercrombie nickte den vier Männern zu, die Hendry und ihm nach drinnen gefolgt waren. Sie alle kannten ihre Befehle, und die Männer waren unterwegs in unterschiedliche Räume oder die Stufen hinauf, ohne weitere Anweisungen zu benötigen. Sie suchten nach etwas. Oder sehr wahrscheinlich nach jemandem.

„Wie können Sie es wagen!", empörte sich Chronos. „Sie können hier nicht einfach so eindringen."

Mr. Abercrombie zog seine Waffe. „Sie werden feststellen, dass mir das Zugang verschafft, wo immer ich hin will." Er richtete die Waffe auf mein Gesicht. „Sie werden auch feststellen, dass ich sie erschieße, wenn irgendjemand etwas Drastisches unternimmt oder flieht. Dazu gehören auch die Bediensteten."

Chronos knurrte. „Sie werden sie nicht erschießen. Sie ist für Coyle zu wertvoll."

„Das was sie einmal, aber nicht mehr."

Chronos schob mich hinter sich, was ihm ein Kichern von Abercrombie einbrachte.

„Sie sind ein alter Mann, Steele. Sie können sie nicht schützen." Mr. Abercrombie schaute die Stufen hinauf und packte seine Waffe fester. „Aber diese Uhr, die sie hat, kann das, darum ..." Er richtete die Waffe auf Bristow, der inzwischen auf dem Boden stöhnte, während er sein Bewusstsein wiedererlangte. „Bedienstete sind entbehrlich, meiner Meinung nach. Finden *Sie* sie entbehrlich?" Als keiner von uns sich regte, wurde sein Lächeln breiter. „Das dachte ich mir auch."

Oben wurde eine Tür zugeschlagen.

„Dr. Seaford werden Sie hier nicht finden", sagte ich, trat aus dem Schatten meines Großvaters.

„Ach, das weiß ich."

Ich runzelte die Stirn. Wonach suchten sie dann?

Ich musste nicht lange warten, um das herauszufinden. Einer der Männer kam die Stufen herab, meine Uhr hing an ihrer Kette von seinen Fingern. Er warf sie zu Abercrombie.

Abercrombie nahm die Taschenuhr in seine Faust. Sie war still, sie schlief. Mein Leben war nicht in Gefahr, deshalb erwachte ihre Magie nicht. Bristows Leben kümmerte sie nicht, oder das Leben eines anderen. Solange ich nicht unmittelbar bedroht wurde, würde sie nicht zur Warnung läuten oder Abercrombie oder seine Männer angreifen. Ich war mir nicht sicher, ob Abercrombie das nach unserer Begegnung bei Harrods erraten hatte, und ob er mich deshalb gerade nicht unmittelbar bedrohte, oder ob er den Befehl von Coyle erhalten hatte, mir keinen Schaden zuzufügen.

Wenn wir ihn dazu bekommen konnten, vor der Polizei zuzugeben, dass er für Coyle arbeitete, konnte das vielleicht alles zu unseren Gunsten ausgehen. Wenn ich nur vernünftig mit ihm reden könnte.

Aber so, wie er aussah, war er jenseits aller Vernunft. Mr. Hendry ebenfalls, der stumm und wütend neben Abercrombie stand.

Dennoch musste ich es versuchen. „Sie können immer noch mit Scotland Yard verhandeln. Sie wollen Coyle, nicht Sie. Wenn Sie ihnen sagen, was Sie getan haben, dass Sie unter Befehl gehandelt haben, um Ihr Leben gefürchtet haben, werden sie nachsichtig mit Ihnen sein.“

Mr. Abercrombie schnaubte. „Niemand, der Coyle in die Quere kommt, ist sicher. Nicht hier draußen und nicht im Gefängnis. Also verzeihen Sie mir, wenn ich sage, dass ich Ihnen nicht helfen werde. Ich kann Ihnen nicht helfen. Nicht, wenn ich am Leben bleiben möchte.“

„Sie glauben, Sie sind jetzt in Sicherheit? Sie sind für ihn eine Last. Sie wissen zu viel.“

Er entsicherte die Waffe. Das Klicken war ohrenbetäubend in der ansonsten stillen Halle. „Sie glauben, ich bin nicht mehr nützlich? Überlegen Sie sich das noch mal.“

„Bitte schließen Sie nicht! Sie haben, wozu Sie hergekommen sind.“ Ich nickte zu meiner Taschenuhr in seiner Faust. „Nehmen Sie sie und gehen Sie.“

Neben mir richtete sich Chronos auf. „Sie haben meine Enkelin gehört. Hinaus mit Ihnen.“

Abercrombie hob die Uhr. „Sie glauben, ich möchte diesen Talisman mitnehmen?“

Er ließ sie auf den Boden fallen. Der Deckel sprang auf, aber sie brach nicht.

Er bohrte den Absatz in das Ziffernblatt der Uhr, zerbrach das Glas. Das Knacken und Krachen des Emailles und des brechenden Metallscharniers schickte ein gewaltsames Beben durch mich hindurch. Silber kratzte über die Kacheln, als er die Bruchstücke wegtrat. Sie kullerten über den Boden und lagen dann unter dem Tisch in der Eingangshalle. Jetzt konnte sie mich nicht mehr retten.

Mr. Abercrombie richtete die Waffe auf mich.

Seine Zunge schnellte vor, er leckte sich die Oberlippe. Er genoss das.

Chronos streckte den Arm aus, versuchte, mich zu schützen. „Sie können sie nicht umbringen! Coyle wäre wütend.“

„Es ist *sein* Befehl, dass sie das Haus nicht lebendig verlässt.“

Ein Loch tat sich in meinem Magen auf. Galle kam mir brennend die Kehle hoch. Mir war schlecht. Ein entfernter Teil von mir fragte sich, wie Abercrombie reagieren würde, wenn ich mich auf seinen teuren Schuhen übergab.

Obwohl die Angst meinen Körper gepackt hatte, arbeiteten meine Gedanken schneller denn je. Deswegen also hatte er meine Uhr gewollt – um sie zerstören, damit sie mir nicht das Leben retten konnte. Seine einzige Absicht, als er hierhergekommen war, war es, mich zu töten.

Es schien allerdings, als wäre er der Einzige, der sich des Plans bewusst gewesen war. Der Schock auf Mr. Hendrys Gesicht war eindeutig, doch seine Züge glätteten sich rasch zu einem höhnischen Lächeln, das zu dem von Abercrombie passte. Von den vier Männern, die alle von ihrer Suche im Haus zurückgekehrt waren, schienen nur drei durch diese Wendung der Ereignisse besorgt zu sein. Der vierte wirkte, als wäre er begierig darauf, mein Gehirn in der Eingangshalle verspritzt zu sehen.

„Das ist nicht der Grund, weshalb wir hergekommen sind", sagte einer der drei Männer zu Abercrombie. „Sie haben nichts davon erwähnt, eine Frau eiskalt zu ermorden."

Mr. Abercrombie starrte mich weiter an, seine Augen glitzerten inzwischen bei der Aussicht, mein Leben zu beenden. „Geht. Ihr müsst daran nicht teilnehmen. Tatsächlich dürfen alle gehen. Sie auch, Hendry. Steele, es liegt bei Ihnen."

„Ich bleibe hier", knurrte Chronos.

Abercrombie zuckte mit den Schultern. „Ganz, wie Sie wollen."

„Ich bleibe auch", sagte Mr. Hendry. „Coyle wollte, dass ich Zeugnis ablege, und ich schulde es ihm."

„So zahlen Sie ihm also Ihre Schuld zurück?", rief ich. „Indem Sie sich am Mord an mir beteiligen?" Aber es war hoffnungslos, an sein gutes Wesen zu appellieren. Das hatte er nicht. Hendry hatte schon einmal gemordet.

„Meine Schuld ist jetzt zurückgezahlt", sagte einer der Männer zu Abercrombie. „Stellen Sie sicher, dass Coyle erfährt, dass ich nur gegangen bin, weil Sie das so gesagt haben."

Abercrombie wedelte mit der Waffe zur Tür. „Ja, ja, ihre Schuld ist bezahlt, Abschaum."

Der Mann presste die Lippen aufeinander, ging aber ohne ein weiteres Wort.

„Er war ein Magier, oder?", fragte ich. „Er hat Coyle etwas geschuldet, und jetzt betrachtet er es als beglichen, da er hergekommen ist. Und Sie?", fragte ich die drei verbleibenden Männer. „Schulden Sie alle Coyle etwas?"

Zwei nickten, während der dritte, der nicht zusammengefahren war, als ihm klar geworden war, dass ich ermordet werden sollte, den Kopf schüttelte. „Ich werde bezahlt", sagte er einfach. „Mir macht es nichts, ein bisschen Magierblut vergossen zu sehen. Ich habe nichts für Magier übrig. Mein Pa hat sein Geschäft verloren, als ein Schreinermagier neben ihm einen Laden eröffnete. Also können Sie alle zur Hölle fahren, soweit es mich betrifft." Er spuckte vor die Füße der beiden verbleibenden Männer.

Ich wandte mich an sie beide. „Das ist Wahnsinn. Bitte, Sie können ihn aufhalten. Das hat nichts damit zu tun, dass ich Magierin bin, sondern nur mit menschlichem Anstand."

Einer der Männer wurde kreidebleich, dann lief er durch die Eingangstür. Der zweite, der Abercrombie herausgefordert hatte, trat zu ihm. „Es gibt zu viele Zeugen, Sir. Sie werden nicht damit davonkommen, Mrs. Glass zu ermorden."

„Ich habe gesagt, Sie sollen gehen", fauchte Abercrombie. „Jetzt hinaus mit Ihnen!"

Aber der Mann war hartnäckig. „Ich habe nicht gedacht, dass wir deswegen herkommen, ansonsten hätte ich niemals zugestimmt. Jetzt kommen Sie, seien Sie vernünftig. Sie ist nur eine Frau ..."

„Sie ist eine Frau, die alles zerstören kann! Sie kann Männer wie mich in den Ruin treiben. Anständige, hart arbeitende Männer. Als Anführerin der Magier ist sie gefährlich."

„Ich bin die Anführerin von nichts und niemandem", sagte ich. „Das ist Wahnsinn. Wenn Sie mich ermorden, werden Sie gehängt."

Abercrombie wischte sich mit der Schulter eine Schweißperle ab, die sein Gesicht herablief. „Coyle wird mich schützen."

„Er will nur sich selbst schützen. Er wird Sie den Wölfen zum Fraß vorwerfen, wann immer es ihm passt."

„Hören Sie auf sie!", drängte der Mann. „Sie ist nicht unsere Anführerin, nur eine Galionsfigur. Wenn sie ermordet wird, wird es nichts an der magischen Bewegung ändern. Wir werden dann nicht wieder zurück in unsere Verstecke kriechen. Machen Sie das nicht. Was immer Sie Coyle schulden, finden Sie eine andere Möglichkeit, es ihm zurückzuzahlen. Oder schließen Sie sich den Protestierenden vor seinem Haus an und verlangen Sie, dass Sie von Ihrer Vereinbarung befreit werden. Das werde ich jetzt machen. Ich dachte, es würde meine Schuld begleichen, herzukommen, aber jetzt sehe ich, dass das nicht stimmt. Der Preis, den Coyle von mir will, ist zu hoch. Ich werde das machen, wofür sich die anderen entschieden haben, und ihn auffordern, uns in Frieden zu lassen. Wenn wir zusammenstehen, kann er nicht gewinnen. Wir sind zu viele." Er packte Abercrombie an der Schulter. „Es wird keine Rolle spielen, dass Sie kein Magier sind, Sir. Kommen Sie, schließen Sie sich mir an."

Mr. Abercrombie schüttelte ihn ab. „Ich werde mich nicht auf dieselbe Seite stellen wie Dreck wie Sie. Hexen und Dämonen, ihr alle." Er schwang den Arm herum und richtete die Waffe auf die Brust des Mannes.

Er schoss.

Ich schrie und ließ mich zu Boden fallen. Irgendwo weit hinten im Bedienstetenbereich gab es weitere Schreie. Bristow legte die Arme über den Kopf.

Chronos ging auf ein Knie und schüttelte mich. „India? India?"

„Alles in Ordnung", murmelte ich.

Ich schaute auf den Körper des toten Mannes, der um mein Leben gefleht hatte. Blut lief aus der klaffenden Wunde in seinem Oberkörper auf die Kacheln. Seine Augen starrten an die Decke, waren leer. Er hatte nicht einmal Zeit gehabt, dass der Schock bei ihm ankam. Einen Augenblick lang war er am Leben gewesen, und im nächsten tot. Es war unglaublich. Das konnte doch nicht passieren. Nicht hier bei mir zu Hause im kultivierten Umfeld von Mayfair. Das war unmöglich.

Und doch war es grauenerregend echt.

Abercrombie war gnadenlos. Er schaute zufrieden auf den Leichnam hinab. „Jetzt gibt es einen Zeugen weniger."

„Einen Magier weniger", sagte der Mann, der das Haus durchsucht hatte. Er war der Einzige, der übrig war, zusammen mit Abercrombie und Hendry.

Mr. Hendry wirkte nicht zufrieden, als er auf den Leichnam hinabstarrte. Sein Gesicht war ausdruckslos. Der kaltblütige Mord hatte ihn nicht betroffen gemacht. Der Mann war wahnsinnig geworden in den Monaten, seit ich ihn zum letzten Mal gesehen hatte. Bei ihm würde man nicht durchkommen, man konnte sich nicht an sein besseres Selbst richten. Sein besseres Selbst war verloren, falls er je eins gehabt hatte.

„Wir sollten gehen", sagte der Schlägertyp. „Die Bediensteten sind inzwischen sicher durch den hinteren Eingang gegangen, um Glass zu holen. Bringen Sie es hinter sich und raus mit uns hier."

Alle drei wandten sich zu mir. Wieder einmal war die Waffe auf meinen Kopf gerichtet.

Mein Herz hämmerte in meiner Brust, mein Blut rauschte, drängte mich zur Flucht. Aber die Flucht war unmöglich. Ich würde nicht weiter kommen als einen Schritt, bevor Abercrombie abdrückte. Er wollte mich umbringen. Da war ich mir sicher. Es war nur eine Frage, ob ich mit Würde starb und auf meinen Mörder herabstarrte, oder mit einer Kugel im Rücken.

„Das können Sie nicht tun!", rief Chronos. „Sie ist eine Frau! Sie erwartet ein Kind, um Himmelswillen!"

Ich blinzelte ihn an. Woher wusste er das? Oder war es nur eine List, damit die Männer ihr Verbrechen noch einmal neu überdachten?

So oder so hatte es aber die gewünschte Wirkung. Nicht bei Abercrombie oder Hendry, aber auf den dritten Mann, den talentfreien Grobian. Seine Lippen öffneten sich zu einem stillen Keuchen. Er fing an, vor Abercrombie den Kopf zu schütteln, doch Abercrombie steckte nur den Arm weiter aus. Er drückte ab.

„Noch ein Magier?" Er verzog den Mund. „Nein, danke."

Der Grobian stürzte sich auf Abercrombies ausgestreckten Arm. Er zog ihn nach unten, aber nicht ganz, und nicht bevor Abercrombie den Schuss abgab.

Ich kreischte erneut, als in meinem Oberschenkel hoch oben

Schmerz explodierte. So einen Schmerz hatte ich noch nie gespürt. Es fühlte sich an, als würde mein Bein brennen und gleichzeitig zerquetscht werden.

Ich erinnerte mich nicht daran, zu fallen, doch ich war auf dem Boden, packte mein Bein, versuchte die Blutung und den Schmerz zu stillen. Aber es war sinnlos. Überall war Blut. Meine Röcke waren bald damit getränkt, und meine Hände.

Ein rauschendes Geräusch füllte mein Kopf, wie das Geräusch eines überschwappenden Damms. Noch lauter waren die Geräusche eines weiteren Schusses und rufender Stimmen. Viele Stimmen. Ich konnte sie nicht auseinanderhalten. Männlich, weiblich, alt oder jung … Es waren viele. Manche Rufe waren zornig, andere ängstlich.

Und dann wurde einer kristallklar, wie eine mächtige Lampe, die aus einem dichten Nebel hervorkam. „India! India! Kannst du mich hören?"

Matt.

Ich spürte sein Gesicht neben meinem, seinen abgehackten Atem auf meiner feuchten Wange. Weinte ich, oder er?

„Meine Liebste, wach auf. Um Himmelswillen, sag etwas!"

Ich öffnete die Augen – mir war nicht klar gewesen, dass ich sie geschlossen hatte – und schaute in das Gesicht eines entsetzten Mannes. Er hatte nie so blass gewirkt, so zerfleddert. Seine Haare fielen nach vorne, als er sich über mich beugte, Tränen standen in seinen Augen, und sein Mund war vor Furcht verzogen.

Sein Atem ging schneller, als ihm klar wurde, dass ich noch lebte, und er zog mich an seine Brust zu einer Umarmung, die sowohl fest als auch sanft war. „Alles in Ordnung, India. Es kommt alles in Ordnung. Du bist in Ordnung." Er sagte es immer wieder, hoffte vielleicht, sich selbst zu überzeugen.

Aber es würde nicht in Ordnung kommen. Ich verlor eine Menge Blut. Mein Körper wusste es, und ich begann zu zittern.

Die Stimmen hatten sich beruhigt. Es gab jetzt nur noch eine, die von Mrs. Bristow, die befahl, dass man meine Röcke zerriss und die Wunde fest abband, um den Blutfluss zu stillen. Bei dem Reißen des Stoffs fuhr ich zusammen, und ich spürte, wie meine Röcke ganz nach oben geschoben wurden.

Jemand gab einen leisen, verzweifelten Schrei von sich. Es war eine Frau, aber nicht Willie. Also Tante Letitia oder eines der Dienstmädchen. Nicht Mrs. Bristow. Sie band mir das Bein ab, verknotete den Stoff so fest, dass das Blut nicht durchkommen konnte. Wenn es nicht durchkam, würde mein Herz noch lange genug schlagen, während wir auf den Arzt warteten.

Aber ich würde mein Bein verlieren, wenn das Blut zu lange darin abgeschnitten war. Ein Schmerzensschrei kam aus meiner Kehle, und Matt hielt mich wieder. Mein Kopf lag auf seinem Schoß, seine Hände zu beiden Seiten meines Gesichts, um mich zu streicheln.

„Ist nach dem Arzt geschickt worden?", würgte er hervor.

„Ja, Sir", erwiderte Bristows bebende Stimme.

„Das ist nicht der Arzt, den wir brauchen", fuhr Chronos alle an. „Sie hat bereits zu viel Blut verloren. Sie wissen, wo er ist, oder?"

Matt zögerte nicht. „Holt Gabe", befahl er.

„Nein", schaffte ich es, zu flüstern, noch während meine Zunge sich zu groß in meinem Mund anfühlte. „Zu gefährlich … sie werden ihn erwischen."

Matt strich mir die Haare aus der Stirn. „Er ist der Einzige, der dich heilen kann, India. Wir werden ihn holen. Duke!"

„Ich gehe." Willies Stimme war unheilschwanger. Ihr Gesicht erschien über mir, so ernst wie das von Matt, aber mit trockenen Augen. Sie hob ihre Waffe für alle hoch, damit sie sie sehen konnten, und schob sie sich in den Gürtel. Der zweite Schuss war wohl von ihr gekommen. Ich fragte mich, ob sie es geschafft hatte, Abercrombie oder Hendry zu töten.

Ich griff vor, um sie aufzuhalten, aber sie war weg, und meine Hand war schwer wie ein Ziegelstein und bewegte sich langsam. „Unfair", murmelte ich.

Sie tauschten mein Leben gegen das von Gabe. Das war nicht richtig.

„Los!", rief ihr Matt zu. „Fang ihn am Hafen ab. Und wenn er sich weigert, sag ihm, dass sie ein Kind erwartet."

Ich schloss die Augen, versuchte, den Kopf zu schütteln. Ich war mir nicht sicher, ob ich es schaffte oder nicht. Wir konnten doch dieses Dilemma nicht Gabe auferlegen. Er sollte diese Wahl nicht treffen müssen. Ich wollte nicht, dass er sie treffen musste.

Aber es war nicht mehr nur mein Leben. Wenn ich ein Kind erwartete … musste ich leben. Ich wollte leben.

„Das Schiff legt in zehn Minuten ab." Dukes Stimme war von Panik erfüllt. „Und man fährt zwanzig Minuten zum Hafen."

„Dann beeilt sie sich verdammt noch mal lieber."

Selbst in meinem schmerzerfüllten, kaum bewussten Dasein wusste ich, dass Willie Gabe nicht rechtzeitig erwischen würde. Und falls sie es schaffte, stand ihnen eine weitere zwanzigminütige Fahrt zurück bevor.

Zeit. Davon gab es nicht genug.

Ich würde hier in den Armen des Mannes sterben, der mich liebte, bevor sie zurückkehrten. Nicht allzu viele Frauen konnten um ein solches Ende bitten. Viele würden mich glücklich schätzen, so geehrt, geliebt und umsorgt zu werden.

Aber alles, was ich spürte, war eine überwältigende, verzweifelte Traurigkeit. Nicht um mich, aber um den Mann, den ich zurücklassen würde, und unser Kind, das nie geboren werden würde.

KAPITEL 15

Wenn er zu seinem Wort stand, würde Gabe sich weigern, zu kommen. Er hatte deutlich gemacht, dass er seine Magie nicht wieder einsetzen würde, um noch ein Leben zu retten. Ganz gewiss würde er seine Freiheit und seine Zukunft nicht aufs Spiel setzen, indem er herkam.

Aber deshalb war Willie gegangen, wurde mir klar. Sie und ihre Waffe würden dafür sorgen, dass ihm keine Wahl blieb.

Meine Hoffnung stieg, noch während ich gegen den Schmerz und die überwältigende Verzweiflung ankämpfte, dass sie ihn nicht vor seiner Abreise erwischen würde, und falls sie es tat, könnte er sich weigern, zu kommen. Er sollte sich weigern, und ich sollte nicht wollen, dass er seine Magie einsetzte.

Aber ich wollte, dass dieses Baby lebte, und in diesem Augenblick spielte nichts sonst eine Rolle.

„Sie sind entkommen", erklang Cyclops' Stimme zwischen seinen angespannten Atemzügen.

„Wir kümmern uns später um sie." Matt klang wegwerfend.

„Wie geht es ihr?"

Niemand antwortete.

Cyclops fluchte tonlos.

„Harry?", drang Tante Letitias dünne Stimme zu uns. „Harry, was ist denn los mit Veronica?"

Matt seufzte laut, und ich spürte, wie sein Körper zusammensank. Aber er war nicht derjenige, der antwortete. Duke und Cyclops beruhigten Tante Letitia, ihre Stimmen verklangen leise, leise im Hintergrund, während sie sie weglotsten. Ich wusste nicht, wo ihr Dienstmädchen war. Vielleicht umgekippt wegen all des Blutes.

Es war bestimmt jede Menge Blut. Jetzt sickerte es langsam aus mir heraus, durch den Druckverband, aber es lief immer noch. Ich wurde schwächer und mir wurde kälter, mit jeder vergehenden Minute.

Minuten. Meine Uhr.

Ich kämpfte darum, die Augen zu öffnen. Matts Gesicht füllte mein Blickfeld. Es schien ihm Mut zu machen, dass ich noch bei Bewusstsein war. In seiner Brust hob sich ein tiefer, zitternder Atemzug.

Meine Uhr. Ich versuchte, ihm zu sagen, dass sie kaputt war, dass Gabes Magie ohne sie nicht wirken würde, aber meine Worte waren undeutlich und kaum hörbar. Ich konnte meine Stimme nicht erheben. Ich hob einen Finger und deutete darauf.

Er folgte meinem Blick, dann stöhnte er und senkte den Kopf.

„Abercrombie hat sie zerstört", erklärte Chronos. „Er wusste, dass sie ihr das Leben retten würde, wenn sie in Gefahr war." Er drückte mir etwas in die Hand. Ich erkannte die Form gut. „Mein Geschenk an dich, meine liebe Enkeltochter. Diese Uhr gehört jetzt dir."

Indem er mir die Uhr schenkte, machte er sie zu meiner, und wenn sie meine war, konnte sie mir das Leben retten, wenn medizinische und Zeitmagie darin zusammenwirkten. So hatten wir Matts Leben gerettet, nachdem seine Uhr zerstört worden war.

Ich schaute zu meinem Großvater auf. Er wirkte erschöpft, seine Augen in tiefen Schatten versunken. Er schien sich zusammenzureißen, als hätte er Schmerzen und versuchte, sie mich nicht sehen zu lassen. Er legte meine Finger um seine Taschenuhr – jetzt *meine* Taschenuhr – und schloss meine Faust in seine beiden Hände ein. Er hielt sie fest, packte mich, als würde er wegtreiben, wenn er losließ.

Meine Lider wurden schwer, aber ich kämpfte darum, sie

offenzuhalten, um Matts Blick mit meinem festzuhalten, noch während das, was ich dort sah, mir Angst machte.

Aber das Kämpfen wurde schwerer und schwerer, bis es nicht mehr möglich war. Ich ließ meine Augenlider wieder zufallen.

„Nein, India!" Seine Stimme kam im Befehlston, wütend. So sprach er nie mit mir. Niemals. „Ich verbiete dir, zu … Ich verbiete es dir."

Es war eine fast unmögliche Aufgabe, aber ich öffnete sie wieder. Es fühlte sich an, als hätte ich eine Schlacht gewonnen, aber sie hatte mich Energie gekostet, die ich nicht übrig hatte. Matt hatte allerdings recht. Ich musste wach bleiben, bis Gabriel ankam. Wenn er da war und seine Magie einsetzte, dann konnte ich nachlässig werden.

Falls er kam.

Ich konzentrierte mich auf den Schmerz. Es brannte noch, aber nicht mehr so heftig. Es war eher ein dumpfes Pochen.

Und ich hielt meinen Blick auf Matt gerichtet. Ich kannte jeden Quadratzentimeter seines Gesichts, aber ich musterte ihn wieder, in jeder Einzelheit. Die gerade Nase und die hohen Wangenknochen, der ausdrucksvolle Mund, der so rasch ein Lächeln formte. Aber nicht jetzt. Jetzt war er fest verkniffen, während er darum kämpfte, seine Gefühle für sich zu behalten. Sein Kinn war ebenfalls angespannt. Allmählich formten sich bereits die Schatten von Bartstoppeln. Winzige Falten breiteten sich in den Augenwinkeln aus und gruben sich in seine Stirn. Sorgenfalten. Ich wollte ihm sagen, dass er sich keine Sorgen machen musste, dass alles gut werden würde, aber meine Stimme wollte nicht mitspielen, und er hätte ohnehin gewusst, dass ich log.

Und schließlich konzentrierte ich mich auf seine Augen. Sie waren tiefe Seen, die Farbe wirbelte und wechselte mit dem Lampenlicht und seinen Gefühlen. Sie waren zwei bodenlose Kugeln aus Blauschwarz, enthielten ganze Ozeane und den Mitternachtshimmel und mehr Liebe, als ich je für möglich gehalten hatte. Frauen lebten ihr ganzes Leben, ohne jemals eine Liebe von einem Mann wie Matt zu erfahren. Einem Mann körperlicher und geistiger Stärke, so charmant und attraktiv, fürsorglich und fähig. Ich hatte Glück.

Ich war glücklich.

Sein Gesicht verschwand.

„India." Mein Körper bebte, und Matts Stimme wurde höher. „India! Bleib wach. Bleib bei mir. India!"

* * *

STIMMEN UMGABEN MICH. Wütende, laute Stimmen, die gegeneinander anschrien. Es war genug, um die Toten aufzuwecken. Der Gedanke erheiterte mich. Vielleicht war ich tot.

Aber das war nicht der Himmel.

„Mach es!", rief Willie. „Mach es jetzt!"

„Bittet mich nicht darum!" Gabe. Das war Gabe!

Ich versuchte, die Augen zu öffnen, aber sie wollten nicht weiter aufgehen als kleine Schlitze. Es fühlte sich an, als lägen Wackersteine auf meinen Augenlidern.

„Sie ist wach." Die Erleichterung in Matts Stimme zog die Aufmerksamkeit aller auf sich.

Etliche Gesichter beugten sich heran, eine Mischung aus Erleichterung und Sorge war in jedem von ihnen deutlich zu sehen. Willie hatte nasse Haare. Seltsam, wo doch der Abend so klar gewesen war.

Ich lag immer noch auf dem Boden der Eingangshalle, mein Kopf auf Matts Schoß, seine Hände strichen mir durch die Haare, über meine Wange, meine Stirn. Meine Beine konnte ich inzwischen kaum mehr spüren. Der Schmerz war ein dumpfes Ziehen.

Ich blinzelte Gabe an und versuchte zu lächeln. „Bitte." Ich weiß nicht, ob er mein Flüstern hörte, doch meine Lippen konnte er gut lesen.

Er schloss die Augen kurz, dann öffnete er sie wieder. „India ... bitte verstehe, was du da von mir verlangst."

Ich versuchte zu nicken. Ich wollte ihn wissen lassen, dass ich es wusste, aber trotzdem darum bat. Vielmehr sogar flehte. „Nicht für mich." Ich musste die Nachricht überbringen. Musste ihn verstehen lassen. Meine Atmung war gequält, und es brauchte eine enorme Anstrengung, aber ich brachte die Worte hervor. „Das Baby."

Es stand keine Überraschung auf seinem Gesicht, nur tiefe Sorge und Bedauern. „Sie haben es mir gesagt. Aber das ist doch das Problem. Welche Wirkung wird die Magie auf das Baby haben? Die ersten Wochen sind entscheidend für seine Entwicklung. Zwei Arten von Magie in deinem Körper zu vereinen … was wird das dem Fötus antun?"

Plötzlich wurde er aus meinem Sichtfeld zurückgerissen, und Willie knurrte mit einer Stimme, die erstickt war vor Gefühlen: „Wenn du es nicht tust, bringe ich dich um."

„Sie schulden uns was", sagte Duke. „Wir haben Ihnen bei der Flucht geholfen."

„Als Arzt kann ich doch nicht dafür verantwortlich gemacht werden, an einem Fötus zu experimentieren! Ihr habt doch alle den Verstand verloren."

„Vielleicht haben wir das." Das war Cyclops, seine tiefe, sonore Stimme brachte ein wenig Ruhe ein. „Aber Sie sind ein Arzt, und Ärzte retten Leben. Es ist Wahnsinn, dass Sie es nicht versuchen. Sie werden es bedauern, wenn Sie es nicht tun. Das wissen Sie selbst."

„Ich kann nicht an ihr experimentieren, wo sie doch ein Kind erwartet. Nicht mit etwas Unbekanntem wie heilender Magie."

„Ich weiß, dass es gefährlich sein könnte", sagte Matt dringlich. „Ich weiß, es könnte …" Er brach den Satz ab. „Aber es *wird* India das Leben retten. Und eines ist besser als keins."

„Sie verstehen nicht. Es könnte das Baby umbringen, das stimmt. Aber was mir mehr Sorgen macht, ist, wenn es überlebt und … Die Wirkung. Es könnte …"

„Es könnte was?"

„Es könnte als Monster geboren werden."

Eine angespannte Stimme senkte sich um mich, so düster und traurig wie eine Winternacht. Mein Herz bebte in der Brust, und ich schloss wieder die Augen. Die Energie, die ich genutzt hatte, um das Bewusstsein wiederzuerlangen, forderte ihren Tribut, und ich spürte, wie meine Lebenskraft aus mir sickerte und die Welt verblasste.

Matts Daumen strich über meine Wange, schmerzhaft sanft. Als er etwas sagte, klang es so nahe, als kämen die Worte von meinen eigenen Lippen. „Ich werde ihn oder sie trotzdem lieben."

Gabe fluchte leise. Er wurde schwächer, aber er hatte noch nicht zugestimmt.

Ich erwartete, dass Willie ihn mit vorgehaltener Waffe zwang, doch es war Chronos, der als nächstes etwas sagte. „Das ist die Sache bei Experimenten. Manchmal scheitern sie. Manchmal gelingen sie, aber die Wirkung ist nicht das Erwartete. Und manchmal gelingen sie genauso, wie man es sich erhofft hat, oder besser."

Gabe sagte nichts. Das war ein gutes Zeichen.

„Jetzt gehen Sie an ihre andere Seite." Chronos' vom Alter raue Hände berührten meine, versicherten sich, dass ich die Uhr hielt. „Sie operieren und sprechen Ihren Zauber. Ich spreche meinen."

Gabe ließ sich links von mir nieder. „Cyclops, hast du die Tasche des anderen Arztes? Ich nehme erst die Kugel heraus, dann vernähe ich die Wunde. Chronos, beginnen Sie Ihren Zauber."

Chronos begann ihn aufzusagen, die Worte waren mir vertraut. Gabes Spruch schloss sich seinem an, und ich spürte, wie an meinem Bein in der Nähe der Verletzung herum gestochert und etwas getan wurde. Ich erwartete, die magische Hitze in der Uhr zu spüren, aber es kam keine. Sie war leblos in meinen Händen, das Metall kalt.

Etwas stimmte nicht.

Chronos hörte auf. „Es wirkt nicht!"

„Was heißt das?", fragte Matt. „Warum geht es nicht?"

„Ich weiß es nicht!"

„Ist es die Uhr?"

„Ich ... ich glaube nicht."

„Machen Sie es falsch?", fragte Willie. „Die Worte müssen ganz korrekt sein, der Akzent perfekt."

„Das weiß ich. Ich glaube, meine Magie ist schwächer geworden."

„Warum sollte sie schwächer werden?"

Ich wusste, warum, aber ich konnte nicht mehr als flüstern.

Chronos antwortete. „Ich sterbe. Ich habe Seaford gebeten, es euch nicht zu sagen." Chronos schaute von mir zu Gabe. Gabe schluckte und schaute zu Matt.

Matt packte Chronos' Hemd. „Bemühe dich mehr."

Chronos' Gesichtszüge entglitten ihm. „Das kann ich nicht", schluchzte er.

„Sie ist deine einzige Familie! Versuche es!"

„Meine Magie ist zu schwach."

Durch den Schmerz und den Nebel hatte ich einen Einfall. Vielleicht war meine stark genug. Aber tief in mir wusste ich, dass es nicht so war. Sie wussten es auch. Wenn Chronos' Magie zu schwach war, würde meine noch schlimmer sein. Ich stand dem Tod näher als er.

Inzwischen ganz nahe. Ich spürte, wie ich weg glitt, als würde ich auf einem Boot dahintreiben, das über einen glatten See fuhr. Ich fühlte mich auch ruhig. Mein Herzschlag war langsamer, und ein Gefühl des Friedens strömte über mich hinweg. Jetzt war das Ergebnis unvermeidlich. Es hatte keinen Sinn mehr, dagegen anzukämpfen.

Am besten gab ich nach und ließ mich vom Vergessen heimsuchen.

„Vielleicht ist es die Uhr." Matt bewegte sich. Mein Kopf lag immer noch auf seinem Schoß, aber er machte etwas. „Hier. Versucht es mit der. Darin ist bereits Indias Magie, mehr wird nicht nötig sein. Nur deine Magie, Gabe. Ich bin mir dessen sicher."

Er gab ihnen seine Taschenuhr.

Nein!

Hatte ich das laut gesagt? Hatten sie mich gehört?

Ich konnte seine Uhr nicht benutzen. Er konnte sie mir nicht schenken. Wenn er das tat, würde sie nicht länger ihm gehören. Dann konnte sie ihm nicht länger das Leben retten. Die Heilmagie würde ganz mir gehören.

Ohne sie würde er sterben.

Ich sammelte jedes letzte bisschen Stärke in mir. Ich beschwor jedes Quäntchen Energie herauf, das ich noch hatte, öffnete die Augen weiter. Er musste das Flehen in ihnen sehen, falls meine Stimme versagte.

„Nein." Das Wort war ein bloßes Flüstern. „Nicht."

Ich hätte nichts sagen müssen. Alle wussten, was es bedeutete, wenn Matt mir seine Uhr schenkte. Besonders er.

Jemand schluchzte leise. Ich musste es nicht sehen, um zu wissen, dass es Willie war.

Chronos' Gesicht erschien über mir. „Nimm das Geschenk an, India. Wenn du dann geheilt bist, kauft er eine weitere, und du und Gabe könnt eure Magie für ihn hineingeben."

In dem schattigen Winkel meiner Gedanken, wo ich immer noch klar denken konnte, wurde mir klar, wie schön diese Lösung sein könnte. Aber sie war zu riskant, mit zu vielen Unbekannten in der Frage, wie die Heilmagie arbeitete. Wir wussten nicht, ob Matt sofort im Sterben liegen würde, wenn er seine Uhr weggab. Sie war nicht kaputt wie letztes Mal. Das war etwas anderes. Ich versuchte, es Chronos zu sagen, doch ich war zu erschöpft zum Sprechen.

Cyclops schob Chronos sanft aus dem Weg. „Du musst die Uhr annehmen, India. Für das Baby."

Tränen liefen aus meinen Augenwinkeln. Es war eine unmögliche Wahl. Das Baby retten, von dem ich gar nicht sicher war, ob ich es in mir trug, oder meinen Mann.

Matt streichelte meine Träne mit dem Daumen weg. „Es ist in Ordnung, India." Er sprach ganz geschmeidig, das tiefe, musikalische Dröhnen seiner Stimme umgab mich, durchdrang mich wie meine Magie, wenn ich mich darauf verließ. „Es ist schon gut, meine Liebste. Ich habe immer gewusst, dass es nicht anhalten würde, dass meine Zeit auf der Welt geborgt ist. Jetzt ist es Zeit, dass auch du das akzeptierst."

So etwas konnte ich niemals akzeptieren. Nie. Ich schloss die Augen, konnte den Schmerz in seinen nicht mehr ertragen.

„Du musst leben." Er bewegte unsere Hände gemeinsam nach unten, damit sie auf meinem Bauch lagen. „Für unsere Familie."

Ein Schluchzen löste sich aus meiner Brust, hinterließ ein klaffendes Loch. Ein Schmerz ließ sich dort nieder, ein viel heftigeres Ziehen als jede Verletzung, die durch eine Kugel ausgelöst wurde.

Ich drehte die Hand um, mit der Handfläche nach oben, und nahm die Uhr an, als er sie hineinlegte.

„Ich schenke dir meine Uhr, meine Liebste. Jetzt lebe."

KAPITEL 16

Die Taschenuhr erkannte mich, ihre Schöpferin, und erwachte sofort zum Leben. Das Glühen beleuchtete die Rückseiten meiner Augenlider. Es reichte nicht aus, um mich allein zu heilen. Gabe musste trotzdem noch seinen Heilzauber sprechen.

Da Matt so dicht bei mir war, spürte ich ihn zusammensinken, bevor es den anderen auffiel. In dem Augenblick, in dem die Uhr nicht mehr ihm gehörte, übertrug sich die Magie darin auf mich. Seine Energie strömte heraus, seine Lebenskraft ließ nach, genauso wie das Blut aus mir geströmt war. Aber kein Druckverband konnte es verlangsamen. Das schaffte nur eine Uhr – *seine* Uhr – mit zwei Magiearten, die darin ineinander verschlungen waren.

Selbst wenn jemand ihm nun seine Uhr geschenkt hätte, waren weder ich noch Chronos stark genug, um sie mit unserer Magie zu durchwirken.

Aber vielleicht waren wir es zusammen.

Ich kämpfte mich durch den Nebel und zwang meine Augen dazu, sich zu öffnen, meine Stimme dazu, zu arbeiten. Ein Gedanke schlug Wurzeln, und ich versuchte so sehr, ihn zu Ende zu denken, aber ich hatte nicht die Energie dazu. Ich musste nur mit purem Instinkt arbeiten.

Und der Instinkt sagte mir, ich solle Matt seine Uhr zurückgeben.

„Chronos", flüsterte ich.

Sein Gesicht erschien über mir, aschfahl. Die Versuche, seine Magie einzusetzen, hatten ihren Tribut gefordert.

„Meine Taschenuhr."

Tränen liefen über seine Wangen. „Die ist kaputt."

„Meine Taschenuhr", wiederholte ich, schlug einen so starken Befehlston an, wie ich ihn nur aufbringen konnte.

Durch die Bemühungen musste ich husten, und das wiederum ließ Matt hochschrecken. Er schnappte nach Luft und schaute auf die verzweifelten Gesichter, die uns umgaben.

Willie, Duke und Cyclops kamen näher. Cyclops stützte Matt, half ihm, aufrecht zu sitzen. Willie schluchzte in Dukes Schulter. Das Elend in ihren Augen sagte mehr als Worte.

Chronos erschien wieder und legte mir meine Uhr in die Hände. Ich hatte so oft daran gearbeitet, dass ich jedes Einzelteil nur durch den Tastsinn erkannte. Das Glas war zerbrochen, dass Emaille-Ziffernblatt hatte einen Riss und der Minutenzeiger war verbogen. Auf nichts davon kam es an. Es war der Mechanismus, der mich umtrieb. Ich betastete das silberne Gehäuse. Es war verbogen, aber nicht zerbrochen.

Mein Herz wurde leicht. Das könnte gelingen. Wenn ich lange genug bei Bewusstsein blieb, und Chronos immer noch seine ganze Kraft aufbringen konnte …

Er nahm den hinteren Gehäusedeckel für mich ab und legte meine Uhr in meine Hände. Ich fuhr mit den Fingern die Einzelteile nach. Das glatte Messing der Platte oben mit der Seriennummer, die darin eingeätzt war. Die Zahnräder mit den winzigen Zähnen, und die kleinen Schrauben, die alles in Balance hielten. Alle waren sie, wo sie sein sollten, aber beschädigt. Für das bloße Auge waren die Dellen bestimmt nicht sichtbar, so klein waren sie, aber sie reichten aus, um die Uhr anhalten zu lassen.

Ich konnte mich nicht hinsetzen, oder mich auch nur auf die Feinarbeit konzentrieren, um sie zu reparieren. Aber Chronos konnte es. Dazu musste er keinen Zauber sprechen, sondern konnte seine ihm innewohnenden Fähigkeiten als Uhrmachermagier in über siebzig Jahren nutzen. Wir brauchten nur die Werkzeuge.

Er wusste, was ich vorhatte, und zog ein kleines Reiseset aus Werkzeugen heraus, das er dabei hatte. Er beugte sich vor, um über der Uhr zu arbeiten, schnalzte aber mit der Zunge. „Ich brauche Ersatzteile."

„India hat welche oben." Duke lief davon, seine Schritte hämmerten.

Chronos beugte sich wieder über die Uhr. Ich stellte mir die Mechanismen der Uhr vor, während er arbeitete, sah in Gedanken, wie seine Pinzette zerbrochene Teile herausnahm. Es war Feinarbeit und erforderte Konzentration. Eine Konzentration, von der ich sicher war, dass ich sie nicht hatte.

„India." Matt flüsterte meinen Namen, flehte mich an, mich zu beeilen, mit seinem letzten Quäntchen Kraft.

Ich wollte ihn beruhigen, konnte es aber nicht. Es lag nicht mehr an mir. Mein Leben lag in Chronos' Händen. Unsere beiden Leben taten das.

Duke kehrte zurück und fiel vor Chronos auf die Knie. Er öffnete meinen Werkzeugsatz, wo ich eine kleine, aber feine Auswahl an Ersatzteilen aufbewahrte. „Was brauchen Sie?"

Chronos wischte sich mit dem Handrücken über die Stirn. „Äh, lass mich nachdenken."

„Es gibt eine Zeit zum Nachdenken!", schrie Willie.

Cyclops tadelte sie. „Lass ihm doch Platz."

Willies Vorstellung von Platzlassen bedeutete, dass sie auf und ab ging.

Chronos zog eine Grimasse, während er sich über die Arbeit hinabbeugte. Die Zeit lief bereits so langsam, aber er schien ewig zu brauchen, um die Uhr zu reparieren. Und mit jeder vergehenden Sekunde spürte ich, wie ich schwächer wurde.

Matt auch. Seine Hände packten nicht mehr zu, sie lagen nur bei meinen, ganz schlaff. Er wäre zusammengebrochen, wäre nicht Cyclops gewesen, der ihn stützte. Ich musste ihm seine Uhr zurückgeben, doch ich hatte nicht die Kraft zum Sprechen. Ich schob ihm die Uhr unter die Hand, doch die Magie wirkte nicht. Die Uhr gehörte immer noch mir.

„Da. Fertig." Chronos lehnte sich zurück und schaute mich

mit einem hoffnungsvoll leuchtenden Blick an. Es war ein heller Fleck in seinem ansonsten ausgezehrten Gesicht. „Deine Uhr, India." Er legte sie mir in die Hand, ließ aber nicht los. „Ich versuche es noch einmal. Gabe, sprich deinen Zauber."

Ich legte meine Hand über seine. „Zusammen", murmelte ich.

Tränen liefen in seine Augen. Er nickte und versuchte sich an einem Lächeln, doch es wurde nichts.

Die Eingangshalle wurde von Gabes Zauber erfüllt, und ich glaubte, noch nie ein schöneres Geräusch gehört zu haben. Chronos' Zauber schloss sich in einem harmonischen Duett an. Die Uhr glühte, ließ aber schnell wieder nach. Chronos' Magie war nicht stark genug.

Ich versuchte, die Worte zu sprechen, um zu seinen zu passen, aber sie waren bloß ein Flüstern. Es spielte keine Rolle. Ich konnte Zauber auch denken. Allerdings baute sich keine Magie in mir auf, explodierte nicht in die Taschenuhr. Es war nur ein Tröpfeln, eine glühende Kohle anstatt eines rasenden Feuers.

Matts Atmung wurde flacher, schwächer. Er klammerte sich ans Leben, aber nur noch ein bisschen.

Ich schloss die Augen und rief meine Magie an. Ich beschwor sie aus den Tiefen meiner Seele heraus, von dem Ort, wo die Verzweiflung hauste und mein Herz auf immer zu leiden drohte. Ich schloss alles aus, meinen eigenen Schmerz, sogar meine Hoffnungen, konzentrierte mich auf die Magie. Sie gehörte mir, ich konnte sie rufen, wie ich es wünschte. Sie war ein Teil von mir, in meinen Knochen und meinem Blut, meinen Muskeln und Sehnen.

Sie war leuchtend schön, aber geschwächt.

Es begann mit einem Anschwellen, und dann wuchs es, bis sie mich anfüllte. Sie wirbelte in mir, wurde stärker, während ich mich weiterhin darauf konzentrierte. Ich bedrängte sie heftig, dann lockte und beschwor ich sie, damit sie auf eigene Faust arbeitete, dann drängte ich wieder.

Und dann verband sie sich endlich mit der von Chronos. Es war, als würde sie ihren Weg finden, als würde Chronos' Magie sie aus mir herausleiten und in die Uhr hinein. Seine Magie war nur ein Leuchtfeuer, nicht stark genug, um es allein zu schaffen, aber genug, um zu lenken und als Kanal zu dienen.

Zusammen ergaben unsere zwei geschwächten Magien eine ganze, und sie traf mit voller Kraft auf die von Gabe.

Der Ausbruch aus heilendem Licht aus der Uhr erhellte den Raum wie ein Leuchtgeschoss. Ich spürte, wie Gabes Magie wie eine Flut durch mich lief. Sie raste durch meine Adern, gab ihre heilende Wirkung ab, schloss meine Verletzung, erneuerte das verletzte Gewebe und die Muskeln meines Beines und stellte das verlorene Blut wieder her.

Jemand löste den Druckverband.

Ich schoss hoch, holte keuchend immer wieder Luft, füllte meine Lunge. Der Nebel in meinem kaum bewussten Zustand zog sich zurück wie ein Zug, der Fahrt aufnahm, und den Schmerz nahm er mit sich. Ich war geheilt. Besser als geheilt. Ich war erneuert. Ich fühlte mich, als könnte ich einen Berg hinaufklettern oder einen Marathon laufen.

Ich drückte mir eine Hand auf die Brust, um sicherzugehen. Mein Herz schlug stark.

Dann berührte ich meinen Bauch.

„Matt!" Willies Schrei ließ mich herumfahren.

Matts Augen waren geschlossen, sein Gesicht weiß. Ich berührte ihn an der Wange. Kalt. Er hatte aufgehört zu atmen. Ohne zu wissen, was ich tat, drückte ich meinen Mund auf seinen, wollte ihm wieder Leben einhauchen, als verzweifelte letzte Rettung.

Das hätte ich nicht gebraucht. Sein federleichter Atem flüsterte über meine Lippen. „Beeil dich!"

Duke drückte Matts Uhr zurück in seine Hand, aber nichts geschah. Der Deckel war offen, sie war bereit. Aber es wirkte nicht.

„Du musst sie ihm wieder schenken, India", sagte Chronos, seine Stimme schwach.

Ich schloss Matts Hand um die Uhr. „Ich schenke sie dir wieder. Sie gehört erneut dir."

Ein helles violettes Licht brach daraus hervor, und ich musste meine Augen abschirmen. Als ich wieder hinsah, glühte in Matts Adern die Magie, die hinaufraste bis ganz zu seinem Gesicht.

Die Magie wusste, was zu tun war. Sie war immer noch vom letzten Mal da, als Gabe und ich unsere Zauber hineingesprochen hatten. Die Magie war immer noch stark genug, um ihn zu heilen, wann immer sein Körper sich darauf verlassen musste. Jetzt, da die Uhr wieder ihm gehörte, tat das auch die Magie. Wir Magier mussten unsere Zauber nicht noch einmal sprechen.

Matt öffnete die Augen und holte tief Luft. Es war der schönste Anblick der Welt.

Ich warf die Arme um ihn und brach in Tränen aus.

Willie warf die Arme um uns beide und schluchzte. Cyclops, der Matt stützte, nahm uns alle in eine große, herzliche Umarmung.

„India", murmelte Matt.

„Ja. Alles in Ordnung. Uns geht es gut." Es war schwer, zu sprechen, da meine Kehle eng war vor Tränen, aber ich musste ihn wissen lassen, dass alles gut war.

Er zog sich zurück und nahm mein Gesicht mit den Händen, musterte mich, suchte nach den Anzeichen von Gesundheit und Lebenskraft. Ich machte es genauso und lächelte, als ich sah, dass er wieder ganz der alte war. Er versuchte auch, zu lächeln, doch es war ganz schief, voller Gefühle. Er drückte seine Stirn an meine.

„Gott sei es gedankt", flüsterte er.

Hinter mir fluchte Gabe. „Mr. Steele!"

In meiner Erleichterung hatte ich Chronos ganz vergessen. Er lag am Boden, bedeckt mit meinem Blut, sein Gesicht war aschfahl, seine Atmung unregelmäßig.

Gabe löste Chronos' Kragen, dann beugte er sich hinab, um seinem Herz zu lauschen. „Es ist schwach."

Die Mühe, seine Magie heraufzubeschwören, hatte Chronos alle Kraft gekostet, die er noch gehabt hatte.

Ich kroch an seine Seite und nahm seine Hand in meine. Sie war kühl, klamm. „Kannst du etwas tun?"

Gabe schüttelte den Kopf. „Es ihm nur noch bequem machen."

O Gott.

Cyclops hob Chronos auf und trug ihn in den Salon, wo er ihn auf das Sofa legte. Mein Großvater wirkte so klein und zerbrechlich. Diesem lebhaften Mann war alle Energie geraubt, es war nur noch eine Hülle übrig.

„Gabe …"

„Nein", sagte er. „Dieses Mal nicht. Ich werde nicht wieder Gott spielen."

Ich dachte, ich hätte keine Tränen mehr zu vergießen, doch es schien anders. Ich kniete mich ans Sofa und nahm Chronos' Hand. Ich wollte unbedingt, dass es ihm besser ging. Aber ohne Magie würde es heute Nacht nicht passieren, wenn überhaupt.

Matt nahm mich in die Arme und hielt mich fest. Mein Blut pochte als Reaktion darauf, mein Herzschlag beschleunigte sich vor Vorfreude. Die Magie in mir reagierte auf die Magie in ihm. Es war behaglich, und das musste jetzt reichen.

„Komm nach oben", sagte Matt. „Du musst dich sauber machen und umziehen."

Ich schaute auf mein Kleid hinab, das von der Taille abwärts mit Blut getränkt war.

„Duke, Willie, kümmert euch darum, dass Gabe sicher zurück ins Hotel kommt, und zwar schnell."

Das Boot hatte bestimmt nicht auf ihn gewartet und war inzwischen sicher lange weg. Matt würde ihm eine weitere sichere Fahrt aus England suchen müssen.

Ich ließ mich von ihm an der Hand zurück zur Eingangshalle führen. Dort lagen zwei Leichen, und ich brauchte einen Augenblick, um zu bemerken, dass eine von ihnen der Magier war, der mit Abercrombie gestritten hatte, und der andere der talentfreie Grobian, der es sich anders überlegt hatte, mich zu ermorden, als er gehört hatte, dass ich ein Kind erwartete. Er hatte mir das Leben gerettet, indem er Abercrombie gezwungen hatte, seine Waffe zu senken.

Abercrombie hatte ihn wohl erschossen.

Plötzlich flog die Eingangstür auf. In dem ganzen Aufruhr hatte sie niemand abgeschlossen. Konstabler strömten herein, geführt von dem Inspektor, der im Mord an Mr. Goldman ermittelte.

Er deutete auf Gabe. „Nehmen Sie ihn fest."

Jetzt konnte er nirgendwohin mehr fliehen, nicht mit so vielen Konstablern im Haus.

Gabe versuchte gar nicht, zu fliehen. Er hob ergeben die Hände. „Ich kam hierher, um um ihre Unterstützung zu bitten, und sie wurde mir verweigert. Die Glasses hatten mit meiner Flucht aus dem Gefängnis nichts zu tun."

Der Inspektor allerdings war nicht an seiner Erklärung interessiert. Er wandte seine Aufmerksamkeit den Leichen auf den Fliesen zu. „Will mir jemand erklären, was hier passiert ist?"

„Sie haben meine Frau angegriffen", sagte Matt.

„Tatsächlich haben sie versucht, meinen Angreifer davon abzuhalten, auf mich zu schießen", sagte ich. „Er hat sie im Gegenzug getötet."

Der Inspektor senkte den Blick auf meine Röcke. „Ist alles in Ordnung, Mrs. Glass?"

„Eine Kugel hat meinen Oberschenkel gestreift, aber es geht mir gut, vielen Dank."

„Das ist eine Menge Blut für einen Streifschuss."

„Ein Teil davon ist von ihnen. Sie dachten, sie würden herkommen, um nach einer magischen Uhr zu suchen." Ich öffnete meine Hand, um sie zu zeigen, bevor ich sie wieder schloss. „Aber es hat sich erwiesen, dass der Mann, mit dem sie gekommen sind, meinen Tod wollte."

„Und wer ist dieser Mann?"

„Sie kommen besser in die Bibliothek", sagte Matt. „Das könnte eine Weile dauern, und die Bediensteten wollen hier draußen sauber machen, bevor meine Tante herabkommt."

Der Inspektor kratzte sich an den Koteletten, ziemlich ähnlich wie Brockwell. Nach einem Augenblick des Nachdenkens nickte er. „Kümmern Sie sich darum, dass der Tatort aufgenommen wird und die Leichen ins Leichenhaus gebracht werden", wies er zwei seiner Konstabler an. „Die übrigen begleiten Dr. Seaford nach Scotland Yard." Er blieb stehen, als sein Blick auf etwas fiel. „Ist das Ihre Arzttasche?"

„Nein", sagte Gabe. „Die gehört dem regulären Arzt der Glasses. Er kam her und ließ sie mir da, damit ich sie benutzen konnte, um mich um Mrs. Glass' Wunde zu kümmern. Er ist nicht in irgendetwas davon verwickelt."

„Weshalb konnte er sich nicht selbst um Mrs. Glass kümmern?"

„Gabe ist der bessere Arzt", sagte Matt. „Und da er hier war, dachten wir, wir könnten ihn auch gleich einsetzen."

„Aber wenn Ihre Wunde nur ein Streifschuss war, weshalb war dann der reguläre Arzt nicht gut genug?"

Er war klug, das musste man ihm lassen. Ihm gerade genug zu erklären, um ihn zufriedenzustellen, würde schwierig werden, ohne ihm von Gabes medizinischer Magie zu erzählen.

Zu meiner großen Erleichterung kam Brockwell dazu und gab neue Befehle. Er war atemlos, aber seine schnelle Atmung schien stillzustehen, als er die Leichen und das Blut sah. Sein Blick huschte rasch herum, bis er Willie fand.

Sie lächelte ihn schwach an, und er nickte zu ihr hin. Seine Erleichterung war sofort zu sehen.

„Ich übernehme diese Ermittlung", sagte er zum ersten Inspektor.

„Weshalb? Sie steht mit dem Goldman-Fall in Verbindung. Seaford hat sich hier versteckt ..."

„Hat er nicht", sagte Matt. „Das hat er Ihnen gerade gesagt. Er ist hergekommen, um unsere Hilfe zu suchen, nachdem er geflüchtet ist."

Der Inspektor knurrte. Er glaubte uns nicht.

„Das ist ein eigener Fall, und er wurde mir zugewiesen." Brockwell zeigte ihm seine Befehle. „Wenn es Ihnen nicht gefällt, tragen Sie es doch mit Commissioner Munro aus."

Der Inspektor presste die Lippen fest aufeinander und faltete das Blatt. Er reichte es Brockwell zurück. „Ich muss sowieso einen Gefangenen befragen." Er nickte den Konstablern zu, die Gabe eskortierten, dann gingen sie aus der Tür.

„Nein!", rief ich. „Er ist unschuldig. Er ist ein guter Mann."

„Das wissen Sie, Inspektor", fügte Matt an.

Der Inspektor zögerte, dann fasste er sich an die Hutkrempe. „Einen schönen Abend, Mrs. Glas, Mr. Glass. Ich suche Sie morgen auf, wenn ich noch Fragen an Sie habe."

Wir warteten, dass er ging, dann drehte ich mich zu Matts Brust. Er hielt mich fest, aber ich weinte nicht. Mir waren die Tränen ausgegangen. Aber in meinem Herzen zog es.

„Es ist noch nichts verloren", sagte Matt sanft. „Solange er noch lebt, gibt es Hoffnung." Aber nicht einmal Matt konnte den Zweifel aus seiner Stimme fernhalten.

„Sind diese Befehle gefälscht?", fragte Cyclops.

Ich löste mich von Matt, um zu sehen, wie empört Brockwell wirkte. „Natürlich nicht. Sie sind völlig legitim. In dem Augenblick, als Ihr Bediensteter bei Scotland Yard ankam und mich wegen einer Störung hier in Alarm versetzt hat, habe ich mit dem Commissioner gesprochen. Ich habe ihn überzeugt, dass das nicht zur Goldman-Ermittlung gehört und eine magische Angelegenheit ist. Er hat mich, ohne zu zögern, der Sache zugewiesen." Er warf einen Blick zu Tür. „Ich glaube, er ist ohnehin nicht allzu beeindruckt von meinem Kollegen, nachdem dieser Dr. Seaford nicht wieder aufspüren konnte."

„Das wird sich jetzt ändern", murmelte Matt düster.

Ich legte die Arme um mich, versuchte, den kühlen Hauch fernzuhalten. Wir standen mit Gabe und seiner Festnahme wieder ganz am Anfang. Diesmal würde das Gefängnis die Sicherheitsmaßnahmen verdoppeln. Es würde uns nicht möglich sein, ihn noch einmal zu retten.

Bristow kam aus den Schatten in der Nähe der Tür zum Bedienstetenbereich. „Ich werde Erfrischungen in die Bibliothek bringen, während …" Er hob das Kinn und mied es tunlichst, sich die Leichen und den blutigen Boden anzusehen. Den würde man schrubben müssen, damit der ehemalige Glanz wiederhergestellt wurde.

„Vielen Dank, Bristow", sagte Matt. „Und sagen Sie Fossett, dass ich am Vormittag mit ihm reden werde, um ihm zu danken, dass er Kriminalinspektor Brockwell geholt hat."

Wir schlurften in die Bibliothek und suchten uns jeweils einen Stuhl. Ich war nicht körperlich erschöpft. Ich fühlte mich gesünder als je zuvor. Aber ich war trotzdem ausgelaugt. Meine Nerven waren am Ende. Ich wollte einfach, dass alles vorbei war. Ich wollte, dass es endete, damit ich nur bei meinem Mann sein konnte.

Gemeinsam setzten wir die Ereignisse für Brockwell zusammen, genauso wie füreinander. Ich erfuhr, dass Peter Matt und die anderen bei Coyles Haus abgeholt hatte, als Abercrombie gekommen war. Ich erfuhr, dass Willie auf Abercrombie geschossen hatte, während er und Hendry durch den Hintereingang geflohen waren. Sie hatte zu ihrem großen Ärger vorbei geschossen, und die Kugel steckte immer noch in dem kleinen schmalen Gang in der Nähe der Küche. Ich hatte auch erfahren, dass Willie auf einem unserer Pferde zu dem privaten Anlegesteg geritten war, um Gabe abzufangen, bevor das Boot ablegte, denn die Kutsche war zu langsam. Sie hatte es aber nicht rechtzeitig geschafft und darum einen Kerl angeheuert, um sie in einem der kleinen angelegten Boote hinaus zu rudern. Der Junge war betrunken gewesen, aber gebaut wie Cyclops, wie sie es formulierte, und hatte das Boot erreicht, in dem Gabe saß, während es auf der Themse wegdampfte. Leider war der betrunkene Ruderer aufgestanden, als sie angekommen waren, um ihr zu helfen, sie waren beide hinein gefallen.

Ich hätte darüber gelacht, hätte ich mir nicht solche Sorgen um Gabe und Chronos gemacht, und wäre ich nicht so erschöpft von unseren Strapazen gewesen.

Wir hielten nichts vor Brockwell zurück. Es war unnötig. Er würde die Teile mit Gabes Magie aus seinem Bericht entfernen. Es blieb am besten ein Geheimnis. Es war zu außergewöhnlich und zu gefährlich, als dass andere davon erfahren durften, darunter die Regierung. Es war schrecklich genug, dass es Coyle zu wissen schien, und dass es Le Grand vermutete.

Coyle!

Wenn er erfuhr, dass Gabe wieder inhaftiert war, würde er seinen Plan wieder in Bewegung setzen. „Coyle wird jetzt einschreiten. Er wird bekommen, was er will – dass Gabe ihm etwas schuldet."

Matt griff über die Lücke zwischen uns und nahm meine Hand. „Coyle wird es nicht herausfinden. Nicht heute Abend. Es sind wütende Protestierende vor seinem Haus, und niemand kann hinein oder heraus. Die Nachricht wird ihn nicht erreichen."

„Und ich werde Männer, denen ich vertraue, Gabes Zelle zuweisen", fügte Brockwell hinzu.

Damit fühlte ich mich nicht besser. Er war nicht frei.

„War die Lage bei Coyle friedlich?", fragte ich.

„Das war sie, als ich aufbrach", sagte Matt. „Sie haben

einfach nur verlangt, dass ihre Artefakte zurückgegeben werden, und ihm ganz klar gesagt, dass sie ihm nicht länger irgendetwas schuldig sind."

Es war genau, was ich mir erhofft hatte, wie ich es in meinen Briefen ausgedrückt hatte. Die Magier hatten sich zusammengetan. Sie hatten ihre Kräfte vereint. Einzeln hatten sie keinen Einfluss, aber zusammen hatten sie Macht und Kontrolle.

Genau wie Chronos und ich. Unsere Magie hatte zusammengearbeitet. Einzeln waren wir zu schwach gewesen, aber unsere kombinierte Magie, und die von Gabe, hatten mein Leben gerettet. Ich öffnete meine Hände, um meine Uhr anzuschauen. Mit dem Daumen strich ich über den Riss im Ziffernblatt und entlang des verbogenen Minutenzeigers. Ich würde die Beulen heraushämmern, sobald ich die Gelegenheit dazu bekam, aber das Ziffernblatt musste man ersetzen. Oder vielleicht würde ich es so lassen. Ich würde es machen wie Matt und sie in eine geheime Tasche dicht an meinem Herzen stecken, wo Taschendiebe sie nicht erreichen konnten. Sie war nun zu wertvoll, um sie in meinem Pompadour zu lassen.

An diesem Abend, nachdem die Eingangshalle gesäubert worden war, brach Brockwell auf, und Chronos war zur Ruhe gebettet, und Matt und ich gingen endlich schlafen. Er hielt mich, während mein Körper bebte. Es schien, als könne ich ihn nicht zum Stillstand bringen, aber mir war nicht kalt.

„So etwas passiert manchmal nach einem verstörenden Vorfall", sagte er, seine Arme legten sich fester um mich.

Ich lag da, lauschte seinem Herzschlag, fragte mich, ob meiner genauso stark klang. Er fühlte sich auf jeden Fall so an.

Schließlich ließ mein Beben nach, aber ich konnte trotzdem nicht schlafen. Ich spielte alles immer wieder im Kopf durch, fragte mich, ob es etwas gab, das wir hätten tun können, um zu verhindern, dass Gabe festgenommen wurde.

Ich rollte mich mit einem Seufzen auf dem Rücken. Matt stützte sich auf den Ellbogen und schaute auf mich herab. Ich konnte gerade noch seine Umrisse in der Dunkelheit erkennen, aber sonst nichts.

„Alles in Ordnung?", fragte er.

„Ich mache mir nur Sorgen."

Er legte sich wieder neben mich, und sein Kopf ruhte neben meinem auf dem Kissen. Er legte eine Hand auf meine linke Brust und spürte, wie mein Herz in seinem neuen, stetigen Rhythmus schlug. Ich strich über seine Haare, und bald wurde seine Atmung gleichmäßiger.

Ich dachte, er wäre eingeschlafen, als er sagte: „Wir haben die richtigen Entscheidungen getroffen. Es war der einzige Weg."

„Ich weiß."

„Du darfst dir keine Sorgen machen. Das ist nicht gut." Nicht gut für das Baby, meinte er.

„Das weiß ich auch." Aber zu sagen, dass ich mir keine Sorgen machen sollte, würde mich nicht davon abhalten, mir Sorgen zu machen.

Er hatte jedoch recht. Wir hatten die richtigen Entscheidungen getroffen. Es war die einzige Art, wie wir beide überleben konnten. Aber nun mussten wir abwarten, um das Ergebnis zu sehen, nachdem ich meinen Körper mit zwei Arten der Magie durchdrungen hatte. Wir würden es in knapp neun Monaten wissen. Denn nun, da ich gesünder war denn je, war ich mir meines Körpers stärker bewusst.

Und ich war mir völlig sicher, dass ich ein neues Leben in mir trug.

KAPITEL 17

Die Angestellten waren wunderbar. Bis ich aufwachte, war das Haus gesäubert, und es gab keine Spur mehr von den Schrecken, die sich am Vorabend zugetragen hatten. Tante Letitia hatte keine Ahnung, dass sie in ihrem Schlafzimmer in dem Glauben eingeschlafen war, noch dreißig Jahre jünger zu sein und bei ihrem Bruder zu wohnen, nicht ihrem Neffen. Ihr Dienstmädchen war die ganze Nacht über bei ihr geblieben. Ich gab Polly den Tag frei, genauso den Zimmermädchen. Bristow, Mrs. Bristow, Mrs. Potter und Peter Fossett beharrten alle darauf, in der Nähe zu bleiben. Der Butler und die Haushälterin versicherten mir, dass sie sich in der folgenden Woche etwas Zeit freinehmen würden. Matt bezahlte ihnen allen einen großzügigen Bonus für ihre Treue, harte Arbeit und Diskretion.

Ich schaute nach dem Frühstück bei Chronos vorbei. Er lag im freien Zimmer auf dem Bett, seine Atmung ging schwach und flach. Ich berührte seine Hand, und er murmelte etwas Unverständliches. Als ich ihn verließ, wies ich Mrs. Bristow an, den Arzt zu holen, falls sich sein Zustand nicht verbesserte.

Matt wollte unbedingt erfahren, wie die Situation bei Lord Coyle sich entwickelt hatte. Ich weigerte mich, außen vor zu bleiben, aber ich musste mich nicht mit ihm streiten, weil ich gehen wollte. Er stimmte nur zu gerne zu. Er wollte mich nur ungern allein lassen, da Abercrombie immer noch da draußen war.

Woodall fuhr uns nach Belgravia, hielt aber in einigem Abstand zum Stadthaus der Coyles an. Er konnte nicht weiter vordringen. Eine ziemliche Menge hatte sich auf dem Bürgersteig versammelt und drängte hinaus auf die Straße. Ihre wütenden Rufe und hoch erhobenen Fäuste ließen die Pferde nervös werden.

Matt, Willie, Duke und ich stiegen aus, doch Matt bestand darauf, dass ich und er in der Nähe der Kutsche blieben. Er hatte einen besonderen Beschützerinstinkt, doch ich konnte es ihm nicht zum Vorwurf machen. Duke und Willie schlossen sich der Menge an und versprachen, uns einen Bericht zu geben. Ich musste ihren Bericht aber nicht hören, um zu wissen, was die Menge wollte. Ihre Rufe waren ganz klar, doch ihre Wünsche waren nicht das, was ich erwartet hatte.

Anstatt darauf zu bestehen, dass Coyle ihnen ihre magischen Gegenstände zurückgab und sie von ihrer Schuld freisprach, verlangten sie, dass er herauskam und sich der Justiz stellte, wegen des Angriffes auf mich und des Mordes an Mr. Goldman.

„Woher wissen sie das nur?", fragte ich.

Matt lächelte nur insgeheim vor sich hin.

„Matt?"

Er deutete auf eine vertraute Gestalt, die aus der Menge kam und sich näherte. „Ich habe Nachricht an Barratt geschickt, kurz bevor wir zu Bett gegangen sind."

Oscar marschierte zu uns heran, Professor Nash im Schlepptau. Beide begrüßten mich freundlich.

„Ich freue mich, zu sehen, dass du gesund aussiehst, India", sagte Oscar. „Nach der Nachricht deines Mannes hatte ich mich gesorgt."

„Er hat mir gerade erst erzählt, dass er dir geschrieben hat. Das alles ist dein Werk?"

„Es war seine Idee. Ich habe sie nur umgesetzt."

Er wandte sich wieder an die Menge, die mit aller Kraft nach Gerechtigkeit brüllte. Dutzende Konstabler beobachteten alles, um sicherzustellen, dass sie nicht zu nahe an die Eingangsstufen kamen.

Matt hielt Oscar eine Hand hin, und er schüttelte sie. Sie wechselten einen wissenden Blick. Es war das erste Mal, dass Matt dem Reporter gegenüber echte Freundschaft zeigte.

„Ihr Vorschlag war ein hervorragender, Glass", sagte Professor Nash. „All diese Magier und Unterstützer zu versammeln, das ist inspirierend. Stärke durch Masse und so weiter. Sie haben eine Menge Freunde in der Gemeinschaft, Mrs. Glass."

Ich folgte seinem Blick dorthin, wo Duke und Willie ihre Stimmen den anderen anschlossen. Ich schätzte, dass über zweihundert Leute dort waren. Einige erkannte ich. Oscars Bruder Isaac zum Beispiel. Er war wohl bereits in London gewesen, dass er so schnell hergekommen war. Der alte Mr. Gibbons, der Kartenzeichnermagier, stand neben seiner Tochter. Mr. Mirnov, der Spielzeugmachermagier, war da, sein bunt bemalter Wagen voller wunderbarer Meisterwerke, die Kinder unterhielten, war etwas abseits abgestellt, um in Sicherheit zu sein. Ich sah auch Mr. und Mrs. Delancey, und Louisa. Die Seidenmagierin Abigail Pilcher, ehemalige Nonne, stand neben der Nonne, die Schreinermagierin war und noch ihren Habit trug. Ich mochte Schwester Bernadette. Wäre nicht ihr Mut gewesen, den verwaisten kleinen Gabe Seaford vor all den Jahren aus dem Konvent zu schmuggeln, wäre Matt jetzt nicht mehr am Leben.

Mr. Pyke, der Wollmagier, stand mit seiner Frau und den Fullers da, talentfreien Teppichmachern, mit denen er vorhatte, ein Geschäft aufzuziehen, wenn er von der Gilde die Erlaubnis zum Handel bekam. Sie Seite an Seite zu sehen, während sie riefen, dass Coyle herauskommen sollte, war ein Anblick, der meine Laune hob. Talentfreie und Magier konnten zusammenarbeiten. Man konnte Kompromisse schließen.

Hoch aufragend zwischen allen Leuten, denen wir im letzten Jahr und darüber hinaus geholfen hatten, stand Cyclops, ohne seine Uniform. Heute war er kein Polizist. Er würde Coyle nicht schützen, wenn er aus dem Haus kam, wozu seine Kollegen angewiesen waren. Neben ihm, klein neben ihrem Verlobten, war meine liebste Freundin Catherine. Neben ihr stand ihr Bruder und Geschäftspartner Ronnie, der jüngste Bruder Gareth, der Tunichtgut, und ihr ältester Bruder Orwell. Mr. und Mrs. Mason waren auch da. Einst hatten sie zu viel

Angst gehabt, Catherine zu gestatten, sich mit mir abgeben zu dürfen, weil sie Vergeltung durch die Uhrmachergilde gefürchtet hatten. Nun hoben sie die Fäuste und verlangten Gerechtigkeit neben den Magiern, wollten, dass Coyle für den Mord an Mr. Goldman festgenommen wurde, und für den Angriff auf mich.

Überwältigt vor Liebe nahm ich Matts Hand. Er drückte sie. „Er kann sich nicht ewig da drin einschließen", sagte er.

„Stimmt", sagte Nash. „Aber es bleibt zu sehen, ob die Polizei ihn festnehmen wird, wenn er herauskommt, oder ob sie sich auf seine Seite stellt."

„Vielleicht lösen sie die Menge erst mit Gewalt auf", fügte Oscar düster hinzu. Er deutete auf etliche Zuschauer, die in der Ferne standen. Einige hatten Dreibeine für Kameras, und manche schossen Fotografien. „Ein Reporter von jeder Zeitung der Stadt ist hier. Etwas wird bald getan werden müssen. Eine so große Ruhestörung wird man nicht weiterhin gestatten. Die Polizei wird einschreiten müssen."

Wenn sie das tat und Coyle schützte, anstatt ihn festzunehmen, was würde die Menge dann tun?

Die Eingangstür öffnete sich, und die Konstabler, die auf der Veranda standen, traten zur Seite, um jemanden herauszulassen. Die Menge wurde still, das einzige Geräusche kamen von den Füßen in Bewegung, während sie sich neu aufstellten, um besser sehen zu können.

Doch es war nicht Coyle, der herauskam; es war Hope. Aus der Ferne wirkte sie verletzlich, ihre Haare golden im morgendlichen Sonnenlicht. Sie hielt ein Blatt Papier in der Hand. Neben ihr stand ihre Begleiterin, Mrs. Fry, die die Stirn runzelte.

Matt trat vor, und ich folgte ihm, wir bahnten uns einen Weg durch die Versammlung. Nun, da wir näher standen, konnte ich Hopes zitternde Hand sehen, ihre Erschöpfung. Die versammelte Menge hatte sie bestimmt die ganze Nacht wachgehalten. Das und die Sorge.

„Mein Mann möchte die folgende Aussage herausgeben", las sie vor.

Die Menge murmelte. Jemand fragte, weshalb Coyle es nicht selbst vorlesen wollte.

Hope las: „‚Ich, der Earl von Coyle, werde nicht den Forderungen des gemeinen Pöbels nachgeben.'"

Protest kam auf, Köpfe wurden ungeduldig geschüttelt. Jemand versuchte, einen Schlachtruf loszutreten, „Holt Coyle", doch niemand wiederholte ihn. Hope sprach weiter.

„‚Ich habe mich immer für Magier eingesetzt und für eure Sicherheit gesorgt. Ich war ein Freund für euch alle.'"

Darauf folgte ein Schnauben, und noch mehr Kopfschütteln. „Du meinst, du wolltest uns beherrschen!", rief jemand.

„‚Ich werde nichts eingestehen, was ich nicht getan habe'", fuhr Hope fort. „‚Ich werde mich nicht ausliefern, wenn ich nichts falsch gemacht habe.'"

„Sie haben einen Mann getötet!"

„Sie haben versucht, India Glass zu töten!"

„Sie haben uns manipuliert!"

Die Menge johlte, buhte Hope aus, rief ihr zu, sie solle ihren Mann holen, damit er sich der Justiz stellte.

Sie drängte weiter, den Kopf hoch erhoben. „‚Ich fürchte euch nicht. Ihr mögt Magier sein, doch eure Kraft ist schwach, eure Zauber sind zum größten Teil nutzlos. Ich habe von keinem von euch etwas zu befürchten.'"

Trotz der Rufe und des Gejohles stand Hope aufrecht da, das Kinn trotzig vorgereckt. Sie wirkte majestätisch, wie eine Königin, die Hof hielt und über ihre Untergebenen herrschte. Das einzige äußere Zeichen ihrer Angst waren ihre bebenden Hände.

Falls die Menge diese Angst sehen konnte, war es ihr gleich. Sie schüttelten die Fäuste vor ihr, nannten sie einen Feigling und eine Mörderin. Sie sahen sie nicht als etwas, das von ihrem Mann getrennt war. Soweit es die meisten von ihnen betraf, waren Hope und Coyle ein- und dasselbe, und sie waren beide schuldig.

Hope wandte sich ab, und der Butler, der an der Tür stand, öffnete sie für sie.

„Hope!", rief Matt. Er versuchte, die Stufen hinaufzuklettern, doch die Konstabler verstellten ihm den Weg. Ihre Bemühungen brachten ihnen wütende Rufe aus der Menge ein.

„Ich habe nichts mehr zu sagen", sagte Hope. „Ich *kann* nicht mehr sagen." Sie wandte sich zum Gehen.

„Warte! Du musst nicht zurück." Er hielt ihr eine Hand hin. „Komm mit uns. Wir werden dich vor ihm schützen."

Mrs. Fry verschränkte die Arme und funkelte Matt an. „Sie sind hier nicht willkommen."

Hopes Augen schlossen sich flatternd, bevor sie sich wieder öffneten. Sie waren größer denn je und ließen sie noch unschuldiger und verletzlicher wirken. Zum ersten Mal tat sie mir leid. Sie nahm ihr Ehegelübde ernst und stellte sich neben ihren Mann. Sie bat nicht um einen Weg aus dieser Ehe heraus, und genauso wenig bat sie um unser Mitleid, nachdem sie nun herausgefunden hatte, dass sie mit einem so grausamen, manipulativen Mann verheiratet war. Sie übernahm die Verantwortung für ihre Entscheidung und belastete sonst niemanden, indem sie um Unterstützung bat.

Ihr Blick richtete sich auf mich. Ich nickte ihr einmal verständnisvoll zu, und sie erwiderte es. Es war eine Geste des gegenseitigen Respekts zwischen zwei Frauen, die vielleicht nicht von Geburt an gleich gewesen waren, aber nun auf jede Weise, auf die es ankam, gleichgestellt.

„Danke für euer freundliches Angebot", sagte sie zu Matt. „Doch mein Ehemann braucht mich."

Matt trat vor, doch die Konstabler bewegten sich ebenfalls, genauso wie Mrs. Fry, die ihm den Weg verstellte. Ich nahm ihn an der Hand und zog ihn weg.

„Sie hat ihre Wahl getroffen", sagte ich.

„Es ist die falsche Wahl", knurrte er.

„Du kannst niemanden schützen, der nicht geschützt werden möchte."

Er seufzte. „Ich weiß. Sie ist eine sture Närrin."

Willie schob sich durch die Menge und erschien an Matts Ellbogen. „Hope ist nicht so schwach, wie du sie einschätzt. Sie hat größere Goldnuggets als so mancher Mann, den ich kenne."

„Matt! India!" Ich hörte Brockwell, bevor ich ihn sah. Er schaffte es, sich einen Weg durch die Menge zu bahnen, duckte sich vor einer Faust, die in die Luft gestoßen wurde, was bewies, dass er überraschend gelenkig war. „Willie, alles in Ordnung bei dir?"

„Aber klar doch." Sie nahm sein Gesicht mit beiden Händen

und küsste ihn heftig auf den Mund. „Aber danke, dass du fragst."

Er blinzelte sie an, irgendwie betäubt, bis Duke ihn auf die Schulter klopfte und ihm zu knurrte, dass er mal zum Punkt kommen sollte. „Ich komme gerade von eurem Haus. Euer Butler sagte, ich würde euch hier finden." Brockwell fuhr zusammen, als die Rufe der Menge laut wurden. „Ich muss euch etwas erzählen, aber nicht hier. Das würde die Lage nur weiter entflammen."

„Die Lage muss weiter entflammt werden." Willie musste schreien, um gehört zu werden. „Ich schätze, wir können an den Konstablern vorbei und ins Haus gelangen und ihn herauszerren, wenn wir zusammenarbeiten."

„Das ist Einbruch!"

Sie verschränkte die Arme und hob vor ihm die Augenbrauen.

Er machte ein tadelndes Geräusch. „Du bist ein Haufen Ärger, Willie."

Sie grinste. „Ja, und ein schlechter Einfluss auf dich. Aber das ist der Grund, warum du mich liebst."

Er starrte sie an. Duke stieß ihn mit dem Ellbogen an, doch Brockwell erwiderte nichts. Willies Satz hing zwischen ihnen wie ein Haken mit Köder, der auf einen Fisch wartete, der anbiss.

Sie wandte ihm den Rücken zu und schloss sich dem Sprechgesang an, dass man Coyle festnehmen sollte.

Matt ging voraus durch die Menge, an Mr. Pyke und den Fullers vorbei, bis wir freistanden. „Was wollten Sie uns denn mitteilen?", fragte er Brockwell. „Hat man Abercrombie und Hendry gefunden?"

Der Kriminalinspektor hatte einen Hauch seiner professionellen Haltung wiedergefunden, doch er wirkte besorgter denn je, während er die Magier beobachtete, und ihre Unterstützer, die um die Eingangsstufen zum Haus der Coyles brandeten. Die Konstabler drohten, sie mit ihren Knüppeln zurückzuschlagen. Bisher hatten sie noch keine Gewalt einsetzen müssen. Ich bezweifelte, dass der relative Frieden noch sehr viel länger anhalten würde.

Brockwell kratzte sich an den Koteletten. „Sie sind wohl in

das Loch zurückgekrochen, aus dem sie gekommen sind. Ich bin hergekommen, um Ihnen schlechte Nachrichten zu überbringen. Dr. Seaford wird gehängt, sobald es möglich ist. Die Hoffnung besteht darin, dass sein Tod ein Ende von alldem einleiten wird."

Matt fluchte. „Er wird es noch schlimmer machen."

„Ich habe versucht, ihnen das zu sagen, aber niemand will auf mich hören."

Ich packte ihn am Arm. „Wann?"

„Heute um zwei."

Mein Gott. So früh. *Zu* früh.

Matt legte mir eine Hand auf den Rücken, und ich wandte mich ihm zu, versuchte, es zu verstehen. Wie hatten wir an diesen Punkt kommen können? Wie konnte ein guter Mann zum Tode verurteilt werden, für etwas, das er nicht getan hatte? Es war nicht gerecht.

Und es war alles Lord Coyles Schuld.

Mit Matts Arm um mich beobachtete ich die Menge. Sie brandete nach vorne wie ein Fischschwarm, nur um von den Konstablern auf den Stufen zurückgedrängt zu werden. Sie zogen ihre Knüppel, waren bereit, sie einzusetzen. Weitere Schutzmänner begaben sich nach vorne. Es gab Dutzende von ihnen, eine Zurschaustellung von Stärke, um den Mann zu schützen, von dem sie nicht wussten, dass er ihren Respekt gar nicht verdient hatte. Die Menge war zu einem wütenden, brodelnden Mob geworden, durch Coyles Ankündigung noch weiter aufgebracht. Sie würden die Konstabler niedertrampeln, um an die Tür zu gelangen, wenn wir nicht bald etwas taten.

„Das können wir nicht geschehen lassen." Ich schaute zu Matt auf.

Sein ernstes Gesicht sah auf mich herab, und ich wusste, dass ihm nichts einfiel. Er hatte keine Lösungen, keine Ahnung, wie man Gabe retten konnte.

Ich hatte eine, aber sie würde ihm nicht gefallen. „Wir müssen Beweise gegen Coyle finden. Selbst wenn wir Abercrombie finden würden, würde er nicht zugeben, dass Coyle ihn gezwungen hat. Wir müssen nach anderen Hinweisen suchen, die ihm die Tat anlasten." Ich wandte mich zum Haus. „Wir müssen irgendeine Korrespondenz oder *etwas* finden, das seine Schuld beweist."

„Alles schön und gut, nur dass ich nicht die Autorität habe, sein Haus zu durchsuchen", sagte Brockwell.

„Wenn wir darauf warten, dass Ihre Vorgesetzten das zulassen, kommen wir nie hinein. Sie werden Coyle nicht in den Weg geraten. Wir bahnen uns einen Weg hinein. Mit Gewalt."

„In diesem Szenario gibt es kein Wir", sagte Matt. „Du gehst nach Hause."

Ich schaute ihm in die Augen. „Ich werde gebraucht."

Matt fluchte tonlos.

Brockwell hob die Hände. „Ich höre davon gar nichts."

„Gehen Sie", befahl ich. „Ich will nicht, dass Sie dafür Ihre Stellung verlieren."

Brockwell schaute jeden von uns nacheinander an. Er warf mir ein grimmiges, ausdrucksloses Lächeln zu, dann ging er.

„India", drängte Matt, sein Tonfall streng, herrisch.

„Du drängst mich da nicht heraus. Wir benutzen Magie, um hineinzukommen. Das ist der einzige Weg, um sicherzustellen, dass niemand verletzt wird."

„Du kannst nicht bleiben. Du musst dich um dich kümmern."

„Das werde ich. Aber ich muss helfen. Ich werde gebraucht." Ich ging weg, doch Matt packte mich am Arm.

„India ..."

„Lass mich los, Matt."

Sein Griff wurde fester. „Du bist unvernünftig. Es gibt andere Dinge, die wir tun können, um hinein zu gelangen. Willie kann auf die Wände klettern."

„Bei helllichtem Tage? Nein, Matt." Als er mich nicht losließ, riss ich mich los. Ich ging eilig weg, brachte etwas Abstand zwischen uns.

„India! INDIA!" Er holte auf mich auf, doch ich stürzte mich in die Menge, suchte nach jemandem. Blieb außerhalb der Reichweite von Matt.

Er hatte wohl beschlossen, mich loszulassen, denn ich verlor ihn aus den Augen. Ich fand jedoch Mr. Pyke und erzählte ihm von meinem Plan. Er gefiel ihm, doch er war nicht völlig überzeugt, dass wir es schaffen konnten. „Das wird nur gehen, wenn alle Magier ein Stück ihrer Handwerkskunst bei sich haben. Ich habe keinen Teppich.“

„Was ist mit einem wollenen Anzug?“ Ich sah eine Frau mit einem gestrickten Schal, der um ihre Schultern lag. „Oder dem?“

Er berührte ihn, spürte das Gewicht und die Qualität. Die Frau drehte sich um, die Brauen erhoben. Er fragte sie, ob er ihn leihen könne. Sie nahm den Schal ab und beobachtete, wie er seinen Bewegungszauber hinein sprach. Der Schal erhob sich von seinen ausgestreckten Händen und schoss hoch in die Luft. Er flog eine Schleife und tauchte in die Menge ab.

Jene, die am nächsten standen, druckten sich weg. Alle anderen keuchten und schrien auf, als er wieder nach oben flog, ruckelnd hierhin und dahin über ihren Köpfen wackelte. Mr. Pyke konnte ihn zur Bewegung bringen, aber nicht kontrollieren; deshalb hatte er seine Karriere als Pilot fliegender Teppiche auf so spektakuläre Weise aufgegeben.

Ich sprach ebenfalls Mr. Pykes Wollbewegungszauber und stellte mir vor, wie der Schal in einer ruhigeren Geschwindigkeit und entlang eines Weges flog, den ich ihm vorschreiben wollte. Die Worte kamen mir leicht über die Lippen. Ich erinnerte mich gut an sie. Der Schal schwebte über einem der Konstabler auf der Veranda. Er legte den Kopf zurück und beobachtete ihn. Zu spät wurde ihm klar, was ich vorhatte. Ich wies den Schal an, damit er sich um seinen Körper legte, seine Arme an den Seiten fesselte.

Die Menge jubelte.

Ich hörte mit meinem Zauber auf, und das tat auch Mr. Pyke. Der Konstabler löste sich aus dem Schal und trat ihn zur Seite.

„Können Sie das hundertfach vervielfältigen?“, fragte Mr. Pyke.

„Das werden wir bald herausfinden.“

Mr. Pyke und ich gingen durch die Menge, brachten den Magiern unter uns die Worte des Bewegungszaubers bei, wiesen sie an, wie man die relevanten Worte änderte und den magischen Namen für ihr eigenes Handwerk einsetzte. Ich lernte die Worte, die sie für ihre magischen Handwerke benutzten, ebenfalls, und merkte sie mir. Hoffentlich würde ich sie nicht brauchen, aber schaden konnte es nicht. Es dauerte etwas, aber die schnellen Lerner halfen den langsameren, und im Nu hatten die Gegenstände, die sie bei sich hatten, in die Luft abgehoben und flogen über unseren Köpfen.

Wenige blieben aber dort, wo sie sein sollten. Ein hölzernes Kruzifix traf Duke an der Wange. Ein seidenes Taschentuch trieb auf der Brise wie ein Herbstblatt. Die Krempe eines Hutes hätte einem Mann den Kopf abgetrennt, wäre sie aus Stahl gewesen, und nicht aus Filz.

Die Menge beobachtete ihre Flugschöpfungen mit einem Gefühl der Verwunderung und Aufregung. Das Aufsagen der Zauber ging ineinander über, sodass eine eigene Art der Harmonie aufkam. Es wurde lauter, während jeder Magier mit seinem Nachbarn darum rang, Gehör zu finden. Die Talentfreien beobachteten, anfangs in ehrfürchtiger Stille, dann flüsterten sie, während sie deuteten, und schließlich keuchten sie vor Freude und applaudierten.

Sie alle konnten das Potenzial dieser Magie erkennen, und wie wir sie nutzen konnten, um in Coyles Haus zu gelangen.

Aber die Flugstrecken waren unvorhersehbar. Manche Magier konnten ihr Handwerk besser beherrschen als andere, aber nicht lange. Ich stand in der Mitte einer Menge aus Magiern, die Talentfreien hatten sich inzwischen in den äußeren Bereich der Ansammlung zurückgezogen. Ich konzentrierte mich auf jedes Flugobjekt, bewegte es mit meinen Gedanken, sprach den Zauber nur im Kopf.

Doch es erforderte eine enorme Anstrengung. Konzentrierte ich mich zu lange auf einen Holzlöffel, verlor der Schal an Geschwindigkeit. Die Spindel mit Baumwollfaden löste sich, wenn ich meine Aufmerksamkeit auf einen Ziegelstein verlegen musste, der nicht höher stieg als bis zu den Knöcheln, und dann auf den nächstbesten Fuß fiel, als ich einen Dolch mit Silbergriff abfangen musste, damit er sich nicht in Oscars Kehle bohrte.

„Tut mir leid", sagte Marianne Folgate, als sie ihn vom Boden aufhob. „Es tut mir so leid, Mrs. Glass."

„Ist schon in Ordnung. Aber haben Sie nicht etwas Stumpferes, das Sie stattdessen nutzen können?"

Sie nahm eine Silberkette von ihrem Hals. „Die wird nicht sonderlich nützlich sein."

„Ganz im Gegenteil. Ketten sind ziemlich gut darin, sich um Handgelenke zu legen. Glauben Sie mir, das weiß ich."

„Vorsicht!" Matt schob mich aus dem Weg, als eine kleine Bronzestatue einer ägyptischen Göttin vorbeiflog. Also war er doch nicht weit weg gewesen.

Meine mangelnde Aufmerksamkeit, um mit Marianne zu sprechen, hatte völliges Chaos herbeiführt. Gegenstände, die ich in gewisser Weise gelenkt hatte, tauchten nun ab und trudelten, fielen einfach auf den Boden. Ohne meine Einmischung konnten sie keine saubere Flugbahn beschreiben. Ich musste sicherstellen, dass ich den Zaubern meine äußerste Aufmerksamkeit schenkte, wenn das gelingen sollte.

Ich schaute auf, als über mir ein Taschentuch schwebte, vom Wind getrieben. Ein Vorhang in einem der oberen Fenster flatterte. Man beobachtete uns.

„India." Matt nahm mich an der Schulter und zwang mich dazu, ihn anzusehen. Er wirkte gequält. Er wollte unbedingt, dass ich ging, aber ich wusste, dass ich bleiben musste. „Wenn er eine Schusswaffe hat …"

„Wenn er schießt, wird man ihn festnehmen müssen. Er ließe der Polizei keine Wahl. Er wird nicht schießen, Matt. Vertraue mir. Mir wird es gut gehen."

Er zog mich zu einer festen Umarmung an sich und drückte mir die Lippen auf die Stirn. Ich packte sein Jackett mit den Fäusten und atmete seinen Geruch tief ein, dann ließ ich los.

„Du solltest mit den anderen Talentfreien zurückbleiben", sagte ich.

„Kennst du mich denn überhaupt nicht?", sagte er mit einem heftigen Sarkasmus, den er mit einem schiefen Lächeln weicher wirken ließ.

„Wenn du einen Ziegelstein an den Kopf kriegst, ist es nicht meine Schuld." Ich stellte mich auf die Zehenspitzen und gab ihm rasch einen Kuss.

Ein Sergeant auf den Stufen rief nach Ruhe. „Stehen Sie zurück! Nähern Sie sich nicht. Nutzen Sie nicht Ihre fliegenden … Dinger, oder es *wird* jemand festgenommen!"

„Nehmen Sie Coyle fest! Er ist der Schurke, nicht wir! Nehmen Sie Coyle fest! Nehmen Sie Coyle fest!"

Der Ruf wurde von den Talentfreien aufgenommen. Die Magier schlossen sich mit ihren gerufenen Zaubern an, durch die sich Gegenstände aller Formen, Größen und Materialien in die Luft erhoben, in unterschiedlicher Geschwindigkeit.

Matt legte mir sanft eine Hand auf den Nacken. „Tu, was du tun musst, bevor dieser Ziegelstein jemanden bewusstlos schlägt."

Ich lenkte den Ziegelstein, sodass er auf dem Fuß eines Konstablers landete. Er jaulte und hüpfte auf seinen heilen Fuß herum, was alle zum Lachen brachte. Der folgende Mangel an Konzentration bei den Magiern ließ Gegenstände in alle Richtungen zischen. Ich fasste mich rasch. Ich spritzte Oscars Tinte auf das Gesicht eines Sergeanten, und bedeckte die Augen eines weiteren mit dem Taschentuch. Doch als ich ihnen meine volle Aufmerksamkeit schenkte, regnete eine Sammlung aus Messingknöpfen auf die Familie Mason herab.

Vor meinem geistigen Auge hob ich alle fünf Knöpfe und ließ sie auf die zwei Konstabler zuschießen, die der Tür am nächsten waren. Sie sahen sie kommen und druckten sich. Die Knöpfe klirrten an die Mauer wie Geschosse aus einer Schleuder.

Fliegende Knöpfe zu bewegen, brauchte mehr Aufmerksamkeit, als mir klar gewesen war, und etliche andere Gegenstände fielen nun aus dem Himmel oder flogen in alle möglichen Richtungen davon. Auf keinen Fall konnte ich alles beherrschen. Es gab zu viele Konstabler, an denen wir vorbei mussten, die man entweder mit Wollschals oder Tinte blenden musste, oder denen man Ziegelsteine auf die Füße werfen musste. Das konnte ich nicht tun und auch noch die Tür öffnen. Außerdem war die Tür versperrt. Vielleicht würden wir ein Fenster einbrechen, und Willie würde durchklettern.

„Verdammt noch mal!" Mr. Mirnov duckte sich, als ein kleines Spielzeugpferd mit Karren mit voller Geschwindigkeit auf ihn zukam.

Es stürzte Richtung Bürgersteig und wäre dort zerschellt, wäre es nicht plötzlich mitten in der Luft zum Stillstand gekommen und dann langsam aufgestiegen, um sich auf Mr. Mirnovs ausgestreckte Hand zu setzen.

„Sie können den Flugzauber kontrollieren?", fragte ich.

Er schaute an mir vorbei. „Das war nicht ich. Es war er."

Ich drehte mich um, um Fabian Charbonneau dort stehen zu sehen, der einen Eisenstab hielt. Matt kam an meine Seite, richtete sich zu seiner vollen Größe auf. Er funkelte Fabian an. Der viel kleinere Mann räusperte sich, dann sprang er plötzlich aus dem Weg einer fliegenden Silberkette.

Ich schickte die Kette zurück dorthin, woher sie gekommen war.

Fabian beäugte Matt sorgsam. „Du brauchst Hilfe, India."

„Ich schaffe es allein."

Er beobachtete, wie die fünf Knöpfe sich zerstreuten. „Ich kann die Tür von hier aus entriegeln, oder die Angeln herausnehmen. Ich mag Coyle nicht. Ich will auch sehen, wie ihm Gerechtigkeit widerfährt. Lass mich dir helfen und es herbeiführen."

Ich schüttelte den Kopf.

Matt trat in mein Blickfeld, hatte Fabian den Rücken zugewandt. Fabian mit seinem Eisenstab und seiner mächtigen Eisenmagie. Matt war entweder zu vertrauensselig oder zu töricht. Er war selten eines dieser Dinge, und das überraschte mich. „India, lass ihn helfen."

„Aber was, wenn er …?"

„Ich werde dich oder deinen Mann nicht verletzen", sagte Fabian. „Wenn ich das wollte, hätte ich es bereits tun können." Er hob den Eisenstab. „Lass mich helfen, India. Lass mich Buße tun für meine Taten. Oder es versuchen."

„Nichts, was du tust, wird dafür sorgen, dass ich dir verzeihe."

Er fuhr zusammen, als hätte ich ihm eine Ohrfeige gegeben. „Was ich getan habe, war unverzeihlich. Ich weiß, dass du mich jetzt niemals mehr nehmen würdest. Ich weiß, dass es für dich niemals mehr einen weiteren Mann geben wird, nachdem er weg ist. Aber … lass mich das tun. Lass mich Coyle vor Gericht bringen, bevor ich nach Frankreich zurückgehe."

Er ging? Das waren zumindest gute Nachrichten.

„Halt!", rief ich. „Haltet alle ein mit euren Zaubern!"

Gegenstände fielen auf den Boden oder flatterten leicht, sodass Magier, Talentfreie und Polizisten alle die Hände über den Kopf legten oder sich aus dem Weg duckten. Die darauf folgende Stille war wie eine angespannte Ruhe vor dem Sturm, während das Auge des Sturms über einen wegzog. Wir alle wussten, dass es nicht vorbei war.

„Fabian, öffne die Tür."

Anstatt einen Schlüssel zu fertigen, der in das Schloss passte, wie er es getan hatte, um aus dem Gefängnis zu entkommen, riss er einfach mit einem gemurmelten Zauber an den eisernen Angeln, bis sie brachen. Die Tür schwang auf der Seite mit den Angeln auf.

Der Sergeant fluchte und wies dann seine Männer an, uns den Weg zu verstellen.

„Bereit, Fabian?" Ich wartete auf sein Nicken, dann rief ich: „Jetzt!"

Gegenstände erhoben sich vom Boden und zischten durch die Luft. Rasch lenkte ich jene, die mir am nächsten waren, während Fabian Streifen von dem Eisenstab riss, den er dabei hatte, und sie einen nach dem anderen auf die Polizisten schleuderte. Sie waren klein und spitz genug, um abzulenken und zu stechen, aber nicht, um wirklich Schaden anzurichten. Mit seinem Eisen und den anderen magischen Gegenständen, die von mir gesteuert wurden, zwangen wir die Polizisten die Stufen herab und weg von der Tür.

Matt, Duke, Willie und Cyclops stürmten die Stufen hinauf und verschwanden nach drinnen. Ich folgte ihnen. Die magischen Gegenstände senkten sich einmal mehr, da ich sie nicht mehr beherrschte. Ich hörte, wie Oscar Befehle gab, der Menge sagte, sie sollte die Polizei umstellen und sie davon abhalten, uns nachzukommen. Es war vorerst die beste Möglichkeit, aber wenn Verstärkung eintraf, könnte es Gefahr für die Aufständischen bedeuten.

Coyles Bedienstete waren nirgends zu sehen. Ich vermutete, dass sie sich außer Sicht im Angestelltenbereich zusammenkauerten. Wir fanden als erstes Hope, die im Salon saß und wie eine Königin wirkte, die zu ihrer Hinrichtung geführt werden würde. Majestätisch, doch geschlagen. Hinter ihr stand Mrs. Fry, eine Hand lag auf der Lehne des Sessels. Die Scharfrichterin.

Wir gingen in die Bibliothek.

Lord Coyle saß auf einem Sessel in dem kleinen Raum. Hinter dem Kamingitter tobte ein Feuer. In der Bibliothek war es drückend heiß. Er hatte wohl jeden Beweis verbrannt, der ihm vielleicht etwas anlastete, irgendwelche Briefe oder Dokumente, die bewiesen, dass er in den Mord an Goldman verwickelt war, oder weitere illegale Aktivitäten. Ich war nicht überrascht, doch ich war enttäuscht.

Er lehnte sich in seinem Sessel zurück und zündete sich eine Zigarre an. Er wirkte nicht besorgt. Krank und müde, aber nicht besorgt. Weshalb sollte er das auch sein, wo er doch alle Beweise gegen ihn gerade zerstört hatte?

Wir steckten wieder in einer Sackgasse, und ich wusste nicht, wohin es als nächstes gehen sollte.

Aber Matt wusste es. „Alle sind jetzt gegen Sie. Jeder Magier, jedes Mitglied des Clubs der Sammler. Ihre magische Sammlung ist wertlos. Alle weigern sich, ihre sogenannte Schuld zurückzuzahlen. Niemand will mehr Ihren Rat oder Ihre Meinung. Niemandem sind Sie mehr wichtig. Sprechen Sie mit den Zeugen, die Sie bezahlt haben, und lassen Sie sie ihre Aussagen zurücknehmen."

Coyle zog an seiner Zigarre. „Weshalb sollte ich das tun? Was springt dabei für mich heraus?"

Matt öffnete die Tür zu der Geheimkammer, in der Coyles magische Sammlung versteckt war. Die Gegenstände darin waren genau so aufgestellt wie beim letzten Mal, als ich sie gesehen hatte. Matt schnappte sich einen Armvoll und warf sie auf das Feuer.

„Nein!" Coyle schob sich aus dem Sessel und fiel vor dem Kamin auf die Knie. Er griff hinein und holte eine Holzpfeife heraus, bevor sie in Flammen aufging, ließ sie aber plötzlich fallen, weil sie ihm die Finger verbrannte. Er fischte eine Messingschale, einen silbernen Kerzenleuchter und ein Tablett heraus. Der Stapel Papier ging allerdings in Flammen auf.

„Wir werden alles in Ihrer Sammlung nehmen und es ihren

Besitzern zurückgeben oder zerstören. Außer Sie tun, worum wir bitten."

Der Sprung hatte Coyle einiges gekostet. Er hustete heftig, sodass in seinem Schnurrbart Speichelfäden hingen. Sein Körper schüttelte sich vor Anstrengung, und er beugte sich vor, eine Hand auf die Brust gepresst. Der Anfall ging einige Sekunden lang, bis er ihn schließlich beherrschen konnte. Er versuchte, sich auf die Füße zu stellen, schaffte es aber nicht.

„Sie glauben, diese Drohung wird mich dazu zwingen, Ihren Freund freizulassen?"

„Wir wissen, dass Sie ihn auch befreit sehen wollen. Wir wissen, dass Sie von seiner Magie erfahren haben und wollen, dass er Ihnen einen Gefallen schuldet. Einen magischen Gefallen."

Er setzte sich mit einem Knurren auf den Hintern. „Sehr gut. Sie haben richtig geraten." Er lachte leise, was zu einem weiteren schleimigen Hustanfall führte. Als er schließlich aufhörte, wischte er sich mit dem Handrücken über den Mund und den Bart. „Sie dachten, ich würde nie herausfinden, was Ihnen das Leben gerettet hat? Sie dachten, Sie könnten mir Geheimnisse vorenthalten? Ha!"

Matt nahm weitere magische Gegenstände aus dem Lagerraum, diesmal nur jene, die aus entzündlichen Materialien hergestellt waren. „Sagen Sie den Zeugen, die Sie für ihre Falschaussage über Gabe bezahlt haben, dass sie ihre Aussagen zurücknehmen sollen, und Ihre Sammlung wird gerettet."

Coyles Nasenflügel blähten sich. Er warf einen Blick auf die Gegenstände in Matts Händen, als wären sie seine Haustiere, und es würde ihm wehtun, sie gehen zu sehen. Aber er würde sie gehen lassen. „Ich brauche Seafords Magie. Mir geht es nicht gut. Ich sterbe nicht, aber das werde ich."

„Das werden wir alle", erklärte ich.

„Ja, aber ich bin noch nicht *fertig*." Er hustete wieder. „Ich habe noch so viel mit meinem Leben vor. So viel mehr zu erreichen. Wenn Seaford jemanden länger leben lassen kann, warum dann nicht mich?"

„Gabes Magie ist nichts, was Sie beherrschen können", sagte Matt.

„Ach, nicht? Will er denn nicht leben?" Sein Schnurrbart zuckte, als er grausam lächelte, wenn man das Verziehen seiner Lippen so nennen konnte. „Dachte ich mir schon. Sagen Sie ihm, dass ich die Zeugen ihre Aussagen zurückziehen lasse, aber er muss versprechen, dass er es mir zurückzahlt, indem er seine Magie einsetzt, um mich zu heilen."

„Ich stimme zu", sagte ich rasch.

Matts Blick schoss zu mir, doch er blieb still. Ich nahm an, dass er nicht so schnell bereit zum Nachgeben gewesen wäre.

Coyle legte eine Hand auf den Sessel und versuchte dann, aufzustehen, schaffte es aber nicht. „Stellen Sie sicher, dass Seaford klar ist, dass ich auch alles wieder rückgängig machen kann, wenn er nicht Wort hält. Ich kann neue Zeugen finden, die sagen, dass sie ihn gesehen haben. Ich kann sicherstellen, dass die Polizei neue Beweise für seine Schuld findet. Ich kann ihn einfach so zurück ins Gefängnis schicken." Er schnippte mit den Fingern. „Er wird gehängt werden, bevor Sie auch nur davon erfahren, wenn er es nicht schafft, das zu tun, was ich von ihm verlange."

„Er wird seine Seite des Handels einhalten", versicherte ich ihm.

„Du, schwarzer Pirat, hilf mir auf die Füße."

Cyclops verschränkte die Arme.

„Stehen Sie selbst auf", spie Willie aus.

Matt trat näher und ging in die Hocke, sodass er fast gleichauf mit Coyle war. „Und ich will Abercrombie."

„Ah. Natürlich wollen Sie ihn. Dann lassen Sie ihn mein Geschenk an Sie beide sein."

Matt half ihm auf, und wir warteten, während Coyle Briefe an die Zeugen schrieb. Dann kritzelte er eine Adresse auf ein Blatt Papier. Er reichte die Nachrichten Matt, der sie las, bevor er sie einsteckte.

Das war alles? Er händigte uns tatsächlich Abercrombie aus, damit dieser sich der Gerechtigkeit stellte? Das war fast zu gut, um wahr zu sein.

Vielleicht war es das auch.

Willie ging als erste aus der Bibliothek und stieß beinahe an Hope, die in der Tür stand. Ihre Hände waren vor ihr verschränkt, ihre Finger umeinander gelegt. Ihre Knöchel waren weiß, genau wie ihr Gesicht.

Ihr wässriger Blick huschte zu Matt. „Wird euer Freund gerettet?"

„Ja", sagte Matt.

Sie stieß unstet Luft aus. „Ich bin so erleichtert."

„Das ist dir doch nicht wichtig", höhnte Willie. Sie schob sich an Hope vorbei und ging nach draußen.

„Frau!", rief Coyle aus der Bibliothek.

Hope fuhr zusammen.

„Frau, herein mit dir! Wir müssen über das lange Leben reden, auf das ich mich freuen kann, und deine Rolle darin. Denk an meine Worte, die Dinge werden sich ändern. Das Geld, über das du verfügen kannst, zum einen. Und deine Treue zu mir zum anderen. Jetzt herein mit dir, sofort!"

Sie raffte ihre Röcke, doch Matt nahm sie am Ellbogen. „Das ist nicht deine einzige Wahlmöglichkeit."

Ihr Kinn bebte, doch sie schaffte es, ihre Gefühle zu beherrschen und ihre Züge ausdruckslos werden zu lassen. Mit hocherhobenem Kopf und gestrafften Schultern wirkte sie wie eine Gräfin, der die Welt wieder zu Füßen lag.

Matt ließ sie los, und sie marschierte in die Bibliothek und schloss die Tür.

In der Eingangshalle kamen wir an Mrs. Fry vorbei, die triumphierend lächelte.

KAPITEL 18

Es war ein Glück, dass wir Coyles Briefe mit den Anweisungen an die Zeugen persönlich überbrachten. Der Bäckerlehrling zögerte, seine neue Geschichte zu Scotland Yard zu tragen.

Jack Crabb zerriss die Nachricht und warf sie Matt ins Gesicht. Die Einzelteile blieben auf der vorderen Veranda des Mietgebäudes liegen, in dem er wohnte, und wurden vom Wind verweht. „Sie sagen Seiner Lordschaft, das wird ihn zusätzlich was kosten."

Matt ballte die Hände an den Seiten zu Fäusten. „Wir arbeiten nicht für Coyle. Und wir haben auch keine Zeit dafür. Dies sind Ihre Anweisungen, und Sie werden ihnen Folge leisten oder festgenommen werden, weil sie Falschaussagen gemacht haben."

Mr. Crabb verschränkte die Arme vor seinem hervortretenden Bauch und stellte sich breitbeinig auf. „Das wird Seine Lordschaft nicht zulassen."

Hinter uns öffnete sich die Kutschtür. „Alles in Ordnung?", fragte Cyclops.

Matt hob eine Hand und befahl ihm, zurückzubleiben. „India, wenn du bitte auf den Bürgersteig zurückkehren würdest, wäre ich dankbar."

Ich trat die drei Stufen hinab und schloss mich Cyclops, Duke und Willie neben der Kutsche an.

„Ich bitte Sie nicht, ich befehle es Ihnen", sagte Matt angespannt. „Kommen Sie mit uns nach Scotland Yard und ändern Sie Ihre Aussage."

„Oder was?"

„Oder ich bringe sie dazu."

Der Bäckerlehrling kicherte. „Sie werden mich von Ihren Freunden aufmischen lassen?"

„Deren Hilfe brauche ich nicht."

„Sie denken, Sie schaffen das allein? Sie, so ein Etepete-Schönling? Ich möchte Sie wissen lassen, ich war ein Mittelgewichtsmeister im Faustkampf, bevor ich das aufgab und Bäcker wurde."

Willie knurrte. „Vielleicht warst du mal Mittelgewicht, bevor du Bäcker wurdest, aber jetzt nicht mehr."

„Ich gratuliere", sagte Matt zu Mr. Crabb. „Jetzt in die Kutsche mit Ihnen."

„Bringen Sie mich doch dazu." Mr. Crabb warf sich in die Brust. Obwohl er kleiner war als Matt, war er um einiges breiter, besonders um die Mitte herum. Es würde sehr schwer sein, ihn in Bewegung zu bringen, und das wusste er auch.

„Wenn Sie sich wie ein Kind benehmen wollen, werde ich Sie auch wie eines behandeln. Regeln wir das doch wie Schuljungen, gleich hier auf dem Bürgersteig."

Mr. Crabb spähte an Matt vorbei zu der dem inzwischen versammelten Publikum aus Kindern und Passanten, die stehen geblieben waren, um sich die Auseinandersetzung anzusehen. „In Ordnung. Aber es muss ein fairer Kampf sein. Ihre Freunde dürfen nicht helfen."

„Natürlich."

„Falls ich verliere, gehe ich mit Ihnen nach Scotland Yard und ändere meine Aussage. Falls ich gewinne, was bekomme ich?"

Matt nahm seine silberne Taschenuhr und hielt sie an der Kette hoch. Es war seine Alltagsuhr, nicht die magische. Sie war ziemlich wertvoll. Mr. Crabb wusste das auch. Er rollte die Ärmel hoch, während er an Matt vorbeiging.

Matt reichte seine Uhr, sein Jackett und seine Weste mir und lockerte seine Krawatte. Er rollte ebenfalls die Ärmel hoch, sodass starke Unterarme zum Vorschein kamen. Aber die Arme des Bäckers waren dicker, da er eine körperlich anstrengende Arbeit verrichtete.

Die zuschauende Menge begann ihre Favoriten zu wählen. Manche wetteten. Als der erste Schlag fiel, kam Jubel auf, obwohl er am Ziel vorbeiging. Matt hatte mühelos einen Schritt zur Seite gemacht und war Mr. Crabbs Angriff ausgewichen.

Auch dem nächsten Schlag wich er aus, und dem darauffolgenden. Matt war leichtfüßig, blieb in Bewegung, und er erkannte Mr. Crabbs Absichten mühelos.

„Stehen Sie still!", knurrte der Bäcker.

Neben mir lachte Willie leise.

Mit einem weiteren Fauchen rannte Mr. Crabb zu Matt und schwang die Faust. Matt trat erneut locker aus dem Weg und landete dabei mit seiner Linken einen Treffer auf Mr. Crabbs Bauch und einen weiteren mit der Rechten auf die weiche Unterseite, wo das Kinn in die Kehle überging. Der Bäcker verlor das Gleichgewicht und fiel auf dem Bürgersteig keuchend auf den Hintern. Er stand nicht wieder auf.

Willie stand über ihm. „Du hast Glück, dass er sich zurückgehalten hat, oder es hätte dir die Luftröhre zerschmettert."

Mr. Crabb fasste sich an die Kehle, schluckte abwechselnd und holte tief Luft.

Matt hielt ihm eine Hand hin. „Abgemacht ist abgemacht."

Der Bäcker beäugte die Hand, dann nahm er sie zögerlich. Matt zog ihn auf die Beine.

Die Fahrt nach Scotland Yard war nicht ereignisreich, und wir warteten, während beide Zeugen mit dem Inspektor sprachen, der für den Goldman-Fall die Verantwortung trug. Als er aus seinem Bureau kam, funkelte er uns an, beide Hände in die Hüften gestemmt, und schüttelte ungläubig den Kopf.

„Ihr Freund hat wirklich Glück." Er zog seine Taschenuhr heraus und öffnete den Deckel. „Nur noch knapp zwei Stunden."

„Dann beeilen Sie sich lieber", knurrte Matt.

„Nur der Commissioner kann eine Hinrichtung absagen."

„Also lassen Sie uns mit ihm reden. Jetzt."

Der Commissioner gab den Befehl ohne Verzögerung, und ein Telegramm wurde ans Newgate-Gefängnis geschickt, wo die Hinrichtung durchgeführt werden sollte. Wir brachen erst auf, als wir die Antwort erhielten, dass es zugestellt worden war und Gabe in Sicherheit war.

Wir wurden fast von einer Horde Konstabler umgeworfen, als wir aus dem Telegrafenzimmer gingen. Brockwell kam ganz hinten und rief Befehle.

„Was ist los?", fragte Matt.

„Laut dieser Zeugen lebt der wahre Mörder nur einen Steinwurf von hier entfernt, und wir werden ihn jetzt festnehmen."

Matt und ich schauten einander an. Coyles Anweisung an die Zeugen hatte einfach gelautet, dass sie ihre Aussagen zurückziehen sollen, nicht jemand anderen belasten. Er hatte diesen Befehl wohl schon früher gegeben, sie vielleicht sogar von Anfang an gewarnt, dass sie ihre Geschichte womöglich ändern mussten.

Matt bedeutete mir, dass wir ihm folgen sollten. „Ich glaube, ich weiß, wohin sie gehen."

Ich wusste es auch. Die Behausung an der Tudor Street, von der Lord Coyle behauptete, dass dort Mr. Abercrombie gefunden werden könne.

Wir kamen zum gleichen Zeitpunkt wie die Polizei am Gebäude an, worum ich auch dankbar war. Ich bezweifelte, dass Matt gewartet hätte, wären wir ihnen zuvorgekommen. Er war still geworden auf der kurzen Fahrt zur Tudor Street, aber sein Daumen war beschäftigt, tippte immer wieder auf den Oberschenkel. Seine Wut brodelte, als wir kurz davor standen, meinen Angreifer zur Rede zu stellen.

Matt befahl mir, mit Duke in der Kutsche zu bleiben, während er, Willie und Cyclops das Gebäude nach der Polizei betraten. Nach quälenden zwei Minuten gab ich auf und folgte ihnen. Duke hatte keine Einwände. Er stimmte zu, dass der Tatort inzwischen gesichert sein musste.

Das war er tatsächlich. Es war ruhig. Konstabler verteilten sich in der Wohnung und gingen die Stufen wieder hinab, ohne

Eile und ohne Sorge. Ich eilte durch die offene Tür und blieb abrupt stehen. Einen schrecklichen Augenblick lang dachte ich, Matt hätte sich an Abercrombie gerächt und ihn getötet. Überall auf dem Boden war Blut. Eine Erinnerung an den vorigen Abend, als Abercrombie einen seiner Männer erschossen hatte, bevor er die Waffe gegen mich gewandt hatte.

Aber Abercrombie war nicht erschossen worden, man hatte ihm in den Bauch gestochen, und er war nicht tot.

Er starb allerdings. Es war zu viel Blut vergossen, als dass er überleben könnte. Sein Gesicht war farblos, und die Hand, die versuchte, den Blutfluss zu stillen, begann unbeherrschbar zu beben. Sein Zwicker war neben ihn gefallen. Er war verbogen, das Glas zerbrochen und mit Blut verschmiert. Coyle hatte wohl einen Attentäter geschickt, um den einen Mann zu töten, der ihm etwas anlasten konnte. Aber der angeheuerte Mörder war wohl von unserer Ankunft unterbrochen worden und hatte seine Aufgabe nicht ordentlich beenden können.

Abercrombies panischer Blick musterte die Gesichter über ihm, fiel auf mich. „Er war es", flüsterte er leise, sodass ich mich vorbeugen musste, um es zu hören. „Er hat es getan."

„Wer?", fragte Matt.

„Er hat mir befohlen ... Sie zu töten. Und ... Aufstände ... anzuzetteln."

„Sagen Sie seinen Namen?", drängte Brockwell.

Abercrombies Zunge hing aus seinem offenen Mund, suchte nach Feuchtigkeit. „Coyle."

Matt lehnte sich zurück und schaute zu mir auf. Er lächelte nicht, doch ich spürte seinen Triumph.

Brockwell kritzelte etwas in sein Notizbuch, sein Bleistift bewegte sich schneller, als ich es je zuvor gesehen hatte. „Das haben Sie alle gehört?"

„Ja", sagte ich gehaucht. Ich fühlte mich betäubt. Für diesen Mann gab es keine Trauer in meinem Herzen, keine Traurigkeit, als ich beobachtete, wie er in einem See aus seinem eigenen Blut von uns ging. Ich spürte nichts. Ich konnte nicht glauben, dass es vorbei war, dass unsere Schwierigkeiten mit ihm ein Ende hatten.

Willie ließ ein Jubeln hören, das alle überraschte. Sie warf die

Arme um Duke und Cyclops und dann schließlich mich. „Wir haben ihn. Wir haben Coyle! Stimmt das nicht, Jasper? Jetzt kannst du ihn festnehmen."

„Das mache ich." Brockwell strich mit einer Hand über Abercrombies Gesicht, schloss die toten Augen.

Er war gestorben, während wir gefeiert hatten. Ich fand es schwer, mich deswegen schuldig zu fühlen, aber ein kleiner Teil von mir wünschte sich, ich hätte ein wenig mehr Respekt gezeigt. Abercrombie hatte das vielleicht über sich selbst gebracht, aber unter so grausamen Umständen zu sterben, umgeben von Leuten, die ihn verabscheuten, das war kein Ende, das ich irgendwem gewünscht hätte.

Brockwell gab zwei Konstablern Befehle, um sich darum zu kümmern, dass der Leichnam ins Leichenhaus gebracht wurde, und dann gingen wir. Er hatte kein größeres Interesse daran, es noch weiter aufzuschieben, als wir es hatten.

Wir quetschten uns zurück in unsere Kutsche, und Matt befahl Woodall, dem Polizeivehikel zu folgen. Dann setzte er sich neben mich und nahm meine Hand. Er küsste sie.

„Alles in Ordnung?", fragte er.

Ich nickte, konnte es immer noch nicht ganz glauben. Abercrombie, tot, nach all dem Leid, das er verursacht hatte. Es war schwer zu glauben, dass wir uns um ihn keine Sorgen mehr machen mussten, oder um Lord Coyle. Einer war tot, der andere würde festgenommen werden. Es war einfach zu wunderbar, als dass ich es verstehen konnte.

„Wir können noch nicht feiern", sagte Cyclops auf seine nüchterne Art. „Ihr habt was vergessen."

„Was meinst du?", fragte Matt.

„Coyle wird immer noch verlangen, dass Gabe sein Versprechen erfüllt und seine Magie nutzt, um ihn zu heilen."

„Wird ihm im Gefängnis nicht viel helfen", erklärte Duke.

„Wenn Coyle nicht bekommt, was er ausgehandelt hat, wird er veranlassen, dass Gabe erneut für den Mord an Goldman festgenommen wird. Er wird den Zeugen Anweisung gegeben haben, ihre Aussage wieder zu ändern, oder er hat andere bezahlt, die jetzt auf ihre Befehle warten, um es Gabe anzulasten."

Willie schnaubte. „Er kann doch aus dem Gefängnis heraus niemandem Befehle geben, Cyclops. Und außerdem wird die Polizei die derzeitigen Aussagen akzeptieren. Jetzt werden sie sich nichts anderes mehr anhören."

„Bist du da sicher? Bist du bereit, Gabes Leben darauf zu setzen?"

Willie sank im Sitz zusammen, was keine einfache Aufgabe war, da sie zwischen Duke und mir eingeklemmt war.

„Coyle wird seine Bezahlung wollen", sagte Cyclops erneut.

„Dann kann er sie haben", sagte Matt, der heute zum ersten Mal lächelte. „Wir werden Gabe sagen, was auf dem Spiel steht. Ich bin mir sicher, ihm wird klar sein, dass er keine Wahl hat, und er wird seinen Teil des Handels einhalten."

„Hast du was auf den Kopf bekommen?", rief Willie. „Hast du den Verstand verloren?"

Duke schüttelte den Kopf. „Matt, ich glaube nicht, dass wir es Gabe sagen sollten."

Cyclops stimmte nicht zu. „Wir müssen es ihm sagen. Er muss die Entscheidung selbst treffen, unter Berücksichtigung aller Fakten."

„Er wird es nicht tun." Willie war felsenfest. „Er wird Coyle nicht das Leben retten."

Duke war da nicht so sicher.

Ich lächelte zurück zu Matt. „Sollen wir sie von ihrem Elend erlösen?"

„Ich wollte sie noch etwas länger streiten lassen, aber es ist vielleicht klug, es jetzt zu beenden." Er nickte zu Duke und Willie. „Hier drin ist es zu beengt für einen Kampf."

Cyclops richtete sich auf, um Matt richtig anzusehen. „Wovon redest du da?"

Matt wies auf mich. „India wird es dir sagen."

Ich klärte sie nur zu gerne auf. „Coyle hat verlangt, dass Gabe seine Heilmagie einsetzt, im Austausch dagegen, befreit zu werden."

Ein dreifaches Schulterzucken und drei erwartungsvolle Blicke begrüßten mich.

„Nur Gabe", erklärte ich. „Nicht auch ich."

Verständnis dämmerte.

Cyclops schnaubte ein grobes Lachen. „Ich habe es vergessen. Gabes Magie hält nicht an. Er muss seine Magie in eine Uhr geben, und du musst auch den Verlängerungszauber sprechen."

„Das weiß Coyle nicht", sagte Duke. „Er denkt, Gabe reicht aus." Er stieß ein schallendes Lachen aus. „Ich kann nicht erwarten, den Ausdruck auf seinem Gesicht zu sehen, wenn wir es ihm sagen."

„Das werden wir ihm nicht sagen", sagte Matt. „Er muss glauben, dass Gabes Magie ausreicht. Ich setze nicht darauf, dass das Gefängnis ihn davon abhält, wieder die Ereignisse zu manipulieren. Er kann immer noch sein Wort halten und Gabe erneut festnehmen lassen, und ich möchte Gabes Freiheit nicht aufs Spiel setzen, indem ich darauf vertraue, dass Coyle sich an seine Seite des Handels hält."

Willie jubelte wieder. „Er wird in einer Gefängniszelle sterben. Und das auch noch bald, schätze ich. Dieser Mann ist kein gesundes Individuum."

„Werden wir den Kurs ändern und es Gabe sagen?", fragte ich.

Matt schüttelte den Kopf. „Wir werden Gabe bald abholen und ihn seinen Teil tun lassen. Aber erst sehen wir zu, wie Coyle festgenommen wird."

∗ ∗ ∗

DIE MENGE vor dem Anwesen der Coyles hatte sich aufgelöst, nur ein paar Reporter und ihre Fotografen blieben noch, weil sie hofften, Lord oder Lady Coyle zu erwischen, wie sie das Haus verließen. Sie stürzten auf uns los uns, als wir aus der Kutsche stiegen, und Matt musste sie abwehren.

„Mrs. Glass! Mrs. Glass, möchten Sie etwas über die Ereignisse sagen, die sich hier vorhin zugetragen haben?", fragte einer.

Ein anderer fragte, was wir zu Coyle bei unserem Treffen gesagt hatten.

Ein Fotograf wollte, dass ich stillstand, damit er mein Bild aufnehmen konnte.

Die Konstabler befahlen sie zurück, und Matt drängte mich die Stufen empor. Die zerbrochenen Angeln der Tür waren ersetzt worden, und der Butler antwortete auf unser Klopfen, indem er sie nur einen Spalt breit öffnete. Er öffnete sie weiter, als Brockwell verlangte, um uns einzulassen.

„Seine Lordschaft ist im Moment unpässlich." Der Butler versuchte aufrichtig, sich ans Protokoll zu halten, aber wir ließen uns nichts einreden.

Matt schaute in die Bibliothek, aber sie war leer. Wir gingen die Stufen hinauf, untermalt vom Protest des Butlers.

Hope kam uns auf dem Treppenabsatz entgegen, Mrs. Fry neben ihr. Hope wirkte so schön wie eh und je, nicht wie die stoische, doch ängstliche Hülle, die wir vorhin gesehen hatten. Ihr Blick war wieder geschärft, ihre Wangen hatten Farbe, und sie begrüßte uns herzlich. Sie zeigte keine Anzeichen, dass der Mob ihr Sorgen bereitet hätte, oder dass sie Furcht vor ihrem Mann hatte. Sie wirkte glücklich.

Sie griff vor und nahm Matts Hand. „Mein Mann ist in seinem Bureau. Ich habe ihn nicht gesehen, seit er dort eingetreten ist und die Tür geschlossen hat, kurz nachdem ihr gegangen seid. Kommt. Wir begrüßen ihn zusammen."

Ich ließ sie vor mir gehen und wechselte einen Blick mit Willie. Sie hob die Schulter zu einem Zucken.

Brockwell platzte in das Bureau, ohne zu klopfen, blieb aber im Eingang stehen.

Lord Coyle saß in seinem Sessel, vorgebeugt, während sein Kopf auf dem Schreibtisch ruhte. Erbrochenes bedeckte einige Papiere und verstopfte ihm den Mund. Der geschlossene Raum stank danach.

Mir drehte es den Magen um. Ich floh und schaffte es, eine Topfpalme am Treppenabsatz zu erreichen, bevor ich meinen Mageninhalt entleerte.

Matt schloss sich mir an und bot mir sein Taschentuch an. Er befahl einem Dienstmädchen, das ich nicht gesehen hatte, mir ein Glas Limonade zu bringen, falls es sie gab, und ansonsten Wasser. Er lotste mich zu einem Sessel.

„Er ist tot, oder nicht?", fragte ich.

Er nickte.

„Seine Krankheit war also schon zu weit fortgeschritten."

Er sah auf, um Hope aus dem Bureau kommen zu sehen, ein Spitzentaschentuch an die Nase gepresst. „Mir war nicht klar, dass du so empfindlich bist, India. Ich dachte, deine Verfassung wäre stärker."

Ich machte mir nicht die Mühe, ihr von dem Baby zu erzählen. Ich wollte ein bisschen länger warten, um sicher sein, bevor wir es verkündeten. Außerdem war mir ihre Meinung nicht wichtig genug, um sie zu verbessern.

„Eine Autopsie wird beweisen, wie er gestorben ist", sagte Matt, als hätte jemand diese Frage gestellt.

Ich sah ihn mit gerunzelter Stirn an, doch er starrte zu Hope.

Sie senkte das Taschentuch. „Nur, falls der Tod verdächtig war, und jeder weiß doch, dass es meinem Mann nicht gut ging. Der Gerichtsmediziner wird sich mit einem alten Mann, der schon einige Zeit krank war, nicht die Mühe machen."

Matt gestand diesen Punkt mit einem Nicken ein. „Er war schon immer ein ungesundes Individuum, wie Willie es formuliert hat. In den letzten Wochen ist er nur noch kranker geworden. Seit eurer Eheschließung, wie es der Zufall so will."

Sie versteifte sich. „Aber, Matt! Was legst du da nahe?"

Gütiger Gott. Er deutete an, dass sie ihn getötet hatte!

Matt schaute zum Bureau. „Brockwell ist unfassbar detailversessen, und er lässt sich nicht bestechen."

„Der Kriminalinspektor ist hervorragend bei seiner Aufgabe. Aber er hält sich auch an die Regeln und folgt Befehlen. Ist das nicht so? Und wenn seine Befehle lauten, dass er *keine* Fragen zur Art des Todes meines Mannes stellen sollte, wird er das auch tun. Du wärst klug, wenn du das genauso machst. Immerhin ist sein Tod zu jedermanns Vorteil. Besonders eurem."

Ich musste den Leichnam nicht noch einmal sehen, um zu wissen, dass sie ihren eigenen Mann umgebracht hatte. Ich musste nichts über Gifte wissen, um zu merken, wie sie ihn getötet hatte. Das Geständnis stand ihr ins Gesicht geschrieben, in ihr triumphierendes Lächeln, und in ihre reine Freude. Sie hatte sich nicht mal die Mühe gemacht, so zu *tun*, als würde sie die trauernde Witwe spielen. Sie war sich völlig sicher, dass sie damit davonkommen würde.

Und das würde sie.

Es lag im Interesse aller, den Tod als eine Kombination aus Alter und ungesundem Lebensstil in die Bücher eingehen zu lassen. Coyle war nicht nur ein Dorn in unserer Seite, er hatte sich auch für die Regierung als eine Bürde erwiesen, daran hatte ich keinen Zweifel. Sie würden nicht auf ein Nachforschen des Gerichtsmediziners drängen. Außerdem wollte niemand, dass Hope für den Mord an einem so schrecklichen Mann hing. Nicht einmal ich.

„Du bist meine Cousine", sagte Matt. „Ich wollte dich nur immer vor ihm schützen."

Das Lächeln, das sie ihm zuwarf, war herablassend. Das sorgte dafür, dass sich mir wieder der Magen umdrehte. „Das ist sehr lieb von dir, Matt, aber wir wissen beide, dass dein Schutz nicht nötig war. Er war heute so unnötig, wie er es an meinem Hochzeitstag war. Ich habe immer gewusst, worauf ich mich einlasse. Immer." Also hatte Matt auch damit Recht gehabt. Sie hatte ihn seit dem Tag vergiftet, an dem sie geheiratet hatten, ihm vielleicht jeden Tag ein bisschen mehr eingeflößt, genug, um ihn krank zu machen, aber nicht genug, um ihn zu töten. Auf diese Weise würde, wenn der Tag kam, niemand von seinem Tod überrascht werden.

Plötzlich fiel mir das Päckchen ein, das Charity Matt gegeben hatte, um es Hope in der Nacht zu überbringen, als er nach ihr gesehen hatte. Dieses Päckchen hatte sehr wahrscheinlich Gift enthalten, um Hopes schwindende Vorräte aufzufüllen. Da Mrs. Fry ihre Bewegungen überwachte, hatte Hope es nicht selbst kaufen können, also hatte sie irgendwie Nachricht an ihre Schwester geschickt. Charity hatte ihr bereitwillig geholfen. Vielleicht hatte sie Hopes Plan die ganze Zeit gekannt.

Hope hatte das bestimmt seit ihrem Hochzeitstag geplant, vielleicht sogar schon vorher. Ich hätte es ihr durchaus zugetraut, sein Ableben zu planen, nur damit sie seinen Reichtum erbte und ihre Freiheit gewann. Eine reiche Witwe konnte tun, was sie wollte, wohingegen eine Tochter oder eine Ehefrau ihrem Vater oder Mann Folge zu leisten hatte. Hope hatte von

Anfang an auf den Sieg gesetzt und Lord Coyle übertrumpft. Nun hatte sie ihren Preis eingeholt.

Ein Dienstmädchen kam und reichte mir ein Glas Limonade. Sie knickste kurz und wollte schon gehen, als ihre Herrin sie anbrüllte, dass sie warten sollte.

„Sag den anderen Bediensteten, dass ich sie sofort im Salon sehen möchte", befahl Hope.

Das Mädchen knickste noch einmal, dann ging es durch eine verborgene Tür in der Wand mit den Holzpaneelen.

Mrs. Fry kam aus dem Bureau, ihr Gesicht aschfahl. Sie knickste ergeben. „Darf ich mein Beileid bekunden, Mylady."

Hope trat zu ihrer Begleiterin, bis sie nur noch wenige Zentimeter entfernt war. Sie war vielleicht kleiner als Mrs. Fry, aber mit ihrem vorgereckten Kinn und den blitzenden Augen wirkte sie in jeder Form überlegen. „Sie haben fünf Minuten, um Ihre Sachen zu packen und aus meinem Haus zu verschwinden. Eine Minute mehr, und ich lasse Sie hinauswerfen."

Mrs. Fry raffte ihre Röcke und raste die Stufen zu ihrem Zimmer hinab.

Hope ging an uns vorbei, ein Schwan, der in aller Ruhe über den See glitt. „Wenn ihr mich entschuldigt, ich muss die Bediensteten über die Lage aufklären." Sie ging die Stufen hinab, nur um stehen zu bleiben und sich umzudrehen. „Sagt euren Magierfreunden, sie dürfen gerne die Dinge abholen, die er von ihnen gekauft hat, wann immer sie wünschen. Ich habe nicht den Wunsch, sie zu behalten."

Matt legte mir eine Hand auf die Schulter, während wir beobachteten, wie sie die Stufen hinabging. Sobald sie außer Sicht war, stießen wir beide unseren lang angehalten Atem aus.

Er hielt mir eine Hand hin. „Geht es dir genug gut genug zum Aufbruch?"

„Willst du nicht bleiben und sehen, was Brockwell von der Art hält, wie Coyle gestorben ist? Ich kann Woodall zu dir zurückschicken."

Er schüttelte den Kopf. „Es gibt keinen Grund zum Bleiben. Jetzt ist alles vorbei."

* * *

Es KAM zu keinen Vorwürfen gegenüber Hope. Brockwell bestätigte zwei Tage später, dass der Gerichtsmediziner beschlossen hatte, nicht nachzuforschen. Coyles Tod wurde offiziell als gottgegeben aufgezeichnet, eine übliche Art, um den Tod durch natürliche Ursachen zu beschreiben. An der Art, wie er die Worte beinahe ausspuckte, war klar, dass Brockwell mit dem Urteil nicht zufrieden war. Er wusste, dass Hope ihren Mann getötet hatte, doch ihm waren die Hände gebunden. Der Commissioner hatte ihm befohlen, keine weiteren Nachforschungen anzustellen. Genau wie Hope erraten hatte, würde Brockwell sich nicht gegen seinen Vorgesetzten wenden. Nicht wegen des Todes von jemandem wie Coyle.

Brockwell bestätigte auch, dass Mr. Hendry nicht gefunden worden war, obwohl in der ganzen Stadt penibel gesucht worden war. Sehr wahrscheinlich hatte Coyle ihm Zugang zu einem geheimen Grundstück verschafft, dazu noch Geld und ihm geholfen, seinen Namen zu ändern, um nicht auffindbar zu sein. Da er ein Magier war, war Hendry Coyle wichtiger als Abercrombie.

Am folgenden Morgen traf ich mich erneut mit dem Premierminister und dem Kabinett, um die Einzelheiten der neuen Gesetzgebung festzulegen, und die Steuern für sogenannte Luxusgüter, was nur ein anderer Name für von Magiern hergestellte Waren war. In den Zeitungen hatte man alle in Kenntnis gesetzt, wie die Magie wirkte, und sie hatten berichtet, dass sie nicht lange anhielt. Es hatte einiges dazu beigetragen, den Wunsch nach von Magiern geschaffenen Gegenständen zu mindern, aber nicht ganz. Die Reichen verlangten noch immer danach.

Innerhalb einer Woche nach Coyles Tod war die Stadt ruhiger. Die Aufstände hatten ein Ende, und die Anspannungen kochten nicht mehr über. Manchmal kam es noch zu einem Streit zwischen einem Magier und seinem nächsten talentfreien Nachbarn, aber die eskalierten niemals. Die Gilden, die sich Sorgen um ihre eigene Bedeutung in der Zukunft machten, hatten zugestimmt, Magier in ihren Reihen willkommen zu heißen und ihnen die Lizenz zum Handel zu geben. Ein überraschender

Nebeneffekt war die Aufnahme von Frauen durch ihre neuen Statuten.

Zur Verwunderung aller schnitten sich viele Talentfreie und Magier eine Scheibe von Mr. Pyke und Mr. Fuller ab und bildeten neue Partnerschaften. Da die Magier daran gewöhnt waren, sich zu verstecken, und Angst davor hatten, Aufmerksamkeit auf sich zu ziehen, hatten viele keine großen Geschäfte zur Herstellung aufgebaut, wohingegen einige Talentfreie welche besaßen. Es war sinnvoll, dass sie Luxuswaren zu ihrem Katalog hinzufügten, um ihr Geschäft zu erweitern. Einige Magier waren auch ganz erfreut, ein überlegenes Produkt exklusiv für sie herzustellen.

Die Stadt hatte sich ja vielleicht beruhigt, doch unser eigener Haushalt trudelte abermals. Es hatte in letzter Zeit so viele Tote gegeben, aber nur eine Woche, nachdem Lord Coyle gestorben war, kam es zu einem weiteren.

Gabe und Nancy besuchten uns zum Nachmittagstee und einer privaten Beratung. Obwohl ich bereits gründlich von einer Hebamme untersucht worden war, bestand Matt darauf, dass Gabe auch sicherstellte, wie das Baby sich entwickelte.

Nachdem die Untersuchung vorbei war, hielt mir Gabe eine Hand hin und half mir, mich hinzusetzen. „Ich sehe keinen Grund, zu bezweifeln, dass das Baby stark heranwächst."

Langsam stieß ich Luft aus und schaute zu Matt. Er hatte mir eine Hand auf den Nacken gelegt und ihn sanft massiert. „Und die Wirkung der Magie?", fragte ich, tippte mir auf die Brust, wo meine Uhr mit dem zerbrochenen Ziffernblatt und der Heilmagie sicher in einer Tasche steckte, die in mein Korsett eingenäht war.

Gabe tätschelte mir die Hand. „Das werden wir erst wissen, wenn das Baby geboren ist, also versuch dir keine Sorgen zu machen."

Das war leichter gesagt als getan. Matt setzte sich neben mich auf das Bett und zog mich in seine Arme. Er berührte mein Kinn, als es zu zittern begann. „Was immer passiert, ganz gleich, wie die Magie das Baby betroffen hat, es ändert sich nichts. Wir werden ihn oder sie von Herzen lieben, und als Familie zu dritt werden wir noch viel besser sein."

Ich nickte zur Tür hin. „Ich glaube, im Salon warten einige Leute auf uns, die nicht der Meinung sind, dass wir mit einem Baby zu dritt sind. Wir werden acht sein, mindestens."

Er lachte leise und drückte die Stirn an meine.

Gabe räusperte sich. „Bevor ihr geht, möchte ich euch beiden ordentlich für das danken, was ihr getan habt."

„Du hättest doch gar nicht erst in Schwierigkeiten gesteckt, wenn wir nicht gewesen wären", erklärte Matt. „Coyles Spion hätte deine Magie nicht berichtet, hättest du mir nicht das Leben gerettet."

„Das mag ja stimmen, aber ihr habt euer Leben in Gefahr gebracht, um mir bei der Flucht zu helfen, und ihr wart gute Freunde für Nancy, als ich nicht da war." Er nahm meine Hand und küsste sie. „Ich hatte mich an den Gedanken gewöhnt, nach Amerika zu ziehen, während ich in diesem Hotel war, aber das war einfach nur die Verzweiflung, die sich da zu Wort gemeldet hat. Seid euch versichert, wir haben beschlossen, in London zu bleiben. Keiner von uns will das Krankenhaus verlassen. Und als Dankeschön an euch beide möchte ich euch versichern, dass meine Magie euch zur Verfügung steht, bis wir alle Greise sind."

Matt schüttelte den Kopf. „Danke, Gabe. Hoffentlich werden wir dir nicht die Mühe machen müssen. Die Magie in unseren Uhren fühlt sich stark an. Ich möchte wetten, es dauert lange, bevor sie nachlässt."

Als hätte sie es gehört, spürte ich, wie meine Uhr durch den Stoff der Tasche wärmer wurde.

Wir kehrten in den Salon zurück, wo Willie Nancy Geschichten von ihren Heldentaten in Amerika erzählte, und Duke zwischendrin immer die echte Version einwarf, zu Willies großem Ärger und Nancys Erheiterung. Tante Letitia hörte zu, manchmal schnaubte sie oder verdrehte die Augen. Da es Sonntag war und Cyclops frei hatte, waren er und Catherine auch da. Es war der perfekte Zeitpunkt, um ihnen offiziell von dem Baby zu erzählen. Nur jene, die dabei gewesen waren, als ich im Sterben gelegen hatte, wussten es. Wir hatten es den anderen vorenthalten.

Nur dass jemand fehlte. „Matt, möchtest du sehen, ob Chronos sich uns anschließen will?"

Er ging und kam ein paar Augenblicke später zurück, wirkte sehr ernst.

Ich eilte an seine Seite, fühlte mich plötzlich krank bis aufs Mark. „Wo ist Chronos?"

„Ich bin hier, ich bin hier." Mein Großvater humpelte mit der Hilfe eines Gehstocks herein und scheuchte Matt weg, als er anbot, ihn zu stützen. „Hört auf, mich wie einen alten Mann zu behandeln."

„Du bist ein alter Mann, und auch noch ein zänkischer." Ich hielt ihn auf und umarmte ihn. „Aber du bist meine Familie, und ich liebe dich sehr."

Sein Gesicht wurde weich und seine Augen waren trüb. „Ich liebe dich auch, Enkelin." Er tätschelte mir die Wange. „Stimmt etwas nicht?"

„Nein, nichts. Aber Matt und ich haben eine Ankündigung zu machen, also geh und schließ dich den anderen an."

„Das weiß ich doch bereits." Er kniff die Augen zusammen. „Oder ist es etwas anderes? Hat Seaford zugestimmt, seine zukünftigen Kinder in seiner medizinischen Magie zu unterweisen?"

„Gütiger Gott, er und Nancy sind noch nicht mal verheiratet." Ich nahm seine Hand und legte sie auf meinen Arm. „Lass dir von mir helfen, wenn du Matts Hilfe nicht willst."

Grummelnd erlaubte er mir, ihn zum nächsten Sessel zu führen, den Cyclops frei gemacht hatte. Cyclops stellte sich hinter Catherine und legte eine Hand auf ihre Schulter. Sie tauschten ein liebevolles Lächeln aus.

Ich setzte mich auch, Matt stellte sich neben mir auf. Er lächelte allerdings nicht. Die ernste Art, die über ihn gekommen war, stand seiner vorherigen guten Laune völlig entgegen. „Matt? Ist irgendwas?"

Er hielt mir eine Hand hin und schüttelte seine Ernsthaftigkeit ab. Sie wurde von einem aufrichtigen Lächeln ersetzt. „Bevor wir uns an Mrs. Potters Kuchen und Süßigkeiten erfreuen, hat India eine Ankündigung zu machen." Er legte nahe, dass ich fortfahren sollte.

Ich lächelte meine Familie und Freunde an. „Das habe ich tatsächlich. Ich erwarte ein Kind."

Catherine sprang auf und warf die Arme um mich. „Ich gratuliere! Ich wusste es! Habe das nicht gesagt, Nate?"

Cyclops war zu sehr damit beschäftigt, Matt zu umarmen, um etwas zu sagen. Umarmungen und Glückwünsche folgten dann in Runden, selbst von jenen, die es bereits wussten. Da wir es vor ihnen nicht mehr erwähnt hatten, hatten sie vielleicht angenommen, ich hätte mich geirrt.

Tante Letitia hielt mir die Hände hin, grinste über beide Ohren. „Ich wusste, dass es gelingen würde."

Ich runzelte die Stirn. „Du wusstest, dass was gelingen würde?"

„Das hast du mir zu verdanken", sagte sie und wies auf meinen Bauch.

Willie beugte sich zu mir und flüsterte: „Willst du ihr sagen, dass Babys so nicht entstehen, oder kann ich es machen?"

Ich schlug sie mit dem Ellbogen weg, damit ich nicht anfing zu kichern. „Was meinst du, Tante?"

„Wäre ich nicht zur Tat geschritten, wer weiß, wie lange es dann gedauert hätte?"

Matt stellt sich hinter mich und legte mir eine Hand auf den Rücken. „Wovon redest du da?"

Tante Letitia lächelte ihn selbstgefällig an. „Ich bin zu so einer Frau gegangen, wegen Indias Unfähigkeit, ein Kind zu empfangen, und sie hat mir einige Kräuterarzneien gegeben. Die habe ich von Zeit zu Zeit in ihre heiße Schokolade getan."

„Darum hat sie bitter geschmeckt." Ich dachte zurück an die paar Mal, als sie mir selbst eine Kanne Schokolade gemacht hatte. Wenn ich mit meinen Berechnungen richtig lag, dann hatte Tante Letitias Medizin nicht sonderlich geholfen. Ich war zu dem Zeitpunkt bereits schwanger gewesen. „Ich hoffe, du hast nicht zu viel bezahlt, um sie zu kaufen."

Sie tat meine Sorge ab. „Ich frage mich, ob es die Kräuter waren, die es ermöglicht haben, oder die Maus."

Ich keuchte. „Das warst du! *Du* hast eine tote Maus unter mein Kissen gelegt! Ich habe es Willie zum Vorwurf gemacht."

„Verständlich", murmelte Duke.

Willie streckte ihm die Zunge heraus.

„Tante", tadelte Matt. „Das war nicht nett."

Tante Letitia hob eine Schulter zu einem zum Zucken. „Aber es hat gewirkt, oder?"

Er wollte ihr schon die Leviten lesen, ich nahm seinen Arm und drückte ihn. „Ich habe die Maus weggeworfen, bevor ich darauf geschlafen habe", erklärte ich ihr.

„Dann waren es auf jeden Fall die Kräuter." Sie klatschte in die Hände. „Ach, ich bin so aufgeregt. Ein kleines Baby, dass man verhätscheln kann … wie wunderbar."

„Ein Magierbaby", sagte Chronos mit Ehrerbietung in der Stimme. „Ich hoffe, er oder sie wird so stark wie du, India. Noch stärker sogar."

„Sehr wahrscheinlich wird er schwächer sein, oder ganz talentfrei, wenn man bedenkt, dass Matt kein Magier ist", sagte ich.

Chronos warf Matt einen vorwurfsvollen Blick zu.

„Und das ist für uns in Ordnung, und für dich wird es das auch sein, außer du willst aus diesem Haus ausziehen und nicht am Leben dieses Babys teilnehmen."

Er schloss den Mund mit einem hörbaren Klicken seiner Backenzähne und hatte den Anstand, verlegen zu wirken.

Tante Letitia hatte diesem Austausch nicht gelauscht. Ihre Augen leuchteten, während sie mir wieder die Hand tätschelte. „Weißt du, India, Letitia ist ein alter Familienname."

Willie warf ihr einen skeptischen Blick zu. „Warum haben dann die Rycrofts ihn nicht für eines der Mädchen genutzt?"

„Weil meine schreckliche Schwägerin auf diese lächerlichen Namen bestanden hat. Sie hat kein Gefühl für Tradition."

Chronos tippte mit seinem Gehstock auf den Boden, um unsere Aufmerksamkeit zu erhalten. „Gideon ist in unserer Familie auch seit Generationen im Einsatz. Gideon Glass klingt nicht ganz so wie Gideon Steele, ist aber immer noch ein guter Name."

Tante Letitia gab ein empörtes Geräusch durch die Nase ab. „Für einen Rycroft-Erben ist es kein passender Name, fürchte ich. Wie wäre es mit Henry, nach Matthews Vater?"

„Ich dachte, sein Name wäre Harry", sagte Willie.

„Harry werden die meisten Henrys in England genannt."

„Aha."

Matt nahm Tante Letitias Hand, und sie wurde sofort ruhig. Ihre Gesichtszüge entglitten ihr. Sie hatte dieselbe ernste Schwere in seinen Augen gesehen, die ich bemerkt hatte. Er lotste sie zu einem Sessel und ließ sie sanft darauf hinab. Er ging vor in die Hocke, hielt immer noch ihre Hand.

„Ich fürchte, ich habe schlimme Neuigkeiten, Tante."

KAPITEL 19

Matt zog einen Brief aus seiner Tasche und faltete ihn auf. „Das kam gerade von Tante Beatrice an. Sie wollte mich in Kenntnis setzen, dass Onkel Richard gestern Nacht friedlich im Schlaf verstorben ist." Tante Letitias Mund klappte auf. Ich eilte an ihre Seite, weil ich mich sorgte, die Neuigkeiten würden sie so schockieren, dass sie dachte, sie lebte in der Vergangenheit. Aber sie schloss nur den Mund und legte die Hände flach auf den Schoß. Ihre Augen blieben trocken und klar, während sie Matt betrachtete.

„Du bist jetzt Lord Rycroft", sagte sie.

Schock wanderte über Matts Züge, was ein schwaches Lächeln auf das Gesicht seiner Tante zauberte. Ihm waren die vollen Konsequenzen des Todes seines Onkels noch nicht klar worden. Es war nicht nur, dass er einen Titel erlangte, es kamen auch ein Anwesen und das Haus dazu, genauso wie die Pachthöfe und die Pächter, die auf seinem Land arbeiteten. Es waren alle Verpflichtungen, wenn man ein Adliger in einer eng verbundenen ländlichen Gemeinde war, und die Privilegien, die mit dem Titel einhergingen. Er hatte erwartet, in den kommenden Jahren zu lernen, wie man Lord Rycroft war, aber durch den vorzeitigen Tod seines Onkels war ihm der Teppich unter den Füßen weggezogen worden. Er wirkte völlig verwirrt durch diese Aussicht.

Tante Letitia tätschelte ihm die Wange. „Ihr solltet in Erwägung ziehen, nach Rycroft Hall überzusiedeln, bevor das Baby kommt, besonders, wenn Mr. Steele bei uns bleibt." Sie sah sich im Salon um. „Auch wenn dieses Haus herrlich ist, es platzt aus allen Nähten."

„Wir können nicht einziehen", sagte Matt. „Nicht, solange Tante Beatrice und Charity dort leben. Es ist ihre Heimat. Das hier ist unsere."

Sie lächelte ihn an, als würde sie ein Kind verhätscheln. „Rycroft Hall ist jetzt dein Zuhause."

Matt schüttelte den Kopf. „Es ist nur ein Haus. Meine Heimat ist dort, wo meine Frau ist und wo ihr alle seid."

Später, als wir im Bett lagen und Matts Hand auf meinem Bauch ruhte, sein Kopf auf meiner Brust, strich ich ihm über die Haare. „Alles in Ordnung?", fragte ich. „Die Nachricht vom Tod deines Onkels hat dich erschüttert."

Sein Daumen strich über meinen noch immer flachen Bauch. „Das war eine Menge zu verarbeiten. Es gibt zu viel, das man in Betracht ziehen muss." Er wandte sich um, um zu mir zu schauen. „Ich bin mir nicht sicher, ob ich bereit bin, Landadel zu werden."

„Du musst dich ja nicht auf einmal daran gewöhnen. Die Angestellten werden dort alles am Laufen halten, bis du bereit bist. Richte dich bei der Beerdigung an sie, um sie zu beruhigen, und sag ihnen, dass du vermutlich später zu Besuch kommst. Das verschafft dir ein wenig Zeit, und ihnen auch."

„Ich muss auch mit Tante Beatrice über ihre Zukunft reden, und die von Charity. Ich will sie wissen lassen, dass es ihre Heimat ist, solange sie leben."

Rycroft Hall war ein großes Haus. So groß, dass wir getrennte Leben von seiner Tante und seiner Cousine führen konnten, sogar mit Tante Letitia, meinem Großvater, Willie, Duke und dem Baby bei uns. Doch die Vorstellung, unter demselben Dach zu leben wie sie, gefiel mir nicht.

Tante Letitia hatte jedoch recht. Das Haus in Mayfair war für eine wachsende Familie zu klein. Man musste andere Übereinkünfte treffen. „Du hast doch bereits so viel Verantwortung. Würdest du mich mit Lady Rycroft reden lassen?"

Er stützte sich auf den Ellbogen und betrachtete mich. „Der Witwe Rycroft. Du bist jetzt Lady Rycroft."

Gütiger Gott. Das war ich. Ich kicherte, zum Teil, weil es so lächerlich klang, dass die Tochter eines Uhrmachers so hoch aufsteigen konnte, und zum Teil, weil Matt mich von der Kehle bis zum Bauch küsste, und seine Lippen kitzelten.

* * *

Bᴇɪ ᴅᴇʀ Bᴇᴇʀᴅɪɢᴜɴɢ in Rycroft Hall sprach ich kaum mit Tante Beatrice. Sie war zu beschäftigt mit den Vorkehrungen, und um alte Freunde für die Dauer bei sich zu Hause willkommen zu heißen. Ich versuchte zu helfen, wo ich konnte, hatte aber das Gefühl, als wäre ich im Weg. Sie kannte jeden Quadratzentimeter des Hauses, welcher Angestellte welche Aufgaben erhalten sollte, wo sie alle sein sollten, die Protokolle und Traditionen. Es würde einige Zeit brauchen, das alles zu lernen. Am Ende unseres Besuches war ich froh, wieder in die vertrauten Straßen von London zurückzukehren. Sie mochten laut sein, dreckig und voller Schurken aus allen Ebenen der Gesellschaft, aber es war meine Heimat.

Nach der Beerdigung waren meine Tage damit angefüllt, Catherine bei der Vorbereitung ihres Hochzeitstages zu helfen. Eine willkommene Erleichterung von dem Wirbel kam in der Form einer Einladung zu einem Treffen des Clubs der Sammler. Tatsächlich überraschte mich die Tatsache, dass ich sie begrüßte. Ich hatte diese Abende niemals sonderlich genossen. Ich hatte immer das Gefühl gehabt, als wäre ich die Missgeburt auf dieser Vorführung. Aber die Gesichter waren mir vertraut, und die meisten von ihnen waren freundlich und freuten sich oft, mich zu sehen. Sogar die Delanceys, die beim jüngsten Ereignis die Gastgeber waren, waren nicht so nervenaufreibend wie üblich.

An dem Abend waren keine Vorträge geplant, es gab keine Tagesordnung für das Treffen. Es war ein reines gesellschaftliches Ereignis, und ich bemühte mich, mit so vielen Leuten zu sprechen, wie ich nur konnte. Alle hatten von dem Baby gehört und spekulierten über seine oder ihre magische Kraft. Einige warfen verärgerte Blicke auf Matt, weil er womöglich die

Magie unseres Babys schmälerte, aber er tat so, als würde es ihm nicht auffallen. Tatsächlich verbrachte er einen Großteil des Abends im Gespräch mit Professor Nash, Mr. Delancey und Oscar.

„Ich glaube, man muss gratulieren, Lady Rycroft."

Ich brauchte einen kurzen Augenblick, um zu merken, dass Louisa mit mir sprach. Ich war immer noch nicht an meinen Titel gewöhnt. „Bitte nennen Sie mich weiterhin India."

Sie lächelte. „Es freut mich sehr, dass Sie mich als so große Freundin betrachten, dass ich das tun darf."

Ich zwang mich als Reaktion zu einem Lächeln und hielt mich davon ab, ihr zu sagen, dass ich sie nicht mochte, und nur India genannt werden wollte, weil ich mich nicht wie Lady Rycroft fühlte. „Ist es Ihnen wohl ergangen, Louisa?"

Es war eine höfliche Frage, die ich heute einer Menge Freunde und Bekannten gestellt hatte, ohne mehr als eine förmliche Antwort zu erwarten. Doch Louisas Gesicht wurde plötzlich ausdruckslos, und ihr Blick ging in die Ferne, wurde traurig.

Ich nahm an, das war Fabians Aufbruch vorzuwerfen. Er hatte vor einer Woche London verlassen und mir endlich gestattet, ein wenig leichter zu atmen. Nach seinen Anschlägen auf Matts Leben würde ich ihm nie wieder vertrauen können, und dass er in derselben Stadt lebte wie wir, hatte mir Sorgen bereitet. Als er gegangen war, waren die letzten unserer Schwierigkeiten mit ihm gegangen. Es war, als wäre ein Gewicht von meinen Schultern genommen worden.

„Es geht mir ganz gut", sagte Louisa mit einem trüben Lächeln, das ihre Augen nicht erreichte. „Ich freue mich über die glücklichen Nachrichten. Ich hoffe, das Baby ist ein Magier."

„Uns ist es auf jeden Fall recht, ganz gleich, was es wird." Ich wusste nicht, weshalb ich mir die Mühe machte. Sie und andere wie sie würden niemals davon überzeugt sein, dass ein Kind ohne magische Fähigkeiten genauso geliebt werden würde wie ein Kind mit Kräften.

„Haben Sie von Fabian gehört?", fragte sie plötzlich.

„Nein. Und ich erwarte es auch nicht."

Sie seufzte, und ihr Blick fiel auf Oscar. Sie seufzte erneut, als würde sie zu einem Schluss kommen, der ihr nicht sonderlich gefiel. „Meinen Sie, Sie können ein gutes Wort für mich einlegen?"

„Bei Oscar?" Guter Gott, sie zog es ernsthaft in Betracht, ihn noch einmal zu bitten, ihr den Hof zu machen? „Natürlich mache ich das. Vielleicht mache ist es gleich jetzt." Ich hatte kein Interesse, sie überhaupt vor Oscar zu erwähnen, aber es war die höflichste Art, um mich ihr zu entziehen.

Oscar begrüßte mich mit einer erhobenen Augenbraue. „Hat sie dich gebeten, mir zu sagen, dass sie und ich gut zusammenpassen?"

„Gewissermaßen. Hast du in letzter Zeit mit ihr gesprochen?"

„Durchaus, und ich habe ihre Avancen abgewiesen."

„Schon wieder? Herr im Himmel, wird sie jemals aufgeben?"

Er lächelte verschlagen. „Ich glaube, bald wird sie das. Ich habe ein paar magische Bekannte, die bereit sind, sich mit ihr zu treffen. Es sind alles Junggesellen, die nach einer Frau suchen, die Geld und Einfluss mit sich bringt."

„Und sie wird den magischen Ehemann und vielleicht sogar die magischen Kinder bekommen, die sie immer wollte. Machen sich diese Männer keine Sorgen, dass sie ihre magische Abstammungslinie verwässern?"

„Nein." Er schaute zu Louisa, die inzwischen mit zwei Damen sprach. Er schnaubte lachend, aber ohne Humor. „Für einige ist sie gewiss ein Gewinn. Natürlich wird jeder Mann, den sie nimmt, damit zufrieden sein müssen, dass sie einen anderen liebt." Er hob sein Glas Portwein zum Salut, ein gemeines Glitzern im Blick. Ihn störte es überhaupt nicht, dass ihre Beziehung sich auflöste.

„Und was ist mit dir?", fragte ich. „Wirst du nach einer Frau suchen und dich niederlassen? Jemandem, der weniger ist wie Louisa und eher wie du?"

„Wir werden sehen, wohin das Leben mich führt. Ich werde nicht nach einer Frau suchen, aber falls ich mich verliebe, soll es so sein. Ich bin zu dem Schluss gekommen, dass es besser ist, Junggeselle zu bleiben, als in einer lieblosen Ehe gefangen zu sein."

Ich nahm Matt am Arm. „Wie wahr."

„Auf jeden Fall hat sich eine interessante Gelegenheit vorgestellt. Eine, die ich nutzen muss, oder ich werde es bedauern."

„Ach?"

Er nickte zu Professor Nash hin, der mit Matt und Mr. Delancey über finanzielle Angelegenheiten sprach. Als Matt auffiel, dass ich zuhörte, löste er sich aus der Unterhaltung.

„Ich habe gerade zugestimmt, eine gewisse Geldmenge an Professor Nashs neues Projekt zu spenden", sagte er. „Ich hoffe, das macht dir nichts."

Mr. Delancey verzog das Gesicht. „Fragen Sie doch nicht Ihre Frau, Mann! Herr im Himmel. Sie wird erwarten, dass Sie sie zurate ziehen, wie Sie als nächstes Ihren Schnurrbart tragen sollen."

„Überhaupt nicht", erwiderte ich geschmeidig. „Mein Mann weiß bereits, dass mir Schnurrbärte und Bärte nicht gefallen. Er hat zugestimmt, sich keinen wachsen zu lassen."

Mr. Delancey starrte mich an, sein Glas zur Seite geneigt. Matt richtet es auf, damit nichts auf den Aubusson-Teppich vergossen wurde.

„Meine Frau hat einen hervorragenden Geschäftssinn", sagte Matt. „Sie besitzt eigene Immobilien und hat eine Reihe von Jahren ein Geschäft und einen Haushalt geführt, bevor wir uns begegnet sind. Außerdem glaube ich, dass diese Unternehmung eine ist, die sie ganz besonders interessieren wird."

Mr. Delancey schniefte und schnaubte. „Ganz recht, ganz recht."

„Was ist es für eine geschäftliche Unternehmung?", fragte ich.

Professor Nash strahlte. „Darf ich derjenige sein, der es ihr sagt?"

Auf Matts Nicken hin fuhr er fort: „Ich werde um die Welt reisen, um Bücher, Manuskripte und andere Schriften zum Thema der Magie zu suchen. Die Käufe werde ich in einer Bibliothek hier in London unterbringen."

„Wie aufregend für Sie."

„Aufregend für alle! Endlich wird die Information über Magie an einem Ort zur Verfügung stehen, wo sie jeder zur Recherche nutzen kann. Jetzt, da die Magie kein Geheimnis mehr ist, ist es doch sinnvoll, sie zu studieren und zu versuchen, sie zu verstehen. Natürlich wird es mich einige Zeit kosten, etwas anzuhäufen, das es wert ist, eine Bibliothek genannt zu werden." Er lachte leise. „Aber ich stelle fest, dass ich mich sehr darauf freue. Jetzt, da Mr. Glass – ich meine Lord Rycroft – und Mr. Delancey zugestimmt haben, mich teilweise zu finanzieren, werde ich beim Kolleg eine Nachricht einreichen. Ich habe einiges Erspartes zur Seite gelegt und werde es nutzen, um meine eigenen Ausgaben für die Reise zu decken."

Ich hatte ihn nicht als abenteuerlichen Gesellen eingestuft, aber er wirkte auf jeden Fall begeistert von der Vorstellung. Ich nahm an, es passte zu seinem neugierigen Wesen, von neuen Orten zu erfahren, genauso wie Bücher zu sammeln. Er war allerdings ein recht zerbrechlicher Mann, und ich konnte mir nicht vorstellen, wie er ein Abenteuer in dem Augenblick fortsetzte, wenn es zu schwer wurde. Ich war mir nicht sicher, ob es zu ihm passte, um die Welt zu reisen und ferne Länder aufzusuchen, die überhaupt nicht wie England waren.

„Oscar wird mir helfen, oder nicht, Barratt?"

„Das tue ich in der Tat." Oscar hob sein Portweinglas. „Das war die faszinierende Aussicht, auf die ich mich vorhin bezogen habe, India. Ich freue mich darauf."

Ich lächelte, fühlte mich jetzt auch begeistert. Mit einem praktischen Gefährten wie Oscar an seiner Seite, der sich um die alltäglichen Aufgaben des internationalen Reisens kümmerte, konnte der Professor sich auf das konzentrieren, was er am besten machte – Recherche.

Mrs. Delancey stand in der Mitte ihres Salons und verlangte unsere Aufmerksamkeit mit einer Stimme, die auch gut auf ein Schlachtfeld gepasst hätte. „Hört mir zu, bitte! Alle!" Als es still im Raum wurde, lächelte sie ihre Gäste an. „Danke, dass Sie alle heute Abend gekommen sind. Es ist so eine Freude, Ihre ganzen wunderbaren Gesichter zu sehen. Es ist besonders wunderschön, dass Sie sich uns angeschlossen haben, Lady Rycroft." Sie betonte den Titel, nur für den Fall, dass es Anwesende gab, die nicht wussten, dass Matt in letzter Zeit geerbt hatte. „Ich habe Sie allerdings nicht nur für sinnfreie Plaudereien her gerufen. Es gibt wichtige Dinge zu besprechen. Ganz besonders, was wir jetzt tun, da die Magie nicht mehr geheim ist. Machen wir weiter, als hätte sich nichts geändert? Wenn wir uns ändern, was wird unser neues Ziel?"

Matt beugte sich dichter zu mir. „Willst du dafür bleiben?"

„Lieber würde ich mir Zähne ziehen lassen." Mrs. Delancey nahm ein Blatt Papier und einen Bleistift vom Tisch neben ihr. „Legen wir hier und jetzt eine Agenda fest."

Keiner von uns wollte warten, bis unsere Gastgeberin Zeit hatte, darum dankten wir ihrem Mann und gingen nach draußen.

„Ich wusste nicht, dass sie so gut im Organisieren ist", sagte Matt, während wir uns in die Kutsche setzten. „Ich hielt sie immer für ziemlich oberflächlich."

„Sie ist eine Gesellschafterin und Gastgeberin. Sie mag ja oberflächlich sein, aber sie kann ein Wohltätigkeitsereignis oder eine Gesellschaft von einem Augenblick auf den anderen auf die Beine stellen. Das ist nicht so viel anders."

„Glaubst du, den Club wird es weiterhin geben?"

Ich dachte einen Augenblick darüber nach, dann konnte ich nicht verhindern, dass ich lächelte. „Ich stelle fest, dass es mich nicht wirklich kümmert."

Er lächelte ebenfalls, aber darin lag ein Hauch Gemeinheit. Er nahm mich in die Arme und schob den Kragen meines Samtumhangs zur Seite. „Gut", murmelte er an meiner Kehle. „Denn du siehst exquisit aus, und ich habe dich ganz für mich."

* * *

DIE HOCHZEIT von Cyclops und Catherine fand im Hochsommer statt, einen Monat, bevor Gabe und Nancy heirateten. Beide Ereignisse waren fröhlich, erfüllt von Liebe und Freundschaft und dem Versprechen einer strahlenden Zukunft. Cyclops mit seiner neuen Braut zog in die Räumlichkeiten über Catherines und Ronnies Laden. Sein Aufbruch aus der Park Street Nr. 16 war ein weiteres Stadium in unserem Leben, weder ein glückliches noch ein trauriges. Es war sowohl ein Ende als auch ein Beginn, und es verschaffte Matt und mir den Drang, endlich mit Tante Beatrice wegen Rycroft Hall zu sprechen. Er hatte es aufgeschoben, die Trauer seiner Tante vorgebracht, aber es ließ sich nicht noch weiter hinauszögern.

Wir fuhren mit dem Zug, und dann heuerten wir einen Mann vor Ort an, der uns zum Anwesen fuhr. Die ganze Reise dauerte nur ein paar Stunden lang. Obwohl wir dort schon mal gewesen waren, betrachtete ich es nun als die Hausherrin. Gelegen hinter einer hohen Hecke und zurückgesetzt von der Straße waren wir plötzlich vor dem Anwesen, als wir um eine Kurve bogen. Die Eisentore saßen zwischen uralten, von Moos bedeckten Steinsäulen und standen einladend offen. Die lange Zufahrt führte uns an einem See und einem schattigen Wäldchen vorbei, und schließlich durch ein Torhaus in einen ummauerten Garten. Der kurz geschnittene Rasen und die symmetrischen Gartenbeete mit passenden Pflanzen waren genau die Art kultivierte Perfektion, die ich von der Witwe erwartete, doch der Blauregen, der uneingehegt über einen Teil der Steinmauer wucherte, sprach von einem Gärtner mit einem freien Geist.

Eine pastellrosa Kletterrose stand gerade in voller Blüte an einer Seite des Hauseingangs, was dem anmutigen grauen Stein Farbe verlieh und nach drinnen einlud. Seit dem siebzehnten Jahrhundert war das Haus schon die Heimat Adliger; Matts Urgroßvater hatte es gekauft. Seine neun Schlafzimmer reichten mehr als nur aus für uns, genauso wie für Matts Tante Beatrice und seine Cousine Charity. Trotzdem würde es mir nicht möglich sein, ihnen ganz aus dem Weg zu gehen.

Die Witwe begrüßte uns in dem herrlichen Salon mit seinen goldenen Vorhängen und Möbeln, den pastellgelben Wänden und dem vergoldeten Lüster, der von einer feinen Stuckdecke hing. Ihre drei Töchter saßen auf dem Sofa, erinnerten mich an die Tage, als ich ihnen zum ersten Mal begegnet war. Hope allerdings nahm die Spitzenposition links ein, obwohl sie die Jüngste war. Ihre Ehe mit Lord Coyle hatte sie in den Augen ihrer Mutter auf den ersten Platz gehievt. Als nächstes kam Charity, die Mittlere, und rechts war Patience, deren Mann der Titel entzogen worden war, als ein älterer Halbbruder erschienen war und die Baronie Cox für sich beansprucht hatte. Patience war inzwischen nur noch Mrs. Swinsbury, und sie wirkte, als wäre sie überall lieber als auf dem Sofa neben ihren Schwestern.

Sie strahlte, als sie uns sah, und umarmte mich fest. Seit der Beerdigung ihres Vaters hatten wir sie nicht gesehen, und damals hatten wir nicht viel Gelegenheit gehabt, miteinander zu sprechen.

„Du siehst gut aus, India", sagte sie, deutete auf meinen größer werdenden Bauch. „Gut und glücklich."

„Das bin ich. Und du?"

Sie beugte sich vor. „Das werde ich sein, sobald ich aufbreche."

„Patience", fuhr ihre Mutter sie an. „Setz dich. Sie sind nicht hier, um dich zu treffen."

Patience verdrehte die Augen, setzte sich aber pflichtergeben hin.

Matt, Tante Letitia und ich begrüßten sie alle nacheinander. Ich war überrascht, wie anders sie alle wirkten. Hope war immer die Schönste gewesen, war aber während ihre Ehe verblichen. Jetzt leuchtete sie wieder voller Lebhaftigkeit. Sogar Charity schaute uns alle mit einem Hauch Erheiterung an, als hätte jemand gerade einen Witz gemacht.

Ein Butler brachte Erfrischungen, und wir tauschten Freundlichkeiten aus, bis Tante Beatrice uns anbot, uns durch das Haus zu führen. „Bei vorherigen Besuchen habt ihr nicht alle Zimmer gesehen. Ich vertraue darauf, dass ihr mit allen zufrieden sein werdet."

„Da bin ich mir sicher", sagte Matt.

„Ich habe Bäder einrichten lassen, und andere moderne Annehmlichkeiten", fuhr sie fort, während sie aus dem Salon ging. „Aber ansonsten habe ich es gelassen. So hat es mein verstorbener Mann vorgezogen."

Dieses eine Mal stimmte ich Matts Onkel zu. Mir gefiel das altertümliche Ambiente des Hauses mit den Holzpaneelen an den Wänden, riesigen Kaminen und Stuckverzierungen an den Decken. Die Möbel hatten fast alle den schmalen, eleganten Stil der georgianischen Ära anstatt der robusteren Mode des Augenblicks, aber das passte zum Haus. Tatsächlich war alles, was ich bisher gesehen hatte, in makellosem Zustand.

„Ich werde nichts verändern", sagte ich, während ich zum Porträt einer von Matts Vorfahrinnen aufsah, die ein silberblaues

Regency-Ballkleid trug. Sie hatte so ein Gesicht, das man stundenlang ansehen konnte, mit warmen grauen Augen und einem Lächeln, das auf Geheimnisse hindeutete.

„Wirklich? Weshalb nicht?" Die Witwe verzog ihr Gesicht beim nächsten Porträt, das an der Wand des Treppenhauses hing. Es zeigte einen herrischen Kerl in Militäruniform, der ein empörtes Gesicht aufhatte. Gerettet wurde das Gemälde durch einen braun-weißen Hund mit treuem Blick an der Seite des Gentlemans.

„Du musst dich doch weiterhin hier zu Hause fühlen", sagte ich, als wir weitere Stufen hinaufgingen.

„Wozu denn? Es ist jetzt dein Haus, India. Bist du nicht deswegen hier? Um es dir anzusehen und zu bestimmen, was man verbessern muss?"

„Ich kann nicht erkennen, dass man etwas verbessern muss. Auf jeden Fall möchte ich nicht, dass du das Gefühl bekommst, du solltest nicht hergehören."

Sie drehte eine Vase auf dem Tisch am Treppenabsatz, um die creme-gelben Rosen im besten Licht zu zeigen. „Ich habe hier niemals hergehört. Es war immer das Haus meines Mannes. Ich werde froh sein, diesen Ort hinter mir zu lassen."

Matts Schritte wurden schneller. „Du wirst nicht weiterhin hier wohnen?"

„Gütiger Gott, nein. Weshalb sollte ich das tun, wenn das Haus in London zur Verfügung steht? London ist, wo meine Freundinnen sind. Hier ist es so langweilig, weg von allen und allem. Die Unterhaltung hier besteht darin, dass der Vikar vom Ort und seine Frau einmal die Woche zum Tee kommen, und glaubt mir, ihr werdet es bedauern, ihnen die Einladung ausgesprochen zu haben, in dem Augenblick, in dem ihr sie trefft."

Wir hatten sie bei der Beerdigung getroffen. Sie wirkten beide herrlich. Ich nahm an, dass Beatrice und ich ziemlich unterschiedliche Ansichten hatten, inwiefern eine Unterhaltung langweilig wurde.

„Also werden du und Charity nicht bleiben, sobald wir einziehen?" Ich musste das ganz sicherstellen, bevor ich meinem Herzen erlaubte, zu singen.

„Meine Liebe, wir sind nur hier, um euch offiziell willkommen zu heißen, dann geht es zurück nach London, mit dem ersten Zug morgen Vormittag."

Tante Letitias Hände packten meinen Arm. „Meine Gebete wurden erhört."

„Wir müssen rechtzeitig zu Hause sein, um uns für die Oper fertigzumachen", fuhr Beatrice fort. „Wir wurden eingeladen, uns in Lord und Lady Haversmiths Loge zu setzen. Das wird ein großer Abend. Ich habe für diesen Anlass ein neues Kleid gekauft, und Hope wird wir ihre Smaragde leihen, oder nicht, meine Liebste?"

„Tatsächlich werde ich die Smaragde morgen Abend selbst tragen", sagte Hope. „Ich gehe auch in die Oper."

Das Lächeln entglitt ihrer Mutter. „Was ist mit den Coyle-Diamanten?"

„Die werden gereinigt."

Ihre Mutter kniff die Lippen zusammen. Ich nahm an, sie wusste, dass ihre Tochter absichtlich ihre Versuche untermi-nierte, sich Schmuck zu borgen. Hope lächelte ruhig vor sich hin, als wäre sie immer noch die pflichtergebene Tochter. Doch in ihren Augen stand ein hartes Funkeln, das in den Monaten vor ihrer Ehe nicht da gewesen zu sein schien. Ich bebte. Unter dieser perfekten Fassade lauerte das Herz einer kaltblütigen Mörderin.

Patience schnalzte mit der Zunge. „Hört doch, was ihr sagt. Kommt euch nicht der Gedanke, dass ihr immer noch in Trauer um eure Ehemänner seid? Wenn ihr schon zur Oper müsst, solltet ihr überhaupt keinen Schmuck tragen, ganz zu schweigen von Smaragden und Diamanten."

„Ich werde ein schwarzes Kleid tragen", sagte Hope. „Obwohl es nicht gut zu meinem Teint passt."

„Aber zu deiner Seele passt es", höhnte Charity.

Hope empörte sich. Sie blähte die Nasenflügel wie ein Stier, der angreifen wollte. „Mutter, die Haversmiths haben einen Sohn, oder nicht?"

„Drei", sagte Beatrice.

„Der dritte ist nicht vergeben, oder? Ihr solltet nachfragen, ob er auch in die Oper geht. Sogar Wert darauf legen."

„Der Junge ist im heiratsfähigen Alter, das stimmt, doch er ist der dritte Sohn." Beatrice rümpfte die Nase. „Er ist auch lahm und halb blind, also steht die Armee nicht zur Debatte. Ich fürchte, für ihn kommt nur eine kirchliche Laufbahn infrage."

„Manche können es sich nicht aussuchen." Hope ließ ihrer mittleren Schwester ein schiefes Lächeln zukommen.

Charity wirkte, als wolle sie sie mit bloßen Händen erwürgen. So viel also zur schwesterlichen Liebe, die sie Hope gezeigt hatte, als sie das Gift in ihr Zimmer geschmuggelt hatte.

Wir fuhren mit unserer Runde durch das Haus fort, und ich wies im Geiste schon allen Schlafzimmer zu. Tante Letitia hatte bereits eine große Suite bekommen, aber ich nahm an, Chronos würde den einzigen Raum zu schätzen wissen, der im Erdgeschoss war. Er war nicht groß, aber er war dicht an der Küche, und er konnte das anschließende Wohnzimmer als Arbeitsraum nutzen. Er wäre zufrieden damit, seine Tage mit dem Basteln zu verbringen und neue Freunde im Dorf zu finden. Nachdem er seine Magie eingesetzt hatte, um mich zu retten, hatte er sich niemals mehr ganz erholt. Ich bezweifelte, dass sich seine Gesundheit jetzt verbessern würde. Es war die eine Tragödie, die aus dieser ganzen Zeit geblieben war, und es war eine, die ich nicht verändern konnte. Was getan worden war, war getan. Wir konnten nur für Chronos da sein, wenn er uns brauchte, und es ihm so behaglich machen wie möglich. Zum Glück war sein Verstand so scharf wie eh und je.

Obwohl ich noch nicht sicher war, ob Duke und Willie mit uns aufs Land ziehen würden, war ich ziemlich sicher, dass ich wusste, welche Zimmer sie sich aussuchen würden. Sie waren zwei der größten und hatten eine wunderschöne Aussicht auf die wogenden Hügel und den weiten Himmel. Sie waren außerdem nebeneinander. So viel sie auch stritten, sie waren wie Bruder und Schwester und mochten einander zur Gesellschaft, verabscheuten es aber, das zuzugeben.

Wir beendeten unsere Runde im Garten, ohne etwas vom Bereich für die Bediensteten oder den Außengebäuden gezeigt bekommen zu haben. Tante Beatrice waren sie nicht wichtig. Sie hatte sie in all den Jahren kaum je besucht. Ich würde darauf Wert legen, sie zu sehen, bevor wir gingen, genauso wie die Bediensteten und die Gärtner unten zu treffen.

Die Runde war vorbei, aber ich war noch nicht bereit, hineinzugehen. Der Tag war warm, und der Garten roch so herrlich. Für jemanden, der an das endlose Grau von London gewohnt war, waren die Farben eine Erleuchtung. Ich hatte nicht gewusst, dass Gras so grün sein konnte, dass es in den Augen schmerzte, oder der Himmel so blau, dass man sich strecken und ihn berühren wollte, um zu sehen, ob er echt war.

„Möchtest du gern hier draußen bleiben und eine weitere Runde durch den Garten drehen?", fragte Matt, der meine Gedanken las.

Ich schob den Arm durch seinen. „Ja, bitte." Ich wollte mit ihm allein sein, aber der Anstand gebot es, dass ich die anderen fragte, ob sie sich uns anschließen wollten.

Tante Letitia entschuldigte sich, während Hope auch ablehnte. Ich nahm an, dass sie derzeit nicht mit uns allein sein wollte. Es war schwer, uns in die Augen zu schauen, mit dem Wissen, das wir hatten. Patience hatte wohl gespürt, dass wir allein sein wollten, und entschuldigte sich.

„Kommt mit mir, Mutter, Charity", sagte sie. „Ich habe noch ein paar Minuten zum Reden, bevor ich zum Bahnhof gehe, um mich mit Byron und den Kindern zu treffen."

Ihre Mutter antwortete nicht, doch sie brach mit ihr auf, während Charity ein paar Schritte hinterherhing, wie üblich. Am Lavendelbusch blieb Beatrice stehen und wartete auf ihre mittlere Tochter, damit sie aufholte. „Ich habe über diesen Haversmith-Jungen nachgedacht, und ich glaube, Hope hat recht. Er würde einen hervorragenden Mann für dich abgeben."

„Nein!" Charity stampfte mit dem Fuß auf. „Ich will keinen lahmen, blinden Vikar heiraten. Lieber würde ich sterben!"

„Beruhige dich, Kind. Er würde gut zu dir passen. Sein Vater ist ein Marquess, um Gottes willen! Er wird vielleicht nicht viel erben, aber du weißt ja nie, seine älteren Brüder können sterben, bevor sie Söhne haben."

„Ich werde ihn nicht heiraten!"

Ihre Mutter packte sie am Arm und zog sie weg. „Du wirst bei der Oper mit ihm flirten, und das ist mein letztes Wort. Er mag vielleicht nicht vom Kaliber eines Lord Coyle sein, doch keiner erwartet, dass du es besser machst als Hope, aber du kannst es auf jeden Fall besser treffen als Patience."

Patience blieb abrupt stehen. Sie war von uns abgewandt, darum konnte ich ihre Miene nicht erkennen, aber ihre Schultern sanken herab, ihr Kopf senkte sich.

Ich schaute zu Matt und bedeutete ihm, dass ich zu ihr gehen wollte. Aber dann ballte Patience die Hände an den Seiten zu Fäusten und stürmte ihrer Mutter und Schwester nach. Sie stellte sich ihnen in den Weg, fuhr zu ihnen herum.

„Du liegst falsch, Mutter. Ich habe die beste Ehe von allen, und da schließe ich deine mit ein. Unsere ist eine Ehe aus Liebe. Wir wollen zusammen sein, die ganze Zeit, nicht einander mit sarkastischen Anmerkungen zerfetzen oder uns anschweigen. Aber ich erwarte nicht, dass du der Meinung bist, dass ich die beste Ehe habe, denn du kannst Liebe ja nicht erkennen, wenn du sie siehst. Ihr drei könnt das nicht. Ich bemitleide euch. Ich würde den Mann, der mich zu schätzen weiß, um alle Juwelen oder Titel in der Welt nicht aufgeben. Jetzt wenn ihr mich bitte entschuldigt, ich muss meine Familie vom Bahnhof abholen. Und wenn ich heute Abend von einem von euch auch nur ein grausames Wort höre, werdet ihr mich niemals wiedersehen."

Sie marschierte zurück zu Matt und mir, entschuldigte sich und ging zu den Stallungen und dem Kutschhaus.

Ich beobachtete, wie ihre Mutter mit Charity ging, und fragte mich, ob Beatrice auch nur ein wenig durch Patiences Drohung bekümmert war. Ihrem steifen Rücken entnahm ich, dass es ein Treffer gewesen war, aber ich bezweifelte, dass sie ihre Meinung über ihre älteste Tochter und ihren Schwiegersohn ändern würde. Patience hatte recht. Beatrice war nicht fähig zu lieben. Sich das klarzumachen, bedeutete, dass die süße, empfindsame Patience aufhören konnte, zu versuchen, ihr zu gefallen, und mit ihrem Leben weiterziehen konnte. Sie würde dadurch glücklicher werden, und ich hätte mich nicht mehr freuen können, endlich zu sehen, wie sie sich diesem Drachen entgegenstellte.

Matt nahm meine Hand und lotste mich aus dem Garten mit der Mauer zu dem Wäldchen und dem See. Das Zirpen der Insekten und das Quaken der Frösche erfüllte die Luft mit einem Lied, und die Sonne, die zwischen den Baumwipfeln herabschien, wärmte mir die Haut. Er pflückte eine flauschige rosarote Nelke und steckte sie mir in die Haare, dann führte er mich zu der Steinbrücke, die über den schmalsten Teil des Sees ging. Wir blieben auf halbem Weg stehen, um unsere neue Heimat zu betrachten. Die Szene war wie in einem Gemälde, mit dem Giebeldach des Hauses, das von Bäumen und Ranken aus violetten Weiderichblüten im Vordergrund gerahmt wurde, die an den kristallklaren Ufern des Sees standen. Eine Ente paddelte gemächlich vorbei und bewies, dass wir doch nicht in ein Meisterwerk gefallen waren.

Matt stand hinter mir und umschloss mich mit seinen Armen. Er legte mir das Kinn auf den Kopf und eine Hand auf den Bauch. „Wirst du London vermissen?", fragte er.

„Ja. Aber es ist nur ein paar Stunden mit dem Zug entfernt, und ich kann es besuchen, wenn mir danach ist." Ich legte die Arme über seine. „Außerdem will ich hier unser Kind aufziehen. Hier ist, wo ich eine neue Heimat schaffen möchte. Es ist perfekt, Matt. Einfach perfekt."

Er drehte mich um und legte mir die Hände auf die Hüfte. Sein Blick wurde weich, und dieser vertraute durchdringende Ausdruck, den ich so schätzte, sog mich in sich auf. Es waren keine Worte nötig, und er küsste mich einer mit einer Zartheit, die mir das Herz und die Seele füllte.

EPILOG

„*D*u machst es nicht richtig!" Willie stellte ihre Seite der Truhe ab und fuhr herum, um sich Duke anzuschließen, der sein Ende abstellte. „Halt es hier." Sie deutete dorthin, wo sie ihre Hände hingelegt hatte. „Und heb mit den Beinen." Sie ging kurz in die Hocke, um es ihm zu zeigen.

Er schob sie zur Seite. „Du hebst mit den Beinen, und ich mit den Armen. Dort liegt meine Stärke."

„Und dein Hirn."

„Was für ein Hirn?" Cyclops scheuchte sie weg und nahm die Truhe hoch. Er trug sie hinaus zum Wagen, ohne Hilfe.

Catherine bewunderte seine Bemühungen mit einem leichten Lächeln, ihr Blick erhitzt.

Sie folgte mir in den Salon und ließ sich auf das Sofa herab, ihre Hände stützten ihren schwangeren Bauch. Ihr Baby war in einem Monat so weit, und sie hatte die strikte Anweisung, nicht mit dem Packen und dem Umzug zu helfen. Es gab sowieso wenig einzupacken, nur ein paar persönliche Gegenstände, denn die Möbel blieben in Rycroft Hall, und wir wollten das Haus in der Park Street möbliert halten, wenn wir in die Stadt zu Besuch kamen.

Wir hatten beschlossen, mit dem Umzug zu warten, bis das Baby im Februar geboren war. Matt und ich waren beide beruhigt, wenn Gabe bei der Geburt anwesend sein konnte, nur für den Fall, dass es einen magischen medizinischen Notfall gab. Es war allerdings alles glatt gelaufen.

Cyclops kehrte zurück, brachte Duke, Willie und Brockwell mit. Der Kriminalinspektor wirkte unbehaglich, als wünschte er, irgendwo zu sein, nur nicht hier. Ich legte Wert darauf, zu ihm zu gehen und ihn zu fragen, was los war.

Er kratzte sich an den Koteletten. „Mir gefallen Abschiede nicht."

„Das ist kein Abschied. Matt und ich werden oft in London vorbeischauen."

Sein Blick verlagerte sich auf Willie, die sich inzwischen mit Catherine und Cyclops unterhielt.

„Sie wird sogar noch öfter auf Besuch sein als wir, da bin ich mir sicher."

„Das ist es nicht. Ich habe sie gebeten, zu mir zu ziehen."

„O. Ich nehme an, sie hat sich geweigert."

„Nicht direkt. Sie sagte, sie braucht Zeit, um darüber nachzudenken. Sie sagt, zusammenziehen sei so gut, wie verheiratet zu sein, und sie will nicht verheiratet sein."

Die Vorhersage, dass Willie zweimal heiraten würde, die die Roma-Frau gemacht hatte, kam in meinem Verstand auf, aber ich hielt den Mund. Ich glaubte nicht, dass es Brockwell gefallen würde, davon wieder zu hören, im Lichte dessen, was er mir gerade erzählt hatte. Außerdem war ich mir nicht sicher, ob ich an die Wahrsagerei glaubte.

„Mir ist das nicht wichtig", fuhr er fort. „Sie kann wohnen, wo immer sie will. Ich wünschte nur, dass sie sich nicht entschieden hätte, so weit weg zu wohnen."

„Sie können sie jederzeit in Rycroft Hall besuchen, wenn Sie wegkönnen." Ich nahm seinen Arm und drückte ihn. „Auf jeden Fall gebe ich der Sache einen Monat, bevor sie beschließt, dass das Land nichts für sie ist. Sie muss doch ständig unterhalten werden, und es gibt meilenweit nicht eine einzige Spielhölle."

Er nickte nachdenklich, und langsam ließ ein zufriedener Ausdruck seine Züge weicher werden. „Sie haben vermutlich recht."

„Ich habe auf jeden Fall recht. Sie wird Sie vermissen. Sie sehen, Sie wird öfter hier sein als dort. Duke auch, allerdings vielleicht nicht ganz so sehr, da er jetzt eine neue Freundin auf dem Anwesen gefunden hat."

Brockwell hob die Augenbrauen fragend.

„Eine der Bauerntöchter hat ihm bei unseren Besuchen eine Menge Aufmerksamkeit zukommen lassen."

Matt betrat den Raum, ein wertvolles Bündel in den Armen und Tante Letitia neben ihm. „Er ist umgezogen und bereit zum Reisen." Er wollte mir gerade das Bündel reichen, aber Catherine fragte, ob sie ihn halten dürfe.

Sie zog Grimassen vor dem kleinen Gabriel, um ihn zum Lächeln zu bringen, doch er blinzelte nur mit seinen blauen Augen vor ihr und gurgelte. Er war noch nicht ganz beim Lächeln angelangt, obwohl Matt überzeugt wirkte, dass er es konnte, kurz bevor Gabriels Blähungen sich lautstark bemerkbar machten.

„Du wirst eine wunderbare Mutter", sagte ich zu ihr.

„Gerade jetzt mache ich mir mehr Sorgen um die Geburt. Bitte sag mir, dass es nicht so schlimm ist."

„Es ist nicht so schlimm."

Sie legte den Kopf schief und betrachtete mich. „Du könntest zumindest versuchen, etwas Aufrichtigkeit hineinzulegen."

„Also gut. Ich sage dir die Wahrheit. Es ist schrecklich und angsteinflößend, aber am Ende hast du einen wunderschönen Engel, den du in den Armen hältst." Ich strich mit dem Finger über Gabriels weiche Wange. Nichts war so weich wie die Haut eines Babys. „Das wird sich alles lohnen. Das siehst du schon."

„Ich freue mich nicht darauf."

„Sobald du Wehen bekommst, musst du Nachricht an Rycroft Hall senden. Ich komme, so schnell ich kann."

Sie beugte sich dichter an mich. „Danke dir, India. Du bist eine wahre Freundin. Genauso wie unsere Kleinen es sein werden. Und falls ich ein Mädchen habe, werden sie sich vielleicht noch näherkommen als nur Freunde."

Ich grinste. „Ich hoffe doch. Das wird mir die Sorgen ersparen, in welche Familie Gabriel hineinheiratet."

Catherines Baby versetzte ihr einen Tritt, und sie bat mich, ihr Gabriel abzunehmen, während sie sich über den Bauch rieb.

„Möchtest du ihn halten, Willie?", fragte ich und bot ihr das Bündel an.

Sie verzog das Gesicht. „Ich verbringe gern Zeit mit ihm, wenn er reden und gehen kann."

„Du wirst ihm nicht beibringen, zu fluchen", sagte Tante Letitia schnippisch.

„Nur auf Amerikanisch. Und ich werde ihm auch beibringen, zu schießen."

„Ich bringe ihm bei, wie man reitet", fügte Duke an. „Und wie man Poker spielt."

Cyclops legte Catherine eine Hand auf die Schulter. „Und ich bringe ihm bei, dass er auf nichts hören soll, was ihr beiden sagt."

Chronos humpelte herein, lehnte sich schwer auf seinen Gehstock und brachte Lord Farnsworth mit. „Den habe ich gefunden, wie er sich in der Eingangshalle herumdrückt."

„Ich habe mich nicht herumgedrückt", sagte Farnsworth mit einem Schniefen. „Die Eingangstür stand offen, es war kein Bediensteter in Sicht. Ich war mir nicht sicher, was ich mit meinem Hut oder meinem Mantel anfangen soll." Er deutete auf den Hut in seiner linken Hand und den Mantel, der über seinem Arm lag. „Ich lege sie einfach hierher, soll ich?" Er legte sie auf einem der Tische ab und schniefte wieder.

„Weinst du?", fragte Willie.

„Es ist ein trauriger Tag."

O je. Es sah so aus, als würde ich mit ihm dieselbe Unterhaltung führen müssen, die ich schon mit Brockwell gehabt hatte. Aber es war Brockwell, der vortrat und die Rolle des Tröstenden übernahm. Er legte einen Arm um Lord Farnsworths Schultern und gab ihm eine männliche Umarmung.

„Wollen Sie heute Abend ausgehen und etwas trinken und Ihre Sorgen ertränken?"

Lord Farnsworth strahlte. „Ich muss schon sagen, was für eine grandiose Idee! Denken Sie nur, mit welcher Art Schwierig-keiten ich davonkommen kann, wenn ich einen Inspektor von Scotland Yard an meiner Seite habe."

Brockwell lachte leise, wirkte nicht im Geringsten schockiert. Er hat sich verändert, seit wir ihn kennengelernt hatten. Obwohl er immer noch ein Übermaß an Umsicht in seiner Arbeit einsetzte, war er im Privatleben nicht mehr so steif.

„Kehrt Lady Helen nicht bald nach London zurück?", fragte Duke.

Lord Farnsworth hob eine Schulter zu einem wegwerfenden Zucken. „Wenn sie das tut, hat das mir nichts zu tun. Sie hat mir erzählt, ich wäre zu lächerlich für sie, sie wolle einen Mann, auf den sie stolz sein kann. Sie sagte, wir können immer noch Spaß zusammen haben, aber ich glaube nicht, dass ich gewillt bin, mich mit jemandem abzugeben, der mich für einen Witz hält."

Matt und ich wechselten ein schwaches Lächeln.

„Du tust gut daran, dich von ihr fernzuhalten", sagte Tante Letitia. „Ihre Tante Lady Sloane hat mir anvertraut, dass sie den Verdacht hat, das Mädchen wäre schon ordentlich geküsst worden."

Willie spielte die Schockierte. „Teuflisch!"

Tante Letitia nickte wissend. „Wenn sich das rumspricht, wird sie ruiniert sein, also behaltet das für euch. Ich will doch nicht an ihrem Fall beteiligt sein. Das Mädchen ist ganz niedlich und äußerst reserviert, und wir sollten nicht wegen eines Fehlers einer durchaus im Bereich des Möglichen liegenden strahlenden Zukunft ein Ende setzen."

Duke schnaubte. „Reserviert?"

Willie stellte sich auf seinen Fuß.

„Nun ja." Lord Farnsworth wedelte mit der Hand in der Luft, als würde er einen magischen Trick heraufbeschwören. „Ich habe beschlossen, noch ein wenig länger Junggeselle zu bleiben. Ich werde meine Abende mit meinem guten Freund Jasper verbringen." Er schlug Brockwell auf die Schulter. „Wir werden trinken, spielen und alle Arten von Unfug anstellen."

Willie zog eine Schnute, und ich erwartete halb, dass sie es sich an Ort und Stelle anders überlegte und nicht mit uns aufbrach.

Matt machte sich auf, um den Bediensteten zu sagen, dass wir bereit zum Aufbruch waren. Während wir warteten, fragte Chronos, ob er das Baby halten dürfe, darum legte ich ihm Gabriel in die Arme. Eine kleine Hand kam aus der Decke, und ich schob sie wieder hinein, aber nicht, bevor ich jeden der kleinen Finger berührte. Er war auf jede erdenkliche Art perfekt.

„Deinen Vater habe ich nie so gehalten, als er ein kleines Kind war", sagte Chronos, während auf seinen Urenkel hinabschaute. „Deine Großmutter hat das nie zugelassen. Sie sagte, Babys wären Frauensache. Eine Schande."

Ich strich mit dem Daumen über Gabriels Stirn. „Wirklich eine sehr große Schande. Aber du darfst ihn halten, wann immer du willst. Ich hoffe, du bringst ihm alles über Uhren bei, wenn er älter ist."

„Sobald seine Finger eine Pinzette halten können, werden wir seine Taschenuhr auseinandernehmen." Chronos hatte als Taufgeschenk Gabriel ein Satz seiner eigenen Werkzeuge gegeben. Matt und ich hatten ihm eine Uhr geschenkt, auf der seine Initialen in das Familienwappen der Rycrofts graviert waren. Ich hatte mir gewünscht, dass Marianne Folgate den Silberdeckel anfertigte und die Gravur vornahm, doch Matt hatte gesagt, er könne sie nicht finden. Sie war aus ihrem Wohnort in Wimbledon weggezogen und hatte keine weitere Adresse hinterlassen.

„Ich frage mich, wie seine Magie sich manifestieren wird", sagte Chronos. Er meinte das ganz unschuldig, aber wann immer ich an die Magie dachte, die mein Körper in den frühen Wochen der Schwangerschaft aufgenommen hatte, machte sich Panik breit.

Doch sie ließ genauso schnell nach. Gabriel war gesund, seine Entwicklung war da, wo sie mit sechs Wochen sein sollte. Die Magie hatte ihn nicht auf eine offensichtliche Art beeinträchtigt.

„Ich glaube, er wird mächtiger als du, India. Das erkenne ich an den Augen. Er hat Steele-Augen."

„Unsinn. Er hat Matts Augen."

Chronos seufzte. „Hoffen wir einfach, dass er nicht auch den Mangel an Magie deines Mannes hat." Er reichte mir Gabriel zurück. „Aber wenn er keine Magie besitzt, werde ich ihm trotzdem beibringen, wie man eine Taschenuhr in unter fünf Minuten repariert."

Matt kehrte zurück und verkündete, dass wir bereit waren.

Chronos schob sich mit der Hilfe seines Gehstocks hoch und folgte den anderen aus dem Salon. Matt bot mir eine Hand und half mir beim Aufstehen.

„Bereit?", fragte er.

Ich schaute mich im Raum um und fühlte mich irgendwie unsicher, als Nostalgie über mich hinwegschwappte. So viel war in diesem Haus passiert. Wir hatten unseren ersten Kuss erlebt, uns verliebt, gelacht, hatten geweint und waren fast gestorben, und hatten unseren Sohn in der Welt willkommen geheißen. Das Haus war ein Teil unserer gemeinsamen Geschichte und ein Teil von uns. Aber es war nur ein Haus. Unsere Heimat war dort, wo der andere wohnte, und der kleine Gabriel. Zum Großteil würde das Rycroft Hall sein, aber manchmal hier.

Und manchmal würde es im ganzen Land sein, wenn wir beschlossen zu reisen, oder sogar Übersee. Unsere Gesundheit war stabil, die Magie in unseren Uhren stark, und ich sah keinen Grund, keine anderen Kontinente aufzusuchen, obwohl ich mich besser fühlen würde, wenn Gabe Seaford mit uns kam. Wir hatten ihn und Nancy seit der Geburt seines Namensvetters nicht gesehen. Sie waren im Krankenhaus beschäftigt gewesen, und wir hatten ein Baby, das uns beschäftigt gehalten hatte, und einen Umzug zu organisieren.

Matt legte einen Arm um mich und zog mich in seine Arme. Mit einem zufriedenen Seufzen küsste ich die Stelle auf seiner Kehle, wo das Blut stark durch seine Adern floss, gepumpt von einem Herzen, das so groß war, dass es Magie brauchte, um ihm zu helfen. Gabes Magie.

Meine Magie.

Wir waren jetzt gleich, Matt und ich. Manchmal, wenn ich meine Handfläche auf seine Brust legte, schlugen unsere Herzen im Gleichtakt. Der Rhythmus war immer stetig, immer stark. Wir brauchten unsere Taschenuhren, um zu überleben, und wir hatten uns beide damit arrangiert.

Wir brauchten auch einander und unseren Sohn.

Während Gabriel in meinen Armen einschlief, warfen wir einen letzten sehnsüchtigen Blick um uns auf den Salon, dann traten wir zusammen in die nächste Phase unseres Lebens ein.

• • •

Nachricht der Autorin:

Das ist das Ende der Reihe *Glass and Steele*. Ich danke euch von ganzem Herzen, dass ihr mit mir auf diese Reise gegangen seid. Ich habe gerne über India, Matt und ihre Freunde geschrieben. In dem Augenblick, als Matt India über seine Schulter warf und aus ihrem Laden stürmte, wusste ich, dass sie etwas Besonderes waren. Das mag das Ende ihrer Geschichte sein, doch es ist nicht das Ende für alle Figuren. Es gibt eine Fortsetzung mit ihrem Sohn Gabriel und einer Bibliothekarin mit geheimer Vergangenheit. Achtundzwanzig Jahre nach dem Ende von *Die Verschwörung des Goldschmieds* gibt es in *Die Glass-Bibliothek* all die Abenteuer, Magie, Rätsel und Romantik von *Glass and Steele*. Ihr werdet auch herausfinden, was eure Lieblingsfiguren in den Jahren dazwischen alles angestellt haben.

Verfügbar ab August 2025:
DIE BIBLIOTHEKARIN AUS DER CROOKED LANE
Buch 1 der Reihe Die Glass-Bibliothek

AUCH AUF DEUTSCH VERFÜGBAR: CLEOPATRA FOX MYSTERIES

MORD IM MAYFAIR HOTEL
Von C.J. Archer

Es war das angesagteste Hotel in London, bis Mord ein Zimmer reservierte. Rätseln Sie mit bei diesem neuen Krimi der USA Today Bestsellerautorin der Glass and Steele Reihe.

Dezember 1899. Nach dem Tod ihrer geliebten Großmutter zieht Cleopatra Fox in das Luxushotel ihres entfremdeten Onkels. Sie hofft darauf, die schweren Zeiten und die Einsamkeit hinter sich zu lassen. Doch als an Heiligabend ein Gast vergiftet wird, stürzt das Ereignis nicht nur ihr neues Leben, sondern auch das Hotel ins Chaos.

Cleo erkennt schnell, dass niemandem zu trauen ist, nicht Scotland Yard und ganz gewiss nicht dem charmanten Assistenten des Hoteldirektors. Der Silvesterball steht bevor und da der Ruf des Hotels am seidenen Faden hängt, muss Cleo den Mörder fassen, ehe der Ball und das Hotel selbst ruiniert werden. Den Mörder zu schnappen, erweist sich allerdings als ebenso schwierig, wie die Hierarchie des Hotels und die Eigenarten ihrer Familie zu navigieren.

Kann Cleo den Täter finden, bevor das neue Jahrhundert anbricht? Oder wird jemand mit einem Mord davonkommen?

Verfügbar ab 13. Mai 2025
Weitere Informationen finden Sie auf der Website von C.J.
http://cjarcher.com/deutsch/

HOLEN SIE SICH EINE KOSTENLOSE KURZGESCHICHTE.

Ich habe eine Kurzgeschichte zur Reihe *Glass & Steele* geschrieben, die vor DIE TOCHTER DES UHRMACHERS SPIELT. Sie heißt DAS SPIEL DES VERRÄTERS und folgt Matt und seinen Freunden ins Wildwest-Städtchen Broken Creek. Sie enthält Spoiler für DIE TOCHTER DES UHRMACHERS, das sollte man also vorher gelesen haben. Das Allerbeste ist aber, dass die Geschichte KOSTENLOS ist, exklusiv für Abonnenten meines Newsletters. Tragen Sie sich jetzt auf meiner Webseite ein, falls Sie das nicht bereits getan haben: WWW.CJAR-CHER.COM

Wenn Sie bereits Abonnent sind, finden Sie die Anleitung in meinem Newsletter.

EINE NACHRICHT DER AUTORIN

Ich hoffe, Ihnen hat **Die Verschwörung des Goldschmieds** genauso viel Spaß gemacht wie mir beim Schreiben. Als Indie-Autorin ist es für den Erfolg des Buches entscheidend, es bekannt zu machen. Wenn Ihnen dieses Buch gefallen hat, sagen Sie es doch bitte weiter und schreiben Sie eine Rezension in dem Shop, in dem Sie es gekauft haben.

AUSSERDEM VON C. J. ARCHER

REIHEN MIT 2 ODER MEHR BÄNDEN

The Glass Library*

Cleopatra Fox Mysteries*

After The Rift

Glass and Steele*

The Ministry of Curiosities Series*

The Emily Chambers Spirit Medium Trilogy

The 1st Freak House Trilogy

The 2nd Freak House Trilogy

The 3rd Freak House Trilogy

The Assassins Guild Series

Lord Hawkesbury's Players Series

Witch Born

EINZELTITEL

Courting His Countess

Surrender

Redemption

The Mercenary's Price

*Verfügbar auf Deutsch

ÜBER DIE AUTORIN

C.J. Archer begeistert sich für Geschichte und Bücher, seit sie denken kann, und wähnt sich glücklich, dass sie beides vereinen konnte. Sie verbrachte ihre frühe Kindheit in der dramatischen Schönheit des Outbacks von Queensland, Australien, lebt inzwischen aber mit ihrem Mann, zwei Kindern und einer frechen schwarzweißen Katze namens Coco in Melbourne.

Abonnieren Sie C.J.s Newsletter auf ihrer Webseite, um informiert zu werden, wenn sie ein neues Buch herausbringt: http://cjarcher.com/deutsch/

 facebook.com/CJArcherAuthorPage
 x.com/cj_archer
instagram.com/authorcjarcher